Bibliothek der
phantastischen Abenteuer
Herausgegeben von
V. C. Harksen

Über dieses Buch Ein abenteuerlicher »Action-Fantasy«-Roman, den man nur schwer wieder aus der Hand legen kann. Leif Langdon ist Bergwerksingenieur und schließt sich einer geologischen Expedition nach Zentralasien an. Dort lernt er die uigurische Sprache so schnell, als habe er sie nur eine Weile vergessen gehabt. Schließlich führen ihn die hellen Uiguren, ein sterbendes Volk, in ihr fernes Felsenheiligtum. Ein alter Schamane begrüßt ihn als Dwayanu, den wiedergeborenen Helden des Volkes, und erstaunt sieht Leif, daß die Hochadligen des Volkes wie blasse Kopien seines eigenen Typus aussehen. Merkwürdige Erinnerungen quälen ihn, manches ist ihm sonderbar selbstverständlich, und ab und zu scheint es, als sei er tatsächlich jener geheimnisvolle Dwayanu. In dieser Rolle nimmt er an einem Menschenopfer in einer Felshöhle teil. Eine junge Frau wird dem gräßlichen Krakengott Khalk'ru übergeben, der sie verschlingt, und Leif selbst leitet in Trance das Ritual. Als ihm bewußt wird, was er getan hat, flieht er entsetzt. Die Uiguren halten ihn nicht zurück, aber der alte Priester warnt ihn: Wer Khalk'ru gerufen und von ihm Antwort erhalten hat, der muß auch selbst antworten, wenn der Gott ihn ruft ... Und der Gott ruft Leif – im fernen Alaska, in einem Tal, das unter einer Fata Morgana verborgen auf ihn wartet.

Über den Autor Abraham Merritt wurde 1884 in Beverly/USA geboren und starb 1943 in Indian Rock Beach/USA. Er war Journalist und später Herausgeber des Hearst-Blattes ›American Weekly‹. In den Jahren nach dem Ersten Weltkrieg schrieb er eine Anzahl phantastischer Romane, die sich ungeheurer Popularität erfreuten. Neben ›Lost-Race‹-Geschichten faszinierte ihn das Phänomen des auch in unserer aufgeklärten Gesellschaft leibhaftigen Satans, über das er verschiedene Erzählungen und Romane verfaßte. Seine stets ungemein spannenden Sensationsromane haben die Fantasy-Literatur bis heute nachhaltig beeinflußt.

Abraham Merritt

Das Volk der Fata Morgana

Roman

Aus dem Amerikanischen
von Marcel Bieger

Fischer Taschenbuch Verlag

Deutsche Erstausgabe
Veröffentlicht im Fischer Taschenbuch Verlag GmbH,
Frankfurt am Main, Januar 1986

Die amerikanische Originalausgabe erschien 1960 unter dem Titel
›Dwellers in the Mirage‹
bei Futura Publications Ltd., London

Umschlaggestaltung: Die Titelillustration von Claus-Dietrich Hentschel, Konstanz,
zeigt einen Ausschnitt seines Acrylbildes »Spielraum« (1982; 85 x 65 cm);
die Typographie besorgte Manfred Walch, Frankfurt am Main
Gesamtherstellung: Clausen & Bosse, Leck
Printed in Germany
1080-ISBN-3-596-22703-8

DAS BUCH VON KHALK'RU

Die Hauptpersonen

Leif Langdon / Dwayanu	ein junger amerikanischer Bergbauingenieur, von den hellen Uiguren der Wüste Gobi und dem Volk der Fata Morgana als der wiedergeborene Sagenheld Dwayanu begrüßt
Jim Two Eagles / Tsantawu	sein Freund, ein Cherokee-Indianer
Evalie	ein liebliches junges Mädchen, das unter dem Kleinen Volk des verborgenen Tals lebt
Lur	eine schöne, machtgierige und wilde Zauberin, Herrin der weißen Wölfe, vom Volke der Ayjir
Tibur der Schmied	ein Held und Anführer der Ayjir, Lurs Liebhaber und Leifs Todfeind
Dara	Truppenführerin der Amazonen, tapfer und loyal, Leifs gute Freundin
Yodin	der grausame Oberpriester des Gottes Khalk'ru
Khalk'ru	der entsetzliche Krakengott der Ur-Uiguren und des Volkes der Fata Morgana – ein seelenfressendes außerirdisches Ungeheuer

I

Geräusche in der Nacht

Ich hob den Kopf, wartete und lauschte, nicht nur mit den Ohren, sondern mit jeder Pore meiner Haut, auf die Wiederkehr des Geräuschs, das mich aus dem Schlaf gerissen hatte. Aber da war nur Stille, vollkommene Stille. Kein Rauschen in den Ästen der Fichten, die rings um das Lager standen. Kein Rascheln von hastig fliehenden Füßchen im Unterholz. Durch die Lücken zwischen den Zweigen glitzerte schwach das Sternenlicht in der kurzen Spanne zwischen Sonnenuntergang und -aufgang, die in Alaska die dämmerartige Frühsommernacht ausmacht.
Eine plötzliche Bö neigte die Fichtenwipfel und brachte das Geräusch mit sich: Es klang wie Hammerschläge auf den Amboß.
Ich schlüpfte aus meinem Schlafsack und schlich um die ausglimmenden Scheite unseres Lagerfeuers zu Jim. Seine Stimme ließ mich anhalten.
»Ist schon gut, Leif, ich höre es auch.«
Der Wind seufzte noch einmal und erstarb, und mit ihm verging auch der dröhnende Nachhall des Amboßschlags. Ehe wir ein Wort miteinander reden konnten, frischte der Wind erneut auf und trug wieder den Nachhall des Hammerschlags mit sich. Diesmal nur schwach und weit entfernt. Und kurz darauf ebbte die Brise plötzlich ab, und mit ihr das Geräusch.
»Ein Amboß, Leif!«
»Still!«
Ein stärkerer Windstoß fuhr durch die Fichten, und wurde von einem fernen Gesang begleitet: Männer- und Frauenstimmen, die ein sonderbares Lied in Moll sangen. Der Gesang endete mit einem klagenden, archaischen und dissonanten Akkord.
Dem folgte ein langer Trommelwirbel, der sich zu einem raschen

Crescendo steigerte und dann abrupt endete. Danach war nur noch matt ein lärmendes Durcheinander zu hören.
Ein tiefes, alles verschlingendes Rumpeln, wie kilometerweit entfernter Donner, glättete den Aufruhr. Und in ihm schwangen Trotz und Herausforderung mit.
Wir warteten gespannt. Die Fichten standen ruhig und gerade da. Der Wind kehrte nicht wieder.
»Sonderbare Geräusche, was, Jim?« Ich bemühte mich, so gelassen wie möglich zu klingen.
Er setzte sich auf. Im sterbenden Feuer loderte kurz und hell ein Stock. Der Flammenschein hob Jims Züge gegen die Dunkelheit ab – ein schmales, braunes Adlerprofil. Er sah mich nicht an.
»Jeder federntragende Vorvater der letzten zwanzig Jahrhunderte ist erwacht und ruft! Besser, du nennst mich jetzt Tsantawu, Leif. *Tsi'Tsa'lagi*, ich bin ein Tscherokese! Und nun wieder ein reinrassiger Indianer!«
Er lächelte, sah mich aber immer noch nicht an, und ich war froh darüber.
»Das Geräusch von einem Amboß«, sagte ich. »Von einem wirklich riesigen Amboß. Und Hunderte von Menschen haben gesungen ... Wie ist das in solcher Wildnis möglich? ... Es klang überhaupt nicht nach Indianern ...«
»Das waren auch keine Indianertrommeln.« Er hockte sich ans Feuer und starrte in die Glut. »Als sie ertönten, war es mir, als würde jemand mit Eiszapfen ein Pizzicato auf meinem Rücken spielen.«
»Mir haben diese Trommeln auch ganz schön zugesetzt!« Ich hatte ruhig klingen wollen, aber er sah scharf zu mir hoch. Jetzt verdeckte ich die Augen und starrte auf die glimmenden Scheite. »Sie haben mich an etwas erinnert, das ich früher einmal gehört habe ... und zu sehen glaubte ... in der Mongolei. Auch der Gesang paßte dazu. Verdammt, Jim, warum siehst du mich so an?«
Ich warf einen Zweig ins Feuer. Als das Holz aufflammte, konnte ich nicht anders, als das Gesicht abwenden und in den Schatten sehen. Dann war ich soweit, Jim anzublicken.

»War wohl kein sehr angenehmer Ort, was, Leif?« fragte er leise.
Ich sagte nichts. Jim stand auf und ging zu unserem Gepäck. Er kehrte mit dem Wassersack zurück und goß das Feuer aus. Dann trat er Erde auf die zischende Holzkohle. Falls er bemerkt haben sollte, wie ich zusammenzuckte, als die Schatten über uns hereinbrachen, so ließ er sich nichts anmerken.
»Der Wind kam von Norden«, sagte er. »Also stammten auch die Geräusche aus dieser Richtung. Wer auch immer dafür verantwortlich gewesen ist, er muß dort stecken. Da das wohl klar sein dürfte, erhebt sich die Frage, in welche Richtung wir morgen weitermarschieren?«
»Nach Norden«, sagte ich.
Meine Kehle schnürte sich zu, als ich das sagte.
Jim lachte. Er ließ sich auf seine Decke fallen und rollte sich darin ein. Ich lehnte mich gegen den Stamm einer Fichte und starrte gedankenvoll nach Norden.
»Die Ahnen sind erwacht und geben keine Ruhe, Leif. Was ich von ihnen höre, verheißt viel Leid ... wenn wir nach Norden gehen ... ›Schlechte Medizin!‹ sagen die Ahnen ... ›Schlechte Medizin‹ für dich, Tsantawu! Du gelangst nach *Usunhu'yi*, ins Verdüsternde Land, Tsantawu! ... Nach Tsusgina'i, ins Geisterland! Hüte dich! Wende dich ab vom Norden, Tsantawu!«
»Geh endlich schlafen, du abergläubische Rothaut!«
»Bitte, dann eben nicht, ich wollte es dir ja nur gesagt haben.«
Aber schon kurz darauf flüsterte er:
»›Und die, die es wissen, prophezeien Krieg.‹ Nein, was meine Vorfahren verkünden, ist noch viel schlimmer als Krieg, Leif.«
»Jetzt reicht's mir aber, halt endlich den Mund!«
Er lachte noch einmal trocken, danach war Stille.
Ich lehnte immer noch am Baumstamm. Die Geräusche, oder besser die gräßlichen Erinnerungen, die sie geweckt hatten, hatten mich mehr aufgewühlt, als ich bereit war zuzugeben, auch mir selbst gegenüber. Das Ding, das ich bereits seit zwei Jahren in einem Lederbeutel um den Hals trug, schien sich geregt zu ha-

ben und war kalt wie Eis geworden. Ich fragte mich, wieviel Jim bereits von dem ahnte, was ich so sorgfältig für mich behalten wollte ...
Warum hatte er das Feuer ausgemacht? Weil er sah, welche Angst ich hatte? Um mich zu zwingen, mich meiner Furcht zu stellen und sie zu besiegen? ... Oder hatte ihm sein indianischer Instinkt geraten, Schutz in der Dunkelheit zu suchen? ... Wie er eingestanden hatte, hatten der Gesang und das Trommeln genauso an seinen Nerven gezerrt wie an meinen ...
Angst! Natürlich war es Angst gewesen, die meine Handflächen feucht gemacht hatte, die mir die Kehle zugeschnürt hatte und die mein Herz dazu gebracht hatte, rasende Wirbel zu schlagen.
Wie Trommelwirbel.
Aber nicht wie die Trommeln, deren Schlagen der Nordwind an unser Ohr getragen hatte. Wirbel wie die Kadenz von rennenden Füßen; Füße von Männern und Frauen, von Jungen, Mädchen und kleinen Kindern, die immer rascher an der Wand einer Hohlwelt hinaufliefen, um, ohne nachzudenken, in einen Schlund zu springen ... ins Nichts einzutauchen ... sich im Fall aufzulösen ... vom absoluten Nichts verschlungen zu werden ...
Wie der verfluchte Trommelwirbel, den ich vor zwei Jahren in dem geheimen Tempel in der Oase in der Wüste Gobi gehört hatte!
Weder damals noch jetzt war es Furcht oder Angst allein gewesen. Natürlich war Furcht darunter, aber auch Trotz ... der sich aufbäumende Trotz des Lebens gegen seine Negation ... aufbegehrender, unbändiger Lebenszorn ... die verzweifelte Revolte des Ertrinkenden gegen das tödliche Wasser ... die letzte Wut der Kerzenflamme gegen das über ihr schwebende Löschhütchen ...
Gütiger Gott! War wirklich so wenig Anlaß zur Hoffnung? Wenn das, was ich für wahr hielt, auch wahr war, dann konnte ich mich gleich geschlagen geben.
Aber da war Jim. Wie sollte ich ihn aus allem heraushalten?
In meinem Herzen hatte ich nie über seine halb unterbewußten Wahrnehmungen gelacht, was auch immer hinter dem stecken mochte, was er die Stimmen seiner Ahnen nannte. Als er von

Usunhi'yi, dem Verfinsterten Land, gesprochen hatte, war es, als strichen Eisfinger meinen Rücken hoch. Hatte nicht auch der alte Priester der Uighuren vom Schattenland gesprochen? Und jetzt kam es mir so vor, als würden seine Worte in meinem Kopf widerhallen.
Ich sah zu Jim hinüber. Er war mir verwandter als meine leiblichen Brüder. Plötzlich mußte ich lachen, denn sie hatten mir nie besonders nahegestanden. Bis auf meine sanfte und warmherzige nordländische Mutter war ich für alle in unserem altehrwürdigen Haus immer nur ein Fremder gewesen: der jüngste Sohn, kein Nesthäkchen, sondern ein unerwünschter Eindringling – ein Wechselbalg. Dabei konnte mir doch kein Vorwurf daraus gemacht werden, daß ich als Ebenbild der gelbhaarigen, blauäugigen und sehr muskulösen Wikinger-Vorfahren meiner Mutter auf die Welt kam. Nein, ich war überhaupt kein Langdon. Die männlichen Langdons waren dunkelhaarig und schmal, hatten dünne Lippen und ein düsteres Gemüt und waren offenbar allesamt schon seit vielen Generationen aus dem gleichen Holz geschnitzt. Sie blickten auf mich, den Wechselbalg, herab, sogar die Familienportraits schienen mich halb höhnisch und halb feindselig anzusehen. Und besonders deutlich wurde mir diese Haltung, wenn ich bemerkte, wie mein Vater und meine vier Brüder, jeder von ihnen ein durch und durch echter Langdon, ungehalten reagierten, wenn ich mich, aufgrund meiner Statur, etwas unbeholfen an ihrem Tisch niederließ.
Ich war in meiner Jugend oft unglücklich, aber auf der anderen Seite liebte mich meine Mutter nach jeder schlechten Behandlung nur noch mehr. Ich fragte mich wieder und wieder, wie sie sich an einen so düsteren und egozentrischen Mann wie meinen Vater hatte binden können, wo doch das Blut der Nordleute so stark durch ihre Adern strömte. Sie hatte mir den Namen Leif gegeben. Ein Vorname, der sich überhaupt nicht mit Langdon vereinbaren ließ; genauso unvereinbar wie ich mit dem Rest meiner Familie.
Jim und ich hatten am selben Tag im Dartmouth College in New Hampshire angefangen. Ich erinnere mich heute noch sehr gut an unsere erste Begegnung: ein großer, braunhäutiger Junge mit

einem Adlergesicht und unergründlichen schwarzen Augen. Ein reinrassiger Tscherokese aus dem Stamm, der auch schon den großen Häuptling Sequoyah hervorgebracht hatte. Ein Stamm, aus dem viele Jahrhunderte hindurch weise Männer und tapfere und listige Krieger hervorgegangen waren.

Im Collegeregister war er als James T. Eagles eingetragen, aber bei seinem Volk hieß er Two Eagles, und seine Mutter hatte ihn Tsantawu genannt. Schon bei unserer ersten Begegnung hatten wir eine Seelenverwandtschaft verspürt. Nach den uralten Riten seines Volks hatten wir Blutsbrüderschaft geschlossen, und er hatte mir einen Geheimnamen verliehen, der nur uns bekannt war: Degataga – der, der einem anderen so nahesteht, daß die beiden eins sind.

Meine größte Begabung, abgesehen von meiner Körperkraft, ist mein Talent für Sprachen. Bald schon sprach ich Tscherokesisch, als sei ich in diesem Volk geboren worden.

Die Jahre im College waren die glücklichsten und schönsten, die ich bis dahin je erlebt hatte. In unserem letzten Jahr dort trat Amerika in den Weltkrieg ein. Zusammen verließen Jim und ich das College, machten gemeinsam die militärische Grundausbildung und fuhren auf demselben Truppentransporter nach Frankreich.

Während ich so dasaß, in der träge vorankriechenden Dämmerung von Alaska, durcheilten meine Gedanken die weiteren Ereignisse der Vergangenheit ... der Tod meiner Mutter am Tag des Waffenstillstands ... meine Rückkehr nach New York in ein offen feindseliges Haus ... Das Signal an Jim, wieder bei seinem Stamm zu leben ... die Beendigung meiner Ausbildung zum Bergwerksingenieur ... meine Reisen durch Asien ... meine zweite Rückkehr nach Amerika und meine Suche nach Jim ... unsere Expedition durch Alaska, die wir mehr der Gemeinsamkeit und des Friedens in der Wildnis wegen durchführten, als um des Goldes willen, das wir angeblich suchten.

Ein langer Weg seit dem großen Krieg ... und erst in den letzten zwei Monaten war ich wieder richtig glücklich gewesen. Der Weg hatte uns von Nome über die bebenden Tundras zum Koyokuk geführt. Und endlich zu diesem kleinen Lager mitten unter den Fichten, irgendwo zwischen den Oberläufen des Koyokuk und des Chandalars im Vorgebirge des noch weitgehend unerforschten Endicott-Höhenzugs.

Eine lange Reise ... und ich hatte plötzlich das Gefühl, daß hier erst die wahre Reise meines Lebens ihren Anfang nahm.

Ein Strahl der aufgehenden Sonne drang durch die Wipfel. Jim erhob sich von seinen Decken, sah zu mir herüber und grinste. »Nach dem Konzert hast du wohl nicht mehr allzu viel Schlaf mitbekommen, was?«

»Was hast du deinen Vorvätern geantwortet? Sie scheinen dich ja nicht mehr sehr lange wach gehalten zu haben.«

»Na, die haben sich recht bald wieder beruhigt«, sagte er etwas gelassen. Sein Gesicht und seine Augen waren ausdruckslos. Er bemühte sich, seine Gedanken vor mir zu verbergen. Die Vorväter hatten also doch keine Ruhe gegeben. Die ganze Nacht hindurch hatte er wach gelegen, während ich glaubte, er schliefe fest. Ich änderte rasch meine Pläne. Wir würden nach Süden weiterziehen, wie wir es ursprünglich vorgehabt hatten. Bis zum Polarkreis würden wir zusammen ziehen, und dort würde mir schon eine Ausrede einfallen, alleine weiterzuwandern.

»Wir gehen nicht nach Norden«, sagte ich. »Ich habe es mir anders überlegt.«

»So, und warum?«

»Ich erzähle es dir nach dem Frühstück«, sagte ich, denn mir sind noch nie sehr schnell Lügen eingefallen. »Mach ein Feuer, Jim, ich gehe zum Fluß und hole Wasser.«

»Degataga!«

Ich blieb wie angewurzelt stehen. Nur in Augenblicken, in denen wir uns besonders nahe waren, oder in Momenten großer Gefahr rief er mich bei meinem Geheimnamen.

»Degataga, du gehst nach Norden! Du gehst dorthin, und wenn ich vor dir herlaufen muß, damit du mir folgst ...« Unvermittelt sprach er auf Tscherokesisch weiter ... »Nur so kann dein Geist

gerettet werden, Degataga. Marschieren wir zusammen, als Blutsbrüder? Oder willst du mir hinterher kriechen, wie ein zu oft getretener Hund seinem Herrn?«
Das Blut stieg mir in den Kopf, und meine Hand fuhr nach ihm aus. Aber er trat schnell einen Schritt zurück und lachte.
»So gefällst du mir schon besser, Leif.«
Mein Zorn verging ebenso rasch, wie er gekommen war, und meine Hand senkte sich.
»Also gut, Tsantawu. Wir gehen ... nach Norden. Aber es war nicht wegen mir, daß ich dir sagte, ich hätte es mir anders überlegt.«
»Das weiß ich, verdammt noch mal.«
Er schichtete Holz für das Feuer zusammen. Ich ging zum Fluß. Wir tranken starken schwarzen Tee und aßen die Reste des am Tag zuvor geschossenen kleinen braunen Kranichs, den man hier Alaskatruthahn nennt. Als wir das Frühstück beendet hatten, begann ich zu erzählen.

II

Der Krakenring

Vor drei Jahren begann ich meine Geschichte, gelangte ich mit der Fairchild-Expedition in die Mongolei. Zu meinem Aufgabenbereich gehörte zum einen die Suche nach Bodenschätzen für bestimmte britische Interessengruppen und zum anderen ethnographische und archäologische Forschungen für das Britische Museum und die Universität von Pennsylvanien.

Ich bekam nie eine Gelegenheit, meine Ausbildung zum Bergwerksingenieur unter Beweis zu stellen. Von Anfang an sah man mich in der Expedition nur als Goodwill-Repräsentanten, als Lager-Unterhalter und als Mittelsmann zwischen uns und den Eingeborenenstämmen an. Meine Größe, mein blondes Haar, meine blauen Augen, meine erstaunliche Körperkraft und meine Fähigkeit, Sprachen rasch zu erlernen, faszinierten die anderen Expeditionsteilnehmer immer wieder aufs neue. Aber auch die Eingeborenen: Tataren, Mongolen, Buriaten oder Kirgisen sahen staunend zu, wenn ich Hufeisen auseinanderbog, Eisenstangen verdrehte und das vorführte, was mein Vater verächtlich Zirkustricks genannt hatte.

Nun, das war ich dann wohl auch für alle, ein Einmann-Zirkus. Und was noch viel wichtiger war für mich, sie mochten mich. Der alte Fairchild pflegte stets zu lachen, wenn ich mich bei ihm beschwerte, daß mir für meine Arbeit keine Zeit bliebe. Dann sagte er, ich sei mehr wert als ein Dutzend Bergwerksingenieure, daß ich für die Expedition so etwas wie eine Rückversicherung sei und daß sie, solange ich sie unterhielt, keine Schwierigkeiten haben würde. Und so friedlich und ungestört verhielt es sich auch. Nie zuvor hatte ich eine Expedition miterlebt, in der man seine Sachen unbeaufsichtigt herumliegen lassen konnte und nach der Rückkehr

alles unbehelligt vorfand. Außerdem brauchten wir weder Häuptlinge zu bestechen noch unser Lager zu befestigen.
Innerhalb kürzester Zeit hatte ich ein halbes Dutzend Dialekte erlernt und konnte mich mit den Stämmen in ihrer eigenen Sprache unterhalten und sogar Späße mit ihnen machen. Das machte einen gewaltigen Eindruck auf sie. Hin und wieder kam eine mongolische Delegation zu uns und brachte einige Ringer mit – riesige Burschen mit Brustkästen wie ein Faß –, die gegen mich antreten sollten. Ich lernte ihre Kampftechniken und brachte ihnen unsere bei. Wir maßen uns im Ponyheben, und einige meiner mandschurischen Freunde unterwiesen mich in der Kunst mit zwei Breitschwertern – in jeder Hand eines – zu kämpfen.
Fairchild hatte ursprünglich vorgehabt, ein Jahr in dieser Gegend zu bleiben. Aber die Tage vergingen so reibungslos und angenehm, daß er beschloß, unseren Aufenthalt zu verlängern. Meine Vorführungen, erklärte er mir in seiner leicht ironischen Art, seien unzweifelhaft von andauerndem Erfolg. Nie wieder würde die Forschung eine solche Gelegenheit in dieser Region erhalten, außer mir würde es eines Tages in den Sinn kommen, mich hier als Herrscher niederzulassen. Er ahnte natürlich nicht, wie nahe er mit seinen Worten an eine Prophezeiung herankam.
Im Frühsommer des folgenden Jahres verlegten wir unser Lager etwa hundertfünfzig Kilometer nach Norden. Hier war das Land der Uiguren. Ein sonderbares Volk, diese Uiguren. Sie sagen von sich selbst, sie seien die Nachfahren einer großen Rasse, die einst über die Gobi herrschte, als dort noch keine Wüste, sondern ein fruchtbares Paradies mit breiten Flüssen, vielen Seen und bevölkerungsreichen Städten war. Und tatsächlich unterschieden sie sich von allen anderen Stämmen. Die Nachbarn brachten sie zwar liebend gern um, wann immer ihnen das möglich war, aber sie hatten dennoch auch Angst vor den Uiguren. Oder besser, vor den Zauberkünsten ihrer Priester.
Nur sehr selten waren im alten Lager Uiguren aufgetaucht. Und bei diesen Gelegenheiten hatten sie stets auf Distanz geachtet. Das neue Lager stand kaum eine Woche, da ritten zwanzig Uiguren in

unser Lager ein. Ich saß gerade im Schatten meines Zelts. Sie stiegen ab und kamen direkt auf mich zu. Niemand sonst schien sie auch nur im geringsten zu interessieren. Wenige Meter vor mir blieben sie stehen. Drei von ihnen kamen noch näher und betrachteten mich aufmerksam. Ihre Augen waren von einem eigentümlichen Blaugrau. Und die von dem Mann, der ihr Anführer zu sein schien, strahlten eine außerordentliche Kälte aus. Mir fiel auf, daß die Uiguren größer und kräftiger waren als die anderen Bewohner dieser Region.

Da ich des Uigurischen nicht mächtig war, begrüßte ich sie höflich in Kirgisisch. Sie gaben keine Antwort, sondern studierten mich weiterhin eindringlich. Endlich unterhielten sie sich untereinander und nickten sich zu, so als wären sie zu einer Entscheidung gelangt. Der Anführer wandte sich an mich. Als ich aufstand, bemerkte ich, daß ihm nur wenige Zentimeter an meinen ein Meter neunzig fehlten. Ich erklärte ihm, wiederum in Kirgisisch, daß ich seine Sprache nicht verstand. Er gab seinen Männern einen Befehl. Sie umstellten mein Zelt wie Wachtposten und hielten in der einen Hand einen Speer und in der anderen ihr gefährliches Langschwert.

Solches Verhalten ärgerte mich nun doch, aber bevor ich protestieren konnte, sprach der Anführer in Kirgisisch zu mir. Er versicherte mir mit unerwarteter Hochachtung, daß ihr Besuch in vollkommen friedfertiger Absicht erfolge. Sie wünschten allerdings bei ihrer Kontaktaufnahme nicht von einem meiner Gefährten gestört zu werden. Dann bat er mich, ihm meine Hände zu zeigen. Er und seine beiden Begleiter beugten sich über meine Handflächen, untersuchten sie auf das genaueste und zeigten hier auf einen Schnittpunkt zweier Linien und dort auf ein besonderes Merkmal. Als die Inspektion beendet war, berührte der Anführer seine Stirn mit meiner Rechten.

Und zu meinem absoluten Erstaunen fing er ohne weitere Erklärung an, mir eine sehr gründliche Unterrichtsstunde in Uigurisch zu geben. Als Verständigungsmittel wählte er das Kirgisische. Er wirkte nicht im mindesten überrascht von meiner raschen Auffassungsgabe. Tatsächlich hatte ich die sonderbare Vorstellung, er habe es auch gar nicht anders erwartet. Überhaupt verhielt er sich bei seinem Unterricht nicht wie jemand, der mir eine neue Sprache beibringen wollte, sondern schien mir eine vergessene ins Gedächtnis zurückholen zu wollen. Nach gut sechzig Minuten war die Lektion beendet. Dann berührte er wieder seine Stirn mit meiner Hand und gab dem Ring der Wachtposten einen Befehl. Die Männer begaben sich zu ihren Pferden und galoppierten davon.

Der ganze Vorfall hatte etwas Beunruhigendes an sich gehabt. Am meisten aber störte mich das vage Gefühl, mein Lehrer habe, wenn ich sein Verhalten richtig gedeutet hatte, mir wirklich eine Sprache ins Gedächtnis wiedergeholt, die seit irgendwann in meinem Unterbewußtsein schlummerte. Hinzu kam, daß ich nie zuvor eine Sprache so flott und mit solcher Leichtigkeit erlernt hatte wie das Uigurische.

Die anderen Mitglieder der Expedition hatten den Vorfall natürlich verblüfft und besorgt verfolgt. Ich ging sofort zu ihnen und versuchte, die Angelegenheit zu klären. Unser Ethnologe war der berühmte Professor David Barr aus Oxford. Fairchild hielt das Ganze für einen Scherz, aber der Professor war zutiefst beunruhigt. Er erklärte, die Uiguren gingen davon aus, daß ihre Vorfahren eine helle Rasse mit blonden Haaren und blauen Augen gewesen seien, die Männer von großer Statur und außerordentlicher Kraft hervorgebracht hätte. Männer wie mich. Einige der wenigen bislang entdeckten, uralten Wandgemälde der Uiguren zeigten exakt diesen Menschentyp, was für die Authentizität dieser Legende sprach. Aber falls die Uiguren der Gegenwart wirklich die Nachfahren dieser Rasse waren, dann mußte das alte Blut bis an den Punkt der Auslöschung vermischt und verdünnt worden sein.

Ich fragte den Professor, was das denn mit mir zu tun hätte, und er antwortete recht überzeugend, daß meine Besucher mich wohl für einen reinrassigen Abkömmling ihrer Vorfahren hielten. Zumindest könne er keine plausiblere Erklärung finden. Er war auch der Ansicht, daß ihr Studium meiner Handflächen und ihre offensichtliche Freude über das, was sie dort entdeckt hatten, gar keinen anderen Schluß zuließen.

Der alte Fairchild fragte ihn daraufhin sarkastisch, ob er uns zu überzeugten Anhängern der Handlesekunst machen wollte. Barr entgegnete kühl, daß er Naturwissenschaftler sei. Und als solcher sei ihm bekannt, daß gewisse physische Ähnlichkeiten mittels Erbfaktoren über viele Generationen weitergetragen werden könnten. Bestimmte Eigentümlichkeiten in den Linien von Handflächen könnten sich durchaus über mehrere Jahrhunderte halten. Am ehesten tauchten sie bei Fällen von Atavismus auf, wie ich ihn unzweifelhaft repräsentierte.

Zu diesem Zeitpunkt war ich schon ein wenig verwirrt. Aber Barr hatte noch einige Punkte auf Lager, die mich erst recht schwindlig machten. Mittlerweile war der Professor so richtig in Fahrt gekommen und erklärte, daß die Uiguren möglicherweise mit ihrer – von ihm angenommenen – Meinung über mich recht hatten. Ich war ein Rückfall in die frühmittelalterlichen Nordmänner. Das stand fest. Nach seinen Worten war ziemlich sicher, daß die Asen und die alten nordischen Göttinnen und Götter – Odin, Thor, Frigga, Freya, Loki und all die anderen – einst reale Personen gewesen seien. Ohne Frage waren sie die Führer in einer langen und gefahrvollen Völkerwanderung. Nach ihrem Tod hatte man sie zu Göttern erhoben, wie so viele ähnlich bedeutende Heldinnen und Helden von anderen Völkern und Rassen auch. Die Ethnologen waren sich einig, daß die Ur-Wikinger wie andere arische Völker aus Asien nach Nordeuropa gelangt waren. Ihre Wanderschaft muß irgendwann zwischen 5000 und 1000 v. Chr. stattgefunden haben. Und es gab keinen stichhaltigen wissenschaftlichen Grund, mit dem ausgeschlossen werden konnte, daß sie aus einer Region kamen, die man heute Gobi nennt, oder daß sie nicht die blonde Rasse gewesen waren, die die heutigen Uiguren als ihre Ahnen verehrte.

Niemand wüßte genau, fuhr er fort, wann die Gobi sich in eine Wüste verwandelt habe noch was die Ursache gewesen sein könnte. Teile der Gobi und vor allem die kleine Gobi könnten durchaus bis noch vor zweitausend Jahren fruchtbares Land gewesen sein. Wann immer die Verwandlung stattgefunden hätte, was immer die Ursachen dafür gewesen sein mochten und ob die Verwüstung langsam oder von einem Tag auf den anderen vonstatten gegangen sei, eine solche Umwälzung sei ein perfekter Grund für die von Odin und den anderen Asen geführte Völkerwanderung, die ihr Ende in der Besiedlung der skandinavischen Halbinsel gefunden hatte. Ich sei ein Atavismus auf die Rasse, deren Nachfahrin meine Mutter war. Nicht auszuschließen sei, daß ich als Atavismus auch andere Merkmale der Ur-Uiguren trug, falls es sich bei ihnen tatsächlich um die ersten Wikinger handelte.

Nach so viel Theorie sahen die praktischen Folgen so aus, daß ich auf dem besten Wege war, mir eine Menge Unannehmlichkeiten einzuheimsen, wie jeder andere Teilnehmer an unserer Expedition auch. Barr riet eindringlich, ins alte Lager zurückzukehren, wo wir uns unter freundlichen Stämmen bewegen könnten. Zum Schluß führte er noch an, daß seit unserer Ankunft im Land der Uiguren noch kein einziger Mongole, Tatare oder anderer Reiter aus einem der Stämme, mit denen ich Freundschaft geschlossen hatte, in unser Lager gekommen sei. Barr setzte sich hin und sah Fairchild böse an. Der Professor schloß mit der Bemerkung, dies sei wohl kaum der Rat eines Chiromantikers gewesen, sondern der eines zu rationalem Denken fähigen Wissenschaftlers.

Selbstverständlich entschuldigte sich Fairchild jetzt bei Barr, entschied sich aber gegen eine sofortige Rückkehr ins alte Lager. Wir könnten noch ein paar Tage länger hierbleiben und sehen, wie sich die Sache weiterentwickle. Barr meinte dazu verdrießlich, daß Fairchild als Prophet wahrscheinlich eine totale Niete sei, aber andererseits sei nicht auszuschließen, daß man uns ständig beobachtete und einen Abzug unsererseits gewaltsam zu verhindern wisse. Von daher könnten wir durchaus noch etwas hierbleiben.

In jener Nacht hörten wir Trommelschlag. In variierenden Inter-

vallen verfolgte uns die Musik bis in das Morgengrauen. Anscheinend berichteten sie anderen, viel weiter entfernten Trommeln und beantworteten ihnen Fragen.
Am nächsten Tag erschien zur gleichen Stunde wieder der Reitertrupp. Der Anführer kam ohne Umschweife auf mich zu und ignorierte, wie schon zuvor, die anderen im Lager. Seine Begrüßung hatte fast so etwas wie Demut an sich. Wir begaben uns zusammen in mein Zelt. Wieder bildete sich die Wachtposten-Kette, und dann begann meine zweite Unterrichtsstunde. Diesmal dauerte sie zwei Stunden, wenn nicht noch länger. Von da an erlebten wir Tag für Tag, drei Wochen lang, die gleiche Vorstellung; ohne auflokkernden Plausch, ohne Austausch von normalen Höflichkeiten, ohne Erklärungen. Der Uigurentrupp kam nur zu einem einzigen Zweck in unser Lager: mir ihre Sprache beizubringen. Und dieser Aufgabe widmeten sie sich mit bewundernswerter Hingabe. Meine Neugierde wurde unerträglich, und ich konnte das Ende des Unterrichts kaum abwarten, um endlich zu erfahren, was hinter der Sache steckte. Deshalb sträubte ich mich nicht und gab mich so willig dem Sprachkurs hin, wie sie meinen Unterricht forcierten. Aber auch das schienen sie nicht anders von mir erwartet zu haben. Nach drei Wochen konnte ich in Uigurisch genausogut eine Unterhaltung führen wie in Englisch.
Barrs Unruhe war bald nicht mehr zu übersehen. »Sie bereiten dich auf etwas vor!« erklärte er mir. »Ich würde fünf Jahre meines Lebens dafür hergeben, wenn ich in deinen Schuhen stecken könnte. Aber im Grunde genommen gefällt mir die ganze Sache überhaupt nicht. Ich habe Angst um dich, sehr große Angst sogar!«
In einer Nacht am Ende der dritten Woche wurden die Trommeln wieder bis in den frühen Morgen geschlagen. Am nächsten Tag kamen meine Lehrmeister nicht, auch am folgenden Tag nicht und ebenfalls am dritten nicht. Aber wir entdeckten, daß rings um das Lager Uiguren Posten standen und uns beobachteten. Alle Expeditionsteilnehmer hatten Angst, und eine vernünftige Arbeit war nicht mehr möglich.

Am Nachmittag des vierten Tages sahen wir eine Staubwolke, die von Norden her rasch auf uns zutrieb. Bald darauf hörten wir die Trommeln der Uiguren. Dann schälten sich aus der Staubwolke mindestens zweihundert, wenn nicht sogar dreihundert Reiter. Ihre Speerspitzen glitzerten im Sonnenlicht. Viele von ihnen trugen moderne Gewehre. Sie zogen einen weiten Halbkreis vor dem Lager. Der Anführer mit den kalten Augen, der mir den Sprachunterricht gegeben hatte, stieg von seinem Pferd und kam mit einem prächtigen schwarzen Hengst an der Leine näher. Ein großes und starkes Pferd, das ganz anders war als die struppigen kleinen Tiere, auf denen die Uiguren ritten. Der Hengst sah ganz so aus, als könnte er mein Gewicht ohne Mühe tragen.
Der Anführer kniete vor mir nieder und reichte mir die Zügel des Hengstes. Ich nahm sie, eher automatisch. Das Pferd sah mich an, beschnüffelte mich und legte dann sein Maul auf meine Schulter. Das war das Signal für die Uiguren, ihre Speere zu schwenken und ein Wort zu rufen, das ich nicht verstand. Schließlich stiegen sie ab und warteten.
Der Anführer erhob sich. Er zog einen kleinen und uralten Jade-Würfel aus seiner Tunika. Wieder fiel er auf die Knie und reichte mir den Würfel. Er schien solide zu sein, aber als ich auf ihn drückte, sprang ein Deckel auf. Im Innern des Würfels lag ein Ring. Ein schweres Stück aus Gold, dick und weit. In ihm war ein gelber, durchsichtiger Stein von etwa vier Zentimetern Durchmesser eingelassen. Und in diesem Stein war ein stilisierter schwarzer Oktopus.
Seine Tentakel streckten sich fächerartig vom Körper aus und wirkten so, als wollten sie durch die Oberfläche des Steins stoßen. Als ich genauer hinsah, konnte ich sogar an den oberen Tentakelenden Saugnäpfe ausmachen. Der Rumpf war nicht so klar herausgearbeitet, sondern schien aus der Tiefe zu kommen. Der schwarze Oktopus war nicht aus dem Juwel geschnitten worden. Er steckte in dem Stein.
Ich stellte in mir ein sonderbares Gefühlsgemisch fest; einerseits Ekel, andererseits eigentümliche Vertrautheit. Wie die Täu-

schung, die uns unsere Gedanken hin und wieder spielen und die unter dem Namen Déjà vu bekannt ist, jenes sonderbare Gefühl, etwas früher schon einmal gesehen oder erlebt zu haben. Ohne darüber nachzudenken, streifte ich mir den Ring über den Daumen, und er saß perfekt. Ich hielt ihn hoch, um zu sehen, wie sich das Sonnenlicht in dem Stein brach. Augenblicklich warfen sich alle Uiguren auf den Bauch und blieben so liegen.
Der Anführer sprach mich an. Halb unterbewußt hatte ich mitbekommen, daß er mich seit dem Moment, in dem ich den Jade-Würfel genommen hatte, intensiv beobachtete. Ich glaubte nun Ehrfurcht in seinen Augen zu sehen.
»Euer Pferd ist bereit ...« Auch er gebrauchte das Wort, das vorher die anderen Reiter gerufen hatten. »Zeigt mir, was Ihr mitzunehmen wünscht, und meine Männer tragen es für Euch.«
»Wohin gehen wir, und für wie lange?« wollte ich wissen.
»Zu einem heiligen Mann Eures Volkes«, antwortete er. »Und wie lange Ihr dort bleiben werdet, kann nur er Euch sagen.«
Ich war einen Moment lang irritiert, wie selbstverständlich er davon ausging, daß ich mitkam. Außerdem war mir überhaupt nicht klar, warum er von seinem Volk als »Eurem« gesprochen hatte.
»Warum kommt der heilige Mann nicht zu mir?« fragte ich.
»Er ist uralt«, sagte er, »und die weite Reise wäre viel zu mühselig für ihn.«
Ich sah auf die Reiter, die immer noch neben ihren Pferden standen. Wenn ich mich weigern sollte mitzugehen, würden sie ohne Zweifel das Lager verwüsten und alle darin umbringen; vor allem, sobald meine Kameraden sich vor mich stellen würden, was sie ohne zu zögern tun würden. Außerdem brannte die Neugierde unlöschbar in mir.
»Ich muß erst mit meinen Gefährten sprechen, bevor ich mitkommen kann«, sagte ich.
»Wenn es dem Dwayanu gefällt«, diesmal bekam ich das fremde Wort mit, »dann mag er seinen Hunden Lebewohl sagen.«
Kurz blitzte so etwas wie Verachtung in seinen Augen auf, als sein Blick über den alten Fairchild und die anderen fuhr.

Mir gefielen seine Worte immer weniger, ganz zu schweigen von seinem Verhalten.

»Warte hier auf mich«, erklärte ich ihm kurz angebunden und ging zu Fairchild. Ich zog ihn in sein Zelt. Barr und die anderen Wissenschaftler folgten uns. Ich erklärte ihnen die Lage. Barr nahm meine Hand und untersuchte den Ring. Leise pfiff er durch die Zähne.

»Weißt du, was das ist?« fragte er mich. »Der Krake ... das superintelligente, bösartige und mythische Seeungeheuer der alten Wikinger. Sieh nur, er hat nicht nur acht, sondern zwölf Tentakel. Auf allen Darstellungen hat er nie weniger als zehn. Dieser Krake symbolisiert das Prinzip der unversöhnlichen Feindschaft allem Leben gegenüber. Damit ist nicht direkt der Tod gemeint, sondern eher die völlige Auslöschung. Der Krake ... hier in der Mongolei!«

»Hören Sie, Chef«, erklärte ich Fairchild, »es gibt nur eine Möglichkeit, wie Sie mir helfen können, falls ich überhaupt Hilfe benötige. Sie gehen sofort ins alte Lager zurück und nehmen Kontakt mit den Mongolen auf, vor allem mit dem Häuptling, aus dessen Stamm die Ringer waren. Überreden sie ihn oder bezahlen sie ihn dafür, so viele Krieger wie möglich ins neue Lager zu führen. Irgendwann kehre ich zurück, aber vielleicht bin ich dann auf der Flucht. Sie alle schweben in großer Gefahr. Möglicherweise nicht in diesem Augenblick, aber die Dinge können sich so entwickeln, daß die Uiguren es für geboten halten, das Lager zu überfallen. Ich weiß, wovon ich rede, Chef. Ich bitte Sie nicht nur mir zuliebe, sondern auch um Ihretwillen.«

»Aber sie beobachten doch das Lager ...« wandte er ein.

»Nicht mehr, sobald sie mit mir abgezogen sind. Zumindest die nächste Zeit nicht mehr. Jeder von ihnen wird in meinem Gefolge sein wollen.« Ich klang so bestimmt, daß an meinen Worten kein Zweifel entstehen konnte, und Barr nickte zustimmend.

»Der König kehrt heim in sein Reich!« sagte er. »Und alle seine treuen Untertanen reisen mit ihm. Leif ist in großer Gefahr, solange er mit diesen Leuten zusammen ist. Gott im Himmel, Leif, wenn ich nur wüßte, wie ich dir helfen kann! Der Krake! Uralte Legenden aus der Südsee erzählen vom Großen Oktopus, der irgendwo schläft und wartet, bis seine Zeit gekommen ist, die Welt und alles Leben auf ihr zu vernichten. Und in einigen Kilometern Höhe findet sich in den Anden ein Abbild des Schwarzen Kraken! Wikinger ... Südsee-Insulaner ... Andenindianer ... und jetzt auch *hier*!«

»Bitte, geben Sie mir Ihr Wort drauf«, sagte ich zu Fairchild. »Mein Leben könnte davon abhängen.«

»Sie gehen zu lassen käme mir vor, als würden wir Sie im Stich lassen. Das gefällt mir ganz und gar nicht.«

»Chef, diese Kriegerschar macht Sie und alle anderen binnen einer Minute nieder. Gehen Sie zurück zu den Mongolen. Und fragen Sie auch die Tataren, sie hassen die Uiguren. Ich komme schon zurück, machen Sie sich darum keine Sorgen. Aber ich fürchte, dann ist die ganze Meute, größer noch als die draußen, hinter mir her. Wenn ich wieder hier bin, möchte ich ganz gern hinter einem gut verteidigten Wall in Deckung gehen können.«

»Wir gehen zurück«, sagte er.

Ich verließ sein Zelt und ging in meins. Der Anführer der Uiguren folgte mir. Ich nahm mein Gewehr und eine Pistole, schob eine Zahnbürste und mein Rasierzeug in eine Tasche und war bereit zu gehen.

»Sonst nichts?« fragte er überrascht.

»Falls noch etwas fehlt, komme ich eben zurück und hole es mir«, antwortete ich.

»Nicht, sobald Ihr Euch *erinnert* habt«, sagte er rätselhaft.

Seite an Seite gingen wir zu dem schwarzen Hengst. Ich setzte mich auf seinen Rücken.

Die Reiter schlossen hinter uns auf. Ihre Speere bildeten eine undurchdringliche Barriere zwischen mir und dem Lager. Wir galoppierten nach Süden.

III

Das Khalk'ru-Ritual

Der Rappe lief in einem steten, federnden Galopp und trug mein Gewicht ohne Mühe. Etwa eine Stunde vor Einbruch der Nacht hatten wir den Rand der Wüste überquert. Zu unserer Rechten ragte ein niedriger Höhenzug aus roten Sandsteinhügeln empor. Kurz vor uns erstreckte sich ein Engpaß. Wir ritten hinein und bahnten uns einen Weg hindurch. Nach etwa einer halben Stunde kamen wir auf einem felsübersäten Gelände heraus, durch das sich die Reste einer ehemaligen Straße wandeln. Sie führte dann schnurgerade nach Nordosten zu einer weiteren, höheren Sandstein-Höhenkette in etwa acht Kilometern Entfernung. Wir erreichten sie, als es dunkel wurde, und hier brachte auch mein Führer sein Pferd zum Stehen und erklärte mir, daß wir hier bis zum Morgen lagern würden. Gut zwanzig Reiter blieben bei uns, der Rest ritt weiter.

Die Uiguren warteten und sahen mich unverhüllt erwartungsvoll an. Ich fragte mich, was ich ihrer Meinung nach jetzt tun sollte. Dann fiel mir auf, wie sehr der Hengst geschwitzt hatte. Ich rief nach einem Tuch, um ihn abzureiben, und nach Wasser und Futter für ihn. Offensichtlich hatten die Uiguren genau darauf gewartet. Der Anführer selbst brachte mir Tücher, Hafer und Wasser, während seine Männer miteinander flüsterten. Nachdem ich den Hengst abgerieben hatte, fütterte ich ihn. Dann verlangte ich Dekken für ihn, denn die Nächte in dieser Gegend sind kalt. Als ich damit fertig war, war das Abendessen zubereitet. Ich saß neben dem Anführer am Feuer und war sehr hungrig; und wie immer, wenn sich die Gelegenheit dazu bot, aß ich mehr als reichlich. Während des Mahls stellte ich ein paar Fragen, aber man beantwortete sie mir so ausweichend und mit solch offensichtlichem

Widerwillen, daß ich es bald aufgab. Nach dem Abendessen war ich müde und sagte das auch. Man reichte mir Decken, und ich ging zum Rappen. Ich breitete neben ihm die Decken aus, legte mich darauf und rollte mich ein.
Der Hengst senkte den Kopf, stieß mich sanft mit den Nüstern an, blies mir lange seinen warmen Atem auf den Nacken und legte sich dann vorsichtig neben mich. Ich drehte mich, bis ich meinen Kopf auf seinen Nacken legen konnte. Die Uiguren flüsterten erregt, als sie das entdeckten. Ich schlief ein.
Im Morgengrauen weckte man mich. Das Frühstück war schon fertig. Wir ritten auf der uralten Straße weiter. Sie verlief am Fuße der Hügel am ausgetrockneten Bett eines ehemals mächtigen Stroms entlang. Lange Zeit schützte uns der Höhenzug vor der Sonne. Als ihre Strahlen dann plötzlich direkt auf uns einfielen, machten wir im Schatten einiger gewaltiger Felsen Rast. Am späten Nachmittag waren wir wieder unterwegs. Kurz vor dem Sonnenuntergang gelangten wir auf einer früher imposanten Brücke über das Flußbett. Wir ritten durch einen weiteren Engpaß, durch den sich vor langer Zeit der Strom gewunden hatte, und erreichten sein Ende bei Einbruch der Dunkelheit.
Zu beiden Seiten am Ende der Schlucht erhoben sich steinerne Forts, die von Dutzenden von Uiguren bemannt waren. Sie fingen an zu rufen, als wir näherkamen, und erneut hörte ich das Wort »Dwayanu«, wieder und wieder.
Die schweren Tore des Forts zur Rechten schwangen auf. Wir ritten durch einen Gang unter dem dicken Wall und gelangten in einen breiten Innenhof. Ein weiteres Tor schwang auf, und wir hatten das Fort hinter uns gebracht.
Vor meinen Augen breitete sich eine Oase aus, die zu allen Seiten von den Bergen eingegrenzt wurde. Einst hatte hier eine mittelgroße Stadt gestanden, von deren Existenz überall noch Ruinen kündeten. Wo ehedem der Strom verlaufen war, floß jetzt nur noch ein Bächlein, das nicht weit von mir im Sand versickerte. Rechts von diesem Wasser fanden sich Bäume und Vegetation; links davon war nur Ödnis. Die Straße führte durch die Oase in die

Öde. Sie endete knapp zwei Kilometer weiter vor einer riesigen viereckigen Öffnung in der Felswand. Die Öffnung wirkte wie eine Tür in den Berg oder wie der Eingang zu einer gigantischen ägyptischen Grabkammer ...

Wir ritten direkt in den fruchtbaren Teil der Oase. Erst jetzt entdeckte ich, daß hier Hunderte uralter Steingebäude standen, und an einigen waren auch deutliche Restaurierungsbemühungen zu erkennen. Dennoch jagte mir ihr ungeheures Alter Schauder über den Rücken. Zwischen den Bäumen waren Zelte aufgeschlagen. Und aus Zelten und Häusern strömten Uiguren, Männer, Frauen und Kinder. Allein die Anzahl der anwesenden Krieger mußte tausend betragen. Anders als die Soldaten in den Forts wurde ich hier beim Vorbeireiten nur mit ehrfurchtsvollem Schweigen empfangen.

Wir hielten vor einem zusammengeflickten Trümmerhaufen, der vielleicht einmal ein Palast gewesen war; vor fünftausend Jahren oder vor der doppelten Zeitspanne. Möglicherweise auch ein Tempel. Eine Reihe stämmiger, viereckiger Säulen verlief an seinen Seiten. Noch schwerere Säulen erhoben sich am Eingang. Hier stiegen wir ab. Der Rappe und das Pferd meines Führers wurden uns von der Eskorte abgenommen. Der Uigure verbeugte sich tief an der Schwelle und bedeutete mir, einzutreten.

Ich gelangte in einen breiten Gang, der von Fackeln aus einem harzhaltigen Holz beleuchtet wurde. Entlang den Wänden standen in einer langen Reihe Speerträger. Mein Führer marschierte neben mir. Der Gang führte in einen riesigen Raum mit einer sehr hohen Decke – so breit und weitläufig, daß die Fackeln an den Wänden das Zentrum kaum zu erhellen vermochten. Am anderen Ende des Raums stand ein niedriges Podest, und auf dem erhob sich ein Tisch, an dem einige Männer mit Kapuzen saßen.

Als ich auf sie zuschritt, spürte ich die gespannten Blicke der Kapuzenträger auf mir. Ich zählte dreizehn von ihnen; sechs an jeder Seite des Tisches und einer in einem größeren Stuhl an seinem Ende. Hohe Kohlenpfannen aus Metall standen vor ihnen, und darin verbrannte eine Substanz, die ein ruhiges und helles weißes

Licht verbreitete. Als ich ziemlich nahe herangekommen war, blieb ich stehen. Mein Führer sprach kein Wort, genausowenig wie die Männer am Tisch.
Plötzlich schimmerte das weiße Licht auf dem Ring an meinem Daumen.
Der Kapuzenmann am Tischende erhob sich und hielt sich mit zitternden Händen, die wie verdorrte Klauen wirkten, an der Kante fest. Ich hörte, wie er leise und raschelnd »Dwayanu« flüsterte.
Die Kapuze glitt zurück. Vor mir war ein uraltes Gesicht mit Augen, die fast so blau leuchteten wie meine. Sie strahlten aufgeregtes Staunen und begierige Hoffnung aus. Das ließ mich nicht ungerührt, denn das war der Blick eines Mannes, der schon seit langem alle Hoffnung hatte fahrenlassen und jetzt plötzlich die Rettung vor Augen hat.
Jetzt erhoben sich auch die anderen und schlugen die Kapuze zurück. Sie alle waren alte Männer, aber lange nicht so bejahrt wie der dreizehnte. Ihre blaugrauen Augen musterten mich. Dann erhob der Hohepriester, denn für den hielt ich ihn und der schien er tatsächlich zu sein, erneut seine Stimme:
»Man hat mir davon berichtet, aber ich wagte nicht, daran zu glauben. Möchtet Ihr nicht zu mir heraufkommen?«
Ich sprang auf das Podest und ging auf ihn zu. Er kam mit seinem alten Gesicht dem meinen ganz nahe und besah sich meine Augen. Er berührte mein Haar. Dann schob er eine Hand in mein Hemd und legte es auf mein Herz.
»Laßt mich Eure Hände sehen«, sagte er.
Ich legte sie mit den Handflächen nach oben auf den Tisch. Der Hohepriester untersuchte sie mit der gleichen Gründlichkeit wie vorher der Anführer. Die zwölf anderen drängten sich um uns und folgten mit ihren Blicken seinen Fingern, die immer wieder an einer Stelle verhielten. Der Alte nahm seine goldene Kette vom Hals und zog an ihr ein langes und flaches Jade-Kästchen aus seinem Umhang. Er öffnete es, und darin lag ein gelber Stein, der viel größer war als der an meinem Ring, ansonsten aber eine nicht zu

übersehende Ähnlichkeit aufwies. Ein schwarzer Oktopus – die Krake – schob sich in ihm aus der Tiefe! Daneben fanden sich in dem Kästchen eine schmale Phiole aus Jade und ein kleines, lanzettenartiges Jademesser. Der Priester nahm meine Rechte und hielt das Gelenk über den gelben Stein. Er sah mich und die anderen mit einem Ausdruck von Seelenqual an.

»Der letzte Test«, flüsterte er. »Das Blut!«

Er ritzte mit dem Messer eine Ader an meinem Handgelenk. Blut trat hervor und sickerte Tropfen für Tropfen auf den Stein. Erst jetzt sah ich, daß er leicht konkav war. Die Blutstropfen bildeten einen dünnen Film vom Boden bis zum Rand des Steins. Der Hohepriester öffnete das Fläschchen und hielt es mit einer ungeheuren Willensanstrengung gerade über den Stein. Ein Tropfen einer farblosen Flüssigkeit fiel heraus und vermischte sich mit meinem Blut.

Absolute Stille erfüllte jetzt den Raum. Der Alte und seine Mitpriester starrten auf den Stein und schienen dabei den Atem anzuhalten. Ich warf einen Seitenblick auf meinen Führer. Ein fanatisches Feuer war in seinen Augen, und er sah mich durchdringend an.

Der Hohepriester rief mit dünner Stimme etwas aus, was die anderen Priester wiederholten. Ich sah auf den Stein. Der rosafarbene Film veränderte seine Tönung. Ein sonderbares Funkeln ging davon aus. Dann war die Flüssigkeit hell und leuchtend grün.

»Dwayanu!« keuchte der Alte und sank in seinen Stuhl. Seine Hände zitterten, als er sie vors Gesicht hielt. Die anderen sahen mich mit großen Augen an, starrten auf den Stein und dann wieder auf mich, so als wären sie gerade eines Wunders teilhaftig geworden. Ich suchte nach meinem Führer. Er lag unterhalb des Podests auf dem Gesicht.

Der Hohepriester nahm die Hände vom Gesicht. Er kam mir verändert und um Jahre jünger geworden vor. In seinen Augen waren nicht mehr Hoffnungslosigkeit und Agonie, sondern brennende Ungeduld. Er erhob sich von seinem Stuhl und setzte mich hinein.

»Dwayanu«, sagte er, »woran erinnert Ihr Euch?«
Ich schüttelte verdutzt den Kopf. Genauso hatte der Anführer der Uiguren im Lager auch gefragt.
»Woran sollte ich mich erinnern?« fragte ich.
Er wandte sich von mir ab und suchte fragend in den Gesichtern der anderen. So als hätte er ihnen per Geisteskraft etwas mitgeteilt, sahen sie einander an und nickten. Der Alte schloß das Jade-Kästchen und versenkte es wieder unter seinem Umhang. Er nahm meine Hand, drehte den Stein am Ring, bis er an der Innenfläche meines Daumens war, und drückte dann meine Hand zu einer Faust zusammen.
»Erinnert Ihr Euch«, sein Flüstern war kaum noch zu vernehmen, »an *Khalk'ru*?«
Wieder erfüllte vollkommenes Schweigen die Halle, und diesmal war es fast körperlich zu spüren. Ich saß am Tisch und dachte nach. Der Name brachte irgend etwas in mir zum Klingen, verbunden mit dem irritierenden Gefühl, daß ich eigentlich mehr wissen müßte; wenn ich nur intensiv genug überlegte, würde es mir schon wieder einfallen. Die Erinnerung saß direkt jenseits der Schwelle zum Bewußtsein. Dann war da noch das Gefühl, daß etwas Grauenhaftes mit diesem Namen verbunden war. Etwas, an dem besser nicht gerührt wurde. Ich fühlte erste Anzeichen von Wogen des Ekels in mir, verbunden mit einem scharfen Widerwillen.
»Nein«, antwortete ich schließlich.
Die anderen atmeten lautstark ein. Der Alte trat hinter mich und legte mir seine Hände über die Augen.
»Erinnerst du dich ... an das?«
Mein Bewußtsein schien zu verschwimmen, und dann sah ich so deutlich ein Bild vor mir, als würde ich mit offenen Augen sehen. Ich galoppierte durch die Oase direkt auf die große Öffnung im Berg zu. Nur jetzt war es keine Oase mehr, sondern eine blühende Stadt mit üppigen Parks und Gärten, durch die sich ein klarer und sprudelnder Fluß wand. Die Höhenzüge zeigten nicht nackten roten Sandstein, sondern waren grün vor Bäumen und allen Arten

von Pflanzen. Ich war nicht allein, andere bildeten eine Art Gefolge; Männer und Frauen, blond und groß wie ich. Jetzt hatte ich den Eingang fast erreicht. Mächtige, vierkantige Steinsäulen flankierten ihn ... Nun war ich vom Pferd gestiegen ... ein starker schwarzer Hengst ... Ich trat ein ...

Ich wollte nicht eintreten. Sobald ich den Eingang hinter mir gelassen hätte, würde ich mich erinnern ... an Khalk'ru! Ich schob mich zurück ... stand wieder vor dem Gebäude ... hielt die Hände vor die Augen ... Aber es waren nicht meine, und ich versuchte, sie zur Seite zu zerren ... die Hände des alten Priesters.

Ich sprang vom Stuhl und bebte vor Zorn. Als ich ihn ansah, drückte sein Gesicht Güte aus, und seine Stimme klang sanft.

»Bald werdet Ihr Euch an mehr erinnern«, sagte er.

Ich gab keine Antwort, weil ich darum kämpfte, meinen unerklärlichen Zorn zurückzudämmen. Offensichtlich hatte der Alte versucht, mich zu hypnotisieren. Ich hatte das gesehen, von dem er wollte, daß ich es sah. Nicht ohne Grund hatten sich die Priester der Uiguren ihren Ruf als mächtige Zauberer erworben. Doch das war nicht die eigentliche Ursache für meinen Zorn, für den ich alle Kraft aufbieten mußte, um nicht wie ein Wilder um mich zu schlagen. Nein, irgend etwas war an diesem Namen, an *Khalk'ru*. Etwas, das hinter der Öffnung im Berg war, durch die der Alte mich hatte zwingen wollen.

»Habt Ihr Hunger?« Der abrupte Themenwechsel zu etwas Praktischerem ließ mich meine Fassung wiedergewinnen. Ich lachte laut und erklärte dem Hohepriester, daß ich tatsächlich großen Hunger hätte. Und müde würde ich langsam auch. Ich fürchtete, eine so bedeutende Person, wie ich sie anscheinend hier war, müßte mit den Priestern speisen. Aber zu meiner großen Erleichterung vertraute er mich wieder der Obhut meines Führers an. Der Uigure folgte mir wie ein Sklave aus der Halle hinaus. Seine Augen sahen mich an wie die eines Hundes, und er wartete wie ein Diener neben mir, während ich aß. Ich sagte ihm, ich würde lieber in einem Zelt statt in einem der Steinhäuser schlafen. Bei

diesen Worten blitzten seine Augen auf, und zum erstenmal reagierte er darauf nicht mit einer unterwürfigen Bestätigung.
»Immer noch ein echter Krieger!« brummte er anerkennend. Er veranlaßte, daß für mich ein Zelt aufgestellt wurde. Bevor ich mich zum Schlafen hinlegte, warf ich vorsichtig einen Blick durch die Zeltklappe. Der Uigure hockte ein paar Meter weiter auf dem Boden, und rings um das Zelt hatte eine Doppelreihe Speerträger Posten bezogen. Sie standen Schulter an Schulter.
Früh am nächsten Morgen holte mich eine Delegation niedrigerer Priester ab. Wir begaben uns wieder in das Gebäude, doch diesmal in einen kleineren Raum, der nicht möbliert war. Dort erwarteten mich der Alte und der Rest seiner Mitpriester. Ich hatte mich darauf vorbereitet, viele Fragen beantworten zu müssen, aber er stellte mir keine einzige. Offensichtlich war er überhaupt nicht neugierig auf meine Geschichte; wo ich hergekommen war, was mich in die Mongolei gebracht hatte und so weiter. Anscheinend reichte es den Uiguren aus, mich als den überprüft zu haben, den sie voller Hoffnung erwartet hatten, wen auch immer sie meinen mochten. Weiterhin hatte ich den sehr starken Eindruck, daß sie ganz begierig darauf waren, ihren Plan weiterzuverfolgen, der mit meinem Sprachunterricht begonnen hatte. Der Hohepriester kam ohne Umschweife auf den Punkt.
»Dwayanu«, sagte er, »wir möchten Euch ein bestimmtes Ritual ins Gedächtnis zurückrufen. Hört sorgfältig zu, seht genau hin, behaltet genauestens jede Modulationsverschiebung und merkt Euch jede einzelne Geste.«
»Zu welchem Zweck?« wollte ich wissen.
»Damit Ihr lernt . . .« fing er an, unterbrach sich dann aber abrupt. »Nein, ich will es Euch jetzt sagen. Damit das Land, das jetzt Wüste ist, wieder fruchtbar wird. Damit das Volk der Uiguren seine einstige Größe wiedererlangt. Damit der uralte Frevel an Khalk'ru gesühnt wird, aus dem diese Wüste entstand!«
»Was habe denn ich, ein Fremder, mit alledem zu tun?« fragte ich.
»Wir, zu denen Ihr gekommen seid«, antwortete er, »haben nicht

genug vom alten Blut in uns, um all dies bewirken zu können. Und Ihr seid kein Fremder, sondern Dwayanu – der Erlöser. Ihr seid vom reinen Blut. Und daher könnt nur Ihr, Dwayanu, den Fluch von uns nehmen.«

Ich dachte, wie erfreut Barr über diese Erklärung sein müßte und wie er damit über Fairchild triumphieren könnte. Ich nickte dem alten Priester zu und erklärte ihm, daß ich bereit sei. Er nahm mir den Ring vom Daumen und sich die Kette mit dem Jade-Anhänger vom Hals. Dann sagte er, ich sollte mich entkleiden. Während ich diesem Wunsch nachkam, befreite er sich von seinen Gewändern, und die anderen taten es ihm nach. Ein Priester trug unsere Sachen fort und kehrte danach rasch zurück. Ich sah auf die verwelkten Leiber der alten Männer, die splitternackt um mich herum standen, hatte plötzlich aber keine Lust mehr, über diesen Anblick zu lachen. Etwas Unheilvolles lag über dieser Prozedur. Die Unterweisung begann.

Es war kein Ritual und eigentlich auch keine Anrufung, sondern glich viel eher der Beschwörung eines ungeheuren Wesens von unvorstellbarer Macht und Stärke ... der Beschwörung von Khalk'ru. Der Ablauf hatte auch in den kleinsten Gesten der Priester noch etwas Befremdliches an sich. Und die Worte entstammten ohne Zweifel einer sehr archaischen Form des Uigurischen. Ich verstand kaum etwas davon. Offenbar waren diese Worte von frühesten Zeiten an von einem Hohepriester an den nächsten weitergegeben worden. Aber das, was ich mitbekam, hätte ausgereicht, auch einen wenig religiösen Menschen zu empören und die ganze Veranstaltung als verdammenswerte Blasphemie anzusehen. Aber der Vorgang nahm mich viel zu sehr gefangen, als daß ich in diesem Moment an solche Fragen denken konnte. Außerdem kam mir alles so sonderbar vertraut vor wie bei der ersten Erwähnung des Namens von Khalk'ru. Allerdings kam bei mir jetzt kein Ekel hoch. Im Gegenteil, ich war mit allem nötigen Ernst bei der Sache. Inwieweit das jedoch auf den vereinigten Willen von dreizehn Priestern zurückzuführen war, die mich keinen Moment aus den Augen ließen, vermag ich nicht mehr zu sagen.

Ich will nicht die ganze Beschwörung wiederholen, sondern nur auf den Kernpunkt verweisen. Khalk'ru war der Anfang-ohne-Anfang ebenso wie das Ende-ohne-Ende. Er war der Lichtlose-Zeitlose-Schlund. Der Zerstörer. Der Lebensfresser. Der Annihilator. Der Verschlinger. Er war nicht der Tod, denn der war nur ein Teil von ihm. Er lebte, sogar sehr, aber sein Leben war die Umkehrung des Lebens, wie wir es kennen. Unser Leben war ein Eindringling, der die zeitlose Ruhe von Khalk'ru störte. Götter und Menschen, Tiere, Vögel und alle Kreaturen, Vegetation und Wasser und Luft und Feuer, Sonne, Sterne und Mond ... das alles und noch mehr konnte er in sich verschlingen, ins Lebende Nichts aufnehmen, wenn es ihm beliebte. Aber er ließ sie alle noch ein Weilchen gewähren. Warum sollte Khalk'ru sich jetzt schon darum kümmern, wenn am Ende doch nichts übrigblieb bis auf ... Khalk'ru! Die Priester baten darum, daß Khalk'ru sich von den öden Landen zurückzog, damit das Leben dort wieder gedeihen konnte; baten darum, daß er nur auf die seine Hand richtete, die die Feinde seiner Anbeter waren, damit seine Anbeter wieder groß und mächtig würden und aller Welt lebendes Zeugnis davon ablegen konnten, daß Khalk'ru Alles-in-Allem war. Nur für einen kurzen Atemzug in seinem Ewigkeiten währenden Leben. Und sie baten darum, daß Khalk'ru sich in der Form seines Symbols manifestieren und huldvoll die dargereichten Opfergaben annehmen möge zum Zeichen, daß er seine Priester erhört hatte und es zufrieden war.

Die ganze Beschwörung enthielt natürlich noch viel, viel mehr, aber im Kernpunkt drehte es sich nur darum. Ein grauenerregendes Gebet, aber ich verspürte – damals – kein Grauen. Dreimal wiederholten sie die Beschwörung, dann kannte ich jedes Wort und jede Gebärde. Der Hohepriester ließ mich den Vorgang noch einmal wiederholen, dann nickte er dem zu, der unsere Kleider fortgetragen hatte. Der Priester ging hinaus und kehrte mit den Umhängen zurück, aber nicht mit meinen Sachen. Statt dessen reichte er mir ein langes, weißes Gewand und Sandalen. Ich fragte nach meinen Stücken und erhielt vom Hohepriester die Antwort,

daß man mich so einkleide, wie es mir zustehe. Ich antwortete, daß dies sicher seine Berechtigung hätte, aber ich wüßte doch gern, wo sich meine Sachen befänden, damit ich von Zeit zu Zeit nach ihnen sehen könnte. Dem stimmte er zu.
Die Priester brachten mich in einen anderen Raum. Verblaßte, fadenscheinige Teppiche hingen an den Wänden. Sie zeigten Jagd- und Kriegsszenen. Merkwürdig geformte Hocker und Stühle aus einem Metall, das vielleicht Kupfer war, aber genausogut hätte Gold sein können, standen dort zwischen einem breiten und niedrigen Diwan. In einer Ecke waren Speere, ein Bogen, zwei Schwerter, ein Schild und ein haubenförmiger Bronzehelm abgestellt. Alles, bis auf die Teppiche auf dem Steinboden, wirkte uralt. In diesem Raum wusch man mich, rasierte mich vorsichtig und kämmte mein langes Haar. Eine zeremonielle Reinigung, verbunden mit einer rituellen Läuterung; die Riten waren zeitweise sehr befremdlich.
Nach dieser Prozedur erhielt ich baumwollenes Unterzeug, das mir vom Hals bis zu den Füßen reichte. Dem folgte eine lange und weite Hose mit einem Gürtel. Sie schien aus reinen Goldfäden gewebt zu sein, denen man auf wunderbare Weise die Weichheit von Seide gegeben hatte. Ich entdeckte mit einigem Amüsement, daß man sie auf das sorgfältigste ausgebessert und geflickt hatte, und fragte mich, wie viele Jahrhunderte ihr erster Träger schon tot sein mochte. Zum Schluß gab man mir einen hemdähnlichen Kittel aus dem gleichen Material und steckte meine Füße in Kothurne, deren reiche Verzierung schon ein wenig abgenutzt aussah.
Der Hohepriester steckte mir den Ring wieder an den Daumen. Er trat einen Schritt zurück und betrachtete mich hingerissen. Für ihn war ich jetzt der große Erretter aus der Vergangenheit, für den er mich nun einmal hielt.
»So habt Ihr Euch gezeigt, als unser Volk noch groß war«, sagte er. »Und bald schon, wenn wir etwas von unserer Größe zurückgewonnen haben, holen wir die zurück, die immer noch im Schattenland sind.«

»Im Schattenland?« fragte ich.
»Es liegt weit im Osten, jenseits des Großen Wassers«, erklärte er. »Wir wissen, daß sie dort leben, die Anhänger von Khalk'ru, die zur Zeit des Großen Sakrilegs geflohen sind, in dessen Folge das fruchtbare Uigurenland in eine Wüste verwandelt wurde. Sie sind vom reinen Blut, wie Ihr, Dwayanu, und unter ihren Frauen werdet Ihr passende Gefährtinnen finden. Und im Lauf der Zeit werden wir vom verdünnten Blut Euch Reinen gewichen sein, damit das Uigurenland wieder nur von seinen alten Herren bevölkert werden kann.«
Er drehte sich um und ging. Die anderen Priester folgten ihm. An der Tür drehte er sich noch einmal um.
»Wartet hier«, sagte er mir, »bis ich Euch Bescheid geben lasse.«

IV

Khalk'rus Tentakel

Ich wartete eine Stunde und vertrieb mir die Zeit damit, die sonderbaren Gegenstände in diesem Raum zu inspizieren und mit den beiden Schwertern einen amüsanten Schattenkampf zu führen. Einmal drehte ich mich beim Fechten rasch herum und entdeckte den Uiguren-Offizier, der an der Tür stand und mir mit leuchtenden Augen zusah.

»Bei Zarda!« rief er. »Was immer Ihr auch vergessen haben mögt, das Fechten gehört nicht dazu! Als Krieger habt Ihr uns verlassen, als Krieger seid Ihr zu uns zurückgekehrt!«

Er fiel auf die Knie und beugte das Haupt. »Verzeiht, Dwayanu, man schickte mich nach Euch. Die Zeit ist gekommen.«

Eine berauschende Erregung ergriff Besitz von mir. Ich ließ die Schwerter fallen und klopfte dem Uiguren auf die Schulter. Er nahm das auf wie einen Ritterschlag. Wir kamen an einem Spalier von Speerträgern vorbei und traten über die Schwelle der großen Öffnung. Donnernde Rufe erschollen.

»Dwayanu!«

Dann ein Trompetenstoß, ein mächtiger Trommelwirbel und das laute Schlagen von Zimbeln.

Vor dem Palast hatten sich gut fünfhundert uigurische Reiter zu einem offenen Karree aufgestellt. Ihre Speere glitzerten, und an den Schäften flatterten Wimpel. Innerhalb des Karrees befanden sich in geordneten Reihen unzählige weitere Uiguren. Erst beim zweiten Hinsehen, entdeckte ich, daß es sich dabei um Männer und Frauen handelte, die in ebensolche antiken Gewänder gekleidet waren wie ich. Die Menge schimmerte im starken Sonnenlicht wie ein vielfarbiger Teppich aus Metallgarn. Zerfetzte und verwitterte Banner und Fähnchen mit merkwürdigen Symbolen flatter-

ten wie ein Baldachin über ihnen. Am gegenüberliegenden Ende des Platzes entdeckte ich den Hohepriester, umgeben von seinen Untergebenen. Sie waren beritten und in Gelb gekleidet. Über ihnen schwebte ein ebenfalls gelbes Banner. Als der Wind es aufblähte, war darauf in Schwarz das Bild des Kraken zu erkennen. Hinter dem Reiter-Karree drängten und schoben Hunderte von Uiguren, um einen Blick auf mich zu erhaschen. Während ich dort stand und im Sonnenlicht blinzelte, mischte sich ein neuer vielstimmiger Schrei in das Dröhnen der Trommeln.
»Der König kehrt zu seinem Volk zurück«, hatte Barr gesagt. Und wie recht er damit hatte, bewies sich jetzt.
Eine weiche Nase stieß mich an. Neben mir stand der Rappe, und ich bestieg ihn. Der Offizier folgte mir dichtauf, und wir trabten durch die Gasse der Menschenmenge. Beim Vorüberreiten besah ich mir ›mein‹ Volk. Alle hier Versammelten, ob Mann oder Frau, hatten blasse, blaugraue Augen, und jeder von ihnen war etwas größer als die Mehrheit seines Volkes. Ich hielt die im Karree Stehenden für den Adel, für die Blüte der uigurischen Familien, für die, in deren Adern das uralte Blut am reinsten floß. Ihre Banner trugen die Wappen ihrer Familien. Jubel und Frohlocken standen in den Augen der Männer. Aber als ich die Priester erreichte, hatte ich in den Augen vieler Frauen Entsetzen gelesen.
Ich war neben dem Hohepriester. Die Reihe der Speerträger teilte sich vor uns, und wir ritten nebeneinander durch die Lücke. Die niedrigeren Priester waren hinter uns. Ihnen folgte der Adel, und zu denen schlossen in einer langen, dünnen Reihe die uigurischen Krieger auf. Die ganze Zeit über schmetterten die Trompeten, dröhnten die Pauken und Trommeln und schlugen die Zimbeln, steigerten sich zu einem wilden, triumphalen Rhythmus.
»Der König ist zurückgekehrt ...«
Ich wollte, bei Gott, ich hätte mich damals direkt in ihre Speere gestürzt.
Wir ritten gemächlich durch das Grün der Oase und überquerten eine weite Brücke, die das Bächlein schon überspannt hatte, als er noch ein mächtiger Strom gewesen war. Die Hufe unserer Pferde

klapperten auf der uralten Straße, die zu der knapp zwei Kilometer entfernten Öffnung im Berg führte. Die Berauschtheit in meinem Kopf nahm noch zu. Ich warf einen Blick zurück auf mein Gefolge. Und dabei fielen mir die Flickstellen und Aufsätze an meiner Kleidung ein. Die Hosen und Hemden der Reiter hinter mir waren nicht weniger zerschlissen. Ich fühlte mich jetzt kaum als ein König, sondern empfand Mitleid für diese Menschen. Mir erschienen sie nun als Männer und Frauen, die von erbarmungslosen Geistern in ihrem verdünnten Blut gepeinigt wurden, von den Geistern der reineren Ahnen, die in dem Maße ihre Kraft schwinden sahen, wie ihr Blut verwässerte, die ihren eigenen Untergang befürchteten, aber immer noch stark genug waren, ungestüm gegen ihre Auslöschung zu lamentieren; immer noch stark genug waren, das Gehirn und den Willen ihrer Nachfahren zu beherrschen; immer noch stark genug waren, die heutige Generation zu etwas zu treiben, von dem die Geister der Ahnen glaubten, es könne ihren Hunger stillen und sie wieder stark machen.
Ja, sie taten mir leid. Es war Unsinn, anzunehmen, ich könnte den Hunger ihrer Ahnen beschwichtigen, aber eine Sache gab es doch, die ich für sie tun konnte, nämlich ihnen eine verdammt gelungene Show zu bieten! In Gedanken ging ich noch einmal die ganze Beschwörung durch, die der alte Priester mich gelehrt hatte.
Als ich aufsah, stellte ich fest, daß wir uns an der Schwelle zur Bergöffnung befanden. Sie war breit genug, um zwanzig Reiter nebeneinander hindurchzulassen. Die mächtigen Säulen, die ich unter der Berührung durch die Hände des Alten gesehen hatte, lagen zerborsten daneben. Jetzt spürte ich weder Ekel noch Widerwillen wie gestern noch gegen den Weg hinein. Ich war viel zu begierig darauf, mich einmal umzusehen und damit die ganze Angelegenheit hinter mich gebracht zu haben.
Die Speerreiter schlossen auf und bildeten neben dem Eingang eine Wache. Ich stieg von meinem Rappen und reichte einem der Soldaten die Zügel. Der Alte war neben mir, als wir über die Schwelle der zerfallenen Tür in den Berg gelangten. Der Gang

oder Innenhof dahinter wurde von Wandfackeln erleuchtet, an denen helle, weiße Flammen brannten. Etwa hundert Schritte vom Eingang entfernt öffnete sich ein weiterer Gang, der in einem Winkel von etwa fünfzehn Grad vom ersten abbog. Hier hinein lenkte der Alte seine Schritte. Ich warf einen Blick zurück. Die Adligen waren uns noch nicht in den Berg gefolgt, sondern stiegen draußen gerade von ihren Pferden. Schweigend liefen wir etwa dreihundert Meter weit durch diesen Gang, bis er in eine kleine, viereckige Kammer mündete, die in den roten Sandstein gehauen war. An der gegenüberliegenden Wand war verborgen hinter schweren Vorhängen eine weitere Öffnung. Die Kammer enthielt nichts bis auf verschieden große Koffer und Truhen, die an den Wänden aufgereiht waren.

Der Hohepriester öffnete eine der Truhen. Darin befand sich eine altersgraue Holzkiste. Er machte den Deckel auf und holte zwei gelbe Gewänder heraus. Eines davon zog er mir über den Kopf. Es war eine Art von Kittel, der mir bis zu den Knien reichte. Ich besah mir das Stück. Darauf eingewebt war der schwarze Oktopus. Seine Tentakel umfingen mich.

Er selbst streifte sich den anderen Kittel über. Auch sein Gewand trug den Kraken, aber nur auf der Brust, und die Tentakel waren nur ein kleines Stück ausgefahren. Er bückte sich und entnahm der Truhe einen goldenen Stab mit einigen Querstangen am oberen Teil, von denen Schnüre mit goldenen Glöckchen herabhingen.

Die anderen Priester holten aus den übrigen Truhen und Koffern merkwürdig geformte Trommeln von knapp einem Meter Länge und von stumpfroter Färbung an den Seiten. Sie setzten sich nieder und schlugen mit den Daumen auf die Trommelfelle, zogen hier und da straff und probten dann erneut den Klang, während der Alte den Glockenstab auf den Boden schlug, um ihren Klang zu testen. Sie unterschieden sich um nichts in der Welt von einem ganz normalen Orchester, das seine Instrumente stimmt. Wieder verspürte ich den Wunsch zu lachen. Damals war mir noch nicht sehr bewußt, wie sehr etwas Normales oder Banales das Grauen intensivieren kann.

Hinter den Vorhängen raschelte etwas. Dann erscholl dreimal ein metallisches Donnern, als würde jemand mit einem Hammer auf einen Amboß schlagen. Danach Stille. Die zwölf Priester marschierten mit ihren Trommeln unter dem Arm durch die Öffnung. Der Hohepriester bedeutete mir mitzukommen, und wir folgten seinen Untergebenen.

Ich fand mich in einer gewaltigen Höhle wieder, die von Menschenhand in den Fels gehauen war; von Menschen, die schon vor Tausenden von Jahren zu Staub zerfallen waren. Ihr ungeheures Alter machte sich so deutlich klar, als könnte der Stein sprechen. Die Höhle war mehr als alt, sie stammte aus den Uranfängen. Man hatte sie nur schwach beleuchtet. So matt war das Licht, daß ich die uigurischen Adligen kaum ausmachen konnte. Aber sie waren da. Die Familienbanner hingen über ihren Köpfen, und alle wandten mir ihr Gesicht zu. Ich entdeckte sie hundert Meter von mir entfernt auf einer tiefer liegenden Ebene. Hinter ihnen verbreiterte sich die Höhle und setzte sich unermeßlich weit in die Dunkelheit fort. Vor ihnen lag eine breite Vertiefung – wie ein Tal zwischen zwei mächtigen Wellen –, und wie eine Woge schwang sie sich diesseitig hoch und bildete an ihrer Spitze einen gebogenen Kamm, auf dem ich stand. Der Eindruck von einem ehemals geflossenen Steinmeer war verblüffend real.

Der Hohepriester berührte mich am Arm. Ich drehte mich zu ihm um und folgte seinem Blick.

Etwa dreißig Meter von mir entfernt stand ein Mädchen. Sie war nackt und noch nicht sehr alt. Aber es war nicht zu übersehen, daß sie bald Mutter wurde.

Ihre Augen waren so blau wie die vom Alten, ihr Haar hingegen wies eine rötlichbraune Färbung mit einzelnen goldenen Strähnen auf, und ihre Haut war von einem blassen Oliv. Das Blut der alten Rasse war stark in ihren Adern. Aber obwohl sie sich tapfer aufrecht hielt, war furchtbare Angst in ihren Augen. Und das rasche Auf- und Abwogen ihrer Brüste verstärkte diesen Eindruck nur noch.

Sie stand in einer kleinen Senke. Um ihre Hüfte lag ein goldener

Ring, von dem drei goldene Ketten ausgingen, die am Felsboden befestigt waren. Ihr Zweck wurde mir sofort klar. Sie konnte nicht fortlaufen, und wenn sie sich fallenließ, kam sie ebenfalls nicht weit. Aber wovor wollte sie denn fort? Ganz sicher nicht vor mir! Ich sah sie an, und sie lächelte. Ihr Blick suchte meine Augen. Die Furcht war plötzlich aus ihrer Miene verschwunden. Ihr Lächeln war voller Vertrauen in mich.

Möge Gott mir vergeben, ich lächelte sie an, und sie vertraute mir.

Ich sah an ihr vorbei auf die Stelle, wo gerade etwas wie ein riesiger Topas aufgeblitzt hatte. Etwa hundert Meter hinter dem Mädchen ragte ein gewaltiges Stück von der gleichen durchsichtigen gelben Gesteinsart aus dem Fels, aus der auch der Aufsatz an meinem Ring bestand. Es sah aus wie das Fragment einer riesigen zerbrochenen Fensterscheibe, und seine Form war in groben Zügen dreieckig.

In dem Stück steckte ein schwarzer Tentakel des Kraken. Er schien darin festgefroren zu sein, ein abgetrenntes Teil vom monströsen Körper, als der gelbe Stein geborsten war. Der Tentakel war sicher fünfzehn Meter lang. Die Unterseite war nach außen gekehrt, und deutlich waren über die ganze Länge die tückischen Saugnäpfe zu erkennen.

Wenn schon kein sehr erfreulicher Anblick, dachte ich, so besteht doch kein Anlaß, sich davor zu fürchten. Ich lächelte das angekettete Mädchen wieder an, und sie begegnete mir wiederum mit einem Blick von grenzenlosem Vertrauen.

Der Hohepriester hatte mich die ganze Zeit über intensiv beobachtet. Wir gingen weiter, bis wir uns halbwegs zwischen dem Felsrand und dem Mädchen befanden. Dort hockten die zwölf anderen Priester und hielten ihre Trommeln im Schoß.

Der Alte und ich sahen auf das Mädchen und auf den Saugarm. Der Hohepriester hob den goldenen Glockenstab und schüttelte ihn. Aus der Dunkelheit der Höhle stieg ein langsamer Gesang empor, ein Lied, das aus drei Akkorden bestand, die ständig wiederholt wurden und miteinander verschmolzen.

Der Gesang war so urzeitlich wie die Höhle selbst, ja, er schien direkt aus ihrem Mund zu kommen.
Das Mädchen ließ mich nicht aus den Augen.
Das Lied endete. Ich hob die Hände und machte die sonderbare Initialgeste, wie man es mich gelehrt hatte. Ich begann das Ritual des Khalk'ru ...
Schon bei den ersten Worten überschwemmte mich wieder das Déjà-vu-Gefühl, aber darin schwamm noch etwas anderes mit. Die Worte und Gesten erfolgten automatisch. Ich mußte mein Gedächtnis nicht übermäßig anstrengen, der Ablauf der Beschwörung kam mir von ganz allein ins Bewußtsein. Ich sah nicht länger das angekettete Mädchen, sondern hatte nur noch Augen für den schwarzen Tentakel im Steinfragment.
Das Ritual schien sich zu verselbständigen, ging endlos weiter ... löste sich der gelbe Stein da rings um den Tentakel auf ... bewegte sich der Saugarm?
Verzweifelt bemühte ich mich, den Ablauf der Worte zu stoppen und die Gesten zu unterlassen ... Es gelang mir nicht!
Etwas, das stärker war als ich, hatte von mir Besitz ergriffen. Etwas bewegte meine Muskeln und sprach mit meiner Zunge. Ich spürte eine übermenschliche Macht. Die teuflische Beschwörung erreichte ihren Höhepunkt – und jetzt begriff ich, wie teuflisch sie wirklich war –, während ich wie ein hilfloser Zuschauer dastand und nichts an ihrem Verlauf ändern konnte.
Das Ritual war beendet.
Und der Tentakel zuckte ... wand sich ... fuhr aus dem Stein nach dem angeketteten Mädchen ...
Die Trommeln dröhnten wie das Orchester des Teufels, steigerten sich zu einem wilden Wirbel, wurden noch schneller bis zu einem donnernden Crescendo ...
Das Mädchen sah mich immer noch an ... aber das Vertrauen war aus ihrem Blick geschwunden ... alles in ihrer Miene drückte eine entsetzliche Angst aus, die auf mich überzugehen drohte.
Der schwarze Tentakel richtete sich zu voller Höhe auf. Ich hatte

kurz die Vision von einem nebelhaften riesigen Leib, von dem sich weitere Tentakel wanden. Ein Atemzug, der in sich die Kälte des Alls barg, streifte mich.
Der schwarze Tentakel wand sich um das Mädchen ...
Sie schrie, heulte unmenschlich ... verblaßte ... löste sich auf ... ihr Schreien verebbte ... wurde zu einem schrillen, schmerzerfüllten Pfeifen ... zum Seufzen ...
Ich hörte an der Stelle, wo das Mädchen eben noch gestanden hatte, Metall klirren. Die goldenen Ketten und der Ring waren leer zu Boden gefallen.
Das Mädchen war verschwunden!
Ich stand reglos da. Ein Grauen, wie ich es in meinen furchtbarsten Alpträumen nie kennengelernt hatte, lähmte mich ...
Das junge Mädchen hatte mir vertraut ... Ich hatte sie angelächelt, und sie hatte mir vertraut ... und ich hatte den Kraken gerufen, um sie zu vernichten!
Brennende Reue und glühender Zorn brachen die Ketten, die mich so lange gehalten hatten. Ich sah das Fragment des gelben Steins unversehrt an seinem Platz – und in ihm der schwarze Tentakel. Zu meinen Füßen lag der Hohepriester auf dem Gesicht. Sein welker Körper zitterte, und seine klauenartigen Hände verkrallten sich im Fels. Neben ihren Trommeln lagen die anderen Priester, und auf dem Bauch lagen auch die uigurischen Adligen ... lang hingestreckt, in tiefster Selbsterniedrigung waren sie in ihrer betäubten Verehrung des grauenhaften Dings, das ich heraufbeschworen hatte, wie blind und taub.
Ich rannte zu der teppichverhangenen Türöffnung, denn mich beseelte nur ein Wunsch: so rasch wie möglich aus dem Tempel von Khalk'ru zu gelangen. So schnell wie möglich fort vom Reich des Kraken. Soviel Kilometer zwischen ihn und mich bringen, wie nur irgend möglich war. Zurück ... zurück zum Lager, zu meinen Freunden, zur Geborgenheit. Ich durchquerte den kleinen Raum, raste durch die Gänge und erreichte endlich den Eingang zum Berg. Einen Augenblick hielt ich dort inne, so blendete mich der helle Schein der Sonne.

Donnerndes Gebrüll ertönte aus vielen hundert Kehlen. Dann herrschte Stille. Ich konnte wieder klar sehen. Dort lagen sie im Staub, die uigurischen Soldaten, und hatten sich vor mir auf den Bauch geworfen.
Ich suchte nach meinem Rappen. Er kam direkt auf mich zu, und ich sprang auf seinen Rücken. Er schoß gleich wie ein schwarzer Blitz durch die Reihen der liegenden Soldaten und dann die Straße zur Oase hinab. Schnell wie der Wind durcheilten wir die Ruinenstadt. Hin und wieder bemerkte ich rennende und rufende Menschenmengen, aber niemand versuchte, sich mir in den Weg zu stellen. Niemand hätte sich dem rasenden Lauf dieses ungeheuren Rappen in den Weg stellen können.
Jetzt kamen schon die Innentore des Steinforts in Sicht, durch das wir gestern gezogen waren. Sie standen auf. Die Wächter standen nur herum und starrten mich mit großen Augen an. Trommelschlag ertönte gebieterisch aus dem Tempel. Ich warf einen Blick zurück. Gedränge und Verwirrung herrschten am Tempeleingang, mehr noch, ein Chaos. Die Soldaten dagegen strömten die Straße entlang.
Die Tore wurden geschlossen. Ich gab dem Hengst die Sporen. Er sprang über die Wachen hinweg, und schon waren wir im Fort. Jetzt die Außentore. Sie waren geschlossen. Lauter dröhnten die Trommeln, noch drohender, noch gebieterischer.
Plötzlich konnte ich wieder etwas klarer denken. Ich befahl den Wächtern, die Außentore zu öffnen. Sie standen nur zitternd da und starrten mich an, aber sie kamen meiner Anordnung nicht nach. Ich sprang vom Pferd und rannte auf sie zu. Als ich die Hand hob und der Ring des Khalk'ru glitzerte, warfen sie sich vor mir zu Boden, aber sie öffneten noch immer nicht die Tore.
Ich entdeckte an einer Wand Ziegenlederbeutel voll Wasser. Ich nahm mir einen davon und auch einen Sack Getreide. Nicht weit von mir stand ein ziemlich großer Steinblock auf dem Boden. Ich hob ihn, als wäre er nicht schwerer als ein Kiesel, und warf ihn an die Stelle gegen das Tor, wo die beiden Flügel zusammentrafen. Sie zerbarsten krachend. Ich warf den Beutel und den Sack über den

hohen Sattel, sprang auf das Pferd und ritt durch das aufgebrochene Tor.
Der Rappe durchflog die Schlucht wie eine Schwalbe. Nun hatten wir die zerbröckelnde Brücke hinter uns gelassen. Bald donnerten wir über die uralte Straße.
Der Eingang zum Engpaß. Ich erkannte ihn sofort wieder. Als ich einen Blick zurückwarf, waren keine Verfolger zu sehen. Nur die Trommeln dröhnten.
Der Nachmittag hatte seinen Höhepunkt bereits überschritten. Wir suchten uns unseren Weg durch den Engpaß und verließen ihn am Rand des Sandstein-Höhenzugs. Es war grausam, den Rappen so zu hetzen, aber ich durfte ihm keine Ruhepause gönnen. Bei Einbruch der Nacht erreichten wir das Wüstenland.
Der Hengst roch stark nach Schweiß und war vollkommen erschöpft. Aber nicht einmal hatte er in seinem Tempo nachgelassen oder gebockt. Ein großartiges Pferd mit einem unglaublich starken Herzen, und ich beschloß, ihm jetzt etwas Ruhe zu gönnen.
Hinter einigen hohen Felsblöcken fand ich einen geeigneten Platz für die Nacht. Unvermittelt wurde mir bewußt, daß ich immer noch das gelbe Zeremoniengewand trug. Voller Ekel riß ich es mir vom Leib und rieb damit das Pferd ab. Dann gab ich ihm Wasser und Getreide. Dabei bemerkte ich, daß ich auch einen Bärenhunger hatte. Ich kaute einige Körner und spülte mit lauwarmem Wasser nach. Bislang war von einer Verfolgung immer noch nichts zu sehen. Auch die Trommeln schwiegen. Ich fragte mich besorgt, ob die Uiguren vielleicht eine kürzere Strecke kannten und gerade dabei waren, mich zu umzingeln.. Ich warf dem Rappen den gelben Kittel über den Rücken und legte mich zwischen die Felsen. Ich wollte die ganze Nacht hindurch die Augen offenhalten, aber irgendwann schlief ich doch ein.
Ich erwachte von einem Moment auf den anderen. Die Sonne schickte sich gerade an aufzugehen. Über mir waren zwei Köpfe. Der Hohepriester und der uigurische Offizier sahen mich an. Mein ganzes Versteck war von Speerträgern umzingelt. Dann sprach mich der Alte milde an.

»Wir wollten Euch kein Leid zufügen, Dwayanu. Wenn es Euer Wille ist, uns zu verlassen, steht es uns nicht an, Euch aufzuhalten. Der, dessen Ruf Khalk'ru beantwortet hat, ist für uns unantastbar. Sein Wille ist unser Wille.«
Ich gab keine Antwort. Als ich ihn ansah, hatte ich wieder die grauenvolle Szene in der Höhle vor Augen. Der Alte seufzte.
»Es ist Euer Wille, uns zu verlassen! So soll es denn sein!«
Der uigurische Offizier sah mich nur an, sagte aber nichts.
»Wir haben Euch Eure Kleider mitgebracht, Dwayanu«, fuhr der Hohepriester ebenso milde fort. »Denn wir dachten uns, Ihr möchtet vielleicht so von uns gehen, wie Ihr gekommen seid.«
Ich zog mich um. Der Alte nahm meine Zeremonienkleider entgegen und zog die oktopusgeschmückte Decke vom Rappen. Endlich sprach auch der Offizier:
»Warum wollt Ihr uns verlassen, Dwayanu? Ihr habt uns den Frieden mit Khalk'ru gebracht und die Tore aufgestoßen. Bald wird die Wüste wieder erblühen, wie es früher war. Warum bleibt Ihr nicht und führt uns auf unserem Weg in die neue Größe?«
Ich schüttelte den Kopf, und der Alte seufzte wieder.
»Es ist sein Wille, und so soll es geschehen! – Aber vergeßt nicht, Dwayanu: Der, dessen Ruf Khalk'ru beantwortet hat, muß ihm gehorchen, wenn Er ihn ruft. Und früher oder später wird Khalk'ru rufen.«
Mit seinen zittrigen alten Händen berührte er mein Haar und mein Herz. Dann wandte er sich ab. Eine Gruppe Speerträger löste sich aus dem Kordon und ritt mit ihm davon.
Der uigurische Offizier sagte:
»Wir stehen bereit, Dwayanu auf seiner Reise zu eskortieren.«
Ich bestieg den Rappen. Nicht lange, und wir erreichten das neue Lager der Expedition. Es war verlassen. Wir ritten weiter zum alten Lager. Spät am Nachmittag sahen wir vor uns eine Karawane. Als wir näherkamen, hielt sie an und traf hastige Verteidigungsvorbereitungen. Es waren meine Freunde von der Expedition, die wohl woanders hinziehen wollten. Ich winkte ihnen zu und rief sie an.

Als ich ihnen nahe genug war, sprang ich vom Pferd und reichte dem Uiguren die Zügel.
»Halte ihn«, sagte ich. Seine finstere Miene klarte etwas auf.
»Er steht bereit für Euch, Dwayanu, wenn Ihr zu uns zurückkehrt«, sagte er. »Er oder seine Söhne.« Der Uigure berührte mit meiner Hand seine Stirn und kniete vor mir nieder. »Wie wir alle bereitstehen werden, Dwayanu. Wir oder unsere Söhne. Wir erwarten Eure Rückkehr.«
Er bestieg sein Pferd. Seine Männer und er salutierten vor mir. Sie hoben ihre Speere und brüllten wie aus einer Kehle:
»Dwayanu!«
Dann ritten sie davon.
Ich marschierte zu Fairchild und den anderen, die mich bereits erwarteten.
Sobald es mir nur möglich war, befand ich mich auf der Rückreise nach Amerika. Nur ein Wunsch beseelte mich: möglichst viele Kilometer zwischen mich und Khalk'rus Tempel zu bringen.
Ich schwieg. Unfreiwillig griff meine Hand nach dem Beutel an meiner Brust.
»Doch jetzt sieht es so aus«, beendete ich meine Geschichte, »daß man Khalk'ru nicht so leicht entkommen kann. Amboßschlag, Gesang und Trommeln ... Khalk'ru ruft mich!«

DAS BUCH VON DER LUFTSPIEGELUNG

I

Die Luftspiegelung

Jim hatte während meiner Erzählung still dagesessen und mich angesehen. Nur hin und wieder hatte ich bemerkt, daß die stoische Ruhe der Indianer kurz aus seiner Miene gewichen war. Jetzt beugte er sich vor und legte mir eine Hand auf die Schulter.
»Leif«, sagte er leise, »wie hätte ich so etwas ahnen können? Zum erstenmal sah ich Angst an dir, und das hat mich verwirrt. Aber ich konnte ja auch nicht wissen ...«
Für Tsantawu, den Tscherokesen, war das ein ungeheurer Gefühlsausbruch.
»Ist schon gut, alter Indianer«, sagte ich rauh. »Nun komm mal wieder zu dir.«
Eine Weile saß er nur, sprach kein Wort und warf kleine Zweige ins Feuer.
»Was hat denn dein Freund Barr zu der Geschichte gesagt?« fragte er plötzlich.
»Er war kurz davor, mir den Kopf abzureißen«, antwortete ich. »Aber während er wütete und schimpfte, rannen Tränen über seine Wangen. Er rief, die Wissenschaft sei von mir tief geschmäht und hintergangen worden. Niemals sei wieder ein solcher Verrat begangen worden, seit Judas Christus geküßt hätte. Barr liebt solche kleinen Metaphern und weiß sie so einzusetzen, daß sie einem unter die Haut gehen. Und damit traf er genau meinen empfindlichen Nerv, denn ich hielt mich wirklich für den größten Verräter ... nicht an der Wissenschaft, aber an dem Mädchen. Ich hatte ihr wirklich einen Judaskuß gegeben. Barr schrie, ich hätte die tollste Gelegenheit geboten bekommen, die je ein Mensch erhalten hätte. Ich hätte das ganze Rätsel um die Wüste Gobi und ihre untergegangene Zivilisation lösen können. Aber ich sei wie ein kleiner

Junge vor dem Schwarzen Mann davongelaufen. Ich sei nicht nur ein körperlicher Atavismus, auch mein Geist sei eine Rückentwicklung. Ich sei ein blonder Wilder, der sich vor selbsterfundenen Popanzen in die Hose gemacht hätte. Wenn ihm an meiner Stelle eine solche Möglichkeit geboten worden wäre, hätte er sich kreuzigen lassen, um endlich die Wahrheit zu erfahren. Ich glaubte ihm aufs Wort. Er hätte wirklich alles dafür gegeben.«

»Was für ein wissenschaftlicher Ehrgeiz«, sagte Jim. »Aber was hat er denn zu dem gemeint, was du gesehen hast?«

»Das sei nur eine hypnotische Suggestion des alten Priesters gewesen. Ich hätte das gesehen, was er mich sehen lassen wollte. Genau wie vorher, als ich glaubte, in den Tempel zu reiten. Das Mädchen hätte sich natürlich nicht aufgelöst. Das sei nur ein Trick gewesen, und wahrscheinlich hätte sie irgendwo hinter einer Säule gestanden und mich ausgelacht. Doch wenn alles, was mein unwissender Verstand zu sehen geglaubt hatte, wahr gewesen wäre, könnte er mir meine Reaktion noch weniger verzeihen. Ich hätte bleiben, mir alles merken und das der Wissenschaft zum Studium überbringen sollen. Was ich ihm von der Beschwörung Khalk'rus erzählt hätte, sei nichts weiter als die anthropomorphe Übertragung des zweiten Hauptsatzes der Thermodynamik. Das Leben *sei* eine Störung des Chaos, wenn man sich dieses Begriffes für die Beschreibung des ungeformten Urzustandes des Universums bedienen wolle.

Das Leben sei ins Chaos eingedrungen. Und das Leben sei nichts als ein Zufall. Im Lauf der Zeit hätte sich alle Energie in statische Wärme verwandelt und sei dann nicht mehr fähig, irgendwelche Art von Leben entstehen zu lassen. Dann würden die toten Universen auf den grenzenlosen Schlund zutreiben. Der Schlund sei ewig, das Leben jedoch nicht. Daher würde der Schlund das Leben absorbieren. Sonnen, Welten, Götter, Menschen, alle Tiere und alle Pflanzen würden in den Schlund zurückkehren. In den Schlund, ins Nichts. Zurück zu Khalk'ru. Oder, um es für mein zurückgebliebenes Gehirn verständlicher zu machen, zum Kraken. Ob ich denn noch nie etwas von Entropie gehört hätte. – Barr war sehr verbittert.«

»Aber du hast doch erzählt, die anderen hätten auch gesehen, wie das Mädchen verschwunden ist. Wie hat der Professor sich das denn erklärt?«

»Das war für ihn recht einfach zu verdeutlichen: Massenhypnose; wie die Engel von Mons, die Geisterbogenschützen von Crécy und anderer Massenwahn. Ich sei dafür der Katalysator gewesen. Meine verblüffende Ähnlichkeit mit ihren Vorfahren, mein vollkommener Atavismus, meine erfolgreiche Beschwörung Khalk'rus verbunden mit dem bedingungslosen Glauben, den die Uiguren mir entgegenbrachten ... das alles sei der nötige Zusatzstoff gewesen, der die Massenhalluzination vom lebendigen abgetrennten Tentakel hervorgerufen hätte. Offensichtlich seien die Priester schon seit langem damit beschäftigt gewesen, eine entsprechende Droge zu entwickeln. Aber stets habe ihnen das entscheidende Element gefehlt. Aus irgendeinem Grund sei ich dieses fehlende Element, der von ihnen gesuchte Katalysator gewesen. Nicht mehr und nicht weniger.«

Er saß noch immer nachdenklich da und zerbrach kleine Zweige, bevor er sie ins Feuer warf.

»Das war zumindest eine plausible Erklärung ... die dich aber nicht überzeugt hat?«

»Nein, ganz und gar nicht. Schließlich habe ich das Gesicht des Mädchens gesehen, als der Tentakel sie berührte.«

Der Indianer erhob sich und sah grüblerisch nach Norden.

»Leif«, fragte er plötzlich, »was hast du mit dem Ring gemacht?«

Ich zog das Ledersäckchen aus dem Hemd, griff hinein und reichte ihm den Ring. Er besah ihn sich von allen Seiten und gab ihn mir dann zurück.

»Warum hast du ihn behalten, Leif?«

»Weiß nicht ...« sagte ich und streifte mir den Ring über den Daumen. »Ich habe ihn dem alten Priester nicht zurückgegeben, wahrscheinlich, weil er nicht danach gefragt hat. Ach verdammt, ich will dir sagen, warum ich ihn behalten habe: aus dem gleichen Grund, warum andere sich einen Knoten ins Taschentuch machen. Damit ich etwas nie vergesse: Daß ich nämlich ein Mörder bin.«

Ich steckte den Ring in den Beutel zurück. Schwach ertönte von Norden her ein Trommelwirbel. Diesmal schien das Geräusch nicht vom Wind herangetragen zu werden. Jetzt schien es sich unterirdisch fortzupflanzen und tief unter unseren Füßen am Ziel angelangt zu sein.

»*Khalk'ru!*« entfuhr es mir.

»Dann wollen wir den alten Knaben mal nicht warten lassen«, frotzelte Jim.

Er packte unsere Sachen zusammen und pfiff dabei. Plötzlich drehte er sich zu mir um.

»Weißt du was, Leif, Barrs Theorien hören sich in meinen Ohren vernünftig an. Wenn ich an deiner Stelle gewesen wäre, hätte ich sie sicher auch nicht akzeptiert, und vielleicht bist du es ja auch, der recht hat. Aber ich bin so lange auf Barrs Seite, bis – falls und wenn überhaupt – das Gegenteil bewiesen ist.«

»Fein«, sagte ich freundlich und ohne die geringste Spur von Sarkasmus. »Hoffentlich hält dein Optimismus an, bis wir wieder in New York sind, falls und wenn überhaupt.«

Wir schulterten die Rucksäcke und die Gewehre und machten uns auf den Weg nach Norden.

Der Weg war nicht übermäßig anstrengend, auch wenn es konstant bergauf ging. Das Land stieg an, manchmal sogar atemberaubend steil. Der Wald, der für diese Höhe noch ungewöhnlich dicht und gut entwickelt gewesen war, verdünnte sich nur allmählich. Und es wurde von Minute zu Minute kühler. Nachdem wir etwa zwanzig Kilometer zurückgelegt hatten, erreichten wir eine Region, in der nur vereinzelt verkrüppelte Bäume standen. Acht Kilometer weiter erhob sich ein mehrere hundert Meter hoher Felshöhenzug. Dahinter standen wie wahllos verstreut Berge, die noch zwölf- bis fünfzehnhundert Meter höher waren. Ihre baumlosen Gipfel waren von Schnee und Eis bedeckt und wurden von zahllosen Schluchten durchzogen, die so auffällig weiß glitzerten wie Miniatur-Gletscher. Zwischen uns und dem Felshöhenzug erstreckte sich eine Ebene, die dicht mit dem verkrüppelten Unterholz von wilden Rosen, Heidel- und Preiselbeeren bestanden war und so das helle rote, blaue und grüne Kleid des kurzen alaskischen Sommers trug.

»Wenn wir am Fuß dieser Hügel kampieren, sind wir vor diesem Wind geschützt«, sagte Jim. »Jetzt ist es fünf. In ungefähr einer Stunde müßten wir dort sein.«

Wir marschierten weiter. Ganze Wolken von Schneehühnern stiegen aufgeregt wie braune Raketen vor uns aus dem Gestrüpp in die Höhe. Goldene Regenpfeifer und Brachvögel zwitscherten und pfiffen von allen Seiten. In Schußnähe weidete eine kleine Herde von Karibus, und kleine braune Kraniche stolzierten überall herum. In diesem Land konnte man nicht verhungern, und nachdem wir unser Lager errichtet hatten, aßen wir sehr gut und reichlich zu Abend.

In dieser Nacht ertönten keine Geräusche. Vielleicht schliefen wir aber auch zu tief, um sie zu hören.

Am nächsten Morgen beratschlagten wir unseren weiteren Weg. Der Höhenzug stand uns direkt bevor, wenn wir die nördliche Route weiterverfolgten. Er setzte sich immer weiter ansteigend nach Osten und Westen fort. Soweit wir das von unserem Standort abschätzen konnten, würde er uns auf geradem Weg keine allzu großen Schwierigkeiten machen. Wir beschlossen, ihn zu besteigen und uns dabei Zeit zu lassen. Aber der Fels erwies sich als schwieriger, als wir angenommen hatten. Wir brauchten zwei Stunden, bis wir oben waren.

Wir zogen auf dem Gipfel weiter, bis wir an eine Stelle gelangten, wo sich riesige Steinbrocken wie eine Mauer vor uns aufschichteten. Wir zwängten uns zwischen zweien hindurch und blieben ruckartig stehen, denn wir standen direkt am Rand eines Abgrunds, der einige hundert Meter steil in die Tiefe abfiel. In ein ungewöhnliches Tal, das ringsum von den schnee- und eisbedeckten Gipfeln umgeben war. Am anderen Ende, etwa vierzig Kilometer von uns entfernt, erhob sich ein pyramidenförmiger Berg.

Auf halber Höhe entsprang aus ihm ein glitzernder weißer Strom, der bis auf den Grund des Tals hinabfloß. Ohne Zweifel handelte es sich dabei um einen Gletscher in einem Schlund, der den Berg so sauber teilte, als sei hier ein Schwerthieb niedergegangen. Das Tal war nicht sehr breit, vielleicht acht Kilometer an seiner weitesten Stelle, wie ich schätzte. Ein langgezogenes, schmales Tal, das an einem Ende von dem gletschergespaltenen Giganten begrenzt wurde und dessen Wände die Berge bildeten, deren Hänge genauso steil und jäh abfielen wie an der Stelle, an der wir gerade standen. Nur hier und da hatten Steinlawinen die Wände abgeschrägt.

Aber viel mehr als alles andere fesselte der Boden des Tals unsere Aufmerksamkeit. Er schien aus einer einzigen Geröllfläche zu bestehen. Nur am anderen Ende floß der Gletscherstrom durch und über diese Steine, etwa das halbe Tal entlang. Nicht die geringste Spur von Vegetation ließ sich in diesem Brockenfeld ausmachen. Auch an den Bergwänden war nirgends auch nur ein bißchen Grün zu entdecken. Nur nackte dunkle Klippen, Eis und schneegefüllte Spalten. Ein Ort der Trostlosigkeit.

»Kalt hier, nicht wahr, Leif?« Jim zitterte.

Es war wirklich kalt, aber von einer höchst sonderbaren Art. Eine leise und atemlose Kälte. Sie schien aus dem Tal zu kommen und uns wie unerwünschte Eindringlinge fortjagen zu wollen.

»Wird bestimmt nicht einfach, dort hinunter zu gelangen«, sagte ich.

»Und dort unten dürfte es nicht einfacher werden«, bemerkte Jim. »Wo zum Henker sind bloß alle diese Steine hergekommen, und wer oder was hat sie so gleichmäßig hingestreut?«

»Wahrscheinlich stammen sie von dem Gletscher, als der sich zurückgezogen hat«, sagte ich. »Sieht aus wie eine Endmoräne. Eigentlich sieht das ganze Tal so aus, als wäre es vom Eis gestaltet worden.«

»Halt meine Füße fest, Leif, ich seh mal nach unten.«

Er legte sich auf den Bauch und schob sich langsam über den Rand. Nach ein oder zwei Minuten hörte ich ihn rufen und zog ihn zurück.

»Etwa einen halben Kilometer weiter links ist ein Geröllrutsch«,

verkündete er. »Ich konnte allerdings nicht erkennen, wie weit oben der einsetzt. Am besten sehen wir mal nach. Was meinst du, Leif, wie tief es hinunter ins Tal geht?«
»Hm, etwa zweihundert Meter.«
»Das Drei- bis Vierfache würde der Sache schon näher kommen. Die Klippenwände gehen endlos nach unten. Ich verstehe auch nicht, warum uns der Boden hier so viel näher vorkommt. Der ganze Ort wirkt irgendwie merkwürdig.«
Wir nahmen unsere Rucksäcke wieder auf und setzten unseren Marsch hinter der Felsbrockenmauer fort. Schon nach kurzer Zeit erreichten wir ein großes Loch im Stein, der bis in die Hochebene zu führen schien. Frost und Eis hatten hier den Fels entlang eine Spalte herausgebissen. Die losen Stücke lagen in der Mitte des Lochs verstreut und bildeten eine Art riesiger Treppe, die bis zum Boden des Tals führte.
»Wir müssen wohl die Rucksäcke abnehmen, wenn wir diesen Weg wählen«, sagte Jim. »Was wäre besser, das Gepäck einfach hierlassen, während wir uns unten erst einmal umsehen, oder es einfach Stufe um Stufe fallen lassen?«
»Ich wäre für Mitnehmen. Dort irgendwo zwischen den Bergen gibt es sicher noch einen anderen Weg aus dem Tal.«
Wir machten uns an den Abstieg. Nach etwa einem Drittel des Wegs, als ich gerade über einen besonders sperrigen Felsen kraxelte, hörte ich Jims scharfen Ausruf.
Und dann waren sie fort: der Gletscher, der seine weiße Zunge über das Geröll gelegt hatte, und auch das Geröll selbst. Vom entfernten Ende an war das Tal von Haufen pyramidenartiger, schwarzer Steine bedeckt, und von der Mitte jedes einzelnen Stücks führte ein glitzernder weißer Streifen hinab. In Reih und Glied standen sie da, sauber geordnet wie die Dolmen der Druiden. Die steinerne Armee bedeckte etwa die Hälfte des Tals. Hier und dort stiegen zwischen den Steinen weiße Wölkchen auf ... wie der Rauch von Opferfeuern.
Zwischen uns und der ersten Reihe der Steinarmee lag ein blauer See, der sanft gegen die dunklen Klippen schlug! Er bedeckte die

andere Talhälfte von einer Seite zur anderen. Und sein Wasser lappte über die unteren Steine unserer Treppe.
Dann kam mir plötzlich etwas an diesen militärisch angeordneten Steinen merkwürdig vor.
»Jim! Sieh nur diese Pyramidensteine! Jeder einzelne von ihnen ist eine Miniaturausgabe vom riesigen Berg dahinter. Sogar der weiße Gletscherstrom ist vorhanden.«
Noch während ich sprach, erbebte der See. Er überflutete die schwarzen Pyramiden, bedeckte sie bis zur Mitte und löschte die Opferfeuer. Dann waren die Steine in ihm untergegangen. Wieder erbebte der See und war dann verschwunden. Wo vorher Wasser und Pyramiden gewesen waren, breitete sich jetzt wieder die Geröllfläche aus.
Diesen Transformationen hatte etwas Taschenspielerhaftes innegewohnt, so als hätte hier ein Magier seine Kunststücke vorgeführt. Und in gewisser Weise war das ja auch eine Art von Zauberei gewesen. Aber ich hatte nicht zum erstenmal einen magischen Trick der Natur miterlebt.
»Himmel nochmal«, sagte ich, »eine Luftspiegelung!«
Jim sagte nichts. Er sah nur mit einem höchst sonderbaren Gesichtsausdruck ins Tal hinab.
»Was ist denn mit dir los, alter Indianer? Horcht Tsantawu wieder auf die Stimmen seiner Ahnen? Es war doch nur eine Luftspiegelung.«
»So?« meinte er gedehnt. »Welche denn von beiden? Der See oder das Geröll?«
Ich sah auf den Talboden. Nichts an ihm wirkte falsch. Nach meiner Theorie konnte die Endmoräne für sein relativ glattes Aussehen verantwortlich sein. Nicht zu vergessen natürlich die Höhe, von der aus wir auf den Grund sahen. Ich hätte in diesem Augenblick beschwören können, daß die Unebenheit des Talbodens uns noch genug zu schaffen machen würde, sobald wir ihn einmal erreicht hatten.
»Wieso? Natürlich war der See die Luftspiegelung.«
»Nein«, entgegnete er, »ich halte das Geröll für die Täuschung.«

»Unsinn. Unten liegt über den Steinen eine warme Luftschicht. Das Geröll speichert die Sonnenwärme, und die kalte Höhenluft drückt darauf. Das ist schon eine der Grundvoraussetzungen für Luftspiegelungen. Und genau das haben wir soeben miterlebt. Mehr war nicht dran an der Geschichte.«
»Doch«, sagte Jim, »an der Geschichte ist mehr dran.«
Er lehnte sich gegen den Fels.
»Leif, die Vorfahren haben mir gestern nacht viel mehr mitgeteilt, als ich dir erzählt habe.«
»Darauf bin ich verdammt von allein gekommen.«
»Sie haben unter anderem von Ataga'hi gesprochen. Sagt dir das vielleicht etwas?«
»Nicht das geringste.«
»Gestern nacht erging es mir ebenso. Aber jetzt weiß ich, was es bedeutet. Ataga'hi war ein verzauberter See im undurchdringlichsten Teil der Smoky Mountains und lag westlich vom Oberlauf des Ocanaluftee. Es war der Medizinsee für die Tiere und Vögel. Alle Tscherokesen wußten, wo er lag, obwohl nur wenige ihn gesehen hatten. Wenn ein verirrter Jäger in seine Nähe kam, sah er nur eine steinerne Ebene, auf der kein einziger Grashalm stand. Ein wenig einladender Landstrich. Aber durch Gebete und Fasten und eine nachtlange Wache konnte er seine spirituellen Sinne schärfen. Bei Tagesanbruch erblickte er dann ein breites und untiefes rotes Wasser, das von vielen Quellen gespeist wurde, die aus den hohen Bergen ringsum entsprangen. Und im Wasser tummelten sich alle Arten von Fischen und Reptilien. Schwärme von Enten, Gänsen und anderen Wasservögeln schwammen darauf oder flogen darüber. Und an den Ufern waren unzählige Spuren von anderen Tieren. Sie alle kamen zum Ataga'hi, um sich heilen zu lassen. Der Große Geist hatte in die Mitte des Sees eine Insel gesetzt. Die verwundeten und kranken Tiere oder Vögel schwammen dorthin. Sobald sie sie erreicht hatten, hatte das Wasser des Sees sie geheilt. Dann schwammen sie ans Ufer zurück und waren wieder gesund und munter. Über Ataga'hi herrschte der Frieden Gottes. Alle Lebewesen dort waren freundlich zueinander.«

»Jetzt hör mir mal zu, Rothaut, willst du mir im Ernst weismachen, das hier sei dein Medizinsee?«
»Das will ich keineswegs sagen. Ich meinte nur, der Name Ataga'hi ist mir bei diesem Anblick sofort in den Sinn gekommen. Da war doch eine öde Geröllebene, ohne einen einzigen Grashalm, ein wenig einladendes Land. Aber darunter, unter der Luftspiegelung lag ein See. Wir haben den See gesehen. Ist wahrscheinlich alles bloßer Zufall, wenn auch ein wenig merkwürdig. Vielleicht war auch beim Ataga'hi der Geröllboden eine Luftspiegelung ...« Er zögerte. »Nun denn, wenn sich hier noch mehr von dem zeigen sollte, von dem die Vorfahren gesprochen haben, laufe ich sofort zu dir über und bin glühender Anhänger von deiner Version der Gobi-Geschichte.«
»Der See war die Luftspiegelung. Glaub es mir.«
Er schüttelte stur den Kopf.
»Vielleicht. Vielleicht ist aber auch das, was wir jetzt sehen, eine Luftspiegelung. Möglicherweise sind beides Täuschungen. Und wenn dem so wäre, wie tief mag dann der wahre Talboden liegen? Und können wir ihn überhaupt betreten?«
Er stand da und starrte schweigend ins Tal. Einmal zitterte er heftig, und wieder wunderte ich mich über die unglaubliche Heftigkeit der Kälte. Ich stolperte und bekam erst im letzten Augenblick meinen Rucksack zu fassen. Meine Hände waren vor Kälte taub.
»Was es auch sein mag, wir wollen es herausfinden.«
Der Talboden erbebte. Von einem Moment auf den anderen schimmerte dort wieder der blaue See. Und ebenso plötzlich verwandelte sich dieser Anblick in das Geröllfeld zurück.
Aber ich hatte doch noch Gelegenheit, etwas in diesem Illusions-See zu entdecken – falls es wirklich eine Illusion war –, einen gigantischen Schatten mit riesigen schwarzen Tentakeln, die sich von einem immensen, nebulösen Körper erstreckten ... ein Körper der in eine unmeßbare Tiefe zu entschwinden schien ... in den Schlund ... wie der Krake in der Gobi im Abgrund zu entschwinden schien ... in den Abgrund, der Khalk'ru war!

Wir krochen durch die Felsblöcke, kraxelten darüber oder glitten an ihnen hinab. Je weiter wir nach unten gelangten, desto intensiver wurde die Kälte. Sie hatte etwas Unheimliches und Kriechendes an sich, das einem bis ins Mark fuhr. Manchmal ließen wir die Rucksäcke voraus fallen, manchmal zogen wir sie hinter uns her. Und immer grimmiger biß uns die Kälte in die Knochen.
Hin und wieder warf ich einen kurzen Blick auf den Talboden, und jedesmal war ich mehr von seiner Echtheit überzeugt. Jede Luftspiegelung, die ich erblickt hatte – und in der Mongolei waren das sehr viele gewesen – hatte sich zurückgezogen, die Form verändert oder war einfach verschwunden, je näher ich ihr gekommen war. Aber nichts davon bei diesem Talboden. Natürlich wirkten die Steine flacher, als wir Meter um Meter zurücklegten, aber ich schrieb das dem veränderten Blickwinkel zu.
Wir waren etwa dreißig Meter über dem Ende des Rutsches angelangt, als ich mir da nicht mehr ganz so sicher war. Der Abstieg war ständig schwieriger geworden, und der Rutsch verengte sich immer weiter. Zu unserer Linken war der Fels eben und glatt. Er erstreckte sich gerade bis zum Talboden, so als hätte ihn ein Titanenbesen rein gefegt. Wahrscheinlich hatte sich hier ein größerer Brocken gelöst und war abgestürzt. Die zerbrochenen Teile lagen auf dem Talboden verstreut. Wir sahen nach rechts, wo sich ein Felshaufen erhob, zusammengekehrt von dem gleichen Riesenbesen. Der Weg darüber erschien uns am günstigsten.
Aufgrund meiner größeren Körperkraft trug ich nicht nur den schweren Rucksack, sondern auch unsere beiden Gewehre, die zusammen an einem Riemen über meiner linken Schulter hingen. Wir erreichten eine wenig angenehme Stelle. Der Stein, auf dem ich stand, kippte plötzlich unter meinem Gewicht weg und warf mich zur Seite. Der Rucksack, den ich in den Händen hielt, entglitt meinen Fingern, rutschte fort und fiel über den Rand eines großen Felsens. Automatisch sprang ich ihm nach. Dabei riß der Riemen an den beiden Gewehren. Sie glitten dem entfliehenden Rucksack nach.
Solche unglücklichen Kombinationen von Zufällen sind dazu an-

gelegt, an die Existenz eines Gottes des Mißgeschicks zu glauben. Das Gleiche hätte sich auch zu einem anderen Zeitpunkt unserer Reise abspielen können, ohne daß die Folgen für uns so katastrophal gewesen wären. Aber in jenem Moment hielt ich diesen Vorfall noch nicht für übertrieben tragisch.

»Na ja«, sagte ich locker, »dann brauchen wir das Zeugs wenigstens nicht mehr zu schleppen. Unten im Tal können wir es wieder einsammeln.«

»Falls das Tal überhaupt einen Grund hat«, sagte Jim.

Ich warf einen Blick über den Rand. Die Gewehre hatten zum Rucksack aufgeholt, und das Trio rutschte rasant weiter.

»Jetzt sind sie angekommen«, sagte ich. Sie waren kurz vor dem Geröllfeld.

»Den Teufel tun sie«, schimpfte Jim. »Sieh nur, sie fallen weiter!«

Ich rieb mir die Augen, sah noch einmal hin und schließlich ein weiteres Mal. Der Rucksack und die Gewehre hätten von den Steinen am Ende des Rutsches aufgehalten werden müssen. Aber das war ihnen gar nicht eingefallen. Sie waren einfach weitergefallen und jetzt nicht mehr zu sehen.

II

Das Schattenland

Es kam zu einer Erschütterung – wie bei einer Bildstörung –, als die Gewehre und der Rucksack auf das Geröllfeld getroffen waren. Dann schienen sie darin zu verschmelzen.

»Ich schätze, unsere Sachen sind in den See gefallen«, sagte Jim.

»Es gibt keinen See. Sie sind in irgendeine Felsspalte gefallen. Komm, wir ...«

Er packte mich fest an der Schulter.

»Warte, Leif. Langsam und vorsichtig.«

Ich folgte mit dem Blick seinem ausgestreckten Finger. Das Geröll am Ende des Rutsches war verschwunden. Statt dessen setzte sich der Rutsch glatt und nur mäßig steil bis weit ins Tal fort.

»Nichts wie hin«, sagte ich.

Von jetzt an setzten wir vorsichtig einen Fuß vor den anderen. Jedesmal, wenn wir stehenblieben, zeigte sich das Geröllfeld flacher, ragten die Steinbrocken immer niedriger auf. Eine Wolke zog vor die Sonne. Damit waren die Steine verschwunden. Der Talboden war völlig eben, eine einzige graue Schieferplatte.

Der Rutsch endete abrupt am Rand dieser Fläche. Auch die glatten Felswände endeten ebenso übergangslos und sahen ganz so aus, als seien sie dort aufgestellt worden, als der Schiefer noch flüssig gewesen war. Auch die Tafel selbst wirkte merkwürdig instabil, so als sei sie noch nicht endgültig abgekühlt. Ein leichtes, aber konstantes Flimmern lag über der Fläche, wie Hitzewellen über einer sonnenbestrahlten Straße im Hochsommer. Gleichzeitig wuchs mit jedem Meter, den wir nach unten gelangten, die Kälte weiter an, bis sie kaum noch zum Aushalten war.

Zwischen den zerschellten Lawinensteinen und der Klippe zu unserer Rechten befand sich ein enger Spalt, durch den wir uns zwängten. Auf der anderen Seite fanden wir uns auf einem riesigen flachen Stein wieder, der direkt am Rand der Schieferfläche lag. Diese stellte uns jetzt jedoch erst recht vor ein Rätsel. Sie bestand weder aus Stein noch aus Wasser. Mehr als alles andere erinnerte sie an dünnes und dunkles, flüssiges Glas oder an halbflüssiges Gas.

Ich legte mich flach auf den Stein und streckte eine Hand aus, um die Fläche zu berühren. Ich erreichte sie, spürte aber keinen Widerstand. Mehr noch, ich spürte gar nichts. Ich versenkte die Hand in die Fläche. Zuerst erschien mir die Hand, als würde ich sie in einem Zerrspiegel sehen, dann war sie völlig aus meiner Sicht entschwunden. Das unterkühlte Blut in meinen betäubten Fingern begann zu prickeln und zu brennen. Ich rutschte auf dem Stein ein Stück vor und versenkte beide Arme, so weit es ging, in die Fläche. Die Wärme fühlte sich verdammt gut an.

Jim ließ sich neben mich fallen und stütze sich auf den Armen auf.

»Das ist Luft«, sagte er.

»Fühlt sich zumindest so an ...« begann ich, aber dann kam mir eine plötzliche Erkenntnis. »Die Gewehre ... und der Rucksack! Wenn wir die nicht wiederfinden, kann das aber heiter für uns werden!«

»Falls Khalk'ru wirklich existiert«, sagte er, »können wir mit Gewehren wohl nicht allzu viel gegen ihn ausrichten.«

»Du meinst wirklich, dies sei das Werk von ...« Ich hielt inne, als mir die Erinnerung an die immense Gestalt im Illusions-See kam.

»Usunhi'yi, das Verdüsternde Land. Oder das Schattenland, wie dein alter Priester es genannt hat. Ich denke, alle beide Bezeichnungen treffen auf dieses Phänomen zu.«

Ich lag still da. Ganz gleich, wie sicher sich ein Mann in seinem Herzen ist, vor einer schweren Prüfung zu stehen, er kann nicht dagegen ankämpfen, sich schlecht und mies und klein zu fühlen, wenn er unmittelbar davor steht. Genauso erging es mir in diesem Augenblick. Der lange Weg vom goldenen Tempel Khalk'rus in der Mongolei bis zu diesem Ort der Luftspiegelungen war mit einem Schlag unwesentlich geworden. Ich hatte einen Fokus der Macht von Khalk'ru verlassen und war jetzt davor, den nächsten zu betreten. Das, was ich in der Gobi begonnen hatte, mußte ich hier beenden. Das altbekannte Grauen machte sich wieder in mir breit. Ich kämpfte dagegen an.

Ich wollte diese Herausforderung annehmen. Nichts auf der Erde konnte mich jetzt noch daran hindern, meinen Weg fortzusetzen. Und mit dieser Entschlossenheit wurde das Grauen in mir schwächer, zog sich zurück und verließ mich. Zum erstenmal war ich völlig frei davon.

»Ich will nachsehen, was dort unten ist.« Jim zog sich an den Rand. »Halt meine Füße fest, Leif, und ich versuche, mich so weit wie möglich hinabzubeugen. Ich habe den Rand des Steins abgetastet. Er scheint noch ein ganzes Stück hinunterzugehen.«

»Ich sehe zuerst nach«, sagte ich. »Immerhin bin ich doch wohl hier der Ehrengast.«

»Und ich bin wohl der Geeignetste, einen solchen menschlichen Elefanten wie dich heraufzuziehen, wenn du das Übergewicht bekommen solltest. Also komm, halt meine Füße.«

Ich hatte gerade noch Gelegenheit, ihn an den Fußgelenken zu packen, so stürmisch rutschte er voran. Schon waren sein Kopf und seine Schultern über dem Rand verschwunden. Und damit noch nicht genug schlängelte er sich weiter über den Rand, bis meine Arme bis an die Schultern in der seltsamen Fläche eingetaucht waren. Das reichte dem Indianer wohl, bis plötzlich aus der trüben Wolke, in der er entschwunden war, ein irrwitziges und brüllendes Gelächter ertönte.

Ich spürte, wie er sich zusammenzog und mit aller Macht versuchte, seine Füße aus meinem Griff zu lösen. Ich zog ihn langsam hoch, während er sich gegen jeden Zentimeter wehrte, den er dabei zurücklegen mußte. Als er auf der Steinfläche lag, lachte er noch immer wie ein Wahnsinniger. Sein Gesicht war stark gerötet, und seine Augen standen quer, so als sei er betrunken. Er

machte wirklich den Eindruck, stark angeheitert zu sein. Aber sein viel zu rascher Atem verriet mir, was tatsächlich mit ihm vorgefallen war.
»Atme ganz langsam!« brüllte ich ihm ins Ohr. »Ganz langsam atmen, hörst du mich!«
Aber als sein Lachen gar nicht mehr aufhören wollte und er unentwegt versuchte, sich loszureißen, hielt ich ihn mit einem Arm am Boden fest und verschloß ihm mit der anderen Hand Mund und Nase. Schon nach wenigen Augenblicken beruhigte er sich wieder. Ich ließ ihn los, und er setzte sich matt auf.
»Die komischsten Sachen«, sagte er mit schwerer Zunge, »ich habe die komischsten Gesichter gesehen ...«
Jim schüttelte benommen den Kopf, atmete zwei- oder dreimal tief durch und legte sich dann flach auf den Rücken.
»Was um alles in der Welt ist mit mir geschehen, Leif?«
»Du hattest einen Sauerstoffrausch, du unvorsichtiger tapferer Krieger«, erklärte ich ihm. »Du hast dir die Lungen etwas zuviel mit Luft angefüllt, die zu sehr mit Kohlendioxyd angereichert war. Und das enthüllt eigentlich eine ganze Menge über die merkwürdigen Vorkommnisse an diesem Ort. Als ich dich heraufzog, hast du dreimal in der Sekunde geatmet, ein Effekt, den Kohlendioxyd beim Menschen bewirkt. Das Zeugs wirkt direkt auf die Atmungszentren im Gehirn ein und beschleunigt die Atmung. Du hast mehr Sauerstoff aufgenommen, als du verarbeiten konntest, und bist davon betrunken geworden. Was hast du denn noch sehen können, bevor alles so unglaublich komisch wirkte?«
»Ich habe dich gesehen«, sagte er. »Und den Himmel. Es kam mir so vor, als würde ich aus Wasser schauen. Dann habe ich zur Seite und nach unten gesehen. Ein Stück unter mir war eine Art von matt grünem Nebel, den mein Blick nicht durchdringen konnte. Schön warm ist es dort, wirklich wunderbar warm, und es duftet nach Bäumen und Blumen. Mehr habe ich leider nicht mitbekommen, bevor mein Verstand aussetzte. Ach so, dieser Fels führt immer weiter nach unten. Vielleicht erreichen wir sein Ende, wenn wir uns vorher nicht zu Tode gelacht haben. Weißt du was, ich

setze mich jetzt bis zum Hals in diesen Nebel. Großer Gott, ich friere nämlich fürchterlich!«
Ich blickte ihn besorgt an. Seine Lippen waren blau, und seine Zähne klapperten. Der plötzliche Übergang von angenehmer Wärme in eisige Gebirgskälte blieb nicht ohne Auswirkungen. Und bei ihm waren sie ganz und gar nicht ungefährlich.
»Dann nichts wie los«, sagte ich und erhob mich. »Ich gehe als erster. Du mußt langsam atmen, ganz langsam und tief atmen und noch langsamer ausatmen. Bald hast du dich daran gewöhnt. Nun komm schon.« Ich schwang mir den verbliebenen Rucksack über den Rücken, krabbelte wie ein Krebs über den Rand, spürte bald festen Fels unter meinen Füßen und ließ mich ganz in die Luftspiegelung versinken.
Hier war es wirklich warm, fast so warm wie in einer Sauna. Ich blickte nach oben und sah den Himmel über mir als blauen Kreis mit verschwommenen Rändern. Dann bemerkte ich Jims Beine, die auf mich zukamen. Sie standen in einem unmöglichen Winkel von seinem Körper ab. Ich sah ihn so, wie ein Fisch einen Angler sieht, der ins Wasser kommt. Sein Körper schien sich dann zusammenzuschieben, bis er neben mir hockte und wieder normal wirkte.
»Donnerwetter, tut diese Wärme gut!«
»Nicht sprechen«, erklärte ich ihm. »Sitz nur ganz ruhig da und atme so langsam wie möglich. Mach es mir einfach nach.«
Schweigend saßen wir etwa eine halbe Stunde da. Kein Geräusch störte die Stille um uns herum. Es roch nach Dschungel, nach lebendiger und üppiger Vegetation und nach Grün, das ebenso rasch wieder abstarb. Und darin waren auch einige flüchtige fremdartige Aromen. Alles, was ich sehen konnte, war der Himmelskreis über mir und gut zwanzig Meter unter mir den matten grünen Nebel, von dem Jim eben gesprochen hatte. Es sah aus wie ein ebener Wolkenboden, den der Blick nicht durchdringen konnte. Der Steinrutsch führte dort hinein und war darüber hinaus nicht mehr zu sehen. Mir war es hier auf dem Fels nicht unbehaglich, auch wenn uns beiden der Schweiß vom Körper troff. Beruhigt stellte ich fest, wie tief und langsam Jim atmete.

»Na, hast du Schwierigkeiten?« fragte ich ihn schließlich.
»Kaum. Hin und wieder muß ich einen Gang zurückschalten, aber ich denke, ich habe den Trick langsam 'raus.«
»Prima. Dann wollen wir auch bald weiter. Ich schätze, wir werden jetzt kaum noch auf größere Schwierigkeiten beim Abstieg stoßen.«
»Du sprichst, als seist du hier aufgewachsen. Was hältst du eigentlich von diesem wunderlichen Ort, Leif?«
»Nun, im Prinzip steckt kein großes Geheimnis dahinter. Auch wenn die Chancen für das Zusammentreffen einer solchen Kombination bei eins zu einer Million liegen dürften. Wir haben vor uns ein langes und tiefes Tal, das rings herum von steilen Felswänden eingeschlossen ist. Somit ist das Tal eigentlich eine riesige Grube. Die umgebenden Berge verfügen nahtlos über Gletscher und Eisströme, und in die Grube fließt konstant Kaltluft, sogar im Sommer. Vermutlich würden wir unter dem Talboden vulkanische Aktivität feststellen, außerdem warme Quellen, Geysire und so weiter. Dieses Tal ist einer Miniaturausgabe vom Tal der Zehntausend Rauchsäulen drüben im Westen nicht unähnlich. Alle diese Faktoren sind für eine Überproduktion an Kohlendioxyd verantwortlich. Vermutlich findet sich dort unten auch eine üppige Vegetation, die noch dazu beiträgt. Nicht auszuschließen, daß wir im Tal auf Überbleibsel aus dem Karbon stoßen, also einer Zeit, die schon seit zehn Millionen Jahren vorüber ist. Die schwerere Warmluft füllt die Grube an, bis sie auf die Kaltluft stößt, aus der wir gerade gekommen sind. Luftspiegelungen entstehen dort, wo die beiden verschiedenen Luftschichten aufeinandertreffen. Wie lange das schon in diesem Tal der Fall ist, weiß wohl nur der Himmel. In Teilen von Alaska hat es nie eine Eiszeit gegeben. Aus bislang ungeklärten Gründen ist das Eis nicht bis dorthin vorgedrungen. Als das Gebiet des heutigen New York unter einem mehrere hundert Meter dicken Eispanzer lag, war die Yukon-Ebene eine Oase mit aller Art von Flora und Fauna. Falls dieses Tal damals schon existiert hat, dürfen wir uns auf einige seltsame Lebensformen gefaßt machen. Wenn das Tal jüngeren Datums ist,

steht uns ebenfalls die Entdeckung einiger interessanter Adaptionen bevor. Das wäre alles, was mir zu diesem Ort einfällt, höchstens noch, daß es irgendwo einen Ausfluß geben muß, sonst würde die Warmluft das Tal bis zu den Berggipfeln füllen. Aber wir wissen ja aus eigener Erfahrung, daß dem nicht so ist. Nun, dann wollen wir mal wieder weiter.«

»Langsam wünsche ich mir nichts dringender, als daß wir bald die Gewehre wiederfinden«, sagte Jim nachdenklich.

»Wie du selbst schon so richtig bemerkt hast, würden sie uns gegen Khalk'ru nicht viel helfen ... was, wo und wer er auch sein mag, und falls er wirklich dahinter steckt«, sagte ich. »Aber gegen seine Unterteufel wären uns ein paar Patronen sicher nützlich. Halt die Augen danach offen ... nach den Gewehren, meine ich.«

Wir kletterten weiter den Steinrutsch hinunter auf den mattgrünen Nebelboden zu. Der Weg war jetzt nicht mehr so beschwerlich. Wir erreichten den Nebel, ohne auch nur auf eine Spur von unserem Gepäck oder den Gewehren zu stoßen. Der Nebel wirkte sehr dicht. Wir drangen in ihn ein und fühlten uns sofort wie von einer nicht unangenehmen, warmen und dicken Suppe umgeben. Die Felsen waren naß und schlüpfrig, und wir mußten uns sehr vorsichtig mit den Füßen weitertasten. Zweimal fürchtete ich schon, unser Ende stünde bevor. Wie tief dieser Nebel war, konnte ich nicht abschätzen, vielleicht zwischen siebzig und hundert Meter. Diese Kondensation konnte nur aufgrund der eigentümlichen Lufttemperaturen entstanden sein, die auch für die Luftspiegelungen verantwortlich waren.

Allmählich begann der Nebel sich zu lichten. Er behielt zwar seine sonderbare grüne Färbung bei, aber dafür machte ich eine Reflektion vom Boden verantwortlich. Und plötzlich hatte er sich völlig aufgelöst. Wir waren an eine Aufschüttung gelangt, wo die hinabstürzenden Steine auf ein Hindernis gestoßen waren und so eine Barriere gebildet hatten, die etwa dreimal so groß war wie ich. Wir bestiegen diesen Steinhaufen.

Unter uns lag das Tal.

Wir waren immer noch einige hundert Meter über ihm. Es war von einem blaßgrünen Licht erfüllt, wie man es manchmal im tiefsten Wald auf einer Lichtung findet. Dieses Licht war sowohl klar als auch nebelhaft. Klar dort, wo wir standen, aber die Ferne verhüllte es wie ein Schleier aus bleichem Smaragdgrün. Nach allen Seiten breitete sich, so weit ich sehen konnte, ein weiter Baumteppich aus, der ringsum mit dem grünen Schleier verschmolz. Lebendiger und pulsierender Dschungelgeruch, vermischt mit einigen fremdartigen Aromen erreichte mich. Zur Linken wie zur Rechten fielen die schwarzen Felswände steil abwärts bis zum Felsrand.

»Hör doch!« Jim faßte mich am Arm.

Zuerst vernahmen wir nur ein schwaches Schlagen, das jedoch immer lauter wurde. Trommeln wurden geschlagen, weit weg von uns, ganze Gruppen von Trommeln, und ihr Rhythmus war ein schrilles Stakkato, das höhnisch und spöttisch klang. Aber das hörte sich nicht nach Khalk'ru-Trommeln an. Ihnen fehlte das grauenvolle Trampeln von ungezählten Füßen in einer unterirdischen Welt.

Dann schwiegen die Trommeln. Aus einer ganz anderen Richtung antworteten ihnen Fanfarenstöße, die ärgerlich und kriegslustig klangen. Wenn Trompeten zu verwünschen vermögen, dann diese hier.

Als sie geendet hatten, ertönten wieder die Trommeln, erneut voller Trotz, Hohn und Spott.

»Kleine Trommeln«, flüsterte Jim, »die Trommeln der ...«

Er stieg die Barriere hinab und ich folgte ihm.

Die Steinaufschüttung führte steil abfallend nach Osten. Wir kletterten sie bis zu ihrem Ende hinunter. Sie erhob sich wie ein großer Wall zwischen uns und dem Tal und versperrte uns teilweise die Sicht. Die Trommeln hörten wir nicht mehr. Wir brachten mindestens hundertfünfzig Meter hinter uns, bis wir das Ende der Barriere erreicht hatten. Dort standen wir vor einem weiteren Rutsch.

Wir hielten davor inne und sahen ihn uns genau an. Er fiel in einem Winkel von etwa fünfundvierzig Grad ab, und obwohl nicht

so glatt wie weiter oben, bot er leider weniger Haltmöglichkeiten.
Die Luft war deutlich wärmer geworden, war aber nicht unangenehm. In ihr summte ein vibrierendes Leben, das ich dem üppigen Dschungel oder dem Tal selbst zuschrieb. Die Luft gab mir das Gefühl von wimmelnder Lebendigkeit und ließ mich im Kopf schwindeln. Der verbliebene Rucksack wurde mir bald zu schwer. Wenn wir uns für den Rutsch entscheiden sollten, und eigentlich blieb uns nicht viel anderes übrig, würde ich ihn kaum tragen können. Ich nahm ihn vom Rücken.
»Unsere Visitenkarte«, rief ich und schickte ihn den Rutsch hinunter.
»Ganz langsam atmen, und tief, du dummer Kerl«, lachte Jim.
Seine Augen leuchteten, und er wirkte glücklich wie ein Mann, dem soeben eine schwere seelische Last angenommen worden ist. Er sah so ähnlich aus wie ich vor gar nicht so langer Zeit, als ich die Herausforderung des Unbekannten angenommen hatte. Und ich fragte mich nach dem Grund für seine Euphorie.
Der hinabrutschende Rucksack prallte auf, hüpfte hoch und entschwand dann aus unserer Sicht. Offensichtlich führte der Rutsch doch nicht bis ganz zum Talboden hinunter, vielleicht fiel er aber auch weiter unten in einem steileren Winkel hinab.
Ich legte mich vorsichtig hin und kroch auf dem Bauch den Rutsch hinunter. Jim folgte mir. Wir hatten etwa drei Viertel der Strecke hinter uns gebracht, als ich meinen Freund laut rufen hörte. Dann prallte er in mich hinein und fiel in hohem Bogen weiter. Ich konnte ihn mit einer Hand packen, verlor dabei aber den eigenen Halt. Zusammen rollten wir den Rutsch hinunter und fielen dann durch die Luft. Ich spürte plötzlich einen schmerzhaften Stoß, und alles um mich herum wurde dunkel.

III

Das Kleine Volk

Ich kam wieder zu mir, als Jim meine Brust drückte, um meine Atmung wieder einsetzen zu lassen. Ich lag auf einer sehr weichen Unterlage. Vorsichtig bewegte ich die Beine, setzte mich auf und sah mich um. Wir befanden uns auf einer Moosbank; oder besser gesagt, in einer Moosbank, denn die Spitzen dieses Gewächses ragten fast einen halben Meter über meinen Kopf hinaus. Dieses Moos ist ja unerhört hoch, dachte ich verblüfft und starrte es blöde an. Nirgendwo hatte ich ähnliches gesehen. War das Moos wirklich so hoch, oder war ich geschrumpft? Über mir ragten etwa fünfunddreißig Meter glatte Felswand hoch.

»Nun, da wären wir also«, sagte Jim.

»Wie sind wir hierher gelangt?« fragte ich, immer noch etwas benommen. Jim zeigte auf die Klippe.

»Da sind wir abgestürzt und auf einem Sims aufgeschlagen. Das heißt, du bist dort aufgeschlagen. Ich war ja über dir. Das Sims hat uns netterweise genau auf diese hübsch große Moosmatratze katapultiert. Ich bin auf dir gelandet. Deshalb war es auch mir vergönnt, in den letzten fünf Minuten Leben in dich zurückzupumpen. Tut mir leid, Leif, aber wenn es anders herum gekommen wäre, hättest du deine Reise allein fortsetzen müssen. Mir mangelt es leider an deiner Elastizität.«

Der Indianer lachte. Ich erhob mich, um etwas mehr sehen zu können. Das Bett aus Riesenmoos, das unseren Sturz abgefedert hatte, bildete zwischen uns und dem Wald eine Art Hügel. Am Grund der Klippe türmte sich das Geröll der Lawine. Ich sah auf diese Steine, und ein kalter Schauer lief mir über den Rücken. Wenn wir dort aufgeprallt wären, wären von uns nicht mehr als zwei Haufen von zerschmetterten Knochen und zerstückeltem

Fleisch übriggeblieben. Ich tastete mich ab. Alles schien heil zu sein.
»Indianer«, sagte ich pompös, »was uns nicht umbringt, härtet uns nur ab.«
»Großer Gott, Leif, du hast mir wirklich für eine Weile enorme Sorgen gemacht.« Er drehte sich abrupt um. »Sieh nur da, im Wald!«
Der Mooshügel bildete ein ziemlich hohes Oval, das bis fast an den Felsrand von gigantischen Bäumen umgeben war. Sie erinnerten sehr an die kalifornischen Sequoias und waren auch ebenso hoch. Ihre Kronen waren gewaltig, und ihre enormen Stämme wirkten wie von Titanen errichtete Säulen. Unten wuchsen schlanke Farne, die fast so groß wie Palmen waren, und eigentümliche Nadelbäume mit Stämmen, die dünn wie Bambus waren und eine rötlichgelbe Rinde trugen. Über diesen hingen von den Ästen und Zweigen der Bäume Lianen und bündelweise Blumen in allen Formen und Farben. Laternen aus Orchideen waren darunter und Leuchter aus Lilien; daneben sonderbar symmetrische Bäume, an deren blattlosen Zweigen Blumen wuchsen, so daß sie wie Kerzenständer wirkten; Blumenketten wie aufgereihte Glöckchen schwangen von den Ästen, und Girlanden von kleinen, sternförmigen Blumen in Weiß, Purpurrot und allen Blautönen der Meere heiterten das Bild auf. Überall schwirrten Bienen umher und tauchten in die Blütenkelche. Schwärme von Libellen in lackiert wirkenden grünen und roten Panzern schossen hierhin und dorthin. Und geheimnisvolle Schatten trieben durch den Wald ... wie von den gigantischen Schwingen unsichtbarer Wächter.
Dies war kein Dschungel aus der Karbonzeit, zumindest keiner, wie er den Erkenntnissen der Wissenschaft entsprach. Vielmehr erinnerte er an einen verzauberten Wald. Und aus ihm strömten berauschende Duftnoten. Trotz aller Fremdartigkeit haftete diesem Wald nichts Finsteres oder Furchterregendes an. Er war vielmehr nur wunderschön.
Jim räusperte sich.

»Der Wald der Götter! Alles mag an einem solchen Ort wohnen. Alles, was schön ist...«

Ach, Tsantawu, geliebter Blutsbruder, hättest du damals doch recht gehabt mit deinen Worten!

»Wird sicher nicht einfach, sich da durchzukämpfen«, brummte ich nur.

»Daran habe ich auch schon gedacht«, antwortete er. »Wahrscheinlich ist es das beste, wir bewegen uns am Rand der Klippen entlang. Vielleicht wird es ein Stück weiter einfacher. Wohin sollen wir, nach links oder nach rechts?«

Wir warfen eine Münze, und die entschied für rechts. Nicht weit von uns entfernt entdeckte ich den Rucksack und marschierte darauf zu, um ihn aufzunehmen. Der Moosboden gab unangenehm nach, wie eine doppelte Federkernmatratze. Ich fragte mich, wie es zu einem solchen Phänomen gekommen sein mochte. Vielleicht waren ein paar der Baumriesen von der Lawine gefällt worden, und das Moos war von ihrer Fäulnis besonders gut genährt worden. Ich warf mir den Rucksack über, und wir stapften durch das schwammige Moos, in dem wir bis zu den Hüften einsanken, auf die Felswand zu.

Gut zwei Kilometer wanderten wir an den Klippen entlang. Manchmal drückte der Wald so dicht an die Felswand heran, daß wir Schwierigkeiten hatten voranzukommen. Dann änderte sich plötzlich das Bild. Die Riesenbäume zogen sich vom Stein zurück. Wir kämpften uns nun durch ein Dickicht besonders großer Farne. Abgesehen von den Bienen und den schillernden Libellen zeigte sich in dieser üppigen Vegetation kein tierisches Leben. Dann hatten wir das Farndickicht durchquert und gelangten auf eine höchst eigentümliche Wiese, die an eine Lichtung erinnerte. An zwei Seiten war sie von den Farnen begrenzt, und an der dritten erhob sich der Wald wie eine Palisade, und die vierte bildete die schwarze Felswand, die über und über mit großen weißen Blüten bedeckt war. Diese hingen an kurzen, roten und irgendwie abstoßend wirkenden Reben, deren Wurzeln ich in Felsspalten vermutete.

Weder Bäume noch Farne wuchsen auf der Wiese. Sie war von

einem feinen Gras bedeckt, aus dessen Spitzen winzige blaue Blüten sprossen. Am Fuß der Felswand strömte ein dünner Dampffaden in die Luft und badete sanft die weißen, tassenartigen Blüten.

Ein Geyser, sagte ich mir. Wir gingen näher, um ihn uns genauer anzusehen.

Dann hörten wir ein verzweifeltes, schmerzerfülltes Wimmern ...

Wie das Klagen von einem tiefbetrübten, heftig geprügelten Kind. Aber das Geräusch klang nicht so, als würde es von einem Mensch oder einem Tier stammen. Es war von der Felswand gekommen, irgendwo hinter dem Dampf. Wir blieben stehen und lauschten. Das Wimmern begann wieder, und darin war etwas, das ungeteiltes Mitleid hervorrief, das nicht mehr vergehen wollte. Wir rannten augenblicklich auf die Felswand zu. Der Dampf erwies sich als dichter Vorhang, und wir rannten an ihm entlang bis zu seinem Ende.

Am Fuß der Klippen lag ein langgezogener Teich, der wie ein eingedämmter Fluß-Nebenlauf wirkte. Sein Wasser war schwarz und blubberte. Aus seinen Blasen entstieg der Dampf. Von einem Ende des dampfenden Teichs bis zum nächsten verlief an der Felswand ein etwa ein Meter breiter Sims. Darüber waren in regelmäßigen Intervallen Nischen klein wie Wiegen gehauen.

In zwei von diesen Nischen, halb in ihnen und halb auf dem Sims, lagen Wesen, die man auf den ersten Blick für Kinder halten mußte. Ausgestreckt auf ihrem Rücken waren ihre Hände und Füße mit bronzenen Klammern am Fels befestigt. Das lange Haar fiel ihnen zu beiden Seiten herab. Ansonsten waren sie vollständig nackt.

Und jetzt entdeckte ich, daß dies gar keine Kinder waren, sondern ausgereifte Erwachsene. Ein kleiner Mann und eine kleine Frau. Letztere hatte den Kopf verdreht, um den anderen sehen zu können. Und sie war es auch, die immer wieder zu wimmern anfing. Sie bemerkte uns gar nicht, sondern starrte nur ihn an. Er lag stocksteif und mit geschlossenen Augen da. Auf seiner Brust, in

Höhe des Herzens war die Haut schwarz, so als habe jemand Säure darüber gekippt.
Nicht weit über ihm bewegte sich etwas an der Felswand. Ich entdeckte dort eine der weißen Blumen. Hatte sie sich bewegt? Sie hing etwa fünfunddreißig Zentimeter über der Brust des Mannes, und an ihren roten Stempeln sammelte sich ein dicker Tropfen, den ich für Nektar hielt.
Doch, es war die Blume gewesen, deren Bewegung ich im Augenwinkel bemerkt hatte. Als ich noch einmal hinsah, zuckte die rötliche Rebe. Wie ein träger Wurm schlängelte sie sich ein kleines Stück die Felswand hinunter. Die Blume schüttelte ihre Blütenöffnung wie ein Maul, um den dicken Tropfen loszuschütteln. Und die Blüte befand sich direkt über dem Herzen des kleinen Mannes und der schwarzen Stelle auf seiner Brust.
Ich kletterte auf den schmalen Sims hinauf, griff nach der Rebe und riß sie los. Sie wand sich in meinen Händen wie eine Schlange. Ihre Wurzeln klammerten sich an meine Finger, und die Blüte richtete sich wie ein Schlangenkopf kurz vor dem Zuschlagen vor mir auf. Der Blütenrand war dick und fleischig, genau wie ein runder, weißer Mund. Der Nektartropfen fiel auf meine Hand, und sofort machte sich dort ein unerhörter Schmerz breit, der mir wie Feuer den ganzen Arm hinaufkroch. Ich schleuderte das sich windende Ungeheuer in den blubbernden Teich.
Über der kleinen Frau wuchs eine weitere Rebe aus dem Fels. Ich riß sie wie die andere los. Auch sie bemühte sich verzweifelt, mich mit der Blüte zu attackieren, aber entweder war gerade kein gefährlicher Nektartropfen in ihrem Maul, oder er verfehlte mich. Ich warf die Rebe der ersten hinterher.
Als ich mich über den kleinen Mann beugte, waren seine Augen auf. Er starrte mich durchbohrend an. Ähnlich seiner Haut waren auch seine Augen gelb. Sie schienen keine Pupillen zu haben und wirkten nicht sehr menschlich. Aber sie waren schräg wie bei den Mongolen. Schmerz war in seinem Blick und bitterer Haß. Er sah an mir hoch, und als er meine Haare bemerkte, wich der Haß großer Verwunderung.

Der brennende Schmerz in meiner Hand und in meinem Arm war nahezu unerträglich. Ich ahnte jetzt, wie der kleine Mann leiden mußte. Mit einem Ruck befreite ich ihn von den bronzenen Klammern. Ich hob ihn hoch und reichte ihn Jim. Er wog kaum mehr als ein Säugling.

Ich begab mich zu der Frau und befreite auch sie von ihren Fesseln. Weder Furcht noch Haß war in ihren Augen. In ihrem Blick war nur Verwunderung und unmißverständliche Dankbarkeit. Ich nahm sie hoch und trug sie zu ihrem Gefährten.

Als ich einen Blick zurück auf die schwarze Felswand warf, machte ich an ihr überall Bewegungen aus. Die rötlichen Reben der anderen Pflanzen schlängelten aufgeregt, und ihre weißen Blüten schwankten auf und ab und öffneten und schlossen ihre Mäuler.

Ein unheimlicher Anblick ...

Der kleine Mann lag reglos da. Nur sein Blick wanderte von mir zu Jim und wieder zurück zu mir. Dann sprach die Frau, trillernde, vogelartige Laute. Plötzlich sprang sie auf und schoß über die Wiese in den Wald.

Jim starrte den goldgelben Mann an, als sei er in Meditation versunken. Ich hörte, wie er flüsterte:

»Die *Yunwi Tsundsi'*! Das Kleine Volk! Dann ist alles wahr, wovon die Ahnen gesprochen haben! Alles ist wahr!«

Die kleine Frau brach in schnellem Lauf aus dem Farndickicht. In den Händen trug sie dicke und mit vielen Adern durchzogene Blätter. Sie warf mir einen raschen Blick zu, der mir wie eine Entschuldigung vorkam. Dann beugte sie sich über den Mann und quetschte einige der Blätter über seiner Brust aus. Ein milchiger Saft rann zwischen ihren Fingern und tropfte auf die schwarze Stelle. Wie ein Film verbreitete er sich darüber. Der kleine Mann bäumte sich auf und stöhnte. Dann entspannte er sich und lag still.

Jetzt nahm die kleine Frau meine Hand. Wo der Nektar auf die Haut getroffen war, hatte sie sich schwarz verfärbt. Die kleine Frau drückte darüber Saft aus. Ein grausamer Stich, gegen den

aller vorheriger Schmerz harmlos war, fuhr mir durch Hand und Arm. Aber im nächsten Augenblick war alle Pein vergangen.
Ich sah auf die Brust des kleinen Mannes. Das Schwarz war vollständig verschwunden. Nur eine Wunde war übriggeblieben, rot wie von einer Säureverbrennung. Als ich auf meine Hand sah, hatte sich dort das gleiche getan.
Die kleine Frau verbeugte sich tief vor mir. Der kleine Mann erhob sich. Er sah mir zunächst in die Augen und ließ dann seinen Blick über meinen mächtigen Körper schweifen. Ich merkte ihm an, wie das Mißtrauen in ihm wieder stärker wurde und auch der Haß zurückkehrte. Er sprach zu der Frau. Sie gab eine längere Antwort und zeigte dabei auf die Klippe, meine verbrannte Hand und auf ihrer beider Fuß- und Handgelenke. Der kleine Mann bedeutete mir, mich zu ihm herabzubeugen. Ich kam seinem Wunsch nach, und er berührte mein gelbes Haar, fuhr mit den Fingern hindurch. Dann legte er eine Hand auf mein Herz und hielt schließlich den Kopf dagegen, so als wollte er seinem Schlag lauschen.
Als er wieder aufsah, fuhr er mir mit seiner kleinen Hand über den Mund. Aber ich wußte, daß dies kein Schlag gewesen war, sondern eine Art von Liebkosung.
Der kleine Mann lächelte mich an und trillerte. Ich verstand nichts davon und schüttelte hilflos den Kopf. Der Kleine sah Jim an und trillerte eine andere Frage. Der Indianer antwortete ihm auf Tscherokesisch. Diesmal schüttelte der Kleine den Kopf und sprach wieder mit seiner Gefährtin. Recht deutlich konnte ich aus den vogelartigen Geräuschen das Wort *Evahliih* heraushören. Sie nickte dem Mann zu.
Die beiden gaben uns mit Handzeichen zu verstehen, daß wir ihnen folgen sollten, und rannten über die Wiese auf das Farndikkicht zu. Wie klein sie doch waren. Sie reichten mir kaum bis an die Hüfte. Aber sie besaßen wunderbar geformte Körper. Und ihr langes, feines und seidiges Haar war von einem angenehmen Kastanienbraun. Es wehte ihnen beim Lauf leicht wie Gaze nach.
Sie rannten wie kleine Rehe, und wir hatten Mühe, mit ihnen Schritt zu halten. Sie drangen in das Farndickicht ein, und erst hier

verlangsamte sich ihr Lauf. Scheinbar endlos kämpften wir uns durch das Riesenfarn. Ich konnte nirgendwo einen Pfad entdekken, aber die beiden Kleinen schienen den Weg genau zu kennen.

Endlich hatten wir das Dickicht hinter uns. Vor uns breitete sich eine weite Rasenfläche aus, die wie mit einem Teppich von winzigen blauen Blüten bedeckt war. Der Rasen zog sich bis zum Ufer eines breiten Flusses hin. Sein Wasser war sonderbarerweise von einem milchigen Weiß. Über seiner ruhigen Oberfläche wirbelten bunt schillernde Nebel. Dazwischen entdeckte ich am anderen Flußufer eine grüne Ebene mit sanften Hügeln und eine dunkle, steile Böschung.

Der Kleine blieb stehen und bückte sich, bis sein Ohr den Boden berührte. Dann sprang er wie verrückt in das Dickicht zurück und winkte uns zu, ihm auf der Stelle zu folgen. Nach einer halben Minute erreichten wir einen halb zerfallenen Wachturm. Der Eingang stand weit offen. Die Kleinen schlüpften hinein und gaben uns zu verstehen, es ihnen gleichzutun.

Im Innern befand sich eine zerbröckelnde Steintreppe, die bis ganz nach oben führte. Der Mann und die Frau hüpften sie hinauf, und wir folgten ihnen dichtauf. Die Stufen endeten in einer kleinen Kammer. Durch die Ritzen im Mauerwerk drang grünes Licht. Ich äugte durch eine der Spalten und sah hinab auf die blau getupfte Wiese und den weißen Fluß. Dann hörte ich gedämpftes Getrappel von Pferdehufen und leisen Frauengesang. Beide Geräusche kamen immer näher.

Eine Frau ritt über die Wiese. Sie saß auf einer großen schwarzen Stute. Wie eine Kapuze trug sie den Schädel eines weißen Wolfs über dem Kopf. Sein Fell bedeckte ihre Schultern und ihren Rükken. Darüber lag ihr zu zwei dicken Zöpfen zusammengebundenes, feuerrotes Haar. Die hochstehenden, runden Brüste der Frau waren unbedeckt, und darunter waren die Pfoten und Läufe des weißen Wolfs wie ein Gürtel verknotet. Ihre Augen waren blau wie Kornblumen und standen unter einer breiten und niedrigen Stirn weit auseinander. Milchweiß mit einem Schuß sanften Rosas war ihre Haut, und ihr vollippiger, kirschroter Mund trug einen ebenso sinnlichen wie grausamen Zug.

Sie war eine kräftige Frau und fast so groß wie ich. Wie eine Walküre kam sie mir vor, und ähnlich den Botinnen des Odin lag vor ihr über dem Sattel ein Körper, den sie mit einer Hand festhielt. Aber der gehörte keinem erschlagenen Krieger, den sie nach Walhalla bringen wollte, sondern einem Mädchen, dessen Arme mit strammen Seilen fest am Körper gebunden waren und dessen Kopf voller Verzagtheit herabhing. Ich konnte das Gesicht des Mädchens nicht erkennen, denn es war unter dem Schleier ihres Haars verborgen, welches ebenso rostrot war wie das der Walküre. Auch ihre Haut war ebenso hell.

Über dem Kopf der Reiterin flog ein schneeweißer Falke, der immer wieder herabstieß, Kreise zog und zu seiner Herrin aufholte, wenn er zu weit zurückgeblieben war.

Der Walküre folgten etwa zehn weitere Reiterinnen; ebenso jung und stark, hellhäutig und blauäugig wie ihre Anführerin. Die Haare der anderen waren rostrot, kupferrot oder feuerrot, und sie trugen es entweder hochgesteckt oder zu langen Zöpfen geflochten, die tief den Rücken hinunterhingen. Sie waren ebenfalls barbusig und trugen lediglich kurze Röcke und hohe Stiefel. An Waffen konnte ich bei ihnen lange, schlanke Speere und kleine, runde Tartschen erkennen. Auch sie erinnerten deutlich an Walküren. Jede von ihnen ähnelte den Schildmaiden der Asen. Beim Reiten sangen sie ein leises und eintöniges, völlig fremdartiges Lied.

Die Wolfsfrau verschwand mit ihrer Gefangenen hinter einer Biegung und war nicht mehr zu sehen. Die singenden Frauen folgten ihr.

Die Schwingen des weißen Falken leuchteten noch einmal silbern auf, als er zirkelte und herabstieß, zirkelte und herabstieß. Dann war auch er seiner Herrin gefolgt.

IV

Evalie

Die beiden Kleinen zischten. Aus ihren goldgelben Augen strömte blanker Haß.
Der Mann berührte meine Hand, redete in seiner raschen Trillersprache auf mich ein und zeigte immer wieder auf den weißen Fluß. Offensichtlich wollte er mir klarmachen, daß wir den überqueren mußten. Unvermittelt hielt er inne und lauschte. Die Frau rannte die Stufen hinunter. Der Kleine zwitscherte ärgerlich, schoß auf Jim zu und schlug mit seinen kleinen Fäusten auf die Beine meines Freundes ein, als wollte er einen Toten zum Leben erwecken. Dann rannte er der Frau hinterher.
»Wach auf, Rothaut«, rief ich ungeduldig. »Sie wollen, daß wir uns beeilen.«
Er schüttelte benommen den Kopf wie ein Träumer, der eben erwacht ist.
Wir eilten über die zerbröckelnden Stufen. Am Eingang zum Turm wartete der Kleine. Besser gesagt, er war nicht weitergerannt, denn wenn das, was er dort tat, Warten bedeutete, dann hatte man in diesen Breitengraden eine höchst bemerkenswerte Vorstellung davon. Der Zwerg hüpfte in einem engen Kreis herum, wedelte dabei wie ein von der Tarantel Gestochener mit Armen und Händen herum und trillerte dabei eine verrückte Melodie, die nur aus vier Tönen bestand, die er jedoch in immer neuen Variationen ständig wiederholte. Von der Frau war nichts zu sehen.
Ein Wolf heulte. Und sein Ruf wurde von anderen Wölfen beantwortet, die tiefer im Wald steckten. Genau wie bei einem Rudel auf der Jagd, dessen Anführer die Witterung der Beute aufgenommen hat.

Die kleine Frau kehrte raschen Fußes zurück, und der Mann stellte augenblicklich seinen sonderbaren Tanz ein. Sie trug ein ganzes Büschel kleiner, roter Beeren an langen Stengeln in den Händen, die entfernt an Weintrauben erinnerten. Der Kleine zeigte auf den Fluß, und die beiden stürmten schon durch das Farn. Uns blieb nicht viel anderes übrig, als ihnen zu folgen. Wir brachen durch das Dickicht, überquerten die blaue Wiese und blieben endlich am Flußufer stehen.
Wieder heulte der Rudelführer, und die anderen antworteten ihm. Nur klang es diesmal bedrohlich näher.
Der Mann sprang mich an und zwitscherte dabei, als ginge es um Leben oder Tod. Er schlang seine kleinen Beine um meine Hüfte und machte Anstalten, mir das Hemd vom Leib zu reißen. Die Frau trillerte Jim an und wedelte dabei mit den roten Früchten durch die Luft.
»Wir sollen uns wohl entkleiden«, sagte Jim. »Und anscheinend ist dabei Eile geboten.«
Hastig zogen wir uns aus. Eine Erdhöhle war am Ufer, und dort hinein schob ich den Rucksack. Eilig rollten wir unsere Kleider und Stiefel zusammen, banden sie mit einem Riemen zu einem Bündel und warfen uns das Ganze über den Rücken.
Die Frau warf ihrem Gefährten eine Handvoll der rötlichen Früchte zu. Sie bedeutete Jim, sich zu bücken, und als er das getan hatte, drückte sie die Beeren auf seinem Kopf, seiner Brust, seinen Händen, seinem Leib und seinen Beinen aus. Der Mann machte sich bei mir die gleiche Mühe. Von den Früchten ging ein unangenehm stechender Geruch aus, der meine Augen tränen ließ.
Ich durfte mich wieder aufrichten und ließ meinen Blick über das milchige Wasser fahren.
Der Kopf einer Schlange stieß durch die Wasseroberfläche. Dem folgte ein zweiter, und plötzlich wurden es immer mehr. Die Köpfe waren so groß wie der einer Anakonda und trugen leuchtend smaragdgrüne Schuppen. Ein Stachelkamm in noch funkelnderem Grün verlief von der Schädeldecke an über den ganzen Rücken. Das entdeckten wir allerdings erst, als die Tiere begannen, das

Wasser zu durchpflügen und sich darin zu drehen. Ganz sicher sah ich einem Sprung in dieses Wasser nicht mit der allergrößten Freude entgegen. Aber jetzt wurde mir klar, warum man uns eingerieben hatte. Und ich begriff auch, daß die beiden Kleinen uns nichts Böses wollten. Als dritte Erkenntnis beruhigte ich mich damit, daß der Mann und die Frau genau wußten, was sie taten.
Das Heulen der Wölfe klang jetzt beim drittenmal nicht nur bedrohlich nahe, sondern ertönte auch von dem Weg, den die Reitergruppe gekommen war.
Der Kleine sprang ins Wasser und winkte mir zu, es ihm gleichzutun. Ich gehorchte und hörte im gleichen Augenblick, wie die Frau ins Wasser tauchte und wie ihr, deutlich lauter, Jim folgte. Der Kleine sah sich nach mir um, nickte zufrieden und schwamm wie ein Aal in einem Tempo los, bei dem ich Mühe hatte, ihm nachzueifern.
Die Schlangen belästigten uns nur unwesentlich. Einmal fühlte ich gleitende Schuppen an meiner Seite, und als ich ein anderesmal auftauchte, schwamm eines der Tiere direkt neben meinem Kopf, paßte seine Geschwindigkeit spielerisch der meinen an und wollte mich dann offensichtlich zu einem Wettschwimmen herausfordern.
Das Wasser war warm, so warm wie die Milch, der es so sehr ähnelte, und außerordentlich tragfähig. An dieser Stelle mochte der Fluß etwa dreihundert Meter breit sein. Ich hatte etwa die Hälfte dieser Distanz hinter mich gebracht, als ich über mir einen schrillen Schrei hörte und gefiederte Schwingen gegen mein Haar schlugen. Ich drehte mich im Wasser um und schlug mit den Händen nach dem, was mich da attackierte.
Der weiße Falke der Wolfsfrau stand über mir in der Luft, stürzte herab, stieg wieder ein Stück höher und kam mit ausgestreckten Krallen auf mich zu.
Ich hörte einen Ruf vom Ufer, ein glockenklares Contralto. Eine angenehm vibrierende Stimme, die in einem archaischen Uigurisch befahl:
»Komm zurück! Zurück, Gelbhaar!«

Ich warf mich im Wasser herum. Der Falke stellte seine Attacken ein. Am Ufer, von dem wir eben ins Wasser gesprungen waren, saß die Wolfsfrau auf ihrer schwarzen Stute. Sie hielt immer noch das gefangene Mädchen über dem Sattel. Die Augen der Walküre waren wie Saphirsterne. Die Rechte hatte sie gebieterisch erhoben.
In einem Kreis um sie herum stand das Rudel der schneeweißen Wölfe, hielt die Köpfe gesenkt und starrte mich mit Augen an, die so intensiv grün waren wie die der Walküre blau.
»Komm zurück!« rief sie noch einmal.
Die Wolfsfrau war eine wirkliche Schönheit, und es wäre wohl kaum einem Mann leichtgefallen, ihren Befehlen zu widerstehen. Aber nein, sie war keine Wolfsfrau. Doch wer war sie dann? Plötzlich kam mir ein uigurischer Name ins Bewußtsein, ein uraltes Wort, von dem ich bislang nicht gewußt hatte, daß ich es kannte. Diese Frau war die *Salur'da* – die Hexe. Und kaum war mir das bewußt geworden, da wuchs auch schon Ärger in mir über ihren Befehlston. Wer war sie, die Hexe, daß sie mir Anordnungen geben konnte! Mir, dem Dwayanu, der sie in längst vergessenen früheren Zeiten für eine solche Unverschämtheit mit Skorpionen hätte auspeitschen lassen!
Ich richtete mich, so weit es ging, im Wasser auf.
»Zurück in deine Höhle, Salur'da!« donnerte ich. »Seit wann gehorcht der Dwayanu deinem Geschrei? Wenn *ich* mich herablasse, *dich* zu rufen, dann sieh zu, daß du so schnell wie möglich kommst!«
Sie starrte mich in völliger Verblüffung an. Der starke Arm, der die Gefangene hielt, wurde dabei so locker, daß das Mädchen fast vom Sattel gefallen wäre. Ich schwamm weiter auf das andere Ufer zu.
Ich hörte, wie die Hexe pfiff. Der Falke über meinem Haupt kreischte und flog davon. Die weißen Wölfe knurrten. Dann vernahm ich, wie die Hufe der Rappstute über die blaue Wiese jagten.
Ich erreichte das Ufer und stieg aus dem Wasser. Erst dann drehte ich mich um. Die Hexe, der Falke und die Wölfe, sie alle waren nicht mehr zu sehen.

In meiner Kielspur im Wasser schwammen, wirbelten und tauchten die smaragdgrünen Schlangen.
Die beiden Kleinen waren schon vor mir an Land gegangen.
»Was hast du ihr gesagt?« fragte Jim.
»Die Hexe gehorcht meinem Ruf, und nicht umgekehrt«, antwortete ich und wunderte mich im gleichen Moment, was mir die Worte ins Bewußtsein gebracht hatten.
»Der Dwayanu ist immer noch ziemlich stark in dir, nicht wahr, Leif? Was hat diesmal die rechten Worte in dir ausgelöst?«
»Das weiß ich nicht.« Der unerklärliche Zorn auf die Walküre war immer noch nicht vergangen, und weil ich ihn nicht verstand, irritierte er mich doch sehr. »Sie befahl mir, zu ihrem Ufer zurückzukommen, und das hat so etwas wie einen Feuerwerkskörper in meinem Kopf gezündet. Und dann ... dann schien ich sie zu erkennen und begriff die Unverfrorenheit ihrer Worte. Das habe ich ihr dann unmißverständlich zum Ausdruck gebracht. Sie war über meine Antwort genauso überrascht wie ich selbst auch. Es war mir so, als hätte ein anderer an meiner Stelle gesprochen. Es war wie ... wie damals, als ich die verwünschte Beschwörung begann und nicht mehr aufhören konnte.«
Jim nickte und zog sich wieder an. Ich tat es ihm nach. Meine Sachen waren tropfnaß. Die Kleinen sahen mit offenem Amüsement zu, wie wir uns hineinzwängten. Mir fiel auf, daß das grelle Rot auf der Brustwunde des Mannes deutlich blasser geworden war. Sie war zwar noch roh, aber nicht mehr tief und an den Rändern schon verheilt. Ich sah auf meine Hand. Das Rot war kaum noch zu sehen. Nur eine gewisse Empfindlichkeit der Haut bei einer Berührung verriet, wo der Nektar sie getroffen hatte.
Als wir uns die Stiefel verschnürt hatten, marschierten die Kleinen vom Ufer fort auf eine etwa anderthalb Kilometer entfernte Klippenreihe zu. Das nebelhafte grüne Licht verbarg die Felsen halb, so wie es unsere Sicht nach Norden völlig blockiert hatte, als wir zum erstenmal dieses Tal sahen. Ein großer Teil des Weges dorthin war eben und führte über mit blauen Blumen bestückte Wiesen. Auch Farne standen hier, zuerst normale, doch bald immer höhere. Wir

erreichten einen Pfad, der für die Kleinen ausreichend breit war, uns aber etwas zu schmal vorkam. Er schlängelte sich auf ein weiteres Farndickicht zu, in das wir abbogen.

Seit dem frühen Morgen hatten wir nichts mehr gegessen, und ich dachte bedauernd an den Rucksack, den wir am Fluß zurückgelassen hatten. Allerdings hatte ich es mir zur Gewohnheit gemacht, herzhaft zuzulangen, wenn es genug zu essen gab, und in philosophischer Gelassenheit den Hunger zu ertragen, wenn keine Nahrung zur Verfügung stand. Also schnallte ich meinen Gürtel enger und warf einen Blick zurück auf Jim, der hinter mir lief.

»Hunger?« fragte ich.

»Nein, ich habe zuviel nachzudenken.«

»Rothaut, was hat die rothaarige Schöne zurückgebracht?«

»Die Wölfe. Hast du nicht gehört, wie sie geheult haben? Sie haben unsere Fährte aufgespürt und ihr ein Signal gegeben.«

»Daran habe ich auch schon gedacht ... aber das wäre ja unglaublich! Oder doch ... Himmel und Hölle, dann wäre sie wirklich die Hexe!«

»Nein, das ist nicht der Grund. Du hast wohl deinen Mowgli und seine Grauen Gefährten vergessen. Wölfe sind nicht allzu schwer zu dressieren. Andererseits kommt sie mir wirklich wie eine Hexe vor. Kehr deutlich den Dwayanu hervor, wenn du noch einmal mit ihr zu tun hast, Leif.«

Die kleinen Trommeln wurden wieder geschlagen. Zuerst nur einige wenige, dann immer mehr, bis es Dutzende sein mußten. Diesmal drückte der Rhythmus Fröhlichkeit und Heiterkeit aus, eine Tanzmelodie, die alle Trübsal fortwehte. Die Trommeln schienen nicht weit fort zu sein. Aber mittlerweile waren die Farne höher als unsere Köpfe und versperrten jegliche Sicht. Und der schmale Pfad wand sich zwischen ihnen hindurch wie ein Meanderstrom.

Die Kleinen beschleunigten ihre Schritte. Bald verließ der Pfad das Dickicht, und die beiden blieben stehen. Vor uns stieg der Boden etwa hundert Meter weit steil an. Dieser Hang war, bis auf den Pfad, von oben bis unten mit einem Gewirr von dicken, grünen

Ranken bedeckt, die dicht mit fingerlangen Dornen besetzt waren. Ein lebendiges Arreal von Spanischen Reitern, durch das nichts und niemand gelangen konnte. Am Ende des Pfads erhob sich ein wuchtiger Steinturm, von dessen Spitze Speere glitzerten.
Im Turm wurde auf einer schrill klingenden Trommel Alarm gegeben. Sofort schwiegen die heiteren Trommeln. Das schrille Geräusch wurde von anderen Instrumenten aufgenommen und über eine lange Strecke wiederholt. Erst jetzt bemerkte ich, daß der Hang eine riesige, kreisrunde Festung darstellte, die sich bis zur dichten Palisade der Riesenfarne erstreckte und sich zur Rechten bis zur Klippenwand hinzog. Und überall breitete sich das dornenbewehrte Gestrüpp aus.
Der Kleine zwitscherte seiner Gefährtin etwas zu und marschierte dann den Pfad zum Turm hinauf. Etliche weitere Kleine strömten ihm aus dem Turm entgegen. Die kleine Frau blieb bei uns, nickte, lächelte und tätschelte uns unentwegt beruhigend die Knie.
Ein Trommel-Trio erschallte aus dem Turm. Zumindest hielt ich es für drei Trommeln, denn es wurden drei verschiedene Tonlagen angeschlagen, sanft, einschmeichelnd und doch weitreichend. Sie sangen ein Wort, einen Namen so deutlich, als hätten sie Lippen und einen Mund. Und es war der Name, den ich schon bei unseren beiden kleinen Führern gehört hatte ...
Evahliih ... Evahliih ... Evahliih ... Wieder und wieder und wieder. Die Trommeln in den anderen Türmen schwiegen.
Der Kleine winkte uns zu. Wir liefen los und hatten einige Mühe, den Dornen auszuweichen. Als wir den Turm erreichten, stellten sich uns etwa zwei Dutzend Kleine in den Weg. Keiner von ihnen war größer als der, den ich vor den weißen Blumen gerettet hatte. Alle wiesen die gleiche goldfarbene Haut auf und hatten diese eigentümlichen, nur halb menschlichen gelben Augen. Ihr Haar war lang und seidig und fiel fast bis zu ihren kleinen Füßen herab. Sie trugen nur Lendentücher, die aus einem der Baumwolle ähnlichen Material gefertigt waren, und um die Mitte breite Gürtel aus Silber mit einem feinen und komplizierten Lochmuster, das an feine Spitze erinnerte. Ihre Speere wirkten trotz ihrer Zerbrechlichkeit

gefährlich. Die langen Schäfte waren aus schwarzem Holz gemacht und endeten in armlangen Spitzen aus einem roten Metall, die über die ganze Seite mit Widerhaken bestückt waren. Über den Rücken hatten sie schwarze Bögen hängen und Köcher, in denen Pfeile steckten, deren Spitzen an Fischhaken erinnerten. Und aus den Metallgürteln ragten schmale, sichelförmige Langmesser aus dem gleichen roten Material wie die Speerspitzen. Sie sahen aus wie die Krummsäbel von Zwergen.

Wie kleine Kinder standen sie da und starrten uns an. Ich kam mir vor wie Gulliver bei den Liliputanern. Allerdings ging von ihnen etwas aus, daß es mir ratsam erscheinen ließ, die Wirksamkeit ihrer Waffen nicht auf die Probe zu stellen. Jim betrachteten sie mit Neugierde und Interesse, aber keineswegs unfreundlich. Mich hingegen bedachten sie mit harten und grimmigen Blicken. Erst als ihnen mein gelbes Haar ins Auge fiel, breitete sich Verwunderung und Zweifel in ihren Mienen aus. Doch sie ließen nie die Speerspitzen sinken, die sie auf mich gerichtet hielten.

Evaahliih ... Evaahliih ... Evaahliih ... sangen die Trommeln.

Von irgendwo ertönte eine Antwort, dann schwiegen die Trommeln.

Ich hörte eine süße und helle Stimme von der anderen Seite des Turms, die den Kleinen in ihrer Vogelsprache etwas zuzwitscherte.

Und dann sah ich Evalie.

Wer jemals einen Weidenzweig gesehen hat, der im Frühling über einem klaren Waldteich schaukelt, oder eine schlanke Birke, die in einem verwunschenen, geheimen Wald im Wind tanzt, oder huschende, grüne Schatten auf einer Lichtung im dunkelsten Wald, die in Wahrheit Dryaden sind, die sich noch nicht ganz entschieden haben, ob sie sich zeigen sollen oder nicht, der weiß, was ich beim Anblick dieser Frau empfand.

Sie war ein dunkles und großes Mädchen. Unter langen, schwarzen Wimpern zeigten sich braune Augen; ein Braun wie bei einem Gebirgsbach im Herbst. Ihr Haar war schwarz, metallisch schwarz, und von der Art, das es bei bestimmten Lichteinfällen dunkelblau erscheinen läßt. Die Züge in ihrem kleinen Gesicht waren weder klassisch noch gewöhnlich. Die geraden Brauen trafen sich fast über ihrer kleinen, ebenmäßigen Nase. Der große, feingeschnittene Mund drückte Sinnlichkeit aus. Über der breiten, niedrigen Stirn trug sie das schwarze Haar zu einer Krone aufgesteckt. Ihre Haut war wie Bernstein. Wie klarer, polierter Bernstein schimmerte sie unter einem losen, aber vortrefflich sitzenden Gewand, ein knielanges, silbriges, schleierdünnes und durchsichtiges Stück. Um ihre Hüften war das weiße Lendentuch gebunden, wie es die Kleinen trugen. Aber anders als diese trug sie Sandalen an den Füßen.

Vor allem aber war es ihre Anmut, die einem den Atem stocken ließ, wenn man nur einen Blick auf sie warf. Eine einzige grazile Gestalt von den Schultern bis zu den Zehen, zart und geschmeidig wie eine Welle, die über einen glatten Felsen an der Küste gleitet; eine die Augen fesselnde, sich bei jeder Bewegung verändernde Körperhaltung.

Dies und das Leben, das in ihr brannte wie die grüne Flamme eines jungfräulichen Waldes, der nach den Küssen des Frühlings die wärmeren Umarmungen des Sommers empfängt. In diesem Augenblick wurde mir klar, warum die alten Griechen an Dryaden, Naiaden und Nereiden geglaubt hatten – an die weiblichen Seelen, die Bäumen, Bächen, Wasserfällen, Quellen und Wellen innewohnten.

Ich konnte ihr Alter nicht erraten. Sie besaß die natürliche Schönheit, die keine Vergänglichkeit kennt.

Auch sie betrachtete mich und ließ mit offensichtlicher Verwunderung ihren Blick über meine Kleidung und meine Stiefel fahren. Sie warf kurz einen Blick auf Jim und nickte, so als sei an ihm nichts, das ihr Herz in Unruhe versetzen könnte. Dann wandte sie sich sofort wieder mir zu und setzte ihre Betrachtung fort. Die Kleinen umringten Evalie und errichteten um sie herum einen Speerkreis.

Der kleine Mann trat mit seiner Gefährtin vor. Sie plapperten beide gleichzeitig los, zeigten auf seine Brust, meine Hand und mein gelbes Haar. Evalie lachte, zog die kleine Frau zu sich heran und bedeckte ihre Lippen mit der Hand. Der kleine Mann zwitscherte und trillerte weiter.

Jim hatte einige Verblüffung gezeigt, wenn Evalie sprach. Plötzlich faßte er mich am Arm.

»Sie unterhalten sich in Tscherokesisch. Zumindest hört es sich sehr ähnlich an ... Hör doch ... dieses Wort ... Es hörte sich an wie *Yun'wini'giski'* ... das bedeutet soviel wie ›Menschenfresser‹. Wörtlich: ›Sie essen Menschen‹ ... wenn ich es richtig verstanden habe ... Sieh nur, jetzt führt er ihr vor, wie die Reben die Felswand hinuntergeschlängelt sind.«

Evalie sprach wieder, und ich hörte genauer hin. Die rasche Aussprache und das Zwitschern machten das Verstehen nicht gerade einfach, aber ich bekam doch den einen oder anderen Ausdruck mit. Und dann einen ganzen Satz, der mir bekannt vorkam.

»Das ist eher eine mongolische Sprache, Jim. Ich habe gerade ein Wort verstanden, das in einem dutzend verschiedener Gobi-Dialekte ›Schlangenwasser‹ bedeutet.«

»Ist mir auch aufgefallen. Sie sagte *aha'nada*, und im Tscherokesischen heißt Schlange *inadu*. Also ist es eindeutig eine indianische und keine mongolische Sprache.«

»Vielleicht ist beides darin enthalten. Die Indianersprachen sind mit dem Mongolischen verwandt. Wahrscheinlich entstammen beide einer uralten Muttersprache. Wenn wir die Frau nur dazu bringen könnten, etwas langsamer zu sprechen und das Zwitschern zu unterlassen.«

»Möglicherweise hast du recht. Die Tscherokesen nennen sich selbst ›das älteste Volk‹ und ihren Dialekt ›die erste Sprache‹ ... Moment mal ...«

Er trat vor und hielt einen Arm mit der Handfläche nach außen hoch. Jim sagte ein Wort, das in Tscherokesisch ›Freund‹ oder ›einer, der in guter Absicht kommt‹ bedeutet. Er wiederholte es mehrere Male. In Evalies Augen trat zuerst Verwunderung und dann Verstehen. Sie sprach ihm das Wort bei jeder neuen Wiederholung nach, wandte sich endlich an die Kleinen und sagte das

Wort in ihrer Sprache. Ich erkannte es deutlich zwischen allem Trillern und Zwitschern wieder. Die Zwerge traten näher und sahen Jim mit großen Augen an.
Langsam erklärte der Indianer: »Wir kommen von draußen und wissen nichts über diesen Ort. Auch kennen wir hier niemanden.«
Er mußte diese Sätze einige Male sprechen, bevor die große Frau ihn verstanden hatte. Sie sah ihn grüblerisch an, und der Blick, mit dem sie mich bedachte, konnte nur mit zweifelnd umschrieben werden. Evalie wirkte ganz wie jemand, der einem gern Glauben schenken würde, wenn dem nicht verschiedene Umstände im Wege stünden. Sie antwortete dem Indianer zögernd.
»Aber Sri ...« Sie zeigte auf den kleinen Mann. »... er hat gesagt, er hätte im Wasser die Sprache des Bösen gesprochen.«
»Er spricht viele Sprachen«, erklärte Jim und wandte sich dann an mich. »Sprich mit ihr. Und steh nicht wie ein dämlicher Einfaltspinsel herum und glotz sie nicht in einem fort an. Dieses Mädchen ist nicht dumm, und wir sitzen in der Klemme. Dein Äußeres hat auf die Zwerge nicht den gewünschten Eindruck gemacht, fürchte ich, trotz allem, was du für die beiden getan hast.«
»Findest du es seltsamer, daß ich in jener Sprache gesprochen habe, als daß ich jetzt in deiner Zunge rede, Evalie?« sagte ich. Dann wiederholte ich die Frage in zwei der ältesten Mongolensprachen, die mir geläufig waren. Sie beobachtete mich gedankenvoll dabei.
»Nein«, meinte sie schließlich, »ganz und gar nicht. Denn auch ich kann mich in jener Sprache ausdrücken, ohne daß das Böse auf mich abfärbt.«
Und dann lächelte Evalie. Sie gab ihren bewaffneten Begleitern einen Befehl. Sie senkten die Speere und behandelten mich von nun an mit dem freundlichen Interesse, mit dem sie Jim bereits bedachten. Im Turm dröhnten die Trommeln ein fröhliches Hallo. Wie auf ein Signal hin fielen auch die anderen unsichtbaren Trommeln wieder ein und wiederholten ihre heitere Melodie,

die der schrille Alarm vor einigen Minuten zum Schweigen gebracht hatte.

Evalie winkte uns zu. Wir folgten ihr, umringt von Zwergsoldaten, über eine mit Dornengebüsch eingefaßte Zugbrücke zum Turm.

Damit traten wir über die Schwelle ins Land des Kleinen Volks und Evalies.

DAS BUCH VON EVALIE

I

Das Volk der Fata Morgana

Das grüne Licht, das das Schattenland ausfüllte, wurde dunkler. So wie ein grüner Wald in der Dämmerung dunkel wird. Die Sonne mußte schon seit einer ganzen Weile hinter den hohen Gipfeln untergetaucht sein, die die Luftspiegelungswolke – den Himmel des Schattenlands – umschlossen. Doch hier unten verging die Helligkeit nur langsam, so als würde sie nicht nur von der Sonne gespeist; so als besäße dieser Ort seine eigenen Lichtquellen.

Wir saßen vor dem Zelt von Evalie. Es war auf einem Hügel unweit vom Eingang zu ihrer Höhle in der Felswand aufgeschlagen. Der gesamte Fuß der Klippen war von den Höhlen des Kleinen Volks durchlöchert. Winzige Öffnungen, durch die niemand außer ihnen in die Höhlen kriechen konnte, die ihre Wohnungen, ihre Forschungs- und Fertigungsstätten, ihre Lager, ihre Kornspeicher und ihre uneinnehmbare Festung enthielten.

Eine Stunde war vergangen, seit wir Evalie über die Ebene zwischen dem Turm und ihrem Zelt gefolgt waren. Die goldfarbenen Zwerge waren von allen Seiten herbeigeströmt. Neugierig wie kleine Kinder hatten sie auf Evalie eingeplappert, ihr pausenlos Fragen gestellt und die Antworten an die weitergegeben, die nicht nahe genug herankamen. Immer noch stand ein dichter Kordon von ihnen um den Hügel herum. Unzählige kleine Männer, Frauen und Kinder, die uns mit ihren gelben Augen anstarrten und dabei zwitscherten und lachten. Einige der Frauen hielten Babies in den Armen, die wie kleine Puppen wirkten. Und die größeren Kinder unterschieden sich kaum von normalen Puppen.

Wie bei Kindern war auch ihre Neugierde bald befriedigt, und sie

kehrten zu ihren Geschäften oder ihren Spielen zurück. Andere, die vorher mit ihrer Neugierde nicht so recht zum Zuge gekommen waren, nahmen sofort ihre Plätze ein.
Ich sah zu, wie sie im weichen Gras tanzten. Sie bewegten sich in Kreisen zur heiteren Musik ihrer Trommeln. Andere kleinere Hügel erhoben sich aus der Ebene, manche höher als der, auf dem wir uns befanden, andere nur winzige Ausbeulungen im Boden. Aber alle waren symmetrisch rund. Dazwischen und darüber tanzten die Zwerge zum Rhythmus ihrer Musikinstrumente.
Sie hatten uns kleine Brotlaibe gebracht und sonderbar süße, aber genießbare Milch und ebensolchen Käse; außerdem Melonen und andere, uns unbekannte Früchte, die aber köstlich waren. Ich schämte mich bald über die Anzahl der Platten, die ich bereits geleert hatte. Die Kleinen sahen mir dabei vergnügt zu und drängten ihre Frauen immer wieder, mir mehr zu bringen.
»Was du da ißt«, lachte Jim, »ist die Nahrung der Yunwi Tsundi, Feennahrung, Leif! Du kannst nie mehr normales Essen zu dir nehmen.«
Ich betrachtete Evalie, sah auf den Wein und weidete mich wieder an ihrer bernsteinhaften Schönheit. Jetzt wollte ich gern glauben, daß Evalie mit mehr als nur der Nahrung von Normalsterblichen großgezogen worden war.
Zum hundertsten Mal studierte ich die Ebene. Der Hang, auf dem die Steintürme standen, bildete einen gigantischen Halbkreis, dessen Enden an die schwarzen Klippen stießen. Ich schätzte, daß er über dreißig Quadratkilometer umschloß. Jenseits der Dornenrankenfläche standen die Riesenfarndickichte, und dahinter, auf der anderen Seite des Flusses, machte ich gewaltige Bäume aus. Ob es auch auf dieser Seite Wälder gab, konnte ich nicht abschätzen. Genausowenig wußte ich die Frage zu beantworten, ob es hier noch andere Lebewesen gab. Aber gegen irgend etwas wollte man sich hier verteidigen. Wozu sonst die Befestigungen und das Fort?
Welche Gefahr auch immer drohen mochte, das Land im Halbkreis war ein kleines Paradies mit seinen Getreidefeldern, Obstgärten, Weinreben, Beerenbüschen und grünen Feldern.

Ich dachte daran, was Evalie uns über sich erzählt hatte. Langsam hatte sie gesprochen und dabei weitgehend auf das Zwitschern der Vogelsprache verzichtet, damit wir sie auch verstehen konnten. Ihre Worte entstammten einer uralten Sprache, deren Wurzeln viel weiter in der Zeit zurückreichten als jede andere, die ich kannte. Vielleicht sprach sie sogar das Ur-Uigurisch. Von Minute zu Minute beherrschte ich diese Zunge besser, aber Jim war mir hier an Auffassungsgabe deutlich überlegen. Er hatte sich sogar einige der Triller und Zwitscherlaute zu eigen gemacht, was die Zwerge über alle Maßen erfreute. Und was noch viel wichtiger war, sie verstanden ihn. Und bald konnten wir beide Evalies Gedankengängen besser folgen als sie den unseren.
Wann waren die Kleinen ins Schattenland gelangt? Und wo hatten sie diese uralte Sprache gelernt? Diese Fragen stellte ich mir und beantwortete sie damit, daß ich genausogut versuchen könnte zu ergründen, warum die Sumerer, deren Hauptstadt in der Bibel das Ur der Chaldäer genannt wird, eine mongolische Sprache gesprochen haben. Auch sie waren eine zwergenwüchsige Rasse, die aber über ungeheuerliche Zauberkräfte verfügt und den Himmel studiert hatte. Und niemand weiß bis heute, wann sie mit all ihren voll ausgereiften Wissenschaften in Mesopotamien eingewandert sind. Asien mußte wohl unser aller Mutter sein. Und Gott allein wußte wohl, wie viele Rassen Asien geboren hatte und wie viele der Kontinent hatte untergehen sehen.
Die Umformung der uralten Sprache in das Vogelgezwitscher des Kleinen Volks erklärte ich mir so: Offensichtlich werden alle Töne heller, je kleiner die Kehle ist. Außer bei Mißgeburten findet man bei Kindern nie eine Baßstimme. Und der Längste unter den Zwergen war ja gerade so groß wie ein sechsjähriges Kind. Notgedrungen konnten sie keine gutturalen oder tiefen Töne erzeugen. Also mußten sie sich mit anderen Lauten aushelfen. Wenn man einen Ton in einer tieferen Oktave nicht erreichen kann, weicht man auf eine höhere aus. Das hatten die Kleinen getan, und im Lauf der Zeit war daraus ein überlagerndes Mu-

ster aus Trillern und Pfiffen entstanden, unter dem jedoch die ursprüngliche Struktur noch zu erkennen war.
Evalie hatte uns erzählt, sie erinnerte sich an ein großes Steinhaus und vage auch an ein riesiges Wasser. Das war in einem Land gewesen, wo die Bäume »weiß und kalt« geworden waren. Eine Frau und ein Mann waren in ihrem frühen Leben gewesen ... dann war nur noch der Mann übrig ... und dann versank alle Erinnerung in einem Nebel. Ihre meisten und klarsten Erinnerungen hatte sie an das Kleine Volk ... Sie hatte vergessen, daß es je für sie etwas anderes gegeben hatte ... bis wir kamen. Sie wußte noch, daß sie einmal so klein gewesen war wie die Zwerge hier ... und wie erschrocken sie war, als sie ihnen über die Köpfe wuchs. Das Kleine Volk, die *Rrrllya* – besser kann ich den Trillerlaut nicht nachahmen –, liebte Evalie und tat alles, was sie ihm auftrug. Die Kleinen hatten sie gefüttert, gekleidet und unterrichtet. Besonders intensiv hatte sich die Mutter von Sri um sie bemüht. Was hatte man ihr denn beigebracht? Sie sah uns seltsam an und wiederholte nur »mich unterrichtet«. Manchmal tanzte sie mit den Kleinen und manchmal für sie. Auf unsere Nachfrage erhielten wir wieder diesen halb geheimnisvollen, halb amüsierten Blick zur Antwort. Mehr bekamen wir aus ihr nicht heraus. Wie lange war das denn schon her, daß sie so klein war wie die Zwerge? Sie wußte es nicht, jedenfalls sehr, sehr lange schon. Wer hatte ihr den Namen Evalie gegeben? Auch das war ihr unbekannt.
Ich musterte sie heimlich. An ihr war nicht ein einziges Merkmal, das einen Hinweis darauf geben konnte, welcher Rasse sie entstammte. Evalie mußte ein Findelkind gewesen sein, und ohne Zweifel waren der Mann und die Frau, an die sie sich so vage erinnerte, ihre Eltern. Aber wo hatten sie gelebt? Nichts, weder die Augen noch die Lippen, weder die Haare noch die Hautfarbe verrieten die Antwort.
Sie war noch mehr ein Wechselbalg als ich. Ein Wechselbalg im Land unter der Luftspiegelung. Großgezogen mit Feennahrung von heiteren Zwergen.
Ich fragte mich, ob sie sich in eine ganz normale Frau zurück-

verwandeln würde, sobald ich sie aus dem Schattenland hinausführte ...

Der Ring unter meinem Hemd fühlte sich an wie ein Eisklumpen.

Sie von hier fortführen! Zuerst galt es mit Khalk'ru fertig zu werden ... und auch mit der Hexe.

Das grüne Dämmerlicht vertiefte sich. Überdimensionale Leuchtkäfer entzündeten blaßblaue Laternen zwischen den blühenden Bäumen. Eine leichte Brise strich über die Farne und brachte Duftnoten vom fernen Wald mit sich. Evalie seufzte.

»Du wirst mich nicht verlassen, Tsantawu, oder?«

Er gab keine Antwort. Sie wandte sich an mich.

»Wirst du mich verlassen, Leif?«

»Nein!« sagte ich heftig und glaubte zu hören, wie Khalk'rus Trommeln die heiteren des Kleinen Volks wie ein rollendes, höhnisches Lachen überstimmten.

Aus dem Dämmerlicht war Nacht geworden, eine helle Nacht, so als schiene ein Vollmond hinter einer Wolkenbank. Die goldfarbenen Zwerge hatten ihre Musik eingestellt und zogen sich in ihre Höhlen zurück. Von den verschiedenen Wachtürmen ertönten einzelne Trommelschläge und raunten sich über die Dornenflächen allerlei zu. Die Lichter der Leuchtkäfer erinnerten an eine Kobold-Patrouille. Große Motten flogen mit leuchtend silbrigen Flügeln vorbei, man hätte sie für Elfen halten können.

»Evalie«, sagte Jim, »wie lange wohnen die Yunwi Tsundi – das Kleine Volk – schon hier?«

»Immer schon. Zumindest sagen sie das.«

»Und die anderen – die rothaarigen Frauen?«

Wir hatten Evalie schon einige Male nach den Walküren gefragt, aber sie hatte nie darauf geantwortet, hatte diese Fragen unbewegt übergangen. Doch jetzt rückte sie mit der Sprache heraus.

»Das sind die Ayjir. Die Frau mit der Wolfshaut heißt Lur die Zauberin. Zusammen mit Yodin dem Hohepriester und Tibur dem

Lachenden, Tibur dem Schmied, herrscht sie über die Ayjir. Tibur ist nicht so groß wie du, Leif, aber breiter in Schultern und Becken. Und er ist stark, unfaßbar stark! Ich will euch von den Ayjir erzählen. Bis jetzt war es mir so, als sei mir eine Hand über die Lippen gelegt, oder war es über meinem Herzen? Aber nun ist diese Hand nicht mehr da.
Das Kleine Volk erzählt, daß die Ayjir vor langer, vor sehr langer Zeit in dieses Tal geritten kamen. Damals herrschten die Rrrllya über beide Seiten des Flusses. Viele Ayjir kamen ins Tal, viel mehr als es heute sind. Viele Männer und Frauen, wo es heute nur noch hauptsächlich Frauen und ein paar wenige Männer sind. Sie kamen von weit her, und sie schienen es sehr eilig zu haben. Zumindest erzählen die Kleinen, daß sie es so von ihren Vorvätern gehört haben. Angeführt hat sie ein ... ein ... ich weiß das Wort nicht. Es hat einen Namen, aber ich kann ihn nicht aussprechen. Nein, noch nicht einmal in Gedanken. Aber es hat eine Gestalt. Ich habe sie auf den Bannern gesehen, die von den Türmen von Karak wehen ... und Lur und Tibur tragen es auf der Brust, wenn sie ...«
Sie schwieg zitternd. Eine silbrige Motte ließ sich auf ihrer Hand nieder und wedelte dabei mit den Flügeln. Zärtlich führte Evalie das Tier vor ihre Lippen und pustete es sanft fort.
»Damals wußten die Rrrllya – die ihr Kleines Volk nennt – noch nichts von den Neuankörnmlingen. Die Ayjir ließen sich in diesem Tal nieder, bauten Karak und schlugen in die Felswand ihren Tempel für ... für den, der sie hierhergeführt hatte. Zuerst bauten sie in großer Eile, so als fürchteten sie immer noch Verfolger. Aber als niemand mehr hinter ihnen herkam, nahmen sie sich etwas mehr Zeit. Ihre Haltung zu meinen kleinen Freunden war von Anfang an klar: Sie sollten ihre Diener und Sklaven sein. Das wollten die Rrrllya natürlich nicht. So kam es zum Krieg. Die Kleinen legten sich rings um Karak auf die Lauer, und als die Ayjir herausmarschierten, töteten die Kleinen los. Die Rrrllya wissen nämlich alles über Pflanzen und verfügen daher auch über die Fertigkeit, ihre Speere und Pfeile schon bei kleinen Ritzungen tödlich wirken zu lassen. So kamen damals sehr viele Ayjir ums Leben.

Schließlich schlossen beide Seiten einen Waffenstillstand. Die Kleinen stimmten dem nicht etwa zu, weil sie geschlagen worden waren, dafür hatten sie den Ayjir zu viele Opfer beigebracht, sondern aus einem anderen Grund: Sie fürchteten sich vor den Neuankömmlingen. Sie legten Fallen aus und fingen etliche Kleine darin. Diese brachten sie dann in ihren Tempel und opferten sie ... dem, der sie in dieses Tal geführt hatte. Jeweils sieben Kleine verschleppten sie in den Tempel, von denen einer der Opferung der sechs anderen zuzusehen hatte. Ihn ließen sie danach frei, damit er den Rrrllya von dem berichten konnte, was er gesehen hatte.
Dem ersten Siebten schenkten die Kleinen natürlich keinen Glauben, denn seine Geschichte klang zu entsetzlich, um wahr sein zu können. Aber als der zweite, dritte und vierte Siebte die gleiche Geschichte zu erzählen hatte, versanken die Rrrllya in tiefen Schrecken und in große Angst. Also schlossen sie mit den Neuankömmlingen einen Vertrag. Die Kleinen wollten auf dieser Seite des Flusses leben, während den Ayjir die andere gehören sollte. Im Gegenzug schworen die Ayjir bei dem, der sie hergeführt hatte, nie wieder einen Kleinen im Tempel zu opfern. Wenn ein Rrrllya im Ayjirland aufgegriffen werden sollte, wollten sie ihn töten, aber nicht opfern. Und wenn ein Ayjir aus Karak fliehen und bei den Kleinen Schutz suchen sollte, müßten auch sie ihn töten. Diesen Punkten stimmten die Rrrllya bereitwillig zu, denn zu groß war ihre Angst vor dem, was die Ayjir taten. Nansur wurde in der Mitte eingerissen, damit niemand mehr hinüber konnte. Nansur, die Brücke, die den weißen Fluß überspannte, wurde in zwei Hälften geteilt. Alle Boote und Schiffe der Rrrllya wie der Ayjir wurden zerstört, und man kam überein, keine neuen mehr zu bauen. Und schließlich nahmen die Kleinen als zusätzliche Sicherheitsmaßnahme die Dalan'usa und setzten sie in den Nanbu, den weißen Fluß, damit auch die letzte Möglichkeit zunichte gemacht war, auf die andere Seite zu kommen. Und so ist es seit vielen, vielen Jahren geblieben.«
»Die Dalan'usa ... Sind das die Schlangen, die uns im Fluß begegnet sind, Evalie?«

»*Tlanu'si*, die Blutegel«, sagte Jim.
»Die Schlangen sind harmlos. Ich glaube, du hättest nicht im Wasser angehalten, um mit Lur zu sprechen, wenn du einen von den Dalan'usa gesehen hättest, Leif«, sagte sie mit einem leicht boshaften Lächeln.
Ich nahm mir vor, dieses Rätsel nicht zu vergessen und zu einem späteren Zeitpunkt klären zu lassen.
»Und die beiden Kleinen, die wir unter den Blumen entdeckt haben, hatten sie das Abkommen verletzt?«
»Nicht direkt. Sie wußten ja, was ihnen blüht, wenn man sie aufgriff. Eine bestimmte Pflanzenart wächst nur auf der anderen Flußseite. Und dann waren da noch ein paar andere Dinge, die die Rrrllya brauchten und die man nur jenseits des Nanbu findet. Nicht regelmäßig, aber hin und wieder schwimmen einige Kleine durch den weißen Fluß, um das Fehlende zu besorgen. Die Dalan'usa sind ihre Freunde, und nur selten werden sie von den Ayjir entdeckt. Aber unglücklicherweise war Lur heute gerade auf der Jagd nach einer Ausreißerin, die versuchte, Sirk zu erreichen. Dabei stieß Lur auf die beiden Kleinen, nahm sie gefangen und legte sie unter die Todesblumen.«
»Aber was hatte die Ausreißerin denn getan? Sie war doch eine Ayjir, oder?«
»Sie war zur Opferung vorgesehen. Ihr habt sie doch sicher auf Lurs Sattel bemerkt. Ist euch denn nicht aufgefallen, daß sie *Taluli* war ... mit Kind ... das in ihr reifte für ... für ...«
Ihre Stimme erstarb, und ein Frösteln zog über meinen Rücken.
»Aber natürlich wißt ihr nichts darüber«, sagte sie nach einer Weile. »Und ich spreche nicht darüber ... jetzt nicht. Wenn Sri und Sra das Mädchen gefunden hätten, bevor man sie selbst entdeckte, hätten sie sie an den Dalan'usa vorbeigeführt, genauso wie sie das bei euch gemacht haben. Und dann hätte sie unter uns gelebt, bis ihre Zeit gekommen wäre; bis sie aus sich selbst heraus gehen müßte. Sie wäre im Schlaf gegangen, in Frieden und ohne Schmerz ... Und wenn sie wieder aufgewacht wäre, dann an einem Ort weit fort von hier ... Möglicherweise hätte sie sich an

nichts mehr erinnern können ... Aber sie wäre frei gewesen. Denn so ist es unter den Kleinen. Sie lieben das Leben und schikken die auf den Weg, die fort müssen.«
Evalie hatte ganz ruhig und mit klarem, unbeschwertem Blick gesprochen.
»Und sind es viele, die ... die fort müssen?«
»Nein, nicht viele, denn nur wenige kommen an den Dalan'usa vorbei, obwohl etliche es versuchen.«
»Männer und Frauen, Evalie?«
»Können Männer Kinder kriegen?«
»Was willst du denn damit sagen?« fragte ich recht grob; denn ihre Worte hatten mich unangenehm berührt.
»Jetzt noch nicht«, antwortete sie. »Davon abgesehen gibt es in Karak nur wenige Männer, wie ich euch bereits erzählt habe. Von allen geborenen Kindern ist nur eins aus zwanzig männlich. Frag mich bitte nicht nach dem Grund dafür, denn den weiß ich wirklich nicht.«
Sie stand auf und sah uns wie in Trance an.
»Genug für heute nacht. Ihr schlaft in meinem Zelt. In den nächsten Tagen, wenn nicht schon morgen, bekommt ihr ein eigenes. Und die Kleinen wollen euch direkt neben meiner eine Höhle in die Klippenwand schlagen. Bald sollt ihr Karak sehen, wenn ihr auf der zerbrochenen Nansur steht. Und dort könnt ihr auch Tibur den Lacher erleben. Denn er kommt immer auf die Brücke, wenn ich sie betrete. Das alles sollt ihr sehen ... morgen ... oder an einem späteren Tag ... oder noch später. Was macht das schon, sind wir doch jeden Tag zusammen. Jeder neue Tag soll uns gehören, nicht wahr?«
»So soll es sein, Evalie«, sagte ich. Jim gab wiederum keine Antwort.
Sie lächelte uns schläfrig zu. Dann drehte sie sich um und schwebte in den dunklen Schatten der Klippenwand, wo sich der Eingang zu ihrer Höhle befand. Evalie verschmolz mit dem Schatten und war nicht mehr zu sehen.

II

Wenn ein Mann doch nur sein ganzes Gehirn gebrauchen könnte

Die Trommeln der Wächter hallten leise und gaben Nachrichten über die kilometerlange Distanz des Festungshalbkreises weiter. Plötzlich erfaßte mich ein verzweifeltes Verlangen nach der Wüste Gobi. Ich konnte mir den Grund dafür nicht erklären, daß mir die sonnenverbrannte und von Wind und Sand vernarbte Erdhaut der Wüste in diesem Moment begehrenswerter vorkam als die der Frau in der Höhle oder jedes anderen weiblichen Wesens. Wahrscheinlich litt ich unter einem starken Anfall von Heimweh, das ich nicht verdrängen konnte. In schierer Verzweiflung ging ich Jim an:

»Du hast dich heute abend verdammt komisch benommen, Rothaut.«

»*Tsi'Tsa'lagi* ... Ich habe es dir schon gesagt ... ich bin wieder ein reiner Tscherokese.«

»Tsantawu, ich bin es, Degataga, der mit dir spricht.«

Ich hatte in Tscherokesisch gesprochen, und er antwortete mir darin: »Was wünscht mein Bruder zu wissen?«

»Was haben dir die Stimmen der Ahnen in jener Nacht unter den Kiefern zugeflüstert? Welche drei Zeichen haben sie dir gegeben, an denen du die Wahrheit erkennen solltest? Ich habe die Stimmen leider nicht vernommen, Bruder. Doch durch unseren Blutsbund sind sie ebenso meine Vorfahren wie deine. Und ich habe ein Recht zu erfahren, was sie dir mitgeteilt haben.«

»Wäre es nicht besser«, antwortete er, »die Zukunft auf sich zukommen zu lassen, statt auf die leisen Stimmen der Toten zu hören? Wer vermag schon zu sagen, ob die Ahnen immer und uneingeschränkt die Wahrheit sprechen?«

»Tsantawu richtet seinen Pfeil in eine Richtung, während sein

Auge in eine andere schaut. Einmal hat er mich einen Hund geschimpft, der zitternd dem Jäger nachkriecht. Und es ist nicht zu übersehen, daß die Meinung meines Bruders über mich immer noch . . .«

»Nein, nein, Leif«, unterbrach er mich. »Ich weiß nur nicht, ob alle Worte von den Ahnen der Wahrheit entsprechen. Barr würde das sicher natürliche Ängste im Unterbewußtsein nennen, die als Rassenaberglauben zum Ausdruck kommen. Diese Stimmen also – wollen wir ruhig dabei bleiben, sie so zu nennen, prophezeiten große Gefahren im Norden. Der dort wohnende Geist würde sie für immer und alle Zeiten vernichten, wenn ich ihm in die Hände fiele. Ihnen und mir würde es so ergehen, als ›hätten wir nie existiert‹. Es muß auch einen bedeutenden Unterschied geben zwischen dem normalen Tod und dem, der hier bevorsteht. Leider habe ich das Besondere daran nicht verstanden. Aber die Stimmen schienen sich sehr davor zu fürchten. An drei Zeichen sollte ich erkennen, daß die Ahnen die Wahrheit gesprochen hatten: an Ataga'hi, an Usunhi'yi und an den Yunwi Tsundi. Den ersten beiden könnte ich begegnen und immer noch unbehelligt wieder nach Hause kommen. Aber wenn ich weitergehen und auf das dritte Zeichen stoßen sollte, wäre es zu spät. Sie baten und flehten, ich möge nicht zulassen – und das war besonders interessant, Leif –, daß sie aufgelöst würden.«

»Aufgelöst!« entfuhr es mir. »Aber das ist ja das gleiche Wort, das ich auch benutzt habe, wenn auch Stunden später!«

»Genau aus dem Grund war es mir ja auch nicht sonderlich wohl in meiner Haut, als ich dir zuhörte. Du kannst mir keinen Vorwurf daraus machen, daß ich ein bißchen verschlossen war, als wir in die steinige Ebene gelangten, die so sehr an Ataga'hi erinnerte; und erst recht wurde es mir mulmig im Magen, als wir auf das Schattenland stießen, das sich in nichts von Usunhi'yi, dem Verdüsternden Land, unterscheidet. Deshalb habe ich doch auch gesagt, wenn wir noch auf ein weiteres Zeichen stießen – eben die Yunwi Tsundi –, würde ich Barrs Erklärung abschwören und mich bedingungslos hinter deine Interpretation stellen. Und dann kam es ja auch so.

Und wenn du immer noch glaubst, das seien nicht Gründe genug, um ein wenig komisch zu reagieren, dann ... nun, nenn mir bessere.«

Jim in den goldenen Ketten ... Jim in der Grube, und das Tentakel der Dunklen Macht kroch auf ihn zu, kam immer näher ... Meine Lippen wurden trocken und hart ...

»Warum hast du mir das alles nicht schon früher erzählt! Dann wären wir niemals nach Norden aufgebrochen!«

»Das weiß ich. Aber in dir war der Drang zu stark, doch noch nachzusehen, nicht wahr, du menschlicher Dinosaurier?«

Als ich ihm darauf keine Antwort gab, lachte er nur.

»Außerdem konnte ich ja nicht sicher sein, bis ich auch das dritte Zeichen gesehen hatte.«

»Aber die Ahnen haben nicht gesagt, daß auch du aufgelöst würdest, nicht wahr?« Ich klammerte mich mit aller Macht an diesen Strohhalm. »Sie sprachen nur von großen Gefahren, oder?«

»Ja, nur von großen Gefahren.«

»Und wie sollte es nach ihren Worten mir ergehen? Jim, ich würde dich lieber mit eigenen Händen umbringen, als zuzulassen, das dir das widerfährt, was ich in dem Tempel der Uiguren miterleben mußte!«

»Das würdest du wirklich, wenn du könntest«, sagte er, und ich merkte ihm an, daß es ihm leid tat, mir soviel erzählt zu haben.

»Wenn ich könnte ... Was haben sie über mich gesagt, diese verfluchten Ahnen?«

»Nicht ein Sterbenswörtchen«, antwortete er fast schon heiter. »So etwas habe ich auch nie behauptet. Ich bin nur davon ausgegangen, wenn ich schon in Gefahr geriete, würde dir das auch blühen. Nicht mehr und nicht weniger.«

»Jim, das ist nicht die ganze Wahrheit. Bitte, was hältst du vor mir zurück?«

Er stand auf.

»Also gut. Die Ahnen prophezeiten, daß auch wenn der Geist mich nicht bekommen würde, ich nie wieder den Weg nach draußen fände. Jetzt kennst du die ganze Wahrheit.«

»Na ja«, sagte ich, und ein Stein fiel mir vom Herzen, »so schlecht hört sich das doch gar nicht an. Und was das Herausfinden angeht, so würde ich da erst einmal alles auf mich zukommen lassen. Eins steht doch wohl fest, wenn du hierbleibst, dann bleibe ich auch.«
Jim nickte geistesabwesend.
Ich wechselte auf ein anderes Thema über, das mich ebenfalls schon seit einiger Zeit beschäftigte.
»Die Yunwi Tsundi ... wer oder was sind sie, Jim? Du hast mir, soweit ich mich erinnern kann, nie etwas über sie erzählt. Was also berichtet die Legende über sie?«
»Ach so, das Kleine Volk.« Er hockte sich neben mich hin, kicherte und hatte die Gedanken, die ihn so geistesabwesend gemacht hatten, offenbar vergessen. »Sie lebten im Tscherokesenland, als die Tscherokesen dorthin gelangten. Sie gehörten einer Pygmäen-Rasse an, wie man sie heute noch in Afrika oder Australien findet. Nur waren sie eben nicht schwarz. Die Kleinen, auf die wir hier gestoßen sind, entsprechen genau denen in der Legende. Natürlich hat mein Volk das eine oder andere etwas ausgeschmückt. Bei den Tscherokesen waren die Pygmäen kupferfarben und nur gut einen halben Meter groß. Die Kleinen hier sind goldfarben und erreichen eine Höhe von etwa einem Meter. Möglicherweise sind sie hier einerseits etwas gebleicht und andererseits gewachsen. Wie dem auch sei, ansonsten entsprechen sie exakt unserer Legende: fußlanges Haar, kleiner, aber perfekter Wuchs, Trommeln und so weiter.«
Er fuhr fort, mir von den Pygmäen zu erzählen. Sie hatten in Höhlen gelebt, und zwar hauptsächlich auf dem Gebiet des heutigen Tennessee und Kentucky. Sie waren erdverbunden und liebten alles Leben; ihr Denken war phantasievoll, ihre Sprache wortreich und ihr Humor lebhaft, aber etwas rauh ... zumindest zur damaligen Zeit. Sie behandelten die Tscherokesen freundlich, blieben aber lieber unter sich und ließen sich nur selten blicken. Zahllos waren die Beispiele, in denen Pygmäen verirrte Wanderer in den Bergen auf den rechten Weg zurückführten, und ganz besonders häufig halfen sie Kindern in Not. Manchmal nahmen sie solche

Hilfsbedürftigen mit in ihre Höhlen, warnten sie dann aber eindringlich, ein Wort darüber zu verlieren, wo diese Höhlen lagen. Andernfalls sei der Tod ihnen sicher. Und tatsächlich ereilte die, die zuviel ausplapperten, ein rasches Ende. Wenn ein Tscherokese ihre Nahrung zu sich nahm, mußte er sich nach der Rückkehr zu seinem Stamm vorsehen und sich langsam wieder an das dortige Essen gewöhnen, weil er sonst alsbald verschied.

Die Pygmäen waren recht empfindlich. Wenn jemand ihnen im Wald folgte, belegten sie ihn mit einem Fluch, und er konnte sich tagelang nirgends mehr zurechtfinden. Die Kleinen waren meisterliche Holz- und Eisenverarbeiter. Wenn ein Jäger im Wald von ihnen ein Messer, eine Pfeilspitze oder ein Schmuckstück fand, mußte er vor dem Aufheben erst sagen: »Kleines Volk, das hier möchte ich gern haben.« Wenn er diese Bitte unterließ, gelang es ihm nie mehr, ein Wild zu erlegen. Und ein weiteres Mißgeschick befiel ihn. Eines, das seine Ehefrau betrübte.

Die Pygmäen waren ein fröhliches Völkchen, und sie verbrachten die meisten Tage mit Tanzen und Trommelschlagen. In Trommeln waren sie Experten: Sie hatten solche, die Bäume zum Umfallen brachten, solche, die in den Schlaf versenkten, solche, die in den Wahnsinn trieben, solche, die reden konnten, und solche, die Donner brachten. Letztere klangen wie echter Donner, und wenn die Pygmäen darauf schlugen, kam bald ein Gewitter, denn sie klangen so täuschend echt, daß alle schlafenden Donner im weiten Umkreis davon aufwachten. Und sie kamen dann zahlreich, um einmal nachzusehen, welcher ihrer Vetter denn gerade durch diese Gegend zog.

Ich erinnerte mich bei diesen Worten an das Donnergrollen, das dem Gesang gefolgt war. Ich fragte mich, ob die Kleinen damit wohl Khalk'ru verhöhnen wollten ...

»Jetzt möchte ich dir aber die eine oder andere Frage stellen, Leif.«

»Bitte, tu dir keinen Zwang an.«

»Wie *weit* erinnerst du dich an Dwayanu?«

Ich gab ihm nicht gleich eine Antwort. Vor dieser Frage hatte ich mich schon die ganze Zeit gefürchtet, seit ich die Hexe am Ufer des weißen Flusses abgewiesen hatte.

»Wenn du erst selber darüber nachdenken mußt, will ich es gut sein lassen. Wenn du aber nach einem Ausweg suchst, dann vergiß es. Ich will eine ehrliche und direkte Antwort oder gar keine.«

»Hältst du mich wirklich für einen Wiedergeborenen der antiken Uiguren? Wenn ja, dann hast du vielleicht auch eine Theorie dazu, wo ich all die vielen tausend Jahre zwischen damals und heute gesteckt habe.«

»Aha, dann hat dich also die gleiche Frage gequält wie mich. Nein, an Reinkarnation habe ich eigentlich nicht gedacht. Obwohl wir davon nur so verdammt wenig wissen, daß man es nicht völlig außer acht lassen darf. Aber wahrscheinlich findet sich für dich eine einfachere Erklärung. Deshalb frage ich dich ja auch, an wieviel du dich noch von Dwayanu erinnerst.«

Ich beschloß, aus meinem Herzen keine Mördergrube zu machen.

»Einverstanden, Jim«, sagte ich. »Genau diese Frage beschäftigt mich schon seit meiner Begegnung mit Khalk'ru vor drei Jahren. Und wenn ich hier die Antwort nicht finden kann, reise ich noch einmal in die Wüste Gobi; falls ich hier hinausfinde. Als ich damals in der Kammer stand und auf das Zeichen des Hohepriesters wartete, erinnerte ich mich genau an Dwayanu. Ich erkannte das Bett wieder, die Rüstung und die Waffen. Ich stand da und betrachtete einen der Helme, und ich wußte genau, daß Dwayanu – oder ich – einen fürchterlichen Keulenschlag bekommen hatte, als er oder ich ihn trug. Ich nahm den Helm von der Wand und entdeckte eine Delle genau an der Stelle, wo meiner Erinnerung nach die Keule getroffen hatte. Ich erinnerte mich auch an die Schwerter, und kurz darauf fiel mir ein, daß Dwayanu / ich gewöhnlich in der Linken das schwerere Stück gehalten hatte.

Und tatsächlich war eines der Schwerter schwerer als das andere. Wie du weißt, führe ich im Kampf meine linke Hand besser als die rechte. Diese Erinnerungen – oder was immer das auch gewesen sein mag – blitzten nur kurz in meinem Bewußtsein auf. Einen

Moment lang war ich Dwayanu plus ich und betrachtete mit amüsiertem Interesse die alten, vertrauten Stücke. Und im nächsten Augenblick war ich wieder nur Ich und fragte mich ganz ernsthaft, was das alles bedeuten mochte.«

»Und was bedrückt dich noch?«

»Nun, als ich von der Beschwörung erzählt habe, bin ich nicht ganz offen gewesen«, gestand ich bedrückt. »Ich berichtete, daß es mir so vorkam, als hätte ein anderer die Kontrolle über meinen Geist ergriffen und bediente sich seiner nach eigenem Belieben. In gewisser Weise war das auch so. Aber, Gott steh mir bei, ich wußte vom ersten Moment an, wer dieser andere war ... ich selbst. Es kam mir vor, als sei ich gleichzeitig zwei Personen und doch nur eine. Wie soll ich es dir begreiflich machen ... Du weißt doch, daß man das eine sagen und das andere denken kann. Jetzt stell dir einmal vor, du könntest gleichzeitig das eine sagen und doch an zwei andere Dinge denken. So erging es mir damals. Ein Teil von mir war voller Widerwillen, Entsetzen und Furcht. Der andere Teil hatte keine solchen Gefühle, denn er wußte, daß er Macht besaß, und er genoß die Ausübung dieser Macht. Und dieser andere Teil kontrollierte meinen Geist. Doch waren beide Teile eine Person, nämlich ich. Daran gab es kein Rütteln und kein Vertun, sie waren ich. Himmel und Hölle, wenn ich wirklich annehmen könnte, jemand anderer oder auch nur etwas anderes hätte die Kontrolle über mich gehabt, meinst du dann, ich würde mir noch solche schweren Gewissensbisse machen? Nein, weil ich eindeutig davon ausgehen muß, daß *ich* selbst es war – der Teil von mir, der auch den Helm und die Schwerter wiedererkannt hat –, habe ich doch seitdem immer wieder solches entsetzliche Alpdrücken.«

»Gibt es sonst noch etwas?«

»Ja, die Träume.«

Er beugte sich zu mir vor und fragte scharf:

»Was für Träume?«

»Träume von Schlachten ... von Festen ... von einem Krieg gegen gelbe Menschen ... von einem Schlachtfeld an einem Fluß, wo ganze Wolken von Pfeilen hin und her fliegen ... an ein Handgemenge, in dem ich eine hammerähnliche Waffe gegen große, gelbhaarige Männer schwang, die von meiner Art waren ... Träume von turmbewehrten Städten, durch die ich reite und wo weiße Frauen mit blauen Augen Blumengebinde und Girlanden vor mir auf die Straße werfen. Und mein Pferd trampelt darüber. Wenn ich aufwache, sind die Träume vage Erinnerungen und viel zu rasch wieder vergessen. Aber stets weiß ich, daß sie, während ich sie träumte, sehr klar, deutlich und real waren ...«

»Hast du durch deine Träume die Wolfsfrau als Hexe erkannt?«

»Vielleicht, aber ich erinnere mich nicht an einen solchen Traum. Ich weiß nur, daß ich sie plötzlich als Hexe erkannt habe. Oder mein anderes Selbst hat es mir eingegeben.«

Jim saß nachdenklich da und schwieg. Nach einer Weile fragte er:

»Leif, nimmst du in diesen Träumen jemals an der Beschwörung Khalk'rus teil? Taucht er überhaupt jemals auf?«

»Ich bin mir sicher, daß ich an solchen Veranstaltungen nicht teilnehme. Doch, bei Gott, daß weiß ich sicher. Ich träume nicht einmal vom Tempel in der Wüste Gobi.«

Jim nickte, so als hätte ich einen Gedanken in seinem Kopf bestätigt. Danach schwieg er so lange, daß ich ganz kribbelig wurde.

»Nun denn, alter Medizinmann von den Tsalagi, wie lautet deine Diagnose? Reinkarnation, Besessenheit oder nur Verrücktheit?«

»Leif, hattest du vor der Wüste Gobi schon solche Träume?«

»Nein, nie.«

»Nun, ich habe versucht, mir zu überlegen, was Barr wohl an meiner Stelle gesagt hätte. Und das habe ich mit meinem eigenen Gehirnschmalz verrührt. Hier also das Resultat. Ich glaube, daß alles, was du mir erzählt hast, vom alten Hohepriester herrührt. Er hatte dich unter seiner Kontrolle, als du dich selbst gesehen hast, wie du zum Tempel Khalk'rus geritten bist und nicht hinein wolltest. Du weißt aber nicht, was er deinem Geist sonst noch eingegeben hat. Wahrscheinlich hat er dir auch den Befehl suggeriert, alles zu vergessen, sobald du wieder zu Bewußtsein kommst. So etwas nennt man schlicht und ergreifend Hypnose. Und dann hatte der Alte noch eine zweite Chance, nämlich als du in jener Nacht geschlafen hast. Wer garantiert dir, daß er sich da nicht zu dir geschlichen und dir weitere Suggestionen eingegeben hat? Offensichtlich wollte er, daß du dich für Dwayanu hältst. Und darum mußte er dich dazu bringen, daß du dich ›erinnerst‹. Aber nach einer Lektion hielt er es wohl für besser, daß du dich an nichts erinnerst, was mit Khalk'-ru zu tun hat. Das würde erklären, warum du nur vom Pomp, von der Glorie und von den angenehmen Dingen geträumt hast, nicht aber von den unangenehmen. Der Hohepriester war ein weiser alter Herr, den Eindruck hattest du selbst ja auch gewonnen. Er war Psychologe genug, um vorauszusehen, daß dich die Beschwörung immer weiter anwidern würde, bis du dich abwenden würdest. So ist es dir ja auch ergangen, aber der Alte hatte vorgesorgt. Als dein Widerwille am stärksten war, setzte aus deinem Unterbewußtsein ein posthypnotischer Befehl ein. Du konntest dich nicht dagegen wehren, mit der Beschwörung weiterzumachen. Obwohl dein eigenes Bewußtsein hellwach war, besaß es keine Kontrolle mehr über deinen Willen. – Ich denke, so hätte Barr es dir erklärt. Und ich kann ihm nur zustimmen. Verdammt, es gibt so viele Drogen und Mittel, mit denen man bei einem Menschen alles bewirken kann. Da braucht man gar nicht erst so etwas wie Seelenwanderung, Teufelsbesessenheit oder einen sonstigen Mythos zu bemühen.«

»Gut«, sagte ich halb hoffnungsvoll und halb zweifelnd, »und was ist mit der Hexe?«

»Irgendwer wie sie ist in deinen Träumen aufgetaucht, aber die hast du ja alle vergessen. Das was ich dir eben erzählt habe, scheint mir die einzige mögliche Erklärung zu sein. Und wenn sich das bewahrheiten sollte, Leif, macht es mir große Angst.«

»Da kann ich dir nicht mehr ganz folgen«, sagte ich.

»Nein? Na, dann überleg dir doch einmal folgendes: Wenn all das, was dich beunruhigt, von den Suggestionen des Hohepriesters herrührt, wage ich mir nicht auszumalen, was er dir sonst noch alles eingegeben hat. Ganz ohne Zweifel wußte er etwas über dieses Tal hier. Angenommen, er sah voraus, daß du es eines Tages entdecken würdest. Wie sehen dann seine Pläne für dich an diesem Ort aus? Was immer er auch ausgeheckt hat, du kannst dein Leben darauf wetten, daß er es tief und fest in dein Unterbewußtsein eingebettet hat. Wenn wir davon ausgehen, daß dieser Schluß stimmt, was wirst du dann tun, sobald du in engeren Kontakt mit den rothaarigen Damen kommst, die wir kürzlich gesehen haben, und mit den wenigen glücklichen Herren, die dieses Frauenparadies bewohnen? Ich fürchte, meine Phantasie reicht nicht aus, das vorherzusagen. Und deine vermutlich auch nicht. Und falls das kein Grund ist, sich Sorgen zu machen, dann nenn mir einen besseren. – Nun komm, es wird Zeit, ins Bett zu gehen.«

Wir begaben uns ins Zelt. Als wir früher am Abend mit Evalie hier gewesen waren, hatten sich dort nur ein paar weiche Felle und Seidentücher befunden. Jetzt fanden wir dort zwei solcher Bündel vor. Wir zogen uns in der blaßgrünen Dunkelheit aus und legten uns nieder. Ich sah auf meine Uhr.

»Zweiundzwanzig Uhr«, sagte ich. »Wie viele Jahre sind seit dem Morgen vergangen?«

»Mindestens ein halbes Dutzend. Wenn du mich noch länger wach hältst, bringe ich dich um. Ich bin hundemüde.«

Ich war es nicht weniger, aber ich lag noch lange wach und dachte nach. Jims Erklärungen überzeugten mich nicht hundertprozentig, so plausibel sie auch klangen. Natürlich glaubte ich nicht, ich hätte irgendwo jahrhundertelang im Schlaf gelegen. Auch war ich keineswegs davon überzeugt, der widergeborene Dwayanu zu sein. Eine dritte mögliche Erklärung beschäftigte mich, denn sie gefiel mir kaum besser als die von der Reinkarnation. Und sie zeichnete eine ebenso unangenehme Zukunft auf wie die Deutungsversuche von Jim.

Vor gar nicht so langer Zeit hatte ein bedeutender amerikanischer Arzt und Psychologe die Entdeckung an die Öffentlichkeit gebracht, daß der durchschnittliche Mensch nur etwa ein Zehntel seines Gehirns nutzte. Die Kollegen dieses Wissenschaftlers stimmten ihm darin zu. Die bedeutendsten Denker, die Universal-

Genies, wie etwa Leonardo da Vinci oder Michelangelo, mochten vielleicht noch ein zweites Zehntel nutzen können. Ein Mensch, der hundert Prozent seines Gehirns nutzen konnte, wäre in der Lage, die ganze Welt zu beherrschen; aber wahrscheinlich stand ihm dann schon gar nicht mehr der Sinn danach. Das menschliche Gehirn barg eine Welt, die höchstens erst zu einem Fünftel erforscht war.

Was mochte die *Terra incognita* enthalten, was verbarg sich in den unerforschten vier Fünfteln?

Nicht ausgeschlossen, daß dort ein ganzes Lager von uralten Erinnerungen war, die bis zu den behaarten, affenähnlichen Vorfahren zurückreichten, die vor dem Menschen die Erde bewohnten; und noch darüber hinaus bis zu den amphibischen Wesen, die aus den Urmeeren gestiegen waren und am Anfang der Entwicklung zum Menschen standen; vielleicht sogar zurück bis zu deren Vorfahren, die in den dampfenden Ozeanen gelebt hatten, als die Kontinente gerade vor ihrer Geburt standen.

Millionen und Abermillionen Jahre an Erinnerungen! Was für ein Wissensreservoir, sollte das Bewußtsein eines Menschen nur darangeraten können!

Das war genausowenig unglaubwürdig wie die Vorstellung, daß die Rassenerinnerung in den zwei Zellen enthalten sein sollte, die den Geburtszyklus in die Wege leiten. In diesen beiden kleinen Zellen finden sich die Grundlagen für alle Komplexitäten des menschlichen Körpers: Gehirn, Nerven, Muskeln, Knochen und Blut; außerdem die Anlagen der Faktoren, die wir unter dem Stichwort Herkunft zusammenfassen: Familienähnlichkeiten, die sich nicht nur in Äußerlichkeiten, sondern auch in Gedankenmustern, Emotionen und Umweltverhalten ausdrücken – die Nase des Großvaters, die Augen der Urgroßmutter, der Jähzorn des Ururgroßvaters, die Launenhaftigkeit der Großtante und so weiter und so fort. Wenn das alles in siebenundvierzig und achtundvierzig mikroskopisch kleinen Kettengliedern enthalten sein kann, die die Biologen Chromosomen nennen, dann sind das winzige, geheimnisvolle Götter der Geburt, die von Anfang an festlegen, was

und wieviel von den jeweiligen Vorfahren der künftige Junge oder das künftige Mädchen haben soll. Und warum sollen diese Wundergebilde dann nicht auch die gesammelten Erfahrungen und die vollständigen Erinnerungen dieser Vorfahren enthalten?
Irgendwo im menschlichen Gehirn gibt es vielleicht eine solche Datenbank voller Erinnerungsrillen, die nur auf die Abspielnadel des Bewußtseins warten, um sich zu offenbaren.
Vielleicht gelang dem Bewußtsein hin und wieder ein Zugang zu dieser Datenbank, bei dem neue Informationen zugänglich wurden. Vielleicht gab es auch Menschen, die aufgrund eines genetischen Zufalls einen zumindest begrenzten dauerhaften Zugang zu diesen Erinnerungen hatten.
Wenn so etwas möglich wäre, würde das viele Rätsel erklären. Die Stimmen der Ahnen, die Jim gehört hatte, oder ein anderes Beispiel, meine unheimliche Begabung für Sprachen.
Angenommen, ich stammte in gerader Linie von diesem Dwayanu ab. Und weiter angenommen, mein Bewußtsein könnte in die unbekannten Regionen meines Gehirns eindringen; besser gesagt, das, was jetzt Ich war, könnte in den Erinnerungen der Person lesen, die einst Dwayanu gewesen war. Oder daß diese Erinnerungen von sich aus tätig würden und in mein Bewußtsein vorstießen, dann ... Ja, was dann? Würde Dwayanu wiedererwachen und in mir fortleben? Wäre er dann Alleinherrscher über meinen Körper? Oder würden wir beiden, Dwayanu und Leif Langdon, ihn uns teilen?
Konnte es nicht sein, daß der alte Hohepriester so etwas geahnt, wenn nicht sogar davon gewußt hatte? War er vielleicht durch bestimmte Folgen von Worten, Riten und Suggestionen – und damit wurde der Bogen zu Jim geschlossen – in mein *Terra incognita* vorgestoßen und hatte endgültig die Erinnerungen von Dwayanu geweckt?
Sie waren stark, diese Erinnerungen, sehr stark sogar. Offensichtlich hatten sie sich all die Jahre bis zu meiner Zeit bei den Uiguren nur in einem leichten Schlummer befunden. Wie sonst hätte ich die Sprache dieses geheimnisvollen Volks so rasch lernen kön-

nen ... wie sonst hätte ich all die Déjà-vu-Erlebnisse noch vor meiner Begegnung mit dem Alten haben können ...

Ja, Dwayanu war stark in mir. Und ich hatte die beunruhigende Gewißheit, daß er sich durch nichts und niemand von seinen Plänen abbringen lassen würde. Ich hatte plötzlich Angst vor Dwayanu ... oder vor den Erinnerungen, die einst Dwayanu gehört hatten. Ich besaß nicht die Macht, sie zu wecken, und ich besaß nicht die Macht, sie zu kontrollieren. Zweimal schon hatten sie meinen Willen überrannt und mich beiseite geschoben.

Würden sie noch stärker werden?

Würden sie mich eines Tages *ganz* übernehmen?

III

Die Trommeln des Kleinen Volks

Sechsmal schon hatte sich das grüne Licht im Schattenland zu dem blassen Dämmerschein verdunkelt, der hier die Nacht ausmachte, und ich hatte nichts mehr von der Hexe oder von denen gehört oder gesehen, die mit ihr auf der anderen Seite des Flusses lebten. Diese sechs Tage und Nächte hatten auf der anderen Seite überraschende und erstaunliche Einblicke gebracht. Wir waren mit Evalie zwischen den goldfarbenen Zwergen unterwegs gewesen und hatten ihre ganze eingefriedete Ebene besichtigt. Und wir waren ohne die Frau auf Erkundung gegangen.

Wir hatten die Kleinen bei der Arbeit und beim Spiel beobachtet, hatten ihren Trommeln gelauscht und verblüfft ihren Tänzen zugesehen. Tänze, die so ausgeklügelt und außergewöhnlich waren, daß man sie schon eher als komplexe kleine Harmonien ansehen mußte, und nicht mehr als bloße Abfolge von Schritten und Bewegungen. Manchmal tanzten die Kleinen in Gruppen von etwa zwölf Personen, und dann drehten sie sich kunstvoll zu einem eher simplen Lied. Aber gelegentlich sammelten sich auch einige Hundert Zwerge zu einem verflochtenen, aber geordneten Durcheinander über bis zu zwei Dutzend sanfter und grüner Tanzwiesen. Diese besonderen Veranstaltungen kamen uns vor wie in Choreographie übertragene Symphonien.

Sie tanzten stets zur Musik ihrer Trommeln, denn sie hatten weder andere Instrumente noch andere Musik; und die benötigten sie auch gar nicht. Sie verfügten über Trommeln in allen nur denkbaren Größen und Formen, mit denen sie Töne über zehn Oktaven erzeugen konnten und nicht nur die uns bekannten Halbtöne, sondern auch Viertel-, Achtel- und noch kleinere Tonschritte hervorbrachten, die den Zuhörer seltsam bewegten ... zumindest mich.

In der Tonhöhe reichten sie vom tiefsten Baß der Orgel bis zum höchsten Stakkatosopran. Einige Trommeln spielten die Rrrllya mit Daumen und Fingern, andere mit der flachen Hand und wieder andere mit Stöcken. Manche Trommeln wisperten, manche summten, andere lachten und wieder andere sangen.
Die Tänze und die Trommeln, und ganz besonders letztere riefen seltsame Gedanken und sonderbare Bilder hervor. Ihr Schlag und ihr Rhythmus öffnete Türen zu anderen Welten. Und manchmal wurden sie weit genug aufgestoßen, um einen flüchtigen Blick auf Szenen von eigenartiger Schönheit und gleichzeitig eigenartiger Irritation werfen zu können.
Ich schätzte das Volk der Rrrllya auf vier- bis fünftausend Personen, die in den gut dreißig Quadratkilometern der fruchtbaren, eingefriedeten Ebene lebten. Wie viele darüber hinaus jenseits des Walls vorhanden waren, konnte ich beim besten Willen nicht abschätzen. Zwanzig oder mehr Siedlungen standen außerhalb der Befestigungsanlage, wie Evalie uns mitteilte. Diese hätten den Charakter von Jagdposten oder Bergwerksstationen, und von denen kämen die Felle, die Metalle und die anderen Dinge, die die Kleinen zum Eigenbedarf weiterverarbeiteten. An der Nansur-Brücke stand eine starke Garnison. Irgendeine natürliche Balance hielt die Anzahl der Rrrllya konstant, wie ich von Evalie erfuhr. Die Kleinen reiften rasch aus, aber ihr Leben währte nicht allzu lange.
Evalie erzählte uns auch von Sirk, der Stadt, in der die lebten, die vor der Opferung geflohen waren. Gemäß ihrer Beschreibung handelte es sich bei diesem Ort um eine uneinnehmbare Festung, die direkt in die Felswand gebaut war. Zusätzlich waren Wälle vorhanden, an deren Fuß heiße Quellen kochten und einen unpassierbaren Burggraben bildeten. Zwischen den Bewohnern von Sirk und den weißen Wölfen von Lur herrschte ein immerwährender Krieg. Die Wölfe lauerten rings um Sirk in den Wäldern denen auf, die von Karak flohen und Schutz suchten. Ich gewann den Eindruck, daß zwischen Sirk und den goldfarbenen Kleinen eine heimliche Zusammenarbeit lief, die möglicherweise durch das

Grauen der Opferungen genährt wurde, das beide Seiten empfanden. Vielleicht begünstigte auch die Auflehnung der Leute in Sirk gegen die Anhänger Khalk'rus eine solche Kooperation. Und wo immer sie konnten, schienen die Rrrllya diesen geheimen Bundesgenossen zu helfen. Wahrscheinlich wäre es schon längst zu offenen, offiziellen Beziehungen gekommen, wenn nicht beide Seiten eine tiefverwurzelte Angst vor den Folgen hätten. Und die Kleinen wagten es insbesondere nicht, den Vertrag anzutasten, den ihre Vorväter mit den Ayjir geschlossen hatten.

Dann sagte Evalie noch etwas, das mich zum Nachdenken brachte.

»Wenn du den anderen Weg beschritten hättest, Leif, und auch noch Lurs Wölfen entkommen wärst, hätten dich deine Schritte sicher nach Sirk geführt. Das hätte sicher einige Veränderungen mit sich gebracht. Sirk hätte dich willkommen geheißen, und wer weiß, was die Stadtbewohner dann mit dir als ihrem neuen Anführer alles angestellt hätten. Mein kleines Volk würde dann auch nicht ...«

Sie hielt mitten im Satz inne und führte ihn nicht mehr zu Ende, so sehr ich sie auch bedrängte. Also erklärte ich ihr, daß mir in dieser Geschichte zu viele ›Wenns‹ enthalten seien und ich deshalb damit zufrieden sein wollte, daß ich hierher gelangt sei. Das schien sie zu freuen.

Einmal hatte ich ein Erlebnis allein, ohne Jim. Doch begriff ich seine Bedeutung damals noch nicht. Wie schon erwähnt verehrte das Kleine Volk jegliche Form des Lebens. Mehr noch, es glaubte an die Allmacht des Lebens und bezog daraus seine Kraft und Hoffnung. Verstreut auf der Ebene fanden sich kleine Steinhaufen, im Grunde Altäre, auf denen aus Holz, Stein oder fossiliertem Elfenbein die uralten Symbole der Fruchtbarkeit ruhten. Meist einzelne Stücke, aber auch Paare und hin und wieder gruppiert zu einem Symbol, das eine bemerkenswerte Ähnlichkeit zu einem Zeichen der alten Ägypter aufwies: das Henkelkreuz, das *Crux ansata*, das Osiris, der Gott der Wiederauferstehung, in der Hand hielt und damit in der Halle der Toten die Seelen berührte, die alle

Prüfungen bestanden und sich damit die Unsterblichkeit erworben hatten.
Dieses Erlebnis widerfuhr mir am dritten Tag. Evalie forderte mich freundlich auf, mit ihr zu gehen, und zwar allein. Wir liefen über den gepflegten Weg entlang des Fußes der Klippenwand, in der die Höhlen der Kleinen lagen. Die Frauen sahen hinaus, als wir vorbeikamen, und trillerten ihren puppenartigen Kindern das eine oder andere zu. Gruppen von Erwachsenen, Männer wie Frauen, tanzten auf uns zu und folgten uns in einem langen Zug. Jeder einzelne von ihnen trug eine merkwürdige Trommel, wie ich sie an dem Tag zum erstenmal sah. Sie schlugen sie aber nicht, auch sprach keiner von ihnen ein Wort. Schweigend schlossen sie sich uns einzeln oder in Gruppen an.
Nach einer Weile fiel mir auf, daß keine Höhlen mehr in der Wand waren. Nach einer halben Stunde bogen wir um eine Art Bollwerk im Fels und waren am Rand einer kleinen Wiese, die mit weichem und feinem Moos wie mit einem Seidenteppich bedeckt war. Die Fläche war etwa hundertfünfzig Meter breit und lang. Gegenüber befand sich eine zweite Bastion. Die Wiese wirkte so, als hätte hier jemand mit einem Riesenmeißel einen Halbkreis aus dem Fels gehauen. Am Ende der Moosfläche erhob sich ein Gebilde, das ich auf den ersten Blick für eine gewaltige Kuppel hielt. Aber dann fiel mir auf, daß es sich dabei um einen Felsvorsprung handelte.
In dieser Felskuppel befand sich ein ovaler Eingang, der kaum höher war als eine normale Tür. Während ich verwundert davorstand, nahm Evalie meine Hand und führte mich darauf zu.
Die Felskuppel war hohl.
Das Kleine Volk hatte hier einen Tempel eingerichtet, wie ich gleich erkannte, als ich über die Schwelle getreten war. Die Wände aus einem kalten, grünen Stein bogen sich glatt nach oben. Aber es herrschte keine Dunkelheit in der Kuppel. Die Wände waren wie mit der Nadel eines Spitzenklöpplers durchbohrt, und so strömte durch Hunderte winzige Öffnungen das Tageslicht herein. Das widerspiegelte von Tausenden von Ecken, Kanten und Winkeln in den Wänden und verbreitete sich in der Kuppel. Der Boden war

mit dickem und weichem Moos ausgelegt, und dieses selbst leuchtete und intensivierte den sonderbaren gebrochenen Schimmer. Der Innenraum der Kuppel bedeckte eine Fläche von mindestens achttausend Quadratmetern.
Evalie zog mich tiefer hinein. Im genauen Zentrum des Raums senkte sich der Boden zu einer riesigen Mulde. Auf dem Weg dorthin stand eines der Henkelkreuze von dreifacher Manneshöhe. Es war poliert und glimmerte, als sei es aus einem gigantischen Amethystkristall geschnitten. Ich warf einen Blick zurück. Die Kleinen strömten uns durch den ovalen Eingang nach.
Sie drängten sich in dichten Reihen hinter uns, als Evalie wieder meine Hand nahm und mich zu dem Kreuz führte. Sie zeigte auf die Mulde, und ich sah hinein.
Mein Blick fiel direkt auf den Kraken!
Da schwamm er in der Mulde, und die schwarzen Tentakel breiteten sich fächerartig vom aufgedunsenen Leib aus. Die großen schwarzen Augen starrten erbarmungslos zu mir hoch.
Das alte Entsetzen vor dem Grauen dieses Wesens durchschwemmte mich. Mit einem Fluch sprang ich zurück.
Die Zwerge drängten sich um meine Knie und ließen mich keine Sekunde aus den Augen. Ich wußte, daß man meinem Gesicht den furchtbaren Schrecken nur allzu deutlich ansah. Sie stimmten ein aufgeregtes Gezwitscher an, nickten einander zu und gestikulierten. Evalie beobachtete ihre Kleinen ebenfalls intensiv. Aber dann sah ich, wie ihr Gesicht sich erleichtert aufhellte.
Sie lächelte mich an und zeigte wieder auf die Mulde. Ich zwang mich zu einem zweiten Blick. Und jetzt bemerkte ich, daß der Krake gar nicht echt, sondern lediglich auf besonders geschickte Weise in den Boden geschnitzt war. Die furchtbaren Augen waren pechschwarze, eingesetzte Juwelen. Durch das Ende von jedem einzelnen der etwa fünfzehn Meter langen Tentakel war ein *Crux ansata* getrieben, als hätte man den Kraken gekreuzigt. Und ein besonders großes Henkelkreuz hatte man dem steinernen Untier durch den Leib gerammt.
Die Bedeutung davon wurde mir rasch klar: Das Leben fesselte

seinen größten Feind, machte ihn impotent und hielt ihn mit dem geheimen, uralten und heiligen Symbol dessen gefangen, was der Krake mit aller Macht zerstören wollte. Nicht zu vergessen das riesige Henkelkreuz vor der Mulde. Es beobachtete und bewachte den großen Zerstörer wie der Gott des Lebens selbst.

Ich hörte Trommeln schlagen, plätschernd, raschelnd und rauschend. Rasch steigerte sich das Tempo. Triumph ging vom Rhythmus aus wie der Stolz von vorpreschenden, durch nichts aufzuhaltenden Wogen, wie der Siegeszug eines mächtigen Winds. Und Frieden war darin, die beruhigende Gewißheit dauerhaften Friedens. Es klang wie der Gesang von Wasserfällen, die ihre feste Überzeugung hinausriefen, daß sie immer und ewig weiterfließen würden; oder wie das Plätschern kleiner Wellen an grünen Flußufern; oder das Rauschen vom Regen, der weiß, daß er allen Wesen auf der Erde Leben bringt.

Evalie fing an, um das Amethystkreuz zu tanzen. Langsam umrundete sie es zur plätschernden, rauschenden und raschelnden Musik der Trommeln. Und sie war der Geist des Liedes, das die Trommeln sangen und wovon sie sangen.

Dreimal umrundete sie das Kreuz. Dann tanzte sie auf mich zu, nahm meine Hand und führte mich fort, hinaus aus der Kuppel. Als wir über die Schwelle schritten, wirbelten die kleinen Trommeln. Doch jetzt war darin kein Rauschen, Rascheln oder Plätschern mehr. Nun klangen sie trotzig und triumphierend.

Aber Evalie sprach nie wieder davon; weder von der kleinen Zeremonie noch von ihrem Zweck oder vom Tempel, so sehr oder so oft ich sie danach fragte.

Und immer noch stand mir bevor, auf die Nansurbrücke zu gehen und auf Karak zu sehen.

»Morgen«, sagte sie stets, wenn ich sie nach dem Zeitpunkt dafür fragte. Und wenn es morgen geworden war, sagte sie wieder »Morgen«. Bei diesen Antworten senkte sie die langen Wimpern über die hellen braunen Augen und sah mich durch sie hindurch eigentümlich an. Oder sie strich mir übers Haar und erklärte, es gäbe so viele Morgen, da sei es doch ganz gleich, an welchem wir zur Brücke gingen. Schließlich würde Nansur uns ja nicht davonlaufen. Irgendein Widerstand war in ihr, den ich weder deuten noch greifen konnte. Und von Tag zu Tag wanden ihre Sanftheit und Schönheit ein dichteres Netz um mein Herz, bis ich mich zu fragen begann, ob daraus ein Schild gegen das erwachsen sollte, was ich in einem Beutel auf der Brust trug.

Doch die Kleinen zweifelten immer noch an mir, ganz gleich ob ich nun die Tempelprobe bestanden hatte oder nicht. Jim hatten sie fest in ihr Herz geschlossen. Sie zwitscherten, trillerten und lachten mit ihm, als sei er einer der ihren. Zu mir waren sie höflich und freundlich, aber sie beobachteten mich unablässig. Jim durfte ihre Kinder hochnehmen und mit ihnen spielen. Die Mütter hatten aber etwas dagegen, wenn ich so etwas tun wollte, und zeigten mir das recht deutlich. An einem Morgen erhielt ich eine besondere Bestätigung für ihre Haltung mir gegenüber.

»Ich verlasse dich für zwei oder drei Tage, Leif«, erklärte mir Jim, nachdem wir gefrühstückt hatten. Evalie war einem Ruf der Kleinen gefolgt, und wir waren allein.

»Mich verlassen!« Ich starrte ihn aufs höchste verwundert an. »Was meinst du denn damit? Wo willst du hin?«

Er lachte nur.

»Ich sehe mir die *Atlanusi* an – wie Evalie die Dalanusa nennt –, die großen Blutegel. Sie hat uns doch erzählt, daß die Kleinen sie in den Fluß gesetzt hätten, nachdem man die Brücke zerstört hatte.«

Evalie hatte seitdem nicht mehr über diese tierischen Wächter gesprochen, und ich hatte sie schon vergessen.

»Was sind das denn für Wesen, Rothaut?«

»Genau das will ich ja eben herausfinden. Alles, was von ihnen erzählt wird, erinnert mich an die großen Egel der Tlanusi'yi. Mein Volk beschreibt sie als groß wie ein Haus und rot und weiß gestreift. Die Rrrllya sind da etwas gemäßigter. Sie erklären nur, die Egel seien so groß wie du.«

»Hör zu, alter Freund, da komme ich natürlich mit.«

»Oho, das wirst du hübsch bleiben lassen.«

»Aha, gibt es dafür vielleicht einen Grund?«
»Weil die Kleinen das nicht zulassen würden. Jetzt paß mal gut auf, lieber Freund: schlicht und ergreifend gesagt, sie sind nicht hundertprozentig zufrieden mit dir. Sie verhalten sich dir gegenüber höflich und würden es um nichts in der Welt wagen, Evalies Gefühle zu verletzen, aber ... sie wären nicht zu unglücklich darüber, wenn du wieder verschwinden würdest.«
»Damit sagst du mir leider nichts Neues.«
»Nein, aber ich kann dir eine andere Neuigkeit berichten. Eine Jagdgruppe, die bis zum Ende des Tals vorgestoßen ist, kehrte gestern zurück. Und einer der Jäger erinnerte sich daran, daß sein Großvater ihm einmal erzählt hatte, die Ayjir hätten, als sie in dieses Tal kamen, auch so gelbe Haare wie du getragen. So rot wie heute sind sie wohl erst viel später geworden. Das hat die Rrrllya natürlich beunruhigt.«
»Mir ist es auch schon so vorgekommen, als hätten sie mich in den letzten vierundzwanzig Stunden besonders intensiv beobachtet«, sagte ich. »Deshalb darf ich also nicht mit.«
»Genau das ist der Grund, Leif. Sie sind sehr besorgt über das, was der Jäger gesagt hat. Gleichzeitig ist das auch der Grund für ihre Expedition zu den Tlanusi. Sie wollen die Flußwache verstärken. Wenn ich recht verstanden habe, ist dazu eine bestimmte Zeremonie erforderlich. Sie wollen, daß ich sie dabei begleite. Und ich denke, ich komm dem besser nach.«
»Weiß Evalie davon?«
»Aber selbstverständlich. Und sie will dich erst recht nicht mitlassen, auch wenn die Kleinen nichts mehr dagegen hätten.«
Jim zog gegen Mittag mit einer Gruppe von etwa hundert Zwergen los. Ich verabschiedete mich freundlich von meinem Blutsbruder. Wenn es Evalie verwunderte, daß ich seinen Aufbruch so gelassen hinnahm und ihr auch keine Fragen zu diesem Thema stellte, so zeigte sie mir das nicht. Aber sie war den ganzen Tag über sehr ruhig, geistesabwesend und einsilbig. Ein- oder zweimal ertappte ich sie dabei, wie sie mir einen verwunderten Blick zuwarf. Ein anderes Mal nahm ich ihre Hand. Sie zuckte zusammen und

lehnte sich an mich, doch dann zog sie ihre Hand leicht verärgert ruckartig fort. Und als sie dann später ihre Betrübtheit vergessen zu haben schien und ihren Kopf auf meine Schulter legte, mußte ich hart an mich halten, sie nicht in die Arme zu schließen.
Das Schlimmste daran war, daß ich keinen triftigen Grund finden konnte, warum ich sie nicht umarmen sollte. Eine Stimme in mir flüsterte, daß ich es doch tun sollte, wenn ich es so sehr wünschte. Und andere Stimmen waren in mir, die mich so bedrängten, daß mein Widerstand fast zusammengebrochen wäre. Ein merkwürdiger Tag, selbst für einen so merkwürdigen Ort, lag hinter mir. Die Luft war schwer, so als stünde ein Sturm bevor. Die berauschenden Aromen aus dem Wald waren stärker als gewöhnlich, machten mich trunken und verwirrten mir den Kopf. Die gasartigen Schleier, die die Sicht in größere Entfernungen versperrten, hatten sich verdichtet. Und im Norden sahen sie aus wie eine Rauchwand, die langsam, aber stetig näherrückte.
Evalie und ich saßen nebeneinander in ihrem Zelt. Nach einer Weile brach sie das lange Schweigen.
»Du wirkst so bekümmert, Leif. Sag mir doch den Grund dafür.«
»Ich bin nicht bekümmert, Evalie, ich mache mir nur Gedanken.«
»Auch ich mache mir Gedanken. Denken wir vielleicht an das Gleiche?«
»Woher soll ich das wissen. Ich, der nicht einmal ahnen kann, was in dir vorgeht.«
Sie stand abrupt auf.
»Du siehst doch gern den Schmieden bei der Arbeit zu. Komm, wir gehen zu ihnen.«
Ich sah sie an, weil mich der Ärger in ihrer Stimme völlig überrascht hatte. Als sie zu mir herabsah, war ihre Stirn gerunzelt. Die Brauen bildeten eine gerade Linie über ihrem halb verächtlichen Blick.
»Warum bist du böse, Evalie? Was habe ich dir getan?«
»Ich bin nicht böse, und du hast mir nichts getan.« Sie stampfte

mit dem Fuß auf. »Ich sage es dir noch einmal, du hast nichts getan! Komm, wir wollen jetzt die Schmiede besuchen.«
Sie marschierte los. Ich sprang auf und folgte ihr. Was war denn nur mit Evalie? Mit irgend etwas hatte ich sie irritiert, das stand fest. Aber was nur? Ich hoffte nur, daß ich es früher oder später erfahren würde. Und den Schmieden sah ich wirklich gern bei der Arbeit zu.
Sie standen an ihren kleinen Ambossen und schlugen die Krummschwerter, die Speere und die Pfeilspitzen, formten die goldenen Ohrringe und Halsketten für die Frauen.
Tink-tink, tink-tink, Plink-plank, Plink-plank, Plink-tink sangen ihre kleinen Hämmer.
Wie Gnome standen sie da und arbeiteten, nur waren sie perfekte und keine deformierten Miniaturmenschen. Golden leuchtete ihre Haut im Dämmerlicht. Das lange Haar hatten sie um den Kopf gebunden. Und die gelben Augen sahen nur auf die Werke, die unter ihren Händen entstanden.
Ich vergaß Evalie und ihre Verärgerung und sah den Schmieden fasziniert wie immer zu.
Tink-tink, Plink-plank ...
Dann blieben die kleinen Hämmer wie erstarrt in der Luft hängen, und die Schmiede sahen aus wie festgefroren. Aus dem Norden kam wie eine Riesenwelle das Dröhnen eines schweren Gongs; drängte mit Macht, als wollte sie über uns zusammenstürzen. Ein weiterer Gongschlag ertönte, dann noch einer und noch einer. Der Wind heulte über die Ebene. Die Luft wurde unruhig, und die grüne Rauchwand zuckte und rückte näher.
Das Dröhnen des Gongs verging und machte einem mächtigen Lied Platz. Viele, sehr viele Menschen sangen es. Der Gesang schwoll an und verging, kam näher und zog sich zurück im Rhythmus des Windes, der mal schwächer und dann wieder stärker wurde. Von allen Wällen schlugen die Trommeln der Wächter Alarm.
Die Schmiede ließen ihre Hämmer fallen und rannten zu den Höhlen. Überall auf der Ebene war Unruhe, Verwirrung und Bewe-

gung. Die Rrrllya liefen zu den Höhlen und zu den Wällen, um die dortige Garnison zu verstärken.

Durch den mächtigen Gesang dröhnte der Wirbel von anderen Trommeln. Ich erkannte sie gleich wieder: die Kesselpauken der Uiguren, ihre Kriegstrommeln. Und dann erkannte ich auch das Lied ... ihr Kriegslied, der Schlachtgesang der Uiguren.

Nein, nicht die Uiguren, nicht der zusammengewürfelte, armselige Haufen, der mir von der Oase gefolgt war.

Das Kriegslied der alten Rasse! Der großen Rasse, der Ayjir!

Die alte Rasse! *Mein* Volk!

Ich kannte das Lied, kannte es sehr gut. Wie oft hatte ich es in den alten Tagen gehört ... wenn ich in die Schlacht gezogen war ... *Bei Zarda von den durstigen Speeren ... Bei Zarda, dem Gott der Krieger* ... Als ich die Worte wiederhörte, war es mir, als würde köstlicher Wein in meine ausgedörrte Kehle laufen!

Das Blut rauschte mir in den Ohren ... Ich öffnete weit den Mund, um brüllend einzufallen ...

»Leif! Leif! Was ist mit dir?«

Evalies Hände lagen auf meinen Schultern. Sie schüttelte mich. Ich starrte sie wütend an und wußte zuerst nicht mehr, wer sie war. Zorn und Irritation wuchsen in mir. Wer war dieses dunkelhaarige Weib, daß es mich daran hindern wollte, in die Schlacht zu ziehen?

Und urplötzlich verließ mich meine Obsession. Zitternd stand ich da, bis ins Innerste aufgewühlt vom kurzen, aber heftigen Sturm in meinem Kopf. Ich legte meine Hände auf die Hände auf meinen Schultern und gewann Kraft und Ruhe aus dieser Berührung. Erhebliche Verwunderung stand in Evalies Augen geschrieben und auch etwas Furcht. Und um mich herum hatte sich ein dichter Kreis von Zwergen gebildet, die mich streng anstarrten.

Ich schüttelte den Kopf und bemühte mich, wieder zu Atem zu kommen.

»Leif? Was ist mit dir?«

Bevor ich antworten konnte, gingen der Gesang und die Pauken in einem mächtigen Donnerschlag unter. Schlag um Schlag wütete der Donner über die Ebene, hallte hier nach und warf dort ein Echo

und hämmerte alle Geräusche aus dem Norden nieder; überbrüllte sie, überrollte sie und überschwemmte sie.
Ich sah mich etwas einfältig um. Überall an den Klippen standen die Zwerge in dichten Trauben. Sie schlugen Trommeln, die ihnen bis an die Hüfte reichten. Und von denen fuhren die Donnerschläge und das Krachen von Blitzen, das beim Zusammenprall zweier Wolken entstand, und das nachfolgende, widerhallende Rollen aus.
Die Donnertrommeln des Kleinen Volks!
Unablässig grollten sie, doch durch ihren wütenden Einklang drangen immer noch der Schlachtgesang und die Kriegspauken ... wie der wuchtige Einschlag von schweren Speeren ... wie der donnernde Anritt vieler Pferde, denen gewaltige Marschkolonnen folgten ... *Bei Zarda, die alte Rasse war immer noch ungeheuer stark ...*
Ein Ring von Zwergen tanzte um mich herum. Ein weiterer Ring schloß sich dem ersten an. Dahinter entdeckte ich Evalie, die mich mit großen und erstaunten Augen ansah. Und sie umgab ein Kordon von Rrrllya, die ihre Bogen gespannt und die Krummschwerter gezückt hatten.
Warum sah Evalie mich so an ... warum waren die Waffen der Rrrllya auf mich gerichtet ... und warum umtanzten sie mich? ... Ein sonderbarer Tanz ... schon das Zusehen machte mich schläfrig ... woher kam die Lethargie, die mich durchströmte? ... Gott, mir fielen vor Müdigkeit die Augen zu ... Meine tauben Ohren konnten kaum noch die Donnertrommeln hören ... So schläfrig, daß ich so gut wie gar nichts mehr vernahm ... so schläfrig ...
Irgendwie kam mir schwach zu Bewußtsein, daß ich auf die Knie gefallen war ... dann hatte ich mich auf dem weichen Moosboden lang ausgestreckt ... eingeschlafen.

Ich kam wieder zu mir, und alle meine Sinne waren hellwach. Immer noch dröhnten aus allen Richtungen Trommeln. Nicht mehr die Donnertrommeln, sondern solche, die sangen. Ihr schwunghafter, vibrierender Gesang ließ mein Blut durch die Adern jagen

und rief einen unerklärlichen Jubel in mir hervor. Die rhythmischen Töne waren wie kleine, warme und lebendige Hiebe, die mein Blut zur Ekstase peitschten.
Ich sprang auf die Füße und entdeckte, daß ich auf einem hohen Hügel stand, rund wie eine weiche Frauenbrust. Überall auf der Ebene waren Lichter, kleine Feuer, die die Altäre der Rrrllya umgaben. Und rund um diese Feuer tanzten die Kleinen zum Takt der Trommeln. Wie kleine, goldene Flammen hüpften und sprangen sie herum, so als sei das Leben selbst hier aufgewacht.
Ein dreifacher Ring von Kleinen umtanzte den Hügel, auf dem ich stand. Männer und Frauen, ineinander verflochten, verschlungen und verwoben.
Ihre schaukelnden Bewegungen und die Musik der Trommeln waren eins.
Ein weicher und würziger Wind fuhr über den Hügel. Er summte, während er an mir vorüberzog; und auch sein Summen war Bestandteil des Wesens aus Tanz und Trommeln.
Vor und zurück, rund und rund und rund wogten die Kleinen um den Hügel herum. Und ebenso fließend und schaukelnd hielten es die anderen Rrrllya an den Altären.
Ich hörte eine leise, wunderbare Stimme singen. Sie sang zum Lied der Trommeln und zum Tanz des Kleinen Volks.
Ganz in der Nähe erhob sich ein Hügel wie der, auf dem ich stand. Wie ein Paar Frauenbrüste erhoben sich die beiden aus der Ebene. Und auch um ihn herum wirbelten die Zwerge.
Auf ihm stand und sang Evalie.
Ihr Lied war die Seele von Trommeln und Tanz, und ihr Tanz war die Sublimation aus beiden. Sie bewegte sich unfaßbar anmutig auf dem Hügel. Das schleierdünne Gewand und den Gürtel trug sie nicht mehr, sondern war nur noch im seidigen, wogenden Umhang ihres schwarzblauen Haars.
Sie winkte und rief mir zu, ein hoher, süßer Ton.
Der aromatische, rauschende Wind schob mich voran, als ich auf ihren Hügel zuflog.
Die tanzenden Zwerge teilten sich und ließen mich durch. Die

Trommeln wurden schneller geschlagen, und ihr Lied wechselte auf eine höhere Oktave über.
Evalie tänzelte den Hügel hinunter, kam auf mich zu ... war neben mir, umschlang mich mit ihren Armen, preßte ihre Lippen auf die meinen ...
Rasender wirbelten die Trommelschläge, rasend wie mein Puls.
Die beiden Kreise lebender kleiner, gelber Flammen verschmolzen. Verwandelten sich in einen einzigen, wirbelnden Kranz, der uns vorandrängte. Rund und rund und rund wogte der Kranz um uns herum und trieb uns an zum Puls der Trommeln. Ich konnte keinen klaren Gedanken mehr fassen. Trommelrhythmus, Trommellied und Tanzlied füllten meinen ganzen Kopf aus.
Aber ich bekam noch mit, daß der duftende Wind uns immer weiter schob, uns liebkoste, uns zuflüsterte, uns zulachte.
Wir wogten vor einer ovalen Tür. Die seidigen, wohlriechenden Locken Evalies strömten im Wind und küßten mich. Hinter uns waren nur die Trommeln und der Wind, der uns antrieb.
Trommeln und Wind trieben uns durch den Eingang der Felskuppel.
Trieben uns in den Tempel des Kleinen Volks.
Das weiche Moos schimmerte ... Das Amethystkreuz funkelte ...
Evalies Arme um meinen Hals ... Ich drückte sie fest an mich ... Der Druck ihrer Lippen auf den meinen war wie das süße, geheime Feuer des Lebens ...

Es war so still im Tempel des Kleinen Volks. Die Trommeln schwiegen. Das Henkelkreuz über der Mulde mit dem Kraken glühte nur noch schwach.
Evalie regte sich und schrie im Schlaf. Ich berührte ihre Lippen, und sie erwachte.
»Was hast du, Liebes?«
»Leif, geliebter Leif ... ich träumte, ein weißer Falke wollte seinen Schnabel in mein Herz bohren.«
»Aber das war doch nur ein Traum, Evalie.«

Sie schüttelte sich. Dann hob sie den Kopf und beugte sich über mich, so daß wir beide hinter dem Schleier ihres Haars verborgen waren.
»Du hast den Falken vertrieben ... Aber dann kam ein weißer Wolf ... und fiel mich an.«
»Auch das war nur ein Traum, geliebte, wunderbare, teure Evalie.«
Sie beugte sich unter dem Haarschleier tiefer zu mir hinab, so daß ihre Lippen den meinen ganz nahe waren.
»Du hast auch den Wolf vertrieben. Ich wollte dich küssen, aber ... aber plötzlich stand ein Gesicht zwischen uns ...«
»Ein Gesicht?«
»Das Gesicht von Lur«, flüsterte sie. »Sie lachte mich aus ... und dann bist du gegangen ... mit ihr fortgegangen ... und ich war ganz allein ...«
»Das war ein falscher Traum! Schlaf wieder ein, geliebte Evalie.«
Sie seufzte. Langes Schweigen. Dann fragte sie schläfrig:
»Was trägst du da um den Hals, Leif? Eine Erinnerung an eine Frau, die dir viel bedeutet?«
»Es ist nicht von einer Frau, Evalie. Das ist die Wahrheit.«
Sie küßte mich und schlief ein.
Warum hatte ich Narr es ihr nicht damals unter dem Schatten des uralten Symbols erzählt ... Was für ein Narr war ich, daß ich es nicht tat!

IV

Auf der Nansur-Brücke

Als wir am Morgen den Tempel verließen, warteten bereits ein halbes Dutzend Rrrllya beiderlei Geschlechts auf uns. Ich hielt sie für die gleiche Gruppe, die uns schon beim erstenmal in die Kuppel gefolgt waren.

Die kleinen Frauen drängten sich um Evalie. Sie hatten ihr Kleidungsstücke mitgebracht und zogen meine Geliebte von Kopf bis Fuß an. Dann ging sie mit den Frauen fort, ohne mir noch einen Blick zuzuwerfen oder ein Wort zu mir zu sprechen. Etwas Zeremonienhaftes ging von dieser Einkleidung aus. Mir kam es so vor wie eine Braut, die von etwas zu erwachsen wirkenden Elfen-Brautjungfern zu einem bestimmten Ziel geführt wurde.

Die kleinen Männer sammelten sich um mich. Sri war unter ihnen. Das war mir nicht unlieb, denn mochten die anderen auch noch so viele Zweifel gegen mich hegen, ich wußte, daß zumindest er frei davon war. Sie forderten mich freundlich auf, mit ihnen zu kommen, und ich folgte ihnen ohne Widerspruch.

Es regnete. Die Luft war warm und feucht wie im Dschungel. Der Wind blies wie in der vergangenen Nacht in regelmäßigen, rhythmischen Böen. Der Regen schien weniger zu fallen als in großen Tropfen direkt aus der Luft zu kondensieren. Außer dort, wo der Wind heftiger blies und ihn in diagonalen Linien zu Boden trieb. Die Luft schmeckte wie würziger Wein. Ich fühlte mich beschwingt und wollte singen und tanzen. Ein Gewitter ging hernieder.

Ich trug nur Hemd und Hose. Die kniehohen Stiefel hatte ich gegen leichte Sandalen eingetauscht. So dauerte es kaum mehr als eine Minute, bis ich tropfnaß war. Wir gelangten an einen dampfenden Teich und blieben dort stehen. Sri erklärte mir, ich solle mich ausziehen und hineinspringen.

Der Teich war heiß und belebend, und während ich in dem Wasser plantschte, fühlte ich mich von Minute zu Minute besser. Ich sagte mir, daß die Angst, die das Kleine Volk vor mir gehabt hatte, spätestens seit dem Augenblick, da sie uns mit sanfter Gewalt in den Tempel getrieben hatten, verraucht war; zumindest fürs erste. Ich glaubte, den Grund für ihre mißtrauische Vorsicht zu kennen. Sie vermuteten, daß Khalk'ru einen gewissen Einfluß auf mich hatte, ähnlich dem, den er auf die Menschen ausübte, denen ich so ähnlich sah. Möglicherweise keinen allzu großen Einfluß, aber genug, um zumindest auf der Hut zu sein. Um dem Abhilfe zu verschaffen, waren sie auf die Idee verfallen, mich wie Khalk'rus Symbol, den Kraken festzunageln. Schließlich konnten sie mich nicht töten, weil sie damit Evalie das Herz brechen würden. Also verbanden sie das Angenehme mit dem Nützlichen und banden mich an Evalie.

Als ich aus dem Teich stieg, ging mir mehr im Kopf herum als vorher. Die Kleinen banden mir mit sonderbaren Falten und Knoten ein Lendentuch um. Dann fingen sie an zu zwitschern und zu trällern, zu lachen und zu tanzen.

Sri hielt meine Kleider und den Gürtel. Ich wollte sie nicht verlieren und hielt mich deshalb dicht hinter dem Kleinen, als die ganze Gruppe loszog. Schon bald hatten wir unser Ziel erreicht: Evalies Höhle.

Nach einer gewissen Übergangszeit erhob sich eine gewaltige Aufregung voller Gesang und Trommelschlagen. Und dann kam Evalie in Begleitung einer Gruppe von Rrrllya-Frauen, die sie umtanzten. Sie führten sie mir zu, und dann tanzten alle, Männer wie Frauen, davon.

Mehr geschah nicht. Die Hochzeitszeremonie, falls es sich überhaupt um eine solche gehandelt hatte, war zu Ende. Dennoch kam ich mir irgendwie sehr verheiratet vor.

Ich sah Evalie ins Gesicht, und sie blickte leicht abwehrend zurück. Ihr Haar hing nicht mehr lang herunter, sondern war kunstvoll um Kopf, Ohren und Nacken geflochten. Die hauchfeinen Gewänder, die sie noch im Tempel getragen hatte, waren verschwunden.

Statt dessen hatte sie jetzt die Schürze der verheirateten Zwergenfrauen und spinnwebfeine Schleier an. Plötzlich lachte sie, nahm mich an der Hand und führte mich in ihre Höhle.
Am nächsten Tag hörten wir am späten Nachmittag Fanfarenstöße, die recht nah klangen. Sie wurden lange und laut geblasen, so als sollte jemand gerufen werden. Wir traten nach draußen in den Regen, um mehr mitzubekommen. Mir fiel auf, daß die Windrichtung von Nord nach West gewechselt hatte und ein andauerndes und starkes Lüftchen wehte. Aber damals wußte ich bereits, daß im Land unter der Luftspiegelung höchst eigentümliche klimatische Verhältnisse herrschten. Und im Grunde genommen konnten wir unter diesen Bedingungen kaum ermessen, wie fern oder wie nah die Trompeten eigentlich waren. Sie mußten wohl von der anderen Seite des Flusses kommen, aber wie weit sie noch vom Schutzwall der Zwerge entfernt waren, wußte ich nicht zu sagen. Einige Unruhe herrschte in den Verteidigungsanlagen, aber keine übermäßige Besorgnis.
Ein letzter Fanfarenstoß ertönte rauh und spöttisch. Dem folgte brüllendes Gelächter, das noch höhnischer klang, weil es so eindeutig menschlich war. Und es riß mich mit einem Schlag aus meiner bisherigen relativen Gleichgültigkeit. Mehr noch, ich sah plötzlich rot.
»Das war Tibur«, erklärte Evalie. »Wahrscheinlich war er mit Lur auf der Jagd. Ich vermute, er hat über dich gelacht, Leif.«
Sie reckte die Nase geringschätzig hoch, aber in ihrem Mundwinkel tauchte kurz ein Lächeln auf, als sie meinen aufflammenden Ärger bemerkte.
»Wer ist denn eigentlich dieser Tibur, Evalie?«
»Das habe ich dir doch schon erklärt: Er ist Tibur der Schmied und herrscht zusammen mit Lur über die Ayjir. Stets erscheint er am anderen Ende, wenn ich Nansur betrete. Wir haben recht oft miteinander gesprochen. Er ist sehr, sehr stark.«
»So?« sagte ich und war noch mehr irritiert. »Und warum erscheint Tibur am anderen Ende, wenn du auf der Brücke stehst?«

»Natürlich weil er mich begehrt«, sagte sie gleichgültig.
Ich fand Tibur von Minute zu Minute unsympathischer.
»Er wird nicht mehr lachen, wenn ich mich ihm erst auf meine Weise vorgestellt habe«, murmelte ich.
»Was hast du gesagt?« fragte sie. Ich übersetzte es ihr, so gut ich es vermochte. Sie nickte und wollte gerade etwas sagen, bekam aber keinen Ton heraus. Als ich sie ansah, bemerkte ich, daß ihre Augen weit aufstanden und großer Schrecken in ihrem Blick war. Ich hörte ein Schwirren über meinem Kopf.
Aus dem grünen Nebel schälte sich ein großer Vogel. Er kreiste etwa fünfzehn Meter über uns und starrte uns mit seinen unheilverkündenden gelben Augen an. Ein großer Vogel ... ein weißer Vogel ...
Der weiße Falke von Lur, der Hexe.
Ich schob Evalie in ihre Höhle zurück und beobachtete das Tier. Dreimal kreiste es über mir, zog dann kreischend höher und verschwand im Nebel.
Ich kroch zu Evalie. Sie hockte verängstigt auf einer Fellcouch. Meine Geliebte hatte ihr Haar gelöst. Es strömte über ihren Hals und ihre Schultern und bedeckte sie wie ein Umhang. Ich beugte mich über sie und teilte die Strähnen über ihrem Gesicht. Sie weinte. Plötzlich warf sie mir die Arme um den Hals und drückte mich fest an sich. O, wie fest sie drückte. Ich spürte, wie ihr Herz wie eine Trommel an meiner Brust pochte.
»Evalie, Schatz, es gibt nichts, wovor du Angst zu haben brauchst.«
»Leif ... der weiße Falke.«
»Er ist doch nur ein Vogel.«
»Nein, Lur hat ihn geschickt.«
»Unsinn, mein dummer, lieber Schatz. Ein Vogel fliegt, wohin er will. Er war wohl gerade auf der Jagd ... oder hatte sich im Nebel verflogen.«
Evalie schüttelte den Kopf.
»Aber, Leif ... ich habe doch von einem weißen Falken geträumt ...«

Ich drückte sie fest an mich. Nach einer Weile befreite sie sich von meinem Griff und lächelte mich an. Aber damit war alle Fröhlichkeit für den Rest des Tages verflogen. Und in der Nacht hatte sie schlimme Träume. Sie preßte sich eng an mich, weinte immer wieder und murmelte im Schlaf.

Am nächsten Tag kehrte Jim zurück. Ich war ihm gegenüber etwas verlegen. Was würde er nun von mir halten? Aber ich hätte mir gar keine Sorgen zu machen brauchen. Er war nicht im mindesten überrascht, als ich ihm alles erzählte. Erst jetzt wurde mir klar, daß die Zwerge sich mittels ihrer Trommeln verständigt und Jim in alles Wesentliche eingeweiht hatten.

»Fein«, sagte Jim, nachdem ich ihm alles erzählt hatte. »Wenn du ohnehin nicht mehr aus dem Tal kommst, konnte dir doch gar nichts Besseres passieren. Euch beiden nicht. Und falls du doch hinauskommst, nimmst du Evalie wohl mit, oder etwa nicht?«

Das hatte gesessen.

»Hör mal, Rothaut, mir gefallen deine Worte nicht. Ich liebe dieses Mädchen!«

»Ist ja schon gut. Laß es mich einmal andersherum formulieren: Liebt Dwayanu sie auch?«

Das traf mich wie ein Schlag ins Gesicht. Während ich noch nach einer passenden Antwort suchte, kam Evalie aus der Höhle gelaufen. Sie steuerte direkt auf Jim zu und küßte ihn. Er streichelte ihre Schultern und hob sie hoch wie ein großer Bruder seine Schwester. Als er sie wieder abgesetzt hatte, sah sie mich an, kam zu mir und zog meinen Kopf zu ihrem herunter. Sie küßte mich, aber nicht so wie Jim.

Ich sah über ihren Kopf auf Jim. Erst jetzt fiel mir auf, wie müde und zerschlagen er wirkte.

»Alles in Ordnung mit dir, Jim?«

»Klar doch. Ich bin nur ein bißchen durcheinander. Weil ich ... weil ich merkwürdige Sachen gesehen habe.«

»Was meinst du damit?«

»Nun ...« Er zögerte. »Nun, die Tlanusi, die großen Blutegel gehören dazu. Ich hätte jeden für einen Lügner gehalten, der mir von

solchen Biestern erzählt. Und wenn ich sie gesehen hätte, bevor wir in diesen Fluß gesprungen sind, wären mir die weißen Wölfe wie gurrende Tauben vorgekommen.«
Er begann von der Expedition zu erzählen. In der ersten Nacht hatten sie am anderen Ende der Ebene ihr Lager aufgeschlagen.
»Dieses Tal ist größer, als wir angenommen haben, Leif. Ich bin nämlich mehr Kilometer marschiert, als das möglich wäre, wenn das Gebiet hier nur so groß wäre, wie es von hoch oben ausgesehen hat. Wahrscheinlich hat die Luftspiegelung unsere Sicht verzerrt.«
Am nächsten Tag waren sie durch Wald, Dschungel, Röhricht und Marschland gekommen und hatten endlich an einem dampfenden Sumpf Halt gemacht, über den ein erhöhter Weg führte. Den hatten sie beschritten, bis sie an einen weiteren stießen, der ihn dort kreuzte. An diesem Kreuzweg erhob sich ein breiter, kreisförmiger und nach oben abgerundeter Hügel aus dem Sumpf. Der war das Ziel der Zwerge. Sie entzündeten aus Reisigbündeln und Blättern einige Feuer, die einen dichten und stark riechenden Rauch verbreiteten, der sich vom Hügel aus langsam über den ganzen Sumpf verbreitete. Als die Feuer richtig brannten, fingen die Kleinen an, ihre Trommeln zu schlagen, und zwar in einem sonderbaren Synkopen-Takt. Schon nach wenigen Minuten bemerkte Jim unweit des Hügels eine Bewegung im Sumpf.
»Zwischen mir und dem abgerundeten Hügelrand hatte sich ein Kordon von Rrrllya aufgebaut. Und als ich das Wesen sah, das da aus dem Sumpf kroch, war ich froh, nicht in der ersten Reihe stehen zu müssen. Zuerst wallte nur der Boden, dann kam etwas Rotes, das ich für den Rücken einer Riesenschnecke hielt. Die Schnecke arbeitete sich ganz frei und kroch auf den Hügel. Aber es handelte sich dabei um einen Blutegel, und was für einen. Mir wurde bei dem Anblick mehr als übel. Und das lag vor allem an den Ausmaßen des Tieres. Der Blutegel war über zwei Meter lang. Blind und pulsierend lag er mit weit offenem Maul da, lauschte dem Trommelschlag und genoß offensichtlich den für ihn aromatischen Rauch. Dann wühlte sich ein zweiter Blutegel aus dem

Sumpf und schließlich ein dritter. Endlich hatte sich eine ganze Hundertschaft von diesen Biestern in einem weiten Halbkreis auf dem Hügel versammelt. Ihre augenlosen Köpfe waren uns zugewandt. Sie saugten den Rauch in sich ein und pulsierten im Takt zur Musik der Trommeln.«

»Einige von den Zwergen nahmen brennende Stöcke von den Feuern und schritten trommelnd auf den Querweg. Die anderen löschten die Feuer. Die Blutegel krochen den Fackelträgern hinterher, und die anderen Zwerge trieben sie von hinten vorwärts. Ich hielt mich lieber bei der Nachhut. So zogen wir weiter, bis wir am Ufer des Flusses standen. Die Trommeln schwiegen. Die Kleinen in der Vorhut schleuderten ihre Fackeln ins Wasser und warfen ganze Klumpen von zerquetschten Beeren hinterher. Aber das waren nicht solche, wie Sri und Sra sie gebraucht hatten, als sie uns einrieben. Die großen Egel schlängelten sich in den Fluß. Sie folgten wahrscheinlich dem Geruch vom Rauch und von den Beeren. Jedenfalls sind sie bis auf den letzten Egel ins Wasser geglitten.

Danach machten wir uns auf den Rückmarsch und schlugen am Rand des Sumpflands unser Nachtlager auf. Die ganze Nacht hindurch sandten die Rrrllya Botschaften über ihre Trommeln. Das war in der Nacht zuvor auch schon so gewesen, und mittlerweile waren die Kleinen ziemlich unruhig. Ich nahm an, daß sie immer noch die gleichen Sorgen beschäftigten. Die Kleinen in meiner Expedition wußten wohl, was hier bei dir vorging, aber sie sagten mir kein Sterbenswort davon. Gestern morgen waren sie jedoch heiter und vergnügt. Ich wußte sofort, daß sich etwas getan hatte. Die Zwerge mußten wohl in der Nacht eine gute Nachricht erhalten haben. Jedenfalls waren sie so gut aufgelegt, daß sie mir den Grund dafür erzählten. Natürlich nicht so, wie du das eben getan hast. Aber unter dem Strich kam das Gleiche dabei heraus.«

Er kicherte.

»An diesem Morgen sammelten wir etwa hundert weitere Tlanusi ein und brachten sie dorthin, wo sie nach Ansicht der Rrrllya am wertvollsten und nützlichsten waren. Dann kehrten wir zurück zur Wallanlage, und hier bin ich.«

»Aha«, sagte ich etwas mißtrauisch, »und das ist alles, was du gesehen und erlebt hast?«

»Zumindest alles für heute«, sagte er. »Ich bin hundemüde und lege mich jetzt ins Bett. Du gehst zu Evalie, und wage es nicht, mich vor dem nächsten Morgen zu behelligen.«

Ich ließ ihn ziehen, nahm mir aber fest vor, morgen das aus ihm herauszubekommen, was er mir jetzt verschwiegen hatte; denn ich konnte mir kaum vorstellen, daß nur die Reise und die Egel für seinen Zustand verantwortlich waren.

Aber am nächsten Morgen hatte ich das vergessen.

Als ich erwachte, war Evalie nicht da, und das beunruhigte mich schon ungemein. Ich ging zu Jims Zelt, und er war auch nicht da. Die Kleinen waren schon längst ihren Geschäften nachgegangen; denn sie arbeiten nur bis zum Mittag, während sie an den Nachmittagen und Abenden spielen, tanzen und singen. Man erklärte mir, Evalie und Jim nähmen an einer Sitzung des Ältestenrats teil. Frustriert kehrte ich zum Zelt zurück.

Es dauerte nicht allzu lange, bis Evalie und Jim kamen. Das Gesicht meiner Frau war weiß, und sie wirkte verstört. Auch waren ihre Augen von Tränen rotgerändert. Und als Krönung des Ganzen war sie auch noch fuchsteufelswild. Jim gab sich alle Mühe, heiter zu wirken.

»Was ist denn los?« wollte ich wissen.

»Dir steht eine kleine Reise bevor«, sagte Jim. »Du wolltest doch immer schon einmal die Nansurbrücke sehen, nicht wahr?«

»Natürlich.«

»Bitte«, sagte Jim, »dort soll es auch hingehen. Du ziehst dir besser deine Reisekleidung an, und vergiß die Stiefel nicht. Wenn diese Reise genauso wird wie die, die ich gerade hinter mir habe, brauchst du sie dringend. Die Rrrllya können überall durchschlüpfen. Wir sind leider etwas anders gebaut.«

Ich sah die beiden verwirrt an. Selbstverständlich wollte ich die Nansurbrücke sehen, aber warum benahmen die beiden sich dann so sonderbar? Ich ging zu Evalie, schob mit zwei Fingern ihr Gesicht hoch und blickte sie an.

»Du hast geweint, Geliebte. Was war denn los?«
Sie schüttelte den Kopf, befreite sich von mir und schlüpfte in ihre Höhle. Dort öffnete sie eine Truhe und holte Meter um Meter feinen Seidenstoff heraus. Ich zog sie mit meinen starken Armen von der Truhe und hob sie hoch, bis ihre Augen auf gleicher Höhe mit meinen waren.
»Was war los, Schatz?«
Dann kam mir ein Gedanke, und ich stellte sie wieder auf die Füße.
»Wer hat den Vorschlag gemacht, zur Nansurbrücke zu gehen?«
»Die Kleinen ... der Ältestenrat ... Ich habe mich mit aller Kraft dagegen ausgesprochen ... Ich will nicht, daß du dorthin gehst ... Aber sie sagen, du mußt ...«
»Ich *muß*?« Der Gedanke, der mir gekommen war, wurde klarer. »Dann brauchst *du* doch nicht mitzugehen. Genausowenig wie Tsantawu. Außer ihr wollt mich unbedingt begleiten.«
»Soll einer es wagen, mich davon abzuhalten, mit dir zu gehen.« Sie stampfte sehr wütend mit dem Fuß auf.
Der Gedanke in meinem Kopf war jetzt glasklar wie ein Kristall. Allmählich irritierten mich die Rrrllya doch sehr. Ihr Mißtrauen begann, mir lästig zu werden. Ich hatte nun keinen Zweifel mehr daran, warum ich auf die Nansurbrücke sollte. Die Zwerge waren sich nicht ganz sicher, ob all ihre Zauberkraft, inklusive Evalie, genug bewirkt hatte. Nun stand die nächste Probe an: Ich sollte das Heim des Feindes sehen, während die Kleinen meine Reaktion darauf genauestens beobachten wollten. Nun ja, wenn sie es so haben wollten ... zumindest schien es mir nicht unfair zu sein. Vielleicht stand die Hexe auf der anderen Seite der Brücke. Vielleicht auch Tibur ... der Tibur, der seine Augen nicht von Evalie lassen konnte ... der Tibur, der mich ausgelacht hatte ...
Plötzlich war ich ganz wild darauf, die Nansurbrücke zu betreten.
Ich fing damit an, meine alten Sachen zusammenzusuchen und anzuziehen. Als ich die hohen Stiefel zuband, warf ich einen Seitenblick auf Evalie. Sie hatte sich das Haar zu einem Knoten hoch-

gesteckt und unter einer Kappe verborgen. Ihr ganzer Körper vom Hals bis zu den Knien war von einer Unzahl von Schleiern bedeckt, und gerade band sie sich hohe Sandalen um, die ihre Füße und Unterschenkel so vollständig bedeckten wie die Stiefel bei mir. Als sie meinen verwunderten Blick bemerkte, lächelte sie kurz.

»Ich möchte nicht Tiburs Blick auf mir spüren ... nicht heute!« erklärte sie.

Ich ging zu ihr hin und nahm sie in die Arme. Ihr Mund berührte den meinen, und sie gab mir einen Kuß, der meine Lippen zum Glühen brachte.

Als wir aus ihrer Höhle krochen, erwarteten uns bereits Jim und etwa fünfzig Kleine.

Wir überquerten die Ebene diagonal zur Felswand und marschierten in nördlicher Richtung direkt auf den Fluß zu. An einem der Wachtürme überschritten wir den Wall und bewegten uns dann auf dem schmalen kleinen Pfad weiter, der uns vor einigen Tagen ins Land des Kleinen Volks geführt hatte. Einer hinter dem anderen zogen wir durch Farndickichte. Keiner sprach ein Wort. Wir erreichten einen Wald aus kieferähnlichen Bäumen, durch den sich der Weg kaum mehr für uns begehbar wand. Eine Stunde oder länger mühten wir uns darauf ab, ohne auch nur eine kurze Rast einzulegen. Die Zwerge schienen nie müde zu werden. Ich sah auf meine Uhr. Vier Stunden waren wir nun unterwegs und hatten nach meiner Schätzung eine Entfernung zwischen fünfzehn und zwanzig Kilometer zurückgelegt. Nirgends hatte ich bisher ein Tier oder einen Vogel entdecken können.

Evalie schien tief in ihre Gedanken versunken zu sein, und Jim hatte sich wieder einmal der indianischen Schweigsamkeit hingegeben. Ich selbst hatte auch keine große Lust, mich mit jemandem zu unterhalten. Es war überhaupt eine sehr stille Reise. Nicht einmal die Zwerge plapperten oder zwitscherten, wie sie es sonst unaufhörlich zu tun pflegten. Wir gelangten an eine sprudelnde Quelle und stillten unseren Durst. Einer der Kleinen hängte sich eine zylindrische Trommel um und teilte irgendeine

Botschaft mit. Sie wurde von anderen Trommeln aus den unterschiedlichsten Richtungen beantwortet.
Wir setzten den beschwerlichen Weg fort. Die Kieferbäume standen nicht mehr so dicht. Hin und wieder konnte ich jetzt zwischen den Bäumen erste Blicke auf den weißen Fluß und den dichten Wald am anderen Ufer werfen. Dann endete der Baumbestand, und wir fanden uns auf einer felsigen Ebene wieder. Direkt vor uns war ein großer Felsvorsprung, an dessen Fuß das weiße Wasser floß. Der Vorsprung versperrte uns die Sicht auf das, was dahinter lag. Die Zwerge blieben stehen und sandten eine weitere Trommelbotschaft aus. Die Antwort, die sie erhielten, kam erstaunlicherweise ganz aus der Nähe. Dann tauchten an dem Felsen Speerspitzen auf. Denen folgte eine Gruppe Krieger, die uns mit ihren Blicken genauestens prüften. Endlich gaben sie ein Signal, und wir durften über die Felsebene weitermarschieren.
Auf der anderen Seite des Felsvorsprungs lag eine breite Straße, weit genug, um sechs Pferde darauf nebeneinander reiten zu lassen. Wir betraten sie, und der Weg führte uns nach oben. Dort angekommen sah ich endlich die Nansurbrücke und das befestigte Karak.
Vor tausenden oder hunderttausenden Jahren hatte sich hier ein mittelgroßer Berg vom Talboden erhoben. Nanbu, der weiße Fluß, hatte ihn fortgefressen. Nur ein diamantharter Felsstreifen war übriggeblieben.
Nanbu war bei seinem zerstörerischen Werk immer tiefer gelangt, hörte nie auf, den weicheren Stein wegzufressen. Tief unter uns strömte er jetzt, und über ihn spannte sich wie ein schwarzer Regenbogen die Brücke. Der gigantische Steinbogen erhob sich wie die festgehaltene Flugbahn eines Pfeils über einem gähnenden Abgrund.
Tief unten erstreckte sich auf jeder Seite ein Felsmassiv, wie die Brücke vom Nanbu aus dem Stein herausgemeißelt.
Das Massiv, an dessen Rand ich stand, wies einen flachen Kamm auf. Aber auf der anderen Flußseite hob sich aus dem Felsrücken ein gewaltiger, viereckiger Block aus dem gleichen schwarzen

Stein wie die Nansurbrücke. Er wirkte weniger auf dem Massiv erbaut als vielmehr daraus gehauen und bedeckte nach meiner Schätzung eine Fläche von knapp zwei Quadratkilometern. Sowohl viereckige als auch runde Türme erhoben sich davon, und ringsherum war eine feste Mauer errichtet worden.

Irgend etwas an dieser immensen, ebenholzschwarzen Festung erweckte in mir das gleiche Déjà-vu-Erlebnis, das ich damals gehabt hatte, als ich in die Ruinen der Oase in der Wüste Gobi geritten war. Andererseits erinnerte mich die Zitadelle an die Stadt Dis aus Dantes Höllensicht. Und wie ein Zobelmantel hing der Hauch uralter Zeiten über ihr.

Erst jetzt hemerkte ich, wo die Nansurbrücke gebrochen war. Zwischen dem Bogen, der sich von unserer Seite erhob, und dem, der von der anderen Seite emporstieg, erstreckte sich ein Loch, das so wirkte, als hätte hier jemand mit einem gewaltigen Hammer zugeschlagen und das Zentrum zertrümmert. Unwillkürlich mußte ich an Bifröst denken, die Brücke, über die die Walküren ritten und die Seelen der gefallenen Krieger nach Walhalla brachten. Und es kam mir wie eine große Blasphemie vor, diese einmalige Brücke Nansur zu zerstören; ebenso furchtbar, als hätte jemand Bifröst zerschmettert.

Um die Zitadelle gruppierten sich andere Gebäude. Hunderte von ihnen klebten an der Außenseite der Mauer. Häuser aus grauem und braunem Stein mit Gartenflächen, über hunderte von Metern. Und links und rechts von der Festung breiteten sich fruchtbare Felder und blühende Obstgärten aus. Eine breite Straße führte weit, sehr weit in die Ferne zu Klippen, die fast völlig hinter den grünen Nebelschleiern verborgen waren. Ich konnte es nicht so recht erkennen, glaubte aber, am Ende dieser Straße den schwarzen Schlund einer Höhlenöffnung auszumachen.

»Karak!« flüsterte Evalie. »Die Nansurbrücke! Und ... geliebter Leif ... mein Herz ist so schwer ... so ungeheuer schwer ...«

Ich hörte sie kaum, weil ich wie gebannt auf Karak sah. Verborgene Erinnerungen hatten sich in mir zu regen begonnen. Ich brachte sie zum Schweigen und legte die Arme um Evalie. Wir gingen weiter, und jetzt sah ich auch, warum Karak gerade hier erbaut worden war. Denn auf der anderen Flußseite beherrschte die Festung beide Enden des Tals, und wäre Nansur nicht zerstört worden, hätte es auch diesen Zugang kontrolliert.

Plötzlich fühlte ich das fieberhafte Verlangen, auf Nansur vorzustürmen und mir vom Rand unserer Hälfte aus Karak anzusehen. Die Gemächlichkeit der Zwerge trieb mich fast in den Wahnsinn. Ich preschte einfach los. Die Soldaten der Garnison umringten mich sofort, starrten zu mir hoch, flüsterten einander unentwegt etwas zu und beobachteten mich mit ihren kleinen gelben Augen.

Trommeln ertönten.

Ihnen antworteten von der Festung Fanfaren.

Ich marschierte immer rascher auf Nansur zu. Die Erregung in mir ließ sich kaum noch unterdrücken. Am liebsten wäre ich auf der Stelle losgerannt. Die Kleinen, die mir im Weg standen, schob ich unwirsch zur Seite.

Dann hörte ich Jims warnende Stimme: »Langsam, Leif, immer mit der Ruhe!«

Seine Worte drangen gar nicht bis zu meinem Bewußtsein durch. Ich trat hinaus auf Nansur. Nur am Rande nahm ich wahr, daß die Brücke sehr breit und an beiden Seiten von niedrigen Geländern geschützt war. Der Boden war geglättet, damit Pferde und Marschkolonnen sie ohne Mühe überqueren konnten. Und das, was der Fluß nicht an ihrer Ausführung geschafft hatte, war von menschlichen Händen zu Ende gebracht worden.

Ich erreichte die Lücke. Dreißig Meter unter mir rauschte das weiße Wasser im ewig gleichen Rhythmus. Keine Schlangen waren in ihm zu sehen, aber ein dicker roter Körper erhob sich schneckengleich und monströs aus den milchigen Wellen. Weitere rote Leiber folgten ihm und öffneten ihre weiten Mäuler. Die Blutegel der Zwerge hatten Posten bezogen.

Zwischen den Mauern der schwarzen Zitadelle und dem Anfang der Brücke breitete sich ein weiter Platz aus, auf dem sich aber niemand aufhielt. Eingelassen in die Burgmauer waren massive Bronzetore. Ich spürte ein eigenartiges Kribbeln in mir, und meine

Kehle war wie ausgedörrt. Ich vergaß Evalie. Ich vergaß Jim. Ich vergaß alles beim Betrachten dieser Tore.
Laut schmetterten die Fanfaren, dann knarrten eiserne Riegel, und die Tore schwangen auf. Ein Trupp Reiter preschte heraus, angeführt von einem Rappen und einem Schimmel. Sie galoppierten über den Platz, stiegen von ihren Pferden und marschierten zu Fuß auf ihre Brückenseite. Am Rand blieben sie stehen und sahen mich über die Lücke von fünfzehn Metern an.
Den Rappen hatte die Hexe geritten, und auf dem Schimmel hatte Tibur, der Schmied, gesessen. Ich sah die Hexe und ihre Gefolgsfrauen kaum, denn ich hatte nur Augen für Tibur.
Er war kleiner als ich, aber seine größere Körperkraft zeigte sich an den enormen Schultern und dem stämmigen Leib. Sein rotes Haar hing in glatten Strähnen bis zu den Schultern, und er trug einen roten Bart. Seine Augen waren blau mit einem Stich ins Violette. Lachfältchen breiteten sich in den Augenwinkeln aus. Auch sein breiter Mund mit den lockeren Lippen kündeten davon, daß er oft lachte. Aber das Lachen, das die Linien in Tiburs Gesicht gegraben hatte, zeugte nicht unbedingt von einem sonnigen Gemüt.
Tibur trug ein Kettenhemd. Von seiner linken Seite hing ein immenser Streithammer. Er musterte mich von Kopf bis Fuß. Seine Augen waren dabei wie schmale Schlitze. Wenn ich Tibur schon vorher unsympathisch gefunden hatte, so war das nichts gegen den Haß, den ich jetzt gegen ihn verspürte.
Mein Blick wanderte von ihm zur Hexe. Ihre kornblumenblauen Augen studierten mich aufmerksam, saugten mein Äußeres halb verwundert und halb amüsiert in sich auf. Auch sie trug ein Kettenhemd, über dem die langen roten Zöpfe lagen. Die Kriegerinnen, die hinter Lur und Tibur standen, nahm ich gar nicht erst wahr.
Tibur beugte sich vor.
»Willkommen . . . Dwayanu!« rief er höhnisch. »Was hat dich aus deinem Schlummerversteck geführt? Meine Herausforderung?«
»Dann warst du also der Hund, den ich gestern kläffen hörte?« rief

ich zurück. »Hai, du hast auf eine sichere Entfernung geachtet, roter Hund, bevor du mit deinem Geheul angefangen hast!«
Gelächter ertönte von den Kriegerinnen hinter der Hexe. Erst jetzt bemerkte ich, daß die Frauen genauso hellhäutig und rothaarig waren wie Lur. Aber auch zwei Männer waren darunter, beide größer als Tibur. Die Hexe sagte nichts, sondern studierte mit verwundertem Ausdruck in den Augen weiter mein Äußeres.
Tibur lief dunkelrot an. Einer der beiden Männer trat von hinten an ihn heran und flüsterte ihm etwas zu. Tibur nickte. Er stapfte bis an den äußersten Rand und rief:
»Bist du am Ende nach deinen vielen Reisen weich geworden, Dwayanu? Nach uralter Sitte ist es Brauch, das zu testen, bevor wir dich als großen Dwayanu anerkennen können. Also, paß auf ...«
Seine Hand fuhr an den Streithammer, und er schleuderte ihn auf mich.
Die Waffe sauste mit der Geschwindigkeit einer Gewehrkugel auf mich zu. Aber für meine Augen kroch sie träge wie ein völlig erschöpfter Hund. Ich bemerkte den Riemen, der den Hammer mit Tiburs Arm verband. Langsam spannte er sich beim Flug der Waffe straff ...
Kleine Türen öffneten sich in meinem Kopf ... der uralte Test ... *Hai!* Dieses Spiel kannte ich ... Ich wartete reglos, wie es die alte Prüfung vorschrieb ... Aber man hätte mir einen Schild geben müssen ... Das machte jetzt auch nichts mehr ... Wie langsam der riesige Hammer auf mich zukam ... Und es kam mir vor, daß meine Hand, die ich ausstreckte, um die Waffe abzufangen, ebenso langsam hochkam ...
Ich fing den Hammer. Er wog gut zwanzig Pfund, und ich fing ihn mit sicherem Griff und ohne Anstrengung an seinem Metallschaft. *Hai!* Gab es da nicht noch einen Trick? ... Weitere kleine Türen öffneten sich, diesmal schneller ... Und schon wußte ich den Trick wieder. Mit der anderen Hand griff ich den Riemen, der den Hammer mit Tiburs Arm verband, und riß heftig daran.
Das Lachen auf Tiburs Gesicht gefror. Er schwankte am Rand der

Brücke. Hinter mir hörte ich aufgeregtes Geschrei von den Zwergen ...
Die Hexe zuckte ein Messer und schnitt den Riemen durch. Sie riß Tibur vom Abgrund zurück. Zorn wuchs in mir. Auch das entsprach nicht den Regeln. Gemäß der alten Prüfung mußten Angreifer und Angegriffener allein bleiben, durfte kein Außenstehender sich einmischen ...
Ich wirbelte den Streithammer um meinen Kopf und schleuderte ihn auf Tibur zurück. Pfeifend schoß er durch die Luft, und das Riemenende flatterte ihm wild nach. Tibur warf sich zur Seite, war aber nicht behende genug. Der Hammer traf ihn an der Schulter. Er streifte ihn nur, aber mein Gegner ging zu Boden.
Und nun war *ich* an der Reihe, laut zu lachen.
Die Hexe trat einen Schritt vor. Ungläubigkeit verdrängte die Amüsiertheit in ihrem Blick. Nein, weder amüsiert noch spekulierend. Tibur rappelte sich wieder auf. Er stützte sich auf sein linkes Knie auf und starrte mich wütend an, und an seinen Lachfalten war nichts Fröhliches mehr.
Immer noch öffneten sich neue Türen in meinem Gehirn ... Sie glaubten auch nach dem Test nicht, daß ich der Dwayanu war ... *Hai!* Ich würde es ihnen beweisen. Langsam fuhr meine Hand unter das Hemd in den Brustbeutel und riß ihn auf. Zog den Ring Khalk'rus heraus ... Ich hielt ihn hoch in die Luft. Das grüne Licht glitzerte darauf. Der eingefaßte gelbe Stein schien größer zu werden. Der schwarze Oktopus breitete die Tentakel aus ...
»Bin ich Dwayanu? Seht das hier! Bin ich Dwayanu?«
Ich hörte, wie eine Frau aufschrie ... und ich erkannte ihre Stimme. Und dann rief mir ein Mann eindringlich etwas zu. Auch seine Stimme war mir alles andere als fremd. Die kleinen Türen schlossen sich rasch eine nach der anderen, und die Erinnerungen, die aus ihnen gekommen waren, flüchteten sich hinter sie zurück ...
Es war Evalie, die da immer noch schrie! Und es war Jim, der eindringlich auf mich einbrüllte! Was hatten die beiden bloß? Als ich mich umdrehte, hatte Evalie die Arme in den Himmel gereckt.

Unglaube, Entsetzen und Ekel strömten aus ihren braunen Augen, deren Blick an mir zu kleben schien. Reihe um Reihe rückten die Zwerge an, schützten Evalie und drängten mich fort von ihr. Ihre Speere und Pfeile waren auf mich gerichtet. Sie zischten wie ein Rudel goldfarbener Schlangen, und ihre Gesichter waren haßverzerrt. Aller Augen waren auf Khalk'rus Ring gerichtet, den ich immer noch hoch in der Luft hielt.

Und jetzt bemerkte ich auch verblüfft den Haß in den Zügen Evalies. Unbeschreiblicher Ekel quoll aus ihren Augen.

»Evalie! Schatz«, schrie ich und wollte auf sie zu ... Die Arme der Zwerge holten zum Speerwurf aus, und die Pfeile zitterten auf den Sehnen.

»Rühr dich nicht von der Stelle, Leif! Ich komme!« Jim sprang von hinten heran. Aber augenblicklich bildeten die Kleinen einen undurchdringlichen Kordon um mich. Er kam nicht durch. Ich sah verwundert, wie er schwankte und dann in einem Meer von goldfarbenen Leibern unterging.

»Evalie!« rief ich verzweifelt.

Der Ekel auf ihrem Gesicht verging und machte grenzenlosem Kummer Platz. Sie rief irgendeinen Befehl.

Etwa zwanzig Zwerge ließen Bogen und Speere fallen und rannten an ihr vorbei auf mich zu. Wie ein stumpfsinniger Ochse sah ich zu, wie sie immer näher kamen. Auch Sri war unter ihnen.

Sie bestürmten mich wie kleine, lebende Rammböcke. Ich wurde Stück um Stück zurückgestoßen. Mein Fuß glitt ins Leere ... Die Zwerge klammerten sich an meine Beine und bedrängten mich wie Jagdhunde. Ich stürzte über den Rand der Nansurbrücke.

DAS BUCH VON DER HEXE

I

Karak

Ich war so geistesgegenwärtig, die Hände hochzureißen, damit ich mit den Füßen zuerst nach unten fiel. Die Zwerge, die an meinen Beinen hingen, begünstigten dieses Vorhaben. Ich erreichte das Wasser und versank tief, sank immer tiefer. Man sagt, wenn man ertrinkt, läuft in wenigen Sekunden das ganze Leben vor dem geistigen Auge ab wie bei einem rückwärts laufenden Filmstreifen. Ich bin in dieser Hinsicht kein Experte, aber als ich damals immer tiefer im Nanbu versank, arbeitete mein Verstand bis zu dem Moment ungewohnt rasant, in dem ich wieder auftrauchte.

Als erstes wurde mir klar, daß Evalie befohlen hatte, mich von der Brücke zu stoßen. Diese Erkenntnis machte mich ungeheuer wütend. Warum hatte sie nicht noch einen Moment warten und mir die Chance geben könne, den Ring zu erklären! Sah so ihre angebliche Liebe aus? Dann dachte ich daran, wie oft sie mir diese Möglichkeit schon geboten hatte und daß ich sie nie genutzt hatte. Außerdem waren die Zwerge auf der Brücke ganz gewiß nicht in der Stimmung gewesen, mir eine Galgenfrist zu gewähren. Evalie hatte vielmehr ihre Speere und Pfeile zurückgehalten, um mir die Möglichkeit zu geben, um mein Leben zu rennen, auch wenn diese Chance nur sehr gering war. Endlich kam mir meine ungeheure Torheit zu Bewußtsein, just in jenem Moment den Ring zu zeigen. Ich konnte den Rrrllya wirklich keinen Vorwurf daraus machen, wenn sie mich für einen Diener Khalk'rus hielten. Und wieder sah ich den Ausdruck des gebrochenen Herzens auf Evalies Zügen. Mein Zorn schwand ebenso rasch, wie mein eigenes Herz brach.

Danach war ich zu akademischeren Überlegungen in der Lage. Tiburs Hammerprüfung erklärte doch eigentlich den alten Germanengott Thor und seinen Hammer Mjölnir, den Zerschmetterer,

der auch stets in seine Hand zurückkehrte, nachdem er ihn geworfen hatte. Wohl um die Geschichte mysteriöser und spannender zu machen, hatten die alten Skalden den Riemen einfach verschwiegen. Also war hier eine weitere Verbindung zwischen den Uiguren, den Ayjir und den Asen zu registrieren. Ich mußte das unbedingt mit Jim diskutieren. Und dann wurde mir bewußt, daß ich nicht einfach zu Jim zurückspazieren und mich mit ihm über dieses oder jenes interessante Thema unterhalten konnte, denn die Zwerge würden mich schon erwarten und mich zwischen die Blutegel zurücktreiben. Außerdem war ich mir nicht einmal sicher, ob ich es bis zu ihrer Seite des Flusses schaffen würde. Bei diesem Gedanken brach mir der kalte Schweiß aus; falls so etwas überhaupt bei einem Mann möglich ist, der unter Wasser treibt. Ich wollte lieber mein Leben durch die Speere der Rrrllya verlieren, sogar durch Tiburs Hammer, als von den Saugmäulern der Blutegel verschlungen zu werden.
In diesem Augenblick brach ich durch die Wasseroberfläche, trat einige Sekunden lang Wasser, wischte mir über die Augen und sah dann den rotglänzenden Rücken eines Blutegels, der auf mich zuglitt und kaum mehr als fünf Meter entfernt war. Ich warf einen verzweifelten Blick um mich. Die Strömung war ziemlich stark und hatte mich bereits etliche hundert Meter von der Brücke fortgetragen. Außerdem hatte sie mich immer näher an die Flußseite der Ayjir herangetrieben, die kaum noch hundertfünfzig Meter entfernt war. Ich sah mich noch einmal nach dem Blutegel um. Er beeilte sich nicht sonderlich, so als sei er seiner Beute schon sicher. Ich nahm mir vor, unter ihm wegzutauchen und das Ufer zu erreichen ... Wenn da nur nicht noch weitere Egel wären ...
Ich hörte einen hellen Ruf. Sri schoß an mir vorbei. Er hob einen Arm aus dem Wasser und zeigte auf Karak. Offensichtlich wollte er mir mitteilen, ich sollte um mein Leben schwimmen. Ich hatte ihn ganz vergessen und erinnerte mich nur noch an das kurze Zornesaufblitzen in seinen Augen, als er sich zu den anderen Angreifern gesellt hatte. Jetzt wurde mir klar, daß ich ihm in Gedanken unrecht getan hatte. Er steuerte direkt auf den Blutegel zu und gab

ihm einen Klaps auf das breite Maul. Das Tier rieb sich an ihm, wollte dem Kleinen offenbar seine Liebe zeigen. Ich hielt mich nicht damit auf, diesem Schauspiel zuzusehen, sondern schwamm so rasch, wie es meine Stiefel und meine Kleider zuließen, auf das rettende Ufer zu.

Das Schwimmen war nicht einfach, und erst recht nicht angenehm! Überall trieben sich die gleitenden roten Rücken herum. Ohne Zweifel hatte ich es nur Sri zu verdanken, daß ich ihnen nicht zum Opfer fiel. Er kämpfte sich durch die starke Strömung auf mich zu, umkreiste mich Runde um Runde und hielt mir so die Tlanu'si vom Leib.

Meine Füße berührten festen Grund, und ich kletterte über Felsen an Land. Sri rief mir einen letzten Gruß zu, dessen Worte ich allerdings nicht verstehen konnte. Da stand ich nun an Land, versuchte keuchend, wieder zu Atem zu kommen, und sah zu, wie er einem goldfarbenen fliegenden Fisch gleich durch das Wasser schoß und von einem halben Dutzend Blutegel eskortiert wurde.

Ich blickte hinauf zur Nansurbrücke. Der Rand auf der Seite der Rrrllya und das dazugehörige Geländer waren von Zwergen übersät. Die andere Seite war leer. Ich stand im Schatten des Walls um die schwarze Zitadelle. Die Mauer erhob sich unüberwindbar bis zu einer Höhe von dreißig Metern. Zwischen ihr und mir erstreckte sich ein großer Platz, der dem ähnelte, auf den vorhin Lur und Tibur nebst Gefolge aus den Bronzetoren geritten waren. Gedrungene, einstöckige Häuser umgaben den Platz, und davor standen ungezählte blühende Bäume. Hinter den einstöckigen Gebäuden standen prächtigere und größere Anwesen. Gar nicht weit von mir wurde auf einem nicht unbeträchtlichen Teil des Platzes ein Markt abgehalten.

Von den Häusern am Rand und vom Markt strömten einige hundert Menschen auf mich zu. Sie kamen rasch näher, gaben dabei aber keinen Ton von sich. Niemand rief einem anderen etwas zu, niemand gab ein Signal und niemand alarmierte die Wache. Aller Augen waren nur auf mich gerichtet. Ich suchte nach meiner Pistole und fluchte leise, als mir einfiel, daß ich sie schon seit Tagen nicht mehr getragen hatte. Aber etwas war plötzlich in meiner Hand ...

Der Ring Khalk'rus! Ich mußte ihn mir über den Daumen gestreift haben, als die Zwerge auf mich losstürmten. Nun denn, der Ring war ja schließlich für meine Ankunft auf dieser Seite des Flusses verantwortlich. Ganz sicher würde er seine Wirkung auf das Volk hier genausowenig verfehlen, wie er die beeindruckt hatte, die mich auf der anderen Seite der Brücke auf die Probe stellen wollten. Außerdem war der Ring das einzige, was ich hier einsetzen konnte. Ich drehte ihn, bis der Stein in meiner Hand verborgen war.

Sie waren jetzt nicht mehr weit von mir. Hauptsächlich Frauen und Mädchen in allen Altersgruppen drängten sich da heran. Sie alle trugen die gleiche Bekleidung, einen knielangen Kittel, der die rechte Brust freiließ. Ohne Ausnahme hatten sie rote Haare, blaue Augen, eine cremeweiße Haut und schlanke Nasen. Sie waren samt und sonders groß, muskulös und ebenmäßig gebaut. Die Frauen erinnerten mich an Wikingerinnen, die an den Strand eilten, um das einlaufende Drachenschiff zu begüßen. Die kleinen Mädchen sahen aus wie Engel. Ich sah mich nach Männern um. Es waren nicht viele, vielleicht gerade ein Dutzend in dieser Menge. Sie trugen ihr rotes Haar gestutzt, und nur die älteren hatten Bärte, während die jüngeren glattrasiert waren. Die Männer waren etliche Zentimeter kleiner als die Frauen. Aber auch die weiblichen Ayjir überragte ich noch um Haupteslänge. Keiner in der Menge trug eine Waffe.

Einige Meter vor mir blieben sie stehen und starrten mich schweigend an. Ihre Blicke fuhren über meinen Körper, und als sie das gelbe Haar erreicht hatten, blieben sie dort haften.

Am hinteren Rand der Menge entstand Unruhe. Dort schob sich ein Dutzend Frauen durch, offensichtlich mit dem Ziel, zu mir zu gelangen. Sie trugen kurze Röcke und Gürtel, an denen Kurzschwerter hingen. In den Händen hielten sie Spieße, und im Gegensatz zu den anderen Frauen waren ihre Brüste bedeckt. Sie um-

ringten mich und kamen mir mit ihren Spießspitzen so nah, daß sie mich fast gestochen hätten.
Die blauen Augen der Anführerin sahen mich streng an. Sie ähnelten mehr denen eines Soldaten als denen einer Frau.
»Seht da, der gelbhaarige Fremde! Luka ist uns heute wohlgesonnen!«
Die Soldatin neben ihr beugte sich zu ihr und flüsterte, aber ich konnte ihre Worte verstehen.
»Tibur gibt uns sicher mehr für ihn als Lur.«
Die Anführerin schüttelte den Kopf.
»Zu gefährlich. Von Lurs Belohnung haben wir länger etwas.«
Sie sah mich frech und offen an.
»Eine Schande, so einen Mann zu vergeuden.«
»Lur weiß sicher etwas Besseres mit ihm anzufangen«, bemerkte die Soldatin zynisch.
Die Anführerin stieß mich mit ihrem Spieß und zeigte auf die Festungsmauer.
»Auf gehts, Gelbhaar«, sagte sie. »Wie bedauerlich, daß du mich nicht verstehen kannst. Sonst würde ich dir vielleicht etwas erzählen, das dir nützen könnte; natürlich nur zu einem gewissen Preis.«
Sie lächelte und stieß mich ein zweitesmal an. Ich hatte große Lust, zurückzugrinsen, denn sie erinnerte mich zu sehr an einen Sergeanten, einen besonders harten Burschen, mit dem ich im Weltkrieg gekämpft hatte. Doch statt dessen sagte ich zu ihr:
»Hol sofort Lur mit einer mir zustehenden Eskorte her, du Weib, deren Zunge es mit jedem Trommelstock aufnehmen kann.«
Sie starrte mich mit offenem Mund an, und der Spieß entglitt ihrer Hand. Obwohl wegen meiner Ankunft Alarm gegeben worden war, hatte man den Soldatinnen wohl nicht mitgeteilt, daß ich des Uigurischen mächtig war.
»Hole auf der Stelle Lur«, fuhr ich sie an, »sonst, bei Khalk'-ru . . .«
Statt den Satz zu Ende zu führen, drehte ich den Ring nach außen und hielt ihn hoch.

Die Menge keuchte erschrocken. Alle fielen auf die Knie und senkten die Köpfe. Das Gesicht der Anführerin wurde kalkweiß, und sie und ihre Untergebenen warfen sich vor mir zu Boden. Dann knirschten schwere Riegel. Ein gewaltiger Block im Wall schob sich zurück.

Aus dieser Öffnung ritten, so als sei mein Befehl befolgt worden, die Hexe und Tibur. Der Trupp, der schon mit ihnen auf der Brücke gestanden hatte, folgte ihnen.

Sie blieben stehen, als sie die kniende Menge sahen. Dann gab Tibur seinem Pferd die Sporen. Die Hexe faßte ihn am Arm und hielt ihn zurück. Sie sprachen miteinander. Die Anführerin vor mir preßte ihr Gesicht auf meinen Fuß.

»Laßt uns bitte aufstehen, Herr«, bat sie. Ich nickte, und sie erhob sich mit den anderen Soldatinnen. Wieder umringten sie mich. Ich las Furcht in den Augen der Anführerin, und auch Flehen. Ich lächelte sie an.

»Keine Angst, ich habe nichts gehört«, flüsterte ich ihr zu.

»Dann will Dara von nun an deine treue Freundin sein«, murmelte sie. »Bei Luka, sie hätten uns für diese Worte bei lebendigem Leib gekocht.«

»Ich habe nichts gehört«, versicherte ich ihr noch einmal.

»Einen Gefallen für einen Gefallen«, sagte sie leise. »Laß Tiburs Linke nicht aus den Augen, falls du gegen ihn antreten mußt.«

Der Reitertrupp um Lur und den Schmied setzte sich wieder in Bewegung und kam gemächlich auf mich zu. Bald konnte ich sehen, wie finster Tiburs Gesicht war und daß er seinen Zorn nur mühsam unterdrücken konnte. Am Rand der Menge angekommen zügelte er sein Pferd. Er bedachte sie mit einem wütenden Blick, und einen Moment lang fürchtete ich schon, er wollte sie niederreiten.

»Auf, ihr Pack!« brüllte er. »Seit wann fällt Karak vor jemand anderem als seinen Herrschern auf die Knie?«

Sie erhoben sich und drängten sich ängstlich aneinander, als die Reiter vorrückten. Ich sah zu der Hexe und zum Schmied.

Tibur sah mich verärgert an und hielt die Linke an seinen Hammer. Die beiden Männer in seiner Begleitung stellten sich zu meinen Seiten auf und hielten Langschwerter in der Hand. Die Hexe sagte nichts, sondern studierte mich wieder intensiv, aber diesmal war eine zynische Unpersönlichkeit in ihrem Blick, die mir nicht gefiel. Ohne Zweifel wußte sie noch immer nicht so recht, was sie von mir halten sollte, und wartete wohl auf ein Wort oder eine Geste von mir, um zu einem Schluß zu kommen. Mir war nicht wohl in meiner Haut. Wenn es zu einem Kampf kommen sollte, hatte ich wenig Chancen gegen drei berittene Männer, von den Reiterinnen ganz zu schweigen. Ich hatte das Gefühl, daß die Hexe mich zumindest hier noch nicht sterben sehen wollte, aber vielleicht konnte sie mir nicht rechtzeitig Beistand gewähren, wenn die Männer sich nicht mehr zurückhalten konnten. Davon abgesehen hatte ich auch nicht das geringste Interesse daran, zusammengeschlagen, gebunden und als Gefangener nach Karak gebracht zu werden.

Flammender und unerklärlicher Zorn machte sich in mir breit über die Leute, die es wagten, sich *mir* in den Weg zu stellen, *mich* von dem zurückzuhalten, was ich zu tun hatte ... Starke Arroganz wuchs in mir, und die geheimnisvollen Erinnerungen regten sich wieder in mir, die mich verfolgt hatten, seit ich den Ring Khalk'rus am Daumen trug.

Diese Erinnerungen hatten mir zumindest auf Nansur geholfen, als Tibur den Hammer auf mich geschleudert hatte ... Und was hatte Jim damals gesagt? ... Ich sollte Dwayanu übernehmen lassen, wenn ich mit der Hexe zu tun bekäme ... Nun, bitte, sollte er doch ... Offensichtlich blieb mir nur diese Möglichkeit ... der harte Weg ... *der alte Weg* ...

Mir kam es plötzlich so vor, als hörte ich meine eigenen Worte in den Ohren.

Ich öffnete den Erinnerungen – oder Dwayanu – meinen Geist.

Ein Prickeln überzog mein Gehirn, und dem folgte so etwas wie eine mächtige Woge auf den Teil des Bewußtseins zu, das Leif Langdon gehörte. Es gelang mir, diese Woge zurückzuhalten, bevor sie mich ganz überschwemmt hatte. Statt dessen zog ich mich

zurück, aber langsam und nicht sehr weit. Gerade so weit, daß von der Woge keine unmittelbare Gefahr mehr ausging.
Ich schob die Soldatinnen beiseite und trat auf Tibur zu. Etwas von dem Wandel in mir mußte sich auf meinem Gesicht abgezeichnet haben. Zweifel trat in den Blick der Hexe. Tiburs Hand zog sich vom Hammer zurück. Ich sprach, und meine grollende Stimme klang mir fremd in den Ohren.
»Wo ist mein Pferd? Wo sind meine Waffen? Wo sind meine Standarte und meine Eskorte? Warum schweigen die Trommeln und die Fanfaren? Begrüßt man so Dwayanu, wenn er sich einer Stadt der Ayjir nähert?«
Die Hexe setzte zur Antwort an. Hohn schwang in ihrer klaren, an dunkle Glocken erinnernden Stimme mit. Ich spürte, daß die Macht, wie immer sie auch ausgesehen haben mochte, die ich bislang über sie gehabt hatte, mir soeben entglitten war. »Halt deine Hand zurück, Tibur! Ich werde zu ihm sprechen ... zu Dwayanu. Und Ihr – falls Ihr wirklich Dwayanu seid – könnt uns nur schwerlich einen Vorwurf machen. Es ist schon sehr lange her, daß Menschenaugen Euch sahen. Und nie zeigtet Ihr Euch in diesem Land. Woher sollten wir also wissen, daß Ihr kamt? Und als wir Euch zum erstenmal erblickten, haben die kleinen gelben Hunde Euch von uns fort geführt. Und beim nächstenmal haben sie Euch zu uns abgeschoben. Wenn wir Euch nicht so empfangen haben, wie es Dwayanu von einer Stadt der Ayjir erwarten darf, so gebe ich zu bedenken, daß Dwayanu noch nie zuvor eine Stadt der Ayjir aufgesucht hat.«
Nun ja, da hatte sie nicht ganz unrecht. Die Argumente der Hexe waren sehr einleuchtend und bewundernswert vernünftig gewesen. Der Teil in mir, der noch Leif Langdon war und sich mehr oder weniger verzweifelt darum bemühte, die Kontrolle über unseren Körper und Geist zu behalten, erkannte Lurs Worte durchaus an. Aber dennoch wuchs der unerklärliche Ärger in mir. Ich hielt den Ring Khalk'rus hoch.
»Ihr mögt Dwayanu nicht sofort erkannt haben. Aber ganz sicher erkennt ihr das sofort!«

»Ich weiß, daß Ihr diesen Ring besitzt«, sagte sie etwas zu gelassen für meinen Geschmack. »Aber wir wissen nicht, wie Ihr an dieses Stück gelangt seid. Daß Ihr ihn in der Hand haltet, besagt für sich genommen gar nichts.«
Tibur beugte sich grinsend vor.
»Verratet uns doch, wo Ihr herkommt? Seid Ihr am Ende gar ein Wechselbalg aus Sirk?«
Gemurmel erhob sich aus der Menge. Die Hexe runzelte die Stirn. Ich hörte, wie sie dem Schmied zuraunte:
»Deine größte Stärke war nie dein Kopf, Tibur.«
Ich besaß die Größe, ihn dennoch mit einer Antwort zu bedenken.
»Ich komme aus dem Mutterland der Ayjir«, erklärte ich. »Aus dem Land, daß deine jämmerlichen Vorfahren ausgespuckt hat, rote Kröte!«
Ich warf der Hexe einen Seitenblick zu. Das hatte gesessen, zumindest bei ihr. Ihr Körper wurde stocksteif, ihre blauen Augen waren groß und dunkel, und ihr Mund stand auf. Und ihre Soldatinnen steckten die Köpfe zusammen und flüsterten sich etwas zu, während das Gemurmel aus der Menge immer lauter wurde.
»Ihr lügt!« brüllte Tibur. »Es gibt kein Leben im Mutterland. Nirgendwo existiert noch Leben, bis auf diesen Ort hier. Khalk'ru hat alles Leben von der Erde gesaugt und nur diesen Ort übriggelassen. Ihr seid ein großer Lügner!«
Seine Linke fuhr an den Hammer.
Und dann sah ich rot. Die ganze Welt versank in einem roten Nebel. Das Pferd, das mir am nächsten stand, war ein edles Tier. Ich hatte es die ganze Zeit über beobachtet. Ein Rotschimmel, stark wie der Rappe, der mich in der Oase in der Wüste Gobi getragen hatte. Ich streckte eine Hand aus, griff nach seinem Kopf und zog ihn bis zu meinen Knien hinab. Völlig überrascht rutschte der Reiter vom Rücken überschlug sich und lag zu meinen Füßen. Aber er stand sofort wieder auf den Beinen und bedrohte mich mit seinem Langschwert. Ich fiel ihm in den Arm, bevor er ausholen konnte, und versetzte ihm mit der Linken einen Hieb. Krachend traf ich

seinen Unterkiefer. Sein Kopf flog zurück, und er sank zu Boden. Ich fing sein Schwert auf und schwang mich auf den Rücken des Rotschimmels. Bevor Tibur sich noch regen konnte, hielt ich ihm bereits die Schwertspitze an die Kehle.

»Haltet ein! Ich bitte Euch, Dwayanu, haltet ein!«

Es war die Stimme der Hexe, leise, fast flüsternd.

Ich lachte und schob die Schwertspitze noch ein Stück in Tiburs Kehle.

»Bin ich Dwayanu ... oder ein Wechselbalg aus Sirk?«

»Ihr seid ... Dwayanu!« ächzte er.

Wieder lachte ich.

»Ich bin Dwayanu! Dann führe mich nach Karak, Tibur, um Buße für deine Anmaßung zu leisten!«

Ich zog das Schwert von seiner Kehle.

Ja, ich zog es zurück ... Doch bei allen verschiedenen wahnsinnigen Göttern, die in jenem Moment in meinem wahnsinnigen Verstand saßen, hätte ich es ihm damals doch nur in die Kehle gestoßen!

Aber ich tat es nicht und verpaßte so eine günstige Gelegenheit.

Ich wandte mich an die Hexe.

»Ihr reitet zu meiner Rechten, Lur. Tibur soll vor uns sein Pferd lenken.«

Der Mann, den ich niedergeschlagen hatte, kam schwankend wieder hoch. Die Hexe gab einer ihrer Frauen einen Befehl. Die Soldatin glitt von ihrem Pferd und half mit dem anderen Mann dem Niedergeschlagenen auf ihr Roß.

Wir ritten über den breiten Platz, und Tibur, der Schmied, führte uns durch die Wallöffnung in die schwarze Zitadelle.

II

In der schwarzen Zitadelle

Die gewaltigen Eisenriegel schlossen sich krachend hinter uns. Der Gang durch die Mauer war lang und breit. Zu beiden Seiten standen Bewaffnete, meistenteils Frauen. Sie starrten mich an, aber ihre Disziplin war gut, denn kein einziger Ausruf kam ihnen über die Lippen. Sie salutierten mit erhobenen Schwertern.
Aus dem Mauergang gelangten wir auf einen riesigen Hof, den ringsum der schwarze Stein der Zitadelle umgab. Er war mit Steinen gepflastert, und mindestens ein halbes Tausend Soldaten hielten sich auf ihm auf. Wieder waren ganz überwiegend Frauen darunter, eine wie die andere muskulös, blauäugig und rothaarig. Der Hof bildete ein Karree mit einem Durchmesser von etwa fünfhundert Metern. Am anderen Ende stand eine Reitergruppe. Die Tiere waren von ebenso vornehmem Geblüt wie die, auf denen wir ritten. Sie standen an einem Portal, auf das wir zutrabten.
Nach etwa einem Drittel des Wegs kamen wir an einer kreisrunden Grube vorbei, die etwa dreißig Meter breit war, in der Wasser kochte und aus der weißer Dampf hochstieg. Ich hielt sie für eine heiße Quelle. Sie wurde von schlanken Säulen umgeben, und aus jeder ragte ein Arm wie bei einem Galgen, von dessen Ende Ketten hingen. Ein rätselhafter, dunkler und unerfreulicher Ort. Mir gefiel er ganz und gar nicht. Man mußte mir den Widerwillen angesehen haben, denn plötzlich sagte Tibur zu mir:
»Unser Kochtopf.«
»Ist aber nicht einfach, da die Brühe auszuschöpfen«, antwortete ich, weil ich seine Worte für eine Art Scherz hielt.
»Na ja, das Fleisch, das wir dort kochen, ist auch nicht zum Essen bestimmt«, sagte er gleichgültig, bevor er in brüllendes Gelächter ausbrach.

Mir wurde etwas übel, als ich den Sinn seiner Worte begriff. Gequältes Menschenfleisch hing wohl an den Ketten, die die Opfer langsam in diesen Teufelstopf hinabließen. Ich nahm mich zusammen und nickte nur.
Die Hexe hatte nicht auf uns geachtet. Sie hielt den roten Kopf gesenkt, so als sei sie tief in Gedanken versunken. Doch hin und wieder ertappte ich sie dabei, wie sie mir einen heimlichen Blick zuwarf. Wir erreichten das Portal. Lur gab denen, die dort standen – etwa zwanzig Frauen und ein halbes Dutzend Männer – einen Befehl, und sie stiegen von ihren Pferden. Die Hexe beugte sich zu mir und flüsterte:
»Dreh den Ring nach innen.«
Ich gehorchte ihr, ohne eine Frage zu stellen.
Als wir vor dem Portal standen, betrachtete ich die Wächter. Die Frauen trugen das Wams, das die Brust freiließ. Ihre Beine waren von weiten, an den Fußgelenken zugebundenen Hosen bedeckt. Alle hatten einen breiten Gürtel umgebunden, an dem zwei Schwerter hingen, ein kurzes und ein langes. Die Männer hingegen hatten weite Hemden und die gleichen Hosen an. An ihren Gürteln hingen neben den Schwertern Hämmer wie der von Tibur, nur etwas kleiner. Die Soldatinnen, die mich umringt hatten, nachdem ich aus dem Nandu gestiegen war, waren schon nicht unansehnlich gewesen, doch diese hier übertrafen sie deutlich an Attraktivität: sie hatten feinere Züge und entstammten eindeutig einer edleren Abstammung. Sie sahen mich ebenso offen wie bewundernd an. Wie bei der Anführerin auf dem Platz faszinierte sie am meisten mein gelbes Haar. Aber in ihren Gesichtern war ein Zug von Grausamkeit, wie er latent auch am lieblichen Mund von Lur zu erkennen war.
»Hier steigen wir ab«, sagte die Hexe, »und gehen dorthin, wo ... wo wir uns in etwas mehr Ruhe unterhalten können.«
Ich nickte genauso gleichgültig wie vorhin. Allmählich nährte sich in mir der Verdacht, daß es nicht sehr intelligent von mir gewesen war, mich unter die Ayjir zu mischen. Wo hätte ich sonst hin sollen? Als einzige Alternative blieb Sirk, und ich wußte nicht, wo

diese Stadt stand. Und wenn ich danach gesucht hätte, hätte man mich sowohl auf dieser wie auf jener Seite des Nanbu als Vogelfreien gejagt. Der Teil von mir, der noch Leif Langdon war, stellte diese Überlegungen an. Der Dwayanu-Teil hingegen hatte ganz anderes im Sinn. Er schürte das Feuer der Tollkühnheit und der Arroganz, die uns bislang so sicher bis hierher geführt hatten. Dwayanu flüsterte mir in Gedanken zu, daß keiner unter den Ayjir das Recht habe, mir Fragen zu stellen oder meinen Weg zu blockieren; ärgerlich beharrte er darauf, daß es uns zugestanden hätte, mit wehenden Bannern, donnernden Trommeln und grellen Fanfarenstößen empfangen zu werden. Der Leif-Teil antwortete ihm, daß uns gar nichts anderes übrigblieb, als so weiterzumachen wie bisher, daß wir das Spiel mitmachen mußten, daß wir uns den Vorstellungen dieser Leute anzupassen hatten, daß es keine andere Möglichkeit gab. Aber der andere Teil – seien es nun uralte Erinnerungen, sei es der wiedererwachte Dwayanu oder seien es die posthypnotischen Befehle des alten uigurischen Hohepriesters – wollte ungeduldig wissen, warum ich mir solche Fragen stellte, und bestand darauf, daß wir es nicht nötig hätten, uns auf Spielchen einzulassen. Wir brauchten uns keine weiteren Unverschämtheiten von diesen degenerierten Hunden mehr gefallen zu lassen.

Also sprang ich vom Pferd und stellte mich breitbeinig und arrogant hin. Ich sah im wahrsten Sinn des Wortes auf die anderen hinab, denn selbst die Größten unter ihnen waren mindestens zehn Zentimeter kleiner als ich. Lur berührte mich am Arm. Geleitet von ihr und Tibur marschierte ich durch das Portal in die schwarze Festung.

Wir kamen durch eine große Vorhalle, die trübe vom Tageslicht beleuchtet wurde, das durch Schlitze hoch in den Wänden hereinfiel. Immer wieder salutierten Wachsoldatinnen vor uns. Wir kreuzten unzählige Quergänge und gelangten endlich an eine bewachte Tür. Hier entließen Tibur und Lur ihre Eskorten. Die Tür glitt langsam auf. Als wir über die Schwelle getreten waren, schloß sie sich hinter uns wieder.

Als allererstes sah ich den Kraken.
Er bedeckte die ganze Wand des Raums, in den wir gekommen waren. Mein Herz machte einen Satz, als ich ihn erblickte, und kurz hatte ich den unbezähmbaren Drang, auf der Stelle kehrtzumachen und davonzulaufen. Erst dann sah ich, daß dieser Krake ein Mosaik war. Besser gesagt, der schwarze Oktopus war aus dem Stein geschnitzt, und rings um ihn herum hatte man ein gelbes Mosaik angelegt. Seine unergründlichen Augen starrten mich mit lauernder Boshaftigkeit an. Ich war jetzt erstaunt darüber, wie perfekt die Zwerge ihre festgenagelte Krakendarstellung gearbeitet hatten.
Etwas regte sich unter dem Okopus. Ein Gesicht sah mich aus einer schwarzen Kapuze an. Zuerst dachte ich, der alte Hohepriester aus der Wüste Gobi stünde dort, aber dann fiel mir auf, daß der Mann hier noch nicht so alt war, daß er blaue Augen hatte und daß sich auf seinem Gesicht nicht so viele Falten zeigten. Seine Züge waren kalt, weiß und ausdruckslos, so als hätte sie jemand aus Marmor gemeißelt. Dann erinnerte ich mich an etwas, das Evalie mir erzählt hatte, und wußte, daß ich hier Yodin den Hohepriester vor mir hatte. Er saß auf einem thronartigen Stuhl hinter einem langen, niedrigen Tisch, auf dem etliche Rollen, die an antiken ägyptischen Papyrus erinnerten, und Zylinder aus einem roten Metall lagen, die ich für die Behälter der Rollen hielt. Links und rechts von ihm standen jeweils ein weiterer dieser Thronartigen Stühle.
Der Alte hob eine dünne weiße Hand und winkte mir damit zu.
»Kommt zu mir, Ihr, der Ihr Euch Dwayanu nennt.«
Seine Stimme war kalt und leidenschaftslos wie das Gesicht, aber seine Worte klangen nicht unfreundlich. Ich glaubte, den Alten aus der Wüste zu hören. Gemächlich begab ich mich zu ihm und schritt wie jemand, der einem Rangniedrigeren einen Gefallen tun will, als einem Höherstehenden zu gehorchen. Und genauso fühlte ich mich auch. Er mußte meine Gedanken erraten haben, denn kurz huschte der Schatten von Ärger über sein Gesicht. Seine Blicke suchten mich ab.

»Ihr habt einen bestimmten Ring, wie man mir sagte.«
Mit dem gleichen Gefühl, aus einer Laune heraus, einem anderen einen Gefallen zu tun, drehte ich den Ring an meinem Daumen und zeigte ihm den Stein. Yodin besah sich den Ring, und die kühle Starre auf seinem Geschicht schmolz. Er schob eine Hand in seinen Gürtel und zog dort ein Kästlein heraus. Dem entnahm er einen zweiten Ring und hielt ihn neben meinen. Sein Stück war kleiner, und auch die Fassung war etwas anders. Er legte die beiden Ringe vor sich auf den Tisch und studierte sie. Dann atmete er raschelnd ein, griff meine Hände, drehte die Handflächen nach oben und betrachtete sie sorgfältig. Endlich ließ er meine Hände wieder los und fiel auf seinem Thron zurück.
»Warum seid Ihr zu uns gekommen?« fragte er.
Ich wurde noch gereizter.
»Läßt man hier Dwayanu stehen, um ihn wie einen gewöhnlichen Boten zu befragen?« sagte ich barsch.
Ich trat um den Tisch herum und setzte mich in einen der Stühle neben ihm.
»Laßt Wein bringen, denn ich bin durstig. Und so lange ich den nicht gestillt habe, werde ich keine einzige Frage beantworten.«
Kurz rötete sich das marmorweiße Gesicht. Ich hörte, wie Tibur knurrte. Wütend starrte er mich an. Die Hexe stand neben ihm und ließ mich nicht aus den Augen. Aber jetzt war kein Spott mehr in ihrem Blick; vielmehr hatte sich das spekulative Interesse intensiviert. Plötzlich wurde mir klar, daß ich mich auf Tiburs Thron niedergelassen hatte. Ich lachte laut.
»Seid auf der Hut, Tibur«, rief ich, »vielleicht ist das ein Omen!«
Der Hohepriester versuchte, die Wogen zu glätten.
»Wenn er tatsächlich Dwayanu ist, kann keine Ehre zu groß für ihn sein. Seht zu, daß Wein gebracht wird.«
Der Schmied sah Yodin an, als hätte er nicht recht verstanden. Die Hexe schien das ähnlich zu sehen, denn sie sagte rasch:
»Ich kümmere mich darum.«
Sie ging zur Tür, öffnete sie und rief dem Wachtposten einen Be-

fehl zu. Sie wartete, und während sie dort stand, sprach keiner von uns ein Wort. Vieles ging mir im Kopf herum. Zum Beispiel hatte mir der Blick nicht gefallen, den Tibur und Yodin ausgetauscht hatten. Lur mochte ich für den Augenblick trauen können, dennoch würde ich von ihr verlangen, zuerst zu trinken, wenn der Wein da war. Und ich sagte mir, daß ich ihnen nur wenig davon erzählen wollte, wie ich ins Schattenland gelangt war. Dann mußte ich an Jim denken ... und an Evalie. Besonders der Gedanke an sie schmerzte mein Herz sehr, und ich empfand die Trennung von ihr wie einen Alptraum. Doch dann meldete sich wieder finsterer, wilder Zweifel vom anderen Teil in mir zu Wort. Und ich spürte wie er gegen die Fesseln ankämpfte, die ich ihm angelegt hatte. Endlich kam der Wein.

Die Hexe brachte die Kanne und die Kelche zum Tisch und setzte sie vor mir ab. Sie goß gelben Wein in meinen Kelch und reichte ihn mir. Ich lächelte sie an.

»Der Mundschenk trinkt stets als erster«, sagte ich. »So war das jedenfalls in den alten Tagen, Lur. Und die alten Sitten und Gebräuche sind mir sehr teuer.«

Tibur nagte an seiner Unterlippe und zog an seinem Bart. Lur nahm den Kelch und leerte ihn mit einem Zug. Ich füllte nach und hob das Gefäß zu Tibur. Ich hatte das boshafte Bedürfnis, ihn herauszufordern.

»Wärt Ihr der Mundschenk gewesen, Tibur, hättet Ihr diese ehrenvolle Pflicht auf Euch nehmen dürfen«, erklärte ich ihm und trank.

Der Wein war gut. Er prickelte durch meinen ganzen Körper. Ich spürte Tollkühnheit und Beschwingtheit wie von einem Katapult geschnellt in mir hochsteigen. Den Kelch füllte ich ein weiteres Mal und leerte ihn in einem Zug.

»Kommt, Lur, und setzt Euch zu uns«, rief ich. »Tibur, Ihr dürft auch kommen.«

Die Hexe besetzte schweigend den dritten Thron. Tibur beobachtete mich, und ich bemerkte einen neuen Zug in seinen Augen. Die gleiche spekulative Überlegenheit stand darin, die mir schon bei

Lur aufgefallen war. Der Priester schien mit seinen Gedanken weit fort zu sein. Mir kam es vor, als würde jeder der drei auf seine Weise mein unerwartetes Erscheinen interpretieren. Nur Tibur wurde allmählich etwas unsicher. Als er mir antwortete, hatte seine Stimme alle Unversöhnlichkeit verloren.
»Also gut ... Dwayanu«, sagte er. Er hob eine Bank hoch, trug sie an den Tisch und stellte sie dort ab, wo er unsere Gesichter beobachten konnte.
»Jetzt will ich Eure Frage beantworten«, erklärte ich Yodin. »Ich bin hierher gekommen, weil Khalk'ru mich gerufen hat.«
»Wie sonderbar«, sagte der Alte, »daß ich, der ich doch der Hohepriester Khalk'rus bin, nichts von diesem Ruf vernommen habe.«
»Die Gründe dafür sind mir nicht bekannt«, sagte ich gelassen. »Fragt doch den danach, dem Ihr treu dient.«
Er dachte darüber nach.
»Dwayanu lebte vor langer, langer Zeit«, sagte er. »Noch vor ...«
»Noch vor dem Sakrileg, das ist richtig.« Ich trank einen Schluck Wein. »Und dennoch bin ich hier.«
Zum erstenmal verlor seine Stimme ihre Festigkeit.
»Ihr ... Ihr wißt von dem Sakrileg!« Seine Finger umklammerten mein Handgelenk. »Mann – wer auch immer Ihr sein mögt –, von woher seid Ihr gekommen?«
»Ich komme aus dem Mutterland«, antwortete ich.
Seine Finger verkrallten sich in meinem Fleisch.
»Das Mutterland ist tot. Khalk'ru hat in seinem Zorn alles Leben zerstört. Nirgendwo gibt es noch Leben, bis auf diesen Ort, wo Khalk'ru die Gebete seiner Diener hört und ihnen Schutz gewährt.«
Yodin glaubte selbst nicht, was er sagte. Ich bemerkte das an dem kurzen Seitenblick, den er der Hexe und dem Schmied zuwarf. Auch die beiden glaubten nicht daran.
»Das Mutterland ist nicht mehr als gebleichte Gebeine«, sagte ich. »Seine Städte liegen unter Sanddünen verborgen. Seine Flüsse sind trocken, und nur noch Sand fließt in ihnen, angetrieben von

rauhen Winden. Aber es gibt immer noch Leben im Mutterland. Obwohl das Blut dünner geworden ist, fließt es immer noch. Und wie eh und je wird Khalk'ru verehrt und gefürchtet. So habe ich es an dem Ort erlebt, aus dem ich gekommen bin. Und auch in anderen Ländern auf der Erde gedeiht Leben, so wie es immer war, und wie es immer sein wird.«

Ich goß Wein in meinen Kelch. Der Wein war ausgezeichnet. Unter seinem Einfluß spürte ich, wie meine Tollkühnheit wuchs ... Unter seinem Einfluß wurde Dwayanu stärker ... Nun, ich befand mich ja auch in einer außergewöhnlichen Lage, da war mir jede Hilfe teuer ...

»Zeigt mir den Ort, von dem Ihr gekommen seid«, sagte der Hohepriester hastig. Er reichte mir eine Wachstafel und einen Griffel. Ich ritzte die Küstenlinien von Nordasien und Alaska ein und deutete die ungefähre Lage der Wüste Gobi, der Oase und des Schattenlands an.

Tibur stand auf, um sich meine grobe Karte anzusehen. Auch Lur und Yodin beugten ihre Köpfe darüber. Dann kramte der Hohepriester zwischen den Papyrusrollen herum, hob eine hoch und verglich sie mit meiner Wachstafel. Die Zeichnung auf der Rolle sah aus wie eine Landkarte, aber wenn sie das tatsächlich war, hatte man die nördliche Küstenlinie völlig falsch dargestellt. Auf der Zeichnung war eine Linie eingetragen, die irgendeine Route wiederzugeben schien. Ober- und unterhalb dieser Linie waren Zeichen und Symbole abgebildet. Ich fragte mich, ob das die Aufzeichnung der Wanderung war, die die Alte Rasse bei ihrer Flucht aus der Wüste Gobi angetreten hatte.

Endlich sahen die drei wieder auf. Yodin wirkte beunruhigt, Tibur zeigte Grimm und Furcht, und nur die Hexe sah so gelassen aus, als wäre sie sich über etwas klargeworden und wüßte jetzt genau, was sie zu tun hatte.

»Es ist das Mutterland!« rief der Hohepriester. »Sagt mir, ist der schwarzhaarige Fremde, der mit Euch über den Fluß geflohen ist und auch auf der Brücke stand, als man Euch von dort hinunterschleuderte, ebenfalls aus dem Mutterland gekommen?«

Zuviel Boshaftigkeit schwang in seiner Stimme mit. Ich fing an, Abneigung gegen Yodin zu empfinden.
»Nein«, antwortete ich, »er kommt aus einem alten Land der Rrrllya.«
Das riß den Priester vom Sitz. Tibur fluchte lästerlich, und sogar die Hexe verlor ihre Gelassenheit.
»Ein anderes Rrrllya-Land! Das kann nicht sein!« hauchte Yodin.
»Dennoch ist es so«, sagte ich.
Der Alte sank auf seinen Thron zurück und dachte eine Weile nach. Dann fragte er: »Ist er Euer Freund?«
»Nach dem alten Blutritual seines Volkes ist er mein Bruder.«
»Würde er zu Euch hierherkommen?«
»Er würde kommen, wenn ich nach ihm riefe. Aber das werde ich nicht tun. Noch nicht. Er ist gut aufgehoben, dort wo er jetzt weilt.«
Mir taten meine Worte schon leid, kaum daß ich sie ausgesprochen hatte. Es war mehr ein Empfinden, einen logischen Grund dafür wußte ich nicht. Aber ich hätte viel darum gegeben, meine Worte über Jim ungeschehen machen zu können.
Der Priester schwieg lange, bevor er sich räusperte.
»Ihr habt uns sonderbare Dinge berichtet. Und Ihr seid auf recht eigenartige Weise zu uns gelangt, Dwayanu. Es macht Euch doch wohl nichts aus, wenn wir drei uns zur Beratung zurückziehen, oder?«
Ich sah in die Kanne. Sie war noch halbvoll. Ich mochte den Wein sehr; vor allem, weil er meinen Kummer über Evalie ertränkte.
»Beratet euch, solange ihr wollt«, erklärte ich huldvoll. Sie zogen sich in eine Ecke des Raums zurück. Ich goß meinen Kelch wieder voll, füllte ihn noch einmal und noch ein drittesmal. Bald hatte ich Evalie völlig vergessen. Und allmählich fühlte ich mich pudelwohl. Ich wünschte mir, Jim könnte jetzt bei mir sein , ärgerte mich aber sogleich wieder darüber, daß ich eben erklärt hatte, er würde sofort kommen, wenn ich ihn riefe. Dann leerte ich noch

einen Kelch und vergaß Jim. Ja, ich wurde immer lustiger ... Wartet nur, Freunde, bis ich Dwayanu noch ein Stück von der Kette lasse! *Hai!* Dann würde hier eine andere Musik gespielt ... Warum war ich so müde ... Was der alte Barr wohl sagen würde, wenn er mich hier sehen könnte ...
Ich schrak auf. Der Hohepriester stand neben mir und redete. Irgendwie kam es mir so vor, als hätte er schon eine ganze Weile gesprochen, aber ich konnte mich beim besten Willen nicht mehr an seine Worte erinnern. Außerdem hatte ich den unbestimmten Eindruck, jemand hätte an meinem Ring gedreht. Der Daumen war fest in der Handfläche eingeklemmt, so fest, daß der Stein meine Haut geritzt hatte. Das Hochgefühl vom Wein war vollständig abgeklungen. Ich sah mich um. Tibur und die Hexe waren gegangen. Warum hatte ich nicht mitbekommen, wie sie den Raum verlassen hatten? War ich etwa eingeschlafen? Ich beobachtete Yodins Gesicht. Anstrengung zeigte sich in seinen Zügen und auch so etwas wie Verblüffung. Aber darunter verbarg sich tiefe Befriedigung. Eine merkwürdige Miene, die mir ganz und gar nicht gefiel.
»Lur und Tibur sind unterwegs, um einen würdigen Empfang für Euch vorzubereiten«, erklärte mir der Hohepriester. »Und sie suchen passende Gemächer für Euch, nebst der Euch zustehenden Kleidung.«
Ich erhob mich und stellte mich neben ihn.
»Kleidung für Dwayanu?« fragte ich.
»Noch nicht«, antwortete er hintersinnig. »Aber wir heißen Euch als besonderen Gast willkommen. Die andere Angelegenheit ist eine zu ernste Sache, um sie ohne einen weiteren Beweis jetzt schon entscheiden zu wollen.«
»Und was wäre das für ein Beweis?«
Er sah mich lange an, bevor er eine Antwort gab.
»Daß Euer Gebet Khalk'ru herbeiruft.«
Ein Schaudern lief mir über den Rücken. Yodin stand so nahe vor mir, daß ihm das nicht entgangen sein konnte.
»Zügelt Eure Ungeduld«, sagte er honigsüß. »Ihr braucht nicht

mehr lange zu warten. Aber bis dahin werden wir uns wahrscheinlich nicht mehr wiedersehen. Deshalb möchte ich Euch gleich um einen Gefallen bitten.«

»Und der wäre?«

»Tragt den Ring Khalk'rus bitte nicht offen, außer in Fällen, in denen es Euch ratsam erscheint.«

Um das Gleiche hatte mich Lur schon gebeten. Aber hundert Ayjir hatten den Ring doch schon gesehen, und mittlerweile dürften noch mehr davon gehört haben. Der Hohepriester bemerkte mein Zögern.

»Der Ring ist heilig«, erklärte er. »Ich hatte keine Ahnung, daß ein zweiter existiert, bis man mir mitteilte, daß Ihr ihn auf der Nansurbrücke gezeigt habt. Es ist nicht recht, etwas Heiliges zum Alltäglichen herabzuwürdigen. Ich trage und zeige meinen Ring nur, wenn ich es für wichtig und richtig halte.«

Ich fragte mich, welche Umstände ihm wichtig und richtig genug sein konnten. Und ich fragte mich eindringlich, unter welchen Umständen er mir nützlich sein sollte. Seine Augen betrachteten mich intensiv, und ich konnte nur hoffen, daß er meine wahren Gedanken nicht gelesen hatte.

»Ich wüßte nicht, warum ich Eure Bitte abschlagen sollte«, sagte ich, zog den Ring vom Daumen und steckte ihn in die Gürteltasche.

»Ich war sicher, daß Ihr das verstehen würdet«, murmelte er.

Leise ertönte ein Gong. Der Hohepriester berührte die Seite des Tischs, und die Tür öffnete sich. Drei junge Männer in den Kitteln des gewöhnlichen Volks traten ein und blieben in demutsvoller Haltung stehen.

»Das sind Eure Bediensteten. Sie führen Euch zu Euren Gemächern«, erklärte Yodin. Er senkte den Kopf. Ich verließ mit den drei jungen Männern den Raum. An der Tür standen zwölf Wächterinnen. Ihr Leutnant hatte strenge Augen. Sie salutierten fesch. Wir liefen den langen Gang hinunter, und nach einer ganzen Weile bogen wir in einen anderen ab. Ich warf an der Ecke einen kurzen Blick zurück.

Gerade noch konnte ich sehen, wie die Hexe sich in den Raum des Hohepriesters stahl.
Wir erreichten eine weitere bewachte Tür. Sie wurde vor mir aufgerissen, und ich trat ein. Die drei Jungen folgten mir.
»Wir stehen ebenfalls zu Ihren Diensten«, erklärte mir der weibliche Wachhauptmann. »Wenn Sie irgend etwas wünschen, rufen Sie uns hiermit. Wir bleiben vor der Tür.«
Sie reichte mir einen kleinen Jade-Gong, salutierte und gesellte sich zu den Soldatinnen.
Der Raum, in dem ich mich befand, kam mir sonderbar vertraut vor. Erst nach einigen Sekunden wurde mir bewußt, daß er der Kammer sehr ähnelte, in die der uigurische Hohepriester mich hatte bringen lassen. Die gleichen eigentümlich geformten Stühle und Metallsessel standen hier, der gleiche breite und niedrige Diwan, die gleichen Wandbehänge und auf dem Boden die gleichen Teppiche. Nur wirkte das hier alles nicht so verfallen wie in der Oase in der Wüste. Natürlich hatte der Zahn der Zeit an dem einen oder anderen Stück genagt, aber das tat ihnen keinen großen Abbruch; weder kahle Stellen noch Risse waren in den Teppichen zu entdecken. Viele Stücke waren wunderbar verarbeitet und wirkten so, als seien sie gerade vom Webstuhl gekommen. Die Wandbehänge zeigten ähnliche Jagdszenen wie die Stücke in der Oase. Aber da waren auch andere, neuere, in die Bilder aus dem Land unter der Fata Morgana gewebt waren. Auf einem war eine unzerstörte Nansurbrücke zu sehen, eine andere Szene zeigte eine Schlacht mit den Zwergen, und ein weiterer bildete den wunderschönen Wald ab, in dem die weißen Wölfe der Hexe zwischen den Bäumen herumschlichen. Aber irgend etwas störte mich an diesem Raum. Ich mußte lange hinsehen, bevor ich wußte, was falsch war. In der Wüstenkammer hatten sich die Waffen Dwayanus befunden, seine Schwerter und Speere, sein Helm und sein Schild. Doch hier war nichts davon. Mir fiel ein, daß ich das Schwert des Mannes, dessen Pferd ich niedergedrückt hatte, mit in den Raum des Hohepriesters genommen hatte. Nun war die Waffe fort.
Unruhe überfiel mich. Ich drehte mich zu den drei jungen Ayjir

um und fing an, mein Hemd aufzuknöpfen. Sie traten vorsichtig vor und halfen mir beim Ausziehen. Plötzlich verspürte ich großen Durst.
»Bringt mir Wasser«, befahl ich einem der Jungen. Er schenkte meinen Worten nicht die geringste Aufmerksamkeit.
»Hörst du nicht?« fuhr ich ihn an, weil ich annahm, er hätte mich vielleicht nicht verstanden. »Ich habe Durst.«
Er fuhr in aller Ruhe damit fort, mir einen Stiefel auszuziehen. Ich berührte ihn an der Schulter.
»Bring mir Wasser zum Trinken«, sagte ich mit Nachdruck.
Er lächelte mich an, öffnete den Mund und zeigte mit dem Finger darauf. Der Junge hatte keine Zunge mehr. Dann zeigte er auf seine Ohren. Ich begriff, daß er mir klarmachen wollte, daß er stumm und taub war. Ich deutete fragend auf seine Kameraden. Er nickte.
Meine Unruhe steigerte sich. War das hier in Karak so üblich? Hatte man den drei Jungen diese Behandlung widerfahren lassen, damit sie schweigend dienen konnten? Oder sollten sie gar die Wünsche der Gäste nicht verstehen? Der Gäste ... oder Gefangenen?
Ich tippte mit dem Finger auf den Gong. Unverzüglich öffnete sich die Tür, und der Offizier kam salutierend herein.
»Ich habe Durst«, sagte ich. »Bring mir Wasser.«
Als Antwort durchquerte sie den Raum und zog einen der Wandbehänge zur Seite. Dahinter befand sich ein breiter und tiefer Alkoven. Im Boden war ein Becken eingelassen, in dem klares Wasser floß. Am Rand stand ein Bassin aus Porphyr, aus dem wie bei einem Springbrunnen ein dünner Wasserstrahl hochschoß. Die Wächterin holte einen Kelch aus einer Nische, füllte ihn im Wasserstrahl und reichte ihn mir. Das Wasser war kühl und prikkelnd.
»Habt Ihr sonst noch einen Wunsch, Herr?« fragte sie. Ich schüttelte den Kopf, und sie marschierte wieder nach draußen. Ich überließ mich wieder den drei Taubstummen. Sie zogen mich ganz aus und massierten mich dann mit einem leichten, ätherischen Öl.

Während ich mir diese Behandlung angedeihen ließ, arbeitete mein Verstand auf Hochtouren. Zunächst beschäftigte mich die wunde Stelle in der Handfläche, und ich wurde den Eindruck einfach nicht mehr los, daß jemand versucht hatte, den Ring abzuziehen. Weiterhin war ich immer mehr davon überzeugt, daß der Hohepriester, bevor ich aufwachte oder dieses alkoholbedingte Hochgefühl abgeklungen war oder was auch immer, unentwegt auf mich eingeredet hatte, vielleicht mich ausgehorcht hatte, möglicherweise meinen benebelten Geist auf die Probe gestellt hatte. Drittens hatte ich alle Unbekümmertheit verloren, die mich so lange so sicher geleitet hatte. Anders gesagt, im Augenblick war ich viel zu sehr Leif Langdon und viel zuwenig Dwayanu. Was hatte Yodin bei seiner Befragung im Schilde geführt, und was hatte ich ihm verraten?
Ich sprang aus den Händen meiner Masseure, rannte zu meiner Hose und fuhr mit der Hand in die Gürteltasche. Der Ring war noch da. Ich suchte nach meinem Brustbeutel. Der war nicht mehr da. Ich schlug auf den Gong. Die Wachhabende kam herein. Ich war splitterfasernackt, aber in diesem Moment sah ich in ihr alles andere als eine Frau.
»Höre«, sagte ich, »bring mir Wein. Und bring mir ein festes und verschließbares Kästchen, das groß genug ist, um einen Ring hineinzutun. Bring mir auch eine starke Kette, an der ich das Kästchen um den Hals tragen kann. Hast du mich verstanden?«
»Ich eile, alles zu besorgen, Herr«, sagte sie. Und sie brauchte tatsächlich nicht lange. Sie stellte eine Kanne ab und griff in ihr Wams. Dann hielt sie ein Medaillon nebst einer Kette in der Hand und ließ es aufschnappen.
»Reicht das, Herr?«
Ich drehte ihr den Rücken zu und legte Khalk'rus Ring in das Medaillon. Er paßte genau hinein.
»Ausgezeichnet«, erklärte ich ihr. »Aber ich habe nichts, was ich dir dafür geben könnte.«
Sie lachte.
»Für mich ist es Lohn genug, Euch nur gesehen zu haben. Herr«,

sagte sie ohne jede Zweideutigkeit und verließ mein Gemach. Ich hängte mir das Medaillon um den Hals und goß Wein in meinen Kelch. Dem folgte eine zweite Füllung. Danach begab ich mich wieder unter die Hände meiner Masseure und fühlte mich langsam, aber stetig besser. Während sie mich badeten und pflegten, genoß ich weiterhin den Wein, und als sie mir Bart und Haare stutzten, gönnte ich mir einen weiteren Kelch voll. Und je mehr ich trank, desto stärker machte sich Dwayanu bemerkbar. Im Augenblick schien seine Stimmung aus kalter Erbarmungslosigkeit und Verachtung zu bestehen.

Mir wurde Yodin immer unsympathischer. Und als die drei Jungen mich ankleideten, mochte ich ihn noch weniger leiden. Die Taubstummen legten mir ein seidenes Unterhemd an und zogen mir eine wunderbare gelbe Tunika über den Kopf, die mit blauen Metallfäden durchwirkt war. Meine Beine bedeckten sie mit einer langen und weiten Hose aus dem gleichen Material. Und um die Hüften banden sie mir einen breiten, mit Edelsteinen besetzten Gürtel. Die Füße schließlich erhielten Sandalen aus einem weichen, goldfarbenen Leder. Zum Abschluß bürsteten und kämmten die drei mir das Haar, das sie mir bis zum Nacken gestutzt hatten.

Als sie endlich von mir abließen, war die Weinkanne leer. Ich fühlte mich ein wenig beschwipst und hatte große Lust, diesen Zustand zu intensivieren. Und ich war erst recht nicht in der Laune, mich zum Spielball von irgend jemand machen zu lassen. Ich schlug mit der Faust auf den Gong, denn ich wollte mehr Wein, und ich wollte wissen, wann und wo es hier etwas zu Essen gab.

Die Tür öffnete sich, aber nicht die Offizierin trat ein.

Herein kam die Hexe.

III

Der Geistersee

Lur blieb mit leicht geöffneten Lippen vor mir stehen und beobachtete mich. Offensichtlich war sie überrascht darüber, was die neue Kleidung und die Pflege der drei Taubstummen aus der tropfnassen und ramponierten Gestalt gemacht hatten, die noch vor gar nicht langer Zeit aus dem Fluß gekrabbelt war. Lurs Augen leuchteten, und das Rot ihrer Wangen wurde etwas dunkler. Sie kam nahe an mich heran.

»Dwayanu, wollt Ihr mit mir kommen?«

Ich sah sie an und mußte lachen.

»Warum nicht, Lur? Aber sagt mir doch den Grund dafür.«

»Euch droht Gefahr«, sagte sie leise, »gleich ob Ihr nun Dwayanu seid oder nicht. Ich habe Yodin dazu überreden können, Euch bis zu Eurem Tempelbesuch in meiner Obhut zu lassen. Bei mir seid Ihr sicher, zumindest, bis Ihr gerufen werdet.«

»Und warum tut Ihr das für mich, Lur?«

Sie sagte kein Wort, sondern legte mir zur Antwort eine Hand auf die Schulter und sah mich mit weichen blauen Augen sehr intensiv an. Auch wenn mein Verstand mir sagte, daß hinter ihrer Sorge um mich andere Gründe verborgen sein mußten, als bloße rasch entflammte Leidenschaft, brachten Lurs Berührung und der Blick dieser unfaßbar sanften Augen mein Blut zur Wallung. Es fiel mir auch schwer, meine Stimme unter Kontrolle zu halten und bei der Wahl meiner Worte Nüchternheit walten zu lassen.

»Ich komme mit Euch, Lur.«

Sie ging zur Tür und öffnete sie.

»Quarda, den Mantel und die Mütze.«

Sie kam mit einem schwarzen Umhang zu mir, warf ihn mir um die Schultern und band ihn am Hals zu. Dann setzte sie mir eine

oben spitz zulaufende Mütze auf den Kopf und verbarg mein blondes Haar darunter. Bis auf meine Körpergröße unterschied mich nun äußerlich nichts mehr von jedem anderen Ayjir.
»Wir müssen uns beeilen, Dwayanu«, sagte die Hexe.
»Ich bin bereit. Halt ...«
Ich ging zu meinen Kleidern und rollte sie um die Stiefel zusammen. Wer wußte schon, ob ich sie nicht bald benötigen würde. Die Hexe hatte keine Einwände dagegen, sondern öffnete nur die Tür und marschierte mit mir hinaus. Meine Wächterin und ihre Truppe standen dort bereit. Ebenso warteten dort sechs von Lurs Frauen, allesamt höchst attraktive Geschöpfe. Erst nach einem Moment fiel mir auf, daß sie genau wie die Hexe Kettenhemden, zwei Schwerter und einen Wurfhammer trugen. Offensichtlich war mit Schwierigkeiten zu rechnen, wahrscheinlich wegen mir, möglicherweise auch aus einem anderen Grund. Aber weder das eine noch das andere gefiel mir sonderlich.
»Gib mir dein Schwert«, befahl ich plötzlich Quarda. Sie zögerte.
»Gib es ihm«, sagte die Hexe.
Ich wog die Waffe in meiner Hand. Sie war nicht so schwer, wie ich es mir gewünscht hätte, aber es war immerhin ein Schwert. Ich schob es mir in den Gürtel und hielt mein Kleiderbündel unter dem Umhang im linken Arm. Wir liefen den Korridor hinunter und ließen die Wächterinnen an der Tür zurück.
Schon nach hundert Metern verschwanden wir in einer kleinen, leeren Kammer. Niemand war uns auf dem Weg dorthin begegnet. Lur atmete in dem Raum erleichtert auf und trat an eine Wand. Eine Steinplatte glitt beiseite und gab einen Geheimgang frei. Wir traten hinein, und die Platte schloß sich hinter uns wieder. Völlige Dunkelheit umgab uns. Dann flammte ein Funke auf – ich wußte nicht, wie er erzeugt worden war –, und der Gang wurde von brennenden Fackeln in der Hand von zwei Frauen erleuchtet. Sie brannten mit einer klaren, gleichmäßigen und silberfarbenen Flamme. Die beiden Frauen marschierten uns voran. Nach einer Weile hatten wir das Ende des Gangs erreicht. Die beiden Frauen

löschten die Fackeln, und eine weitere Steinplatte glitt beiseite. Ich hörte Geflüster, und als meine Augen sich an die neue Dunkelheit gewöhnt hatten, entdeckte ich, daß wir uns am Fuß der Mauern um die schwarze Festung befanden, wo weitere Getreue von Lur mit Pferden auf uns warteten. Eine von ihnen führte einen großen, grauen Hengst heran.

»Steigt auf und reitet an meiner Seite«, sagte Lur.

Ich befestigte mein Kleiderbündel am hohen Sattelknauf und bestieg den Grauen. Schweigend ritten wir los. In diesem Land unter der Luftspiegelung wurde es nie richtig dunkel. Immer herrschte hier ein blaßgrünes Leuchten, das in dieser Nacht noch heller war als früher. Ich vermutete über den hohen Gipfeln Vollmond. Dann fragte ich mich, ob wir wohl weit reiten würden. Ich war nicht mehr so betrunken wie in dem Moment, in dem die Hexe in mein Gemach gekommen war, aber in gewisser Weise war ich nun trunkener. Eine sonderbare Unbeschwertheit herrschte in meinem Kopf vor, und die war eindeutig angenehmer Natur. Sorglosigkeit und Freiheit von jeglicher Last und Verantwortung bestimmten meine Gedanken. Dieses Gefühl war mir so lieb, daß ich es unbedingt noch länger haben wollte. Ich hoffte, daß dort, wo Lur mich hinbrachte, ausreichend Wein vorhanden war. Und ich wünschte, jemand würde mir schon jetzt einen gefüllten Kelch reichen.

Wir bewegten uns durch die Stadt vor den Mauern, und wir ritten schnell über eine gut gepflasterte Straße. Lichter brannten in den Häusern, und in den Gärten sangen und tanzten und flöteten die Menschen vergnügt und heiter. So düster die schwarze Zitadelle auch wirken mochte, ihr Schatten verfinsterte nicht die Herzen der Bewohner von Karak. Zumindest glaubte ich das damals.

Als wir die Stadt hinter uns gelassen hatten, gelangten wir auf eine ebene Straße, die uns durch üppige Vegetation führte. Die selbstleuchtenden Motten umschwirrten uns wie Feenflieger, und kurz kam in mir eine Erinnerung hoch: Evalies Gesicht kam mir zu Bewußtsein, hielt sich dort aber nicht einmal eine Sekunde. Der Graue hatte einen herrlichen Gang, und ich fing an, ein altes kirgisisches Lied über einen jungen Mann zu singen, der im Mondlicht

zu seiner Geliebten reitet und angenehme Stunden mit ihr verlebt. Lur begann plötzlich zu lachen und hielt mir eine Hand vor den Mund.
»Seid still, Dwayanu! Die Gefahr ist noch nicht vorüber.«
Erst jetzt wurde mir bewußt, daß ich das kirgisische Lied in Uigurisch gesungen hatte. Wahrscheinlich hatten die Kirgisen es sogar von ihren ungeliebten Nachbarn übernommen. Dann stellte ich verblüfft fest, daß ich dieses Lied noch nie in Uigurisch gehört hatte. Das machte mir wieder mein altes Problem bewußt, aber die Erinnerung daran verging ebenso rasch wie das Bild Evalies.
Hin und wieder konnte ich einen Blick auf den weißen Fluß werfen. Dann wurde die Straße über eine längere Strecke so eng, daß wir hintereinander durch die grünbedeckten Felsen reiten mußten. Hinter diesem Stück gabelte sich der Weg. Der eine Teil führte geradeaus weiter, während der andere scharf nach links abbog. Wir entschieden uns für den Seitenweg und ritten fünf oder sechs Kilometer auf ihm. Offensichtlich stießen wir direkt ins Herz dieses merkwürdigen Dschungels vor. Die riesigen Bäume streckten hoch über unseren Köpfen ihre Äste aus. Die Blütenkelche, -kränze und -girlanden leuchteten wie Geisterblumen in dem fahlen Licht, und die schuppenborkigen Bäume standen da wie unerschütterliche Wachtposten. Die berauschenden Aromen und die anderen stimulierenden Duftnoten strömten hier stärker, sehr stark sogar. Wellenförmig strömten sie rhythmisch heran, so als seien sie der Pulsschlag vom Herzen des Dschungels.
Als wir das Ende des Weges erreichten, sah ich unter mir den Geistersee.
Nirgendwo auf der ganzen Welt gab es wohl einen zweiten Ort von solcher atemberaubender, die Seele anrührender, überirdischer Schönheit wie diesen See im Tal unter der Luftspiegelung. Hier war Lur, die Hexe, zu Hause. Und wäre sie, bevor sie hierhin gezogen war, noch keine Hexe gewesen, so hätte sie dieser Ort sicher in eine solche verwandelt.
Der See hatte die Form einer Pfeilspitze, und die langen Seiten waren mindestens anderthalb Kilometer lang. Er wurde von nied-

rigen Hügeln umschlossen, und überall wuchsen Baumfarne. Deren fedrige Wedel bedeckten die Hügel und verliehen ihnen so das Aussehen von Paradiesvögel-Brüsten. An manchen Stellen stiegen sie auch wie Fontänen hoch. An anderen Stellen wirkten sie wie riesige, grüne Schwingen, die sich aufmachen wollten, den See zu umkreisen. Das Wasser selbst hatte die Farbe von blassem Smaragdgrün, und es lag auch wie ein Edelstein leuchtend, ruhig und erhaben da. Aber unter dieser friedlichen Oberfläche waren Bewegungen. Leuchtend silbergrüne Kreise breiteten sich rasch aus und vergingen wieder. Lichtstrahlen zerteilten das Wasser und überkreuzten sich in phantastischen, aber dennoch streng geometrischen Formen. Strahlende Spiralen drehten sich rasch nach oben, kamen jedoch nie so hoch, daß sie die friedliche Stille der Wasseroberfläche hätten zerstören können. Hier und da bündelten sich sanfte Lichter wie gasförmige Rubine, nebelhafte Saphire, dunstgeborene Opale oder schimmernde Perlen. Hexenlichter. Die leuchtenden Wasserlichter vom Geistersee.

Dort, wo die langen Seiten des Sees zusammenliefen, standen keine Farne. Ein breiter Wasserfall ergoß sich wispernd und verhüllte die Felsen wie ein Schleier. Dunst trieb hoch, vermischte sich mit dem stürzenden Wasser, tanzte vorsichtig und grazil darüber, schwankte darauf zu und wuchs ihm entgegen, so als wollte es einen Gruß entbieten. Und von den Ufern des Sees stiegen weitere Nebelgebilde hoch, rissen sich los und trieben auf die zu, die den Wasserfall umtanzten. So sah ich den Geistersee zum erstenmal, und das war in der Nacht. Doch am Tag büßte er nichts von seiner Schönheit ein.

Der Weg strebte wie der dazugehörige Schaft auf den pfeilförmigen See zu. An seinem Ende lag das, was wohl zu einer viel früheren Zeit einmal eine Insel gewesen war. Bäume standen dort, und sie überragten die Türme einer kleinen Burg. Wir führten unsere Pferde an den Zügeln den steilen Weg hinunter zu der Stelle, wo er anfing, einem Pfeilschaft zu ähneln. Hier standen keine Farne mehr, um jemand zu verbergen, der sich heimlich anschleichen wollte. Man hatte sie abgeholzt und statt dessen blaue Blumen angepflanzt. Als wir die engste Stelle des Weges erreichten, sah ich, daß es sich dabei um einen aus Steinen errichteten Damm handelte. Unser Ziel war also immer noch eine Insel. Der Damm endete vor einem zwölf Meter breiten Graben. Lur zog ein kleines Horn aus dem Gürtel und blies darauf. Krachend senkte sich eine Zugbrücke auf den Graben. Wir ritten im Galopp darüber, an einer Garnison von Lurs Soldatinnen vorbei und eine gewundene Straße hinauf. Hinter uns wurde die Zugbrücke wieder hochgezogen. Vor der eigentlichen Burg der Hexe hielten wir an.

Ich betrachtete das steinerne Gebilde mit Interesse. Es war mir nicht eigentlich fremd, aber ich hatte noch nie eine Burg aus solch grünem Gestein und mit so vielen Türmen gesehen. Doch solche Burgen waren mir nicht fremd. »Herrinnenburgen« hatten wir sie früher genannt – *Lana'rada.* Steinerne Lauben für höhere Damen. Ein Ort, an dem sie ungestört waren, an dem sie nach einer Schlacht oder nach den Drangsalen der Staatsgeschäfte Liebhaber empfangen konnten.

Frauen kamen und nahmen unsere Pferde. Breite Türen aus edlem, glänzendem Holz schwangen auf. Lur führte mich über die Schwelle.

Junge Frauen brachten Wein, und ich trank wie ein Verdurstender. Die sonderbare Beschwingtheit im Kopf und das Gefühl der Gelöstheit schwollen wieder an. Ich kam mir vor, als sei ich aus einem langen Schlaf erwacht, aber noch in dem Zustand, in dem man sich erst zurechtfinden muß und von der Erinnerung an Träume geplagt wird. Dennoch wußte ich, daß das keine Träume gewesen sein konnten. Der alte Hohepriester, der mich in der Wüste geweckt hatte, war kein Traum gewesen. Aber die Menschen, unter denen ich erwachte, waren auch keine Ayjir. Dies hier war nicht das Land der Ayjir, aber die Menschen auf dieser Seite des Flusses entstammten der uralten Rasse. Wie war ich hierher gelangt? Ich mußte wieder im Tempel eingeschlafen sein, nachdem ... nachdem ... *Bei Zarda! Ich sah besser zu, mich hier ein wenig mehr zurechtzufinden. Und ich mußte auf der Hut sein.* Dann durchwogte mich die alte Verwegenheit und schwemmte alle Gedanken an Vorsicht fort. Ungestümer Lebenshunger folgte, der wilde Freiheitsrausch, der den befällt, der jahrelang hinter Gittern war und dem endlich alle Pforten offenstehen; der den Tisch des Lebens gedeckt vorfindet, auf dem alles steht, was er so lange entbehrt hat, und von dem er nehmen darf, was ihm gerade beliebt. Und dann folgte ganz kurz die Erinnerung, daß ich Leif Langdon war und sehr gut wußte, wie ich an diesen Ort geraten war und daß ich irgendwie zurückmußte, zurück zu Evalie und Jim. Grell wie ein Blitz tauchte diese letzte Erinnerung in meinem Kopf auf und verging ebenso rasch wieder.

Mir wurde bewußt, daß ich mich nicht mehr in der Empfangshalle der Burg befand, sondern in einer kleinen achteckigen Kammer mit Fensterflügeln und Tapeten an den Wänden. Ein breites Bett stand darin, ebenso ein Tisch, an dem Gold und Edelsteine glitzerten und auf dem hohe Kerzen brannten. Mein Hemd war fort, und statt dessen trug ich eine leichte Seidentunika. Die Fenster standen auf, und ein aromatischer Luftzug strömte herein. Ich trat an eines der Fenster und sah hinaus. Unter mir waren kleinere Türme und das Dach des Hauptgebäudes. Noch weiter unten lag der See. Ich sah durch ein anderes Fenster. Der Wasserfall mit seinen tanzenden und winkenden Dunstschleiern rauschte nur wenige hundert Meter entfernt.

Eine Hand berührte meinen Kopf und wanderte tiefer bis zu den Schultern. Ich drehte mich rasch um. Die Hexe stand vor mir.

Ich schien ihre wahre Schönheit zum erstenmal zu sehen. Und erst jetzt sah sie für mich aus wie die begehrenswerte Frau, die sie war. Sie hatte das rotbraune Haar zu einer dicken Krone geflochten. Es leuchtete wie Rotgold, und darin war eine Saphirspange gesteckt. Aber ihre Augen überstrahlten den Glanz auf ihrem Haupt noch. Ihr spärliches Gewand – ein Hauch aus Blau – offenbarte jede einzelne betörende und sinnliche Rundung ihres Körpers. Die weißen Schultern und eine ihrer exquisiten Brüste lagen frei. Und ihre vollen, roten Lippen verhießen ... ja, verhießen alles, was man sich nur erträumen konnte. Sogar der subtile Zug von Grausamkeit wirkte jetzt verlockend.

Da gab es doch auch ein dunkelhaariges Mädchen ... Wer war das noch gleich gewesen? ... Ev ... Eval ... Ihr Name wollte mir nicht mehr einfallen ... Aber was machte das schon in diesem Augenblick ... Neben der rothaarigen Frau vor mir war die Dunkelhaarige nur ein lebloser Schleier ... wie die Nebelschwaden am Wasserfall ...

Die Hexe las in meinen Augen. Ihre Hand glitt von meiner Schulter und legte sich auf mein Herz. Sie kam mir noch näher, und ihre Augen strahlten ungeheure Wärme aus, waren aber sonderbar konzentriert.

»Bist du wirklich Dwayanu?«

»Ich bin er, wer denn sonst, Lur?«

»Wer war Dwayanu, der vor langer, ungeheuer langer Zeit lebte?«

»Das kann ich euch nicht sagen, Lur, denn ich habe lange geschlafen und im Schlaf vieles vergessen. Dennoch bin ich *er*.«

»Dann sieh und erinnere dich.«

Ihre Hand verließ mein Herz und legte sich mir auf den Kopf. Lur zeigte mit der anderen auf den Wasserfall. Unmerklich veränderte sich sein flüsterndes Rauschen und verwandelte sich in Trommelschlagen, Hufgetrappel und Marschtritte. Lauter und lauter wurden die neuen Geräusche. Der Wasserfall zitterte und verbreitete sich wie ein gigantischer Vorhang über den schwarzen Klippen. Von allen Seiten trieben die Nebelschwaden heran, um in ihm aufzugehen. Dumpfer und näher klangen die Trommeln. Und plötzlich war der Wasserfall nicht mehr da. An seiner Stelle stand eine befestigte Stadt. Zwei Heere kämpften dort gegeneinander, und ich wußte, daß die Angreifer zurückgeschlagen wurden. Ich hörte donnernde Hufe von etlichen hundert Pferden. Über die Verteidiger ergoß sich die Flut der Kavallerie. Deren Anführer war in eine glänzende Rüstung gekleidet. Er trug keinen Helm, und sein blondes Haar wallte im Wind. Dann drehte er sein Gesicht um. Es war mein Gesicht! Wie ein Donnerschlag ertönte aus vielen, vielen Kehlen ein Ruf: »Dwayanu!« Die Reiter fuhren wie eine Sturmwoge in die Reihen der Verteidiger, überrollten sie, zerschmetterten sie.

Ich sah, wie sich ein ganzes Heer in Auflösung befand, wie die Fliehenden von ganzen Bataillonen von Hammerwerfern niedergemäht wurden.
Ich ritt mit dem gelbhaarigen General in die eroberte Stadt. Und ich saß mit ihm auf dem Thron, während er unerbittlich den Tod über die Männer und Frauen verhängte, die vor ihn gezerrt wurden. Und er lächelte über das Getöse der Plünderung und Brandschatzung, die seine Soldaten draußen veranstalteten. Ich ritt mit ihm, ich ging mit ihm, ich saß mit ihm, denn nun war ich nicht länger in den Gemächern der Hexe, sondern der ständige Begleiter dieses großen blonden Mannes; ich war sein Zwilling, sah, was er sah, hörte, was er hörte, und, ja wirklich, dachte, was er dachte.
Schlacht nach Schlacht, dazwischen Turniere, Feste und Triumphzüge, Jagden mit Falken und Jagden mit großen Hunden im wunderbaren Land der Ayjir, Hammerwurf und Amboßwurf: Ich war stets dabei, stand immer wie ein unsichtbarer Schatten neben Dwayanu. Ich begleitete ihn in die Tempel, wenn er den Göttern huldigte. Ich ging mit ihm in den Tempel des Vernichters – des Schwarzen Khalk'ru, dem Mächtiger-als-alle-Götter –, und er trug den Ring, der jetzt an meiner Brust hing. Aber jedesmal, wenn er am Tempel des Khalk'ru vorbeikam, wuchs in mir wieder der Widerwille, den ich schon bei dem Traum in der Nase verspürt hatte. Zwei Stimmen redeten auf mich ein. Die eine drängte mich, mit Dwayanu in den Tempel zu treten. Die andere erklärte, das dürfe ich auf keinen Fall. Die zweite Stimme wurde stärker.
Dann war das Land der Ayjir von einem Moment auf den anderen nicht mehr! Ich starrte auf den Wasserfall und die tanzenden Schwaden. Aber ich war ... Dwayanu.
Ich war durch und durch Dwayanu. Leif Langdon existierte nicht mehr!
Aber er hatte Erinnerungen zurückgelassen. Erinnerungen wie halb vergessene Träume, Erinnerungen, deren Quelle ich nicht ausloten konnte, von denen ich aber wußte, auch wenn sie nur Träume waren, daß Wahrheit in ihnen steckte. Sie erzählten mir, daß mein Reich, das Ayjir-Land, genauso verschwunden war wie

das Phantom-Ayjirland am Wasserfall; daß Jahrhundert um Jahrhundert Staub darüber gefallen war; daß seitdem andere Reiche entstanden und wieder untergegangen waren; daß es irgendwo ein fremdes Land gab, in dem nur noch ein schwacher Abglanz der ehemaligen Ayjir-Größe zu finden war.

Ich war Kriegskönig und Kriegspriester und hatte in meinen Händen das Reich und das Leben und Schicksal einer ganzen Rasse gehalten.

Und jetzt war davon nichts mehr übrig!

IV

Küsse von Lur

Schwarzer Kummer und bittere Asche waren in meinem Herzen, als ich mich vom Fenster umdrehte. Ich sah Lur an, sah sie von ihren langen, schlanken Füßen bis zum leuchtenden Kopf, und der schwarze Kummer legte sich und die bittere Asche verwehte.
Ich legte meine Hände auf ihre Schultern und lachte. Luka hatte ihr Rad gedreht und mein Reich wie ein Töpfer den Staub über den Rand des Rades fortgeweht. Aber eines hatte sie mir gelassen: Im ganzen Ayjirland hatte es nur wenige Frauen gegeben wie diese.
Preist Luka! Ich werde ihr morgen ein Opfer bringen, wenn diese Frau hält, was sie zu versprechen scheint!
Mein Reich untergegangen? Na und, wenn schon! Ich würde ein neues errichten. Hauptsache, ich war am Leben, alles andere würde schon wiederkommen.
Wieder lachte ich. Ich hob mit zwei Fingern Lurs Kinn und drückte meine Lippen auf die ihren. Sie stieß mich von sich. Wut war in ihren Augen, aber darunter verbarg sich Verunsicherung.
»Ihr wolltet doch, daß ich mich erinnere. Nun, ich habe mich erinnert. Warum habt ihr die Tore der Erinnerung aufgestoßen, Hexe, wenn Ihr nicht genau gewußt habt, was danach kommen würde? Oder wußtet Ihr weniger von Dwayanu, als Ihr vorgegeben habt?«
Sie trat rasch einen Schritt zurück und sagte dann zornbebend:
»Ich gebe meine Küsse, aber niemand darf sie sich einfach nehmen.«
Ich riß sie an den Armen heran und preßte ihr heftig meine Lippen auf den Mund. Dann ließ ich sie wieder los.
»Ich nehme mir, was ich will.«
Ich schlug ihr auf die Rechte. Sie hatte dort einen Dolch gehalten.

Amüsiert fragte ich mich, wo sie ihn vorher verborgen hatte. Ich entwand ihn ihrer Hand und steckte ihn in meinen Gürtel.
»Und ich ziehe denen den Stachel, die ich küssen will. So hat es Dwayanu in den alten Tagen gehalten, und so hält er es heute auch.«
Sie fuhr Stück um Stück vor mir zurück und hatte die Augen zusammengekniffen. Aber ich konnte trotzdem in ihnen lesen. Sie hatte mich für einen anderen gehalten, als ich war, hatte geglaubt, ich sei ein Hochstapler, ein Betrüger. Und sie hatte mich für einen Trottel gehalten, den sie um den Finger wickeln konnte, den sie sich ihrem Willen untertan machen konnte. Mich hatte sie verlokken wollen, mich, Dwayanu, der sich mit den Frauen ebensogut auskannte wie mit dem Kriegführen. Und dennoch ...
Sie war atemberaubend schön ... und sie war alles, auf das ich mich in diesem fremden Land beim Aufbau meines neuen Reichs stützen konnte. Ich besah sie mir gründlich, während sie mich anstarrte. Als ich zu ihr sprach, waren meine Worte so kalt wie meine Gedanken.
»Spiel nicht mehr mit Dolchen ... und auch nicht mit mir. Ruf deine Diener. Ich bin hungrig und habe Durst. Sobald ich mich gestärkt habe, reden wir.«
Sie zögerte erst, doch dann klatschte sie in die Hände. Frauen kamen mit dampfenden Schüsseln, Früchteschalen und Weinkaraffen herein. Ich aß wie ein Wolf und trank viel. Beim Essen und Trinken dachte ich nur wenig an Lur, aber viel daran, was ihre Hexenkraft mich hatte sehen lassen. Und ich ergänzte es durch das, was ich in der Oase erfahren hatte. Allzuviel kam nicht dabei herum. Während ich schweigend das Mahl zu mir nahm, spürte ich Lurs Augen auf mir. Ich sah ihr ins Gesicht und lächelte.
»Du dachtest wohl, du könntest mich zum Sklaven deines Willens machen, Lur. Verfall nie wieder auf einen solchen Blödsinn!«
Sie stützte die Hände auf und betrachtete mich vom anderen Ende des Tisches aus.
»Dwayanu ist vor sehr langer Zeit gestorben. Wie kann das Blatt, das längst verdorrt ist, plötzlich wieder ergrünen?«

»Ich bin er, Lur.«
Sie gab darauf keine Antwort.
»Was war in deinem Kopf, als du mich hierher gebracht hast, Lur?«
»Ich bin Tiburs überdrüssig, seines Lachens überdrüssig und seiner Einfalt überdrüssig.«
»Und was sonst noch?«
»Ich bin auch Yodins überdrüssig. Du und ich, wir beide allein, könnten Karak beherrschen, wenn nur ...«
»Dieses ›wenn nur‹ scheint mir der Kern des Problems zu sein, Hexe. Also, heraus damit!«
Sie erhob sich und beugte sich zu mir vor.
»Wenn du Khalk'ru rufen kannst!«
»Und wenn nicht?«
Sie zuckte die Achseln und ließ sich in ihren Stuhl fallen. Ich lachte laut auf.
»In diesem Fall ist Tibur doch nicht so langweilig, und Yodin läßt sich ertragen. Jetzt hör mir einmal zu, du rothaarige Hexe: War es deine Stimme, die mich dazu drängte, Khalk'rus Tempel zu betreten? Hast du gesehen, was ich gesehen habe? Du brauchst mir nicht zu antworten, Lur, denn ich kann alles aus deinem Gesicht herauslesen. Du möchtest Tibur gern loswerden. Nun gut, vielleicht kann ich ihn beseitigen. Du möchtest auch Yodin gern loswerden. Nun, ganz gleich, wer ich bin, wenn ich den Mächtiger-als-alle-Götter rufen kann, benötigt niemand mehr Yodin. Und wenn Tibur und Yodin beseitigt sind, bleiben nur noch wir beide übrig. Und du denkst, du könntest mich dann beherrschen. Das wird dir nie gelingen, Lur.«
Sie hatte schweigend zugehört, und ganz ruhig antwortete sie mir jetzt:
»All das entspricht der Wahrheit, aber ...«
Sie zögerte. Ihre Augen glühten, und ein roter Hauch zog über ihren Busen und ihre Wangen.
»Aber es könnte noch einen anderen Grund dafür geben, daß ich dich mitgenommen habe.«

Ich fragte sie nicht, was das für ein anderer Grund sein könnte. Früher schon hatten Frauen versucht, mich mit dieser List in die Falle zu locken. Sie wandte den Blick von mir ab. Der grausame Zug um ihren roten Mund trat einen Augenblick lang überdeutlich hervor und überdeckte alles andere.

»Was hast du mit Yodin besprochen, Hexe?«

Sie sprang auf und hielt mir ihre Arme entgegen. Ihre Stimme bebte.

»Bist du denn kein Mann, daß du so zu mir sprichst! Habe ich dir nicht Macht geboten, die du mit mir teilen sollst? Bin ich nicht schön und begehrenswert?«

»Du bist sehr schön und sehr begehrenswert. Doch es gehört zu meinen Prinzipien, die Fallen einer Festung zu enttarnen und zu entschärfen, bevor ich sie einnehme.«

Feuer blitzte aus ihren blauen Augen. Sie eilte zur Tür. Aber ich war schneller. Ich hielt sie fest und packte die Hand, die mich schlagen wollte.

»Was hast du dem Hohepriester versprochen, Lur?«

Ich holte den Dolch aus dem Gürtel und setzte ihr die Spitze an die Kehle. In ihren Augen stand Wut, aber keine Furcht. *Luka, dreh dein Rad, damit ich diese Frau nicht töten muß!*

Ihre Muskeln entspannten sich. Sie lachte.

»Steck den Dolch weg, ich sage dir ja alles.«

Ich ließ sie los und kehrte zu meinem Stuhl zurück. Sie blieb stehen und betrachtete mich. Halb ungläubig sagte sie:

»Du hättest mich erstochen!«

»Ja.«

»Das glaube ich dir. Wer immer du sein magst, Gelbhaar, es gibt keinen zweiten Mann wie dich an diesem Ort.«

»Wer immer ich sein mag, Hexe?«

Sie hob ungeduldig die Arme.

»Wir beide brauchen uns jetzt doch nichts mehr vorzumachen.« Ärger schwang in ihrer Stimme mit. »Ich habe mehr als genug Lügen gehört. Es wäre besser für dich, wenn du darauf verzichten würdest. Wer auch immer du sein magst, du bist nicht Dwayanu.

Ich wiederhole es noch einmal: Das verdorrte Blatt kann nicht wieder ergrünen. Genausowenig wie die Toten zurückkehren können.«

»Wenn ich nicht Dwayanu bin, woher sind dann diese Erinnerungen gekommen, als ich eben am Fenster stand? Du hast doch alles mitbekommen. Sind sie von deinem Geist in den meinen gekommen, Hexe, oder von meinem Geist in deinen?«

Sie schüttelte den Kopf, und wieder fiel mir auf, daß Unsicherheit und Zweifel in ihren Blick traten.

»Ich habe nichts gesehen. Ich wollte nur, daß du siehst ... irgend etwas siehst. Deine Visionen haben sich meinem Blick entzogen. Was immer du auch gesehen haben magst, ich hatte keinen Anteil daran. Genauso, wie ich dich nicht unter meinen Willen zwingen könnte. Ich habe wirklich nichts gesehen.«

»Ich erblickte das alte Land, Lur.«

Verdrossen sagte sie: »Ich komme nicht weiter als bis zum Tor davor, doch es bleibt mir verschlossen.«

»Was sollte ich im Ayjirland für Yodin finden, Lur?«

»Khalk'ru«, antwortete sie leise.

»Und warum?«

»Weil ich daran eindeutig erkennen könnte, ob du ihn zu rufen vermagst, oder nicht. Das herauszufinden, habe ich Yodin versprochen.«

»Und wenn du davon überzeugt wärst, daß ich ihn rufen kann?«

»Dann hätte man dich erschlagen, bevor du das unter Beweis stellen könntest.«

»Und wenn es mir nicht gelingen sollte?«

»Dann würde man dich Ihm im Tempel opfern.«

»Bei Zarda!« entfuhr es mir. »Dieser Empfang für Dwayanu gleicht in keiner Weise dem, was er von früheren Gelegenheiten gewöhnt ist. Die Gastfreundschaft, die ihr anbietet, ist kaum dazu angetan, das Herz eines Reisenden zu ermutigen. Spätestens jetzt bin ich auf deiner Seite, was die Eliminierung von Tibur und Yodin angeht. Aber was sollte mich daran hindern, bei diesem Tun mit dir zu beginnen, Hexe?«

Sie lehnte sich auf ihrem Stuhl zurück und lächelte.
»Zum einen, weil dir das nicht guttun würde, Gelbhaar. Sieh her.«
Sie war beim Sprechen an ein Fenster getreten und winkte mich heran. Dort sah ich den Damm und den Hügel, auf denen wir aus dem Wald hierher gelangt waren. Frau an Frau war der Damm von Soldsten besetzt, und auf dem Hügel stand ein weiteres Bataillon. Ich sagte mir, daß Lur in diesem Punkt wohl recht hatte. Selbst Dwayanu würde nicht unbehelligt an dieser Streitmacht vorbeikommen. Der alte Zorn erwachte in mir. Die Hexe beobachtete mich mit unverhohlenem Spott.
»Und zum anderen ... Also, höre mir genau zu, Gelbhaar.«
Ich goß Wein ein und trank ihr zu.
»Das Leben in diesem Land ist angenehm«, begann sie. »Zumindest für uns wenige, die es beherrschen. Ich sehe keinen Grund, daran das Geringste zu ändern, bis auf die leidige Angelegenheit Yodin und Tibur. Und eine andere Sache, über die wir uns jedoch später noch unterhalten können. Mir ist bekannt, daß die Welt sich schon vor langer Zeit verändert hat, spätestens seit damals, als unsere Vorfahren aus dem Ayjirland flohen. Ich weiß auch, daß Leben außerhalb dieses geschützten Ortes existiert, an den Khalk'ru in seiner Weisheit die alte Rasse geführt hat. Yodin und Tibur wissen das auch, und einige wenige andere. Andere mögen da vielleicht etwas vermuten. Aber niemand von uns wünscht, diesen angenehmen Ort zu verlassen. Und niemand von uns wünscht, daß die Welt um uns herum von diesem Tal erfährt. Daher sorgen wir auch mit Nachdruck dafür, daß keiner aus unserem Volk dieses Tal verläßt. Viele von den Ayjir würden gern hinaus, wenn sie wüßten, daß sie dort grüne Felder, üppige Wälder, fließende Wasser und viele, viele Menschen vorfinden würden. Seit Jahrhunderten und Jahrtausenden hat man ihnen erzählt, daß auf der Welt kein Leben mehr existiert, mit Ausnahme dieses geschützten Tals; daß Khalk'ru, erzürnt über das Große Sakrileg, als Ayjirland sich in Revolte erhob und seine Tempel niederriß, alles Leben vernichtete und nur diesen Ort übrigließ; daß wir hier von

Khalk'ru nur geduldet sind; und daß wir nur so lange hier weilen dürfen, wie wir Khalk'ru das alte Opfer bringen. Kannst du mir folgen, Gelbhaar?«

Ich nickte.

»Die Prophezeiung von Dwayanu ist uralt. Er war der größte unter den Königen der Ayjir und lebte hundert Jahre oder länger, bevor die Ayjir ihre Gesichter von Khalk'ru abwandten und ihm das Opfer verweigerten ... und vor der Zeit, in der Seine Strafe das Land in eine öde Wüste verwandelte. Als die Unruhe wuchs, auf deren Höhepunkt der große Krieg kam, in dem die Ayjir sich gegenseitig abschlachteten, wurde die Prophezeiung geboren. Eines Tages sollte Er zurückkehren, um die alte Größe unseres Volks wiederherzustellen. Keine sonderlich orginelle Prophezeiung, Gelbhaar. Andere Völker und Rassen haben und hatten ihren Dwayanu – ihren Erlöser, ihren Befreier, ihren wiedergeborenen König –, solches oder ähnliches habe ich in den uralten Rollen gelesen, die die Vorfahren auf ihrer Flucht in dieses Tal mitbrachten. Ich glaube eigentlich nicht an solche Geschichten. Neue Dwayanus mögen entstehen, aber die alten kehren nie zurück. Aber das Volk kennt diese Prophezeiung, und die Menschen glauben alles, was ihnen Freiheit von etwas verspricht, das sie nicht mögen. Und aus den Reihen des Volks werden die erwählt, die Khalk'ru geopfert werden. Also ist es verständlich, daß sie das Opfer nicht mögen. Aber da sie nicht wissen, was kommen mag, wenn keine Opfer mehr dargebracht werden, erdulden sie diesen Dienst an Khalk'ru.

Und damit, Gelbhaar, wären wir bei dir angelangt. Nachdem ich dich zum erstenmal gesehen hatte und hörte, wie du dich selbst Dwayanu nanntest, habe ich mich mit Yodin und Tibur beraten. Damals hielt ich dich noch für jemanden, den Sirk geschickt hatte. Bald wußte ich jedoch, daß das nicht sein konnte. Denn mit dir war ein anderer ...«

»Ein anderer?« fragte ich und war ehrlich überrascht.

Sie sah mich mißtrauisch an.

»Du erinnerst dich nicht an ihn?«

»Nein, ich erinnere mich nur daran, dich am Fluß gesehen zu haben. Ein weißer Falke war bei dir. Und auch andere Frauen ritten mit dir.«
Sie beugte sich vor und sah mich eindringlich an.
»Du erinnerst dich nicht mehr an die Rrrllya, an das Kleine Volk? Und an ein dunkelhaariges Mädchen mit dem Namen Evalie?«
Kleines Volk ... ein dunkelhaariges Mädchen ... Evalie? Doch, ich erinnerte mich daran, aber viel zu schwach und vage. Sie tauchten in den Träumen auf, die ich fast schon vergessen hatte. Aber waren das wirklich Träume gewesen ... oder die Realität?
»Ganz matt bringen diese Namen etwas in mir zum Klingen, Lur. Aber es ist zu schwach.«
Sie sah mich mit einem sonderbaren Triumph im Blick an.
»Macht ja nichts«, sagte sie, »am besten versuchst du gar nicht mehr, daran zu denken. Damals warst du ... nicht wach. Später reden wir ausführlicher darüber. Diese Wesen sind deine Feinde. Aber auch das macht nichts, glaub nur meinen Worten. Falls du aus Sirk gekommen wärst und vorgegeben hättest, Dwayanu zu sein, hättest du große Unruhe unter unseren Unzufriedenen ausgelöst. Vielleicht hätten sie in dir sogar den Führer gesehen, der sie aus ihrem Ungemach leiten könnte. Und falls du von außerhalb des Tals gekommen wärst, würde eine noch größere Gefahr von dir ausgehen, denn du könntest uns alle als Lügner bloßstellen. Nicht nur die Unzufriedenen, sondern auch unsere Soldaten wären zu dir übergelaufen. Was blieb uns also anderes übrig, als dich so rasch wie möglich zu beseitigen?«
»Nichts«, sagte ich. »Ich frage mich, warum ihr das nicht gleich getan habt, als sich eine Gelegenheit dazu bot?«
»Du hast uns leider einen dicken Strich durch die Rechnung gemacht«, sagte sie. »Denn du zeigtest deinen Ring. Zu viele haben ihn gesehen, und zu viele haben gehört, daß du dich Dwayanu genannt hast ...«
Ja, jetzt erinnerte ich mich. Ich war aus dem Fluß gekommen. Aber wie war ich dort hinein gelangt? Die Brücke ... Nansu ... irgend etwas war dort vorgefallen ... aber das lag unter einem

dicken Nebel verborgen ... das Kleine Volk ... doch, mit denen hatte der Vorfall etwas zu tun ... Sie hatten Angst vor mir gehabt ... Aber ich hatte doch nichts gegen sie ... Vergebens versuchte ich, die kurz aufreißenden Löcher im Nebel zu einem Muster zu ordnen. Lurs Stimme riß mich aus meinen Gedankenwanderungen.

»Deshalb habe ich Yodin davon überzeugt«, fuhr sie fort, »daß es falsch wäre, dich auf der Stelle zu erschlagen. Sobald dein Tod bekannt geworden wäre, hätte das zu großen Unruhen geführt, ganz zu schweigen davon, daß Sirks Position sich unnötig verstärkt hätte. Schlimmstenfalls wäre es unter den Soldaten zu einer Meuterei gekommen. ›Was?‹ hätten sie einander gesagt, ›Dwayanu ist gekommen, und unsere Herrscher haben ihn getötet!‹

›Ich übernehme ihn‹, habe ich Yodin erklärt, ›denn ich habe kein Vertrauen zu Tibur, der in seiner Einfalt und Arroganz uns alle ins Unglück stürzen könnte. Ich weiß eine bessere Möglichkeit. Soll Khalk'ru ihn doch verschlingen und uns damit recht geben, dafür daß wir ihn für einen Lügner und Hochstapler gehalten haben. So bald kommt dann keiner mehr daher und verkündet, er sei der neue Dwayanu!‹«

»Demnach hält auch der Hohepriester mich nicht für Dwayanu?«

»Noch weniger als ich, Gelbhaar«, lächelte sie. »Tibur übrigens auch nicht. Aber wer du in Wahrheit bist, woher du kamst und warum und wie du zu uns gekommen bist, das verwirrt sie genauso wie mich. Du siehst aus wie ein Ayjir, also gehen wir davon aus, daß du ein gebürtiger Sohn der alten Rasse bist. Aber das ist Tibur auch, und den hält hier niemand für den Erlöser.« Sie lachte, und es klang wie das Geläut heller Glocken. »Du trägst den Ring. Wo hast du ihn her, Gelbhaar? Du weißt zu wenig von seinem Gebrauch. Yodin hat das festgestellt, als du im Schlaf versunken warst. Und Yodin hat auch bemerkt, wie du dich verfärbtest und fast geflohen wärst, als du in seinem Zimmer zum erstenmal Khalk'ru gesehen hast. Streite es nicht ab, Gelbhaar. Mir selbst ist

es doch auch aufgefallen. Nein, Yodin fürchtet dich nicht als Rivalen in Khalk'rus Gunst. Aber er ist sich nicht bis ins letzte sicher. Ein schwacher Hauch von Zweifel plagt ihn. Und den habe ich mir zunutze gemacht. Deshalb bist du jetzt hier.«
Ich sah sie mit offener Bewunderung an, hob wieder den Kelch und trank ihr zu. Als ich in die Hände klatschte, kamen die Dienerinnen herein.
»Räumt den Tisch ab und bringt mehr Wein.«
Sie kehrten mit neuen Karaffen und Kelchen zurück. Als sie wieder gegangen waren, trat ich an die Tür und schob den schweren Riegel vor. Ich hob eine der Karaffen und leerte sie mit einem Zug zur Hälfte.
»Ich kann Khalk'ru rufen, Hexe.«
Sie atmete scharf ein. Ihr Körper zitterte. Die blauen Feuer in ihren Augen brannten heller als je zuvor.
»Soll ich es dir beweisen?«
Ich nahm den Ring aus dem Medaillon, streifte ihn über den Daumen, hob die Hand und begann mit der Beschwörung ...
Ein kalter Hauch fuhr durch das Zimmer. Die Hexe stürmte auf mich zu und riß mit aller Kraft meine Hand herunter. Ihre Lippen waren weiß.
»Nein! Nein! Ich glaube Euch, Dwayanu!«
Ich lachte. Der eigenartige Hauch verschwand auf unerklärliche Weise wieder.
»Und, Hexe, was wirst du nun dem Priester erzählen?«
Das Blut kehrte ihr langsam in Gesicht und Lippen zurück. Sie nahm eine Karaffe und leerte sie. Ihre Hand zitterte nicht. Eine bewundernswerte Frau.
»Ich werde ihm sagen, daß du ein Hochstapler bist«, erklärte sie.
»Ich rufe den Vernichter. Ich töte Tibur. Ich beseitige Yodin. Was gibt es sonst noch zu tun?«
Sie kam zu mir, und ihre Brüste berührten mich.
»Zerstöre Sirk. Lösch die Zwerge aus. Dann herrschen wir beide, du und ich, ganz allein.«
Ich nahm einen großen Schluck Wein.

»Ich rufe Khalk'ru. Ich vernichte Tibur und den Priester. Ich nehme Sirk ein und überziehe die Zwerge mit Krieg, wenn ...«
Sie sah mir lange in die Augen, sehr lange, und ihr Arm schob sich um meinen Hals ...
Ich streckte eine Hand aus und löschte die Kerzen. Das grüne Schimmern der besonderen Nächte in diesem Tal floß durch die Fenster. Der Wasserfall rauschte wie ein sanftes Lachen.
»Ich will das, was mir zusteht, im voraus«, sagte ich. »So hat es Dwayanu früher getan ... und bin ich heute nicht Dwayanu?«
»Ja!« hauchte die Hexe.
Sie nahm die Saphire aus ihrem Haar, löste die Knoten und schüttelte die langen Strähnen lose. Ihre Arme faßten mich um die Schultern. Ihre Lippen suchten meine und klebten daran fest.
Pferdehufe donnerten rasch über den Damm. Ein ferner Ruf. Ein Klopfen an der Tür. Die Hexe erwachte und setzte sich schläfrig auf.
»Bist du das, Quarda?«
»Ja, Herrin. Ein Bote von Tibur ist hier.«
Ich lachte.
»Sage ihm, du seist gerade mit deinen Göttern beschäftigt, Lur.«
Sie beugte ihren Kopf über meinen, so daß wir unter dem seidigen Vorhang ihres roten Haars verborgen waren.
»Teile ihm mit, Quarda, ich sei gerade mit meinen Göttern beschäftigt. Der Bote kann bis morgen warten oder mit dieser Nachricht zu seinem Herrn zurückreiten.«
Sie sank in ihre Kissen zurück und suchte meine Lippen ...
Bei Zarda! Aber so war es früher gewesen ... Feinde erschlagen, Städte einnehmen, fremde Völker bekriegen und in den weichen Armen einer Frau liegen.
Ich war rundum zufrieden.

DAS BUCH VON DWAYANU

I

Prüfung durch Khalk'ru

Zweimal schon hatte die grüne Nacht das Tal unter der Luftspiegelung gefüllt, während ich mir Lur und ihren Frauen trank und feierte. Wir hatten uns die Zeit mit Turnieren verkürzt: Schwertkämpfe, Hammerwürfe und Ringkämpfe. Diese Frauen waren wahrhafte Krieger. Gehärteter Stahl unter seidenweicher Haut ... sie machten mir immer wieder zu schaffen, so stark, wie ich war, und so flink, wie ich mich bewegen mochte. Wenn Sirk von solchen Kriegerinnen beschützt würde, würden wir beim Angriff auf erhebliche Probleme stoßen.

Die Blicke, die die Frauen mir zuwarfen, und die Worte, die sie einander zuflüsterten, machten mir deutlich, daß ich in den Nächten, in denen Lur in Karak zu tun hatte, keineswegs ein einsames Lager vorfinden würde. Aber die Hexe ritt ja nicht fort. Sie war stets an meiner Seite. Von Tibur kamen keine Boten mehr; oder wenn doch, bekam ich nichts davon mit. Lur hatte dem Hohepriester von einer Vertrauensperson mitteilen lassen, daß er mit seiner Vermutung recht hatte. Ich könne den Mächtiger-als-alle-Götter nicht rufen und sei entweder größenwahnsinnig oder ein Hochstapler. Zumindest sagte Lur es mir so. Ob sie ihn angelogen hatte oder mich, wußte ich natürlich nicht zu sagen; aber diese Frage beschäftigte mich auch nicht sonderlich. Ich hatte viel zuviel damit zu tun, mein Leben zu genießen.

Nie mehr nannte sie mich Gelbhaar, sondern stets Dwayanu. Und sie bot alle Liebeskünste auf – und hier machte sie ihrem Namen Hexe alle Ehre –, um mich fester an sich zu binden.

Der Morgen des dritten Tages war angebrochen. Ich lehnte gerade aus einem der Fenster und beobachtete, wie die nebligen Juwelenfeuer der selbstleuchtenden Wasserlilien langsam verblaßten und wie die Nebelschwaden, die sich wie Sklaven dem Wasserfall näherten, langsamer und langsamer wurden. Ich dachte, Lur schliefe noch, da hörte ich, wie sie sich regte, und drehte mich um. Sie hatte sich aufgesetzt und betrachtete mich durch den Schleier ihres roten Haars. Ja, in diesem Augenblick sah Lur wirklich wie eine Hexe aus …

»Letzte Nacht kam ein Bote von Yodin zu mir. Heute sollst du Khalk'ru rufen.«

Ich fühlte mich wie elektrisiert, und das Blut rauschte singend in meinen Ohren. Schon damals hatte ich mich so gefühlt, als ich den Großen Vernichter rufen sollte. Ein Gefühl der Macht, das noch stärker war als der Triumph des Siegers. Ein Gefühl übermenschlicher Macht und übermenschlichen Stolzes. Und gleichzeitig wuchs damit ein tiefer Zorn … Zorn gegen diese Wesenheit, die der wahre Feind des Lebens war. Auf diesen Dämon, der sich vom Fleisch und Blut Ayjirlands ernährte … und von seiner Seele.

Lur beobachtete mich.

»Hast du Angst, Dwayanu?«

Ich setzte mich neben sie aufs Bett und teilte den Haarschleier.

»Hast du mir deshalb in der letzten Nacht mehr Küsse geschenkt als sonst, Lur? Warst du deshalb noch zärtlicher? Zärtlichkeit von dir ist mehr als angenehm, Hexe, auch wenn man sie von dir nur selten erwartet. Hattest du Angst? Um mich? Du verwöhnst mich, Lur.«

Ihre Augen blitzten auf, und ihr Gesicht verfärbte sich, als ich lachte.

»Du glaubst nicht, daß ich dich liebe, Dwayanu?«

»Nicht so sehr, wie du deine Macht liebst, Hexe.«

»Liebst du denn mich?«

»Nicht so sehr, wie ich die Macht liebe, Hexe.« Ich lachte wieder.

Ihre Augen waren schmal wie Schlitze, als sie mich jetzt musterte.

»In Karak redet man viel über dich«, sagte sie. »Langsam wächst sich das zu einer Gefahr aus. Yodin bedauert schon, dich nicht gleich getötet zu haben. Er weiß aber auch, was dann passiert wäre. Tibur bedauert, daß er dich nicht schon getötet hat, als du aus dem Fluß gestiegen bist. Er drängt jetzt, daß keine Zeit mehr verloren werden darf. Yodin hat dich als falschen Propheten bezeichnet und erklärt, der Mächtiger-als-alle-Götter werde dir deine gerechte Strafe zukommen lassen. Er glaubt, was ich ihm über dich erzählt habe. Aber vielleicht hat er noch einen Trumpf im Ärmel. Du, der du mich so leicht durchschaust«, leichter Spott kam in ihre Stimme, »kannst ihn doch sicher erst recht durchschauen und dich vor ihm wappnen. Die Unruhe im Volk wächst, und sogar unter den Adligen sind einige, die fordern, man solle dich endlich auf die Probe stellen. Und die Soldaten wollen Dwayanu sofort folgen, wenn sie den Beweis dafür erhalten, daß du wirklich er bist. Überall ist Unruhe und spannungsvolle Erwartung. Überall erzählt man sich Geschichten und Gerüchte. Deine Bekanntheit ist über jedes Maß gewachsen, ebenso die Erwartung, die man an dich stellt. Deshalb mußt du heute vor Khalk'ru treten.«

»Wenn dem so ist«, sagte ich, »brauche ich wahrscheinlich gar nicht mehr den Vernichter zu rufen, um alle Macht zu erlangen.«

Sie lächelte.

»Bei diesem Gedanken hat dich deine alte Schläue im Stich gelassen. Man wird jeden deiner Schritte überwachen. Bevor du nur ein Dutzend Männer um dich scharen kannst, hat man dich schon erschlagen. Wer wollte Yodin und Tibur dann noch aufhalten, sie hätten ja doch nichts mehr zu verlieren, höchstens etwas zu gewinnen, wenn sie eine überzeugende Erklärung für ihre Tat vorbringen könnten. Davon abgesehen: Was ist mit dem, was du mir versprochen hast?«

Ich legte ihr die Arme um die Hüfte, hob sie hoch und küßte sie.

»Wenn man mich erschlagen will, nun, dazu habe ich natürlich einige eigene Vorstellungen. Aber was dich betrifft, Lur, so halte ich meine Versprechen.«

Pferde galoppierten über den Damm, Kesselpauken dröhnten,

Ausrüstung und Zierat klirrte. Ich trat ans Fenster. Lur sprang aus dem Bett und stellte sich neben mich. Der Burg näherten sich hundert oder mehr Reiter. Von ihren Speeren flatterten die gelben Banner mit dem Symbol Khalk'rus. Vor der hinabgelassenen Zugbrücke hielten sie an. An ihrer Spitze erkannte ich Tibur. Über seine breiten Schultern hing ein gelber Umhang, auf dessen Brust ebenfalls das Symbol Khalk'rus prangte.
»Sie kommen, um dich in den Tempel zu bringen. Ich muß sie einlassen.«
»Warum auch nicht?« sagte ich gleichgültig. »Aber ich betrete keinen Tempel, bevor ich mein Frühstück eingenommen habe.«
Ich warf noch einen Blick auf Tibur.
»Und wenn ich neben dem Schmied reiten soll, wünsche ich von dir ein ausreichendes Kettenhemd.«
»Du reitest neben mir«, erklärte Lur. »Und was Waffen angeht, so magst du mitnehmen, was du möchtest. Auf dem Weg zum Tempel brauchst du nichts zu befürchten. Erst in ihm lauert die Gefahr für dich.«
»Du sprichst mir zuviel von Furcht und Angst, Hexe.« Ich runzelte die Stirn. »Laß das Horn ertönen. Tibur glaubt sonst womöglich noch, ich wolle ihn nicht empfangen. Und das soll er doch nun wirklich nicht von mir denken.«
Lur gab der Wache an der Zugbrücke ein Signal. Während ich badete, hörte ich das Getrappel vieler Hufe, das erst vor der eigentlichen Burg haltmachte. Lurs Kammerzofe trat ein, und die Hexe zog sich mit ihr zurück.
Ich zog mich in aller Ruhe an. Auf dem Weg zur großen Halle blieb ich vor der Waffenkammer stehen. Ein Schwert war darin, daß mir gefallen hatte. Es war von dem Gewicht, wie ich es brauchte, und so exzellent verarbeitet, wie es mir in Ayjirland nie begegnet war. Ich trat ein, wog die Waffe in der Linken und wählte eine leichtere für die Rechte. Dann fiel mir ein, daß man mich vor Tiburs Linker gewarnt hatte. Ich lachte. Tibur kannte meine Linke nicht. Ich nahm auch einen Hammer, der jedoch nicht so schwer war wie der vom Schmied. Seine Eitelkeit zwang ihn zu einer solchen Waffe.

Man hatte mehr Kontrolle über einen leichteren Hammer. Ich band den starken, geflochtenen Gurt um meinen Unterarm, der den Riemen der Waffe hielt. Dann ging ich nach unten, um Tibur zu begrüßen.
Ein dutzend Adliger stand in der Halle, meistenteils Männer. Lur hatte sich zu ihnen gesellt. Mir fiel auf, daß sie ihre Soldatinnen an strategisch günstigen Punkten postiert hatte, und sie waren bis an die Zähne bewaffnet. Ich nahm das als Zeichen ihres guten Willens, obwohl es ja ihrer Versicherung widersprach, ich hätte auf dem Weg zum Tempel keine Gefahr zu befürchten. An Tiburs Begrüßung war nichts auszusetzen. Auch die anderen behandelten mich mit Höflichkeit. Nur einer fiel mir auf. Neben dem Schmied stand ein Mann, der an meine Größe heranreichte. Er hatte kalte blaue Augen, und aus denen kam das eigentümliche ausdruckslose Starren, das man nur bei geborenen Mördern findet. Eine Narbe verlief von der linken Schläfe bis zum Kinn, und die Nase des Mannes war gebrochen. Einen solchen Kämpfer hätte ich in den alten Tagen als Führer über einen besonders rebellischen Stamm eingesetzt. Von ihm strömte eine Arroganz aus, die mich irritierte, aber ich beherrschte mich und ließ mir nichts anmerken. Mir konnte nicht daran gelegen sein, in diesem Moment einen Konflikt heraufzubeschwören. Und erst recht wollte ich – noch – kein Mißtrauen im Schmied aufkeimen lassen. Daher hatte meine Begrüßung für die Neuankömmlinge etwas Versöhnliches und eine Spur von Unsicherheit in sich.
Ich hielt diese Haltung aufrecht, während wir gemeinsam ein Begrüßungsmahl einnahmen. Nur einmal fiel mir das besonders schwer. Tibur beugte sich lachend dem Narbengesicht zu.
»Ich habe dir doch gesagt, daß er größer ist als du. Damit gehört der graue Hengst mir.«
Die blauen Augen musterten mich von Kopf bis Fuß. Mir stieg die Galle hoch.
»Der Hengst gehört dir.«
Tibur beugte sich zu mir.
»Man nennt ihn Rascha, den Rückenbrecher. Nach mir ist er der

stärkste Mann in Karak. Wie schade, daß Ihr so bald schon vor den Mächtiger-als-alle-Götter treten müßt. Ein Zweikampf zwischen Euch und dem Rückenbrecher wäre sicher sehenswert.«
Meine Wut ließ sich kaum noch bezähmen, und meine Linke fuhr an den Schwertgriff. Aber dann gewann ich die Kontrolle über mich zurück und antwortete ihm mit vorgetäuschtem Eifer:
»Das wäre in der Tat interessant. Vielleicht ließe sich der Tempelbesuch ja etwas aufschieben ...«
Lur verzog das Gesicht und sah mich eigentümlich an. Doch Tibur fiel auf den Köder herein, und in seinen Augen glühte die Boshaftigkeit.
»Nein, im Tempel ist jemand, den man nicht warten lassen darf. Aber danach ... vielleicht ...«
Sein Gelächter erschütterte die Tafel. Die anderen fielen ein. Rascha grinste. *Bei Zarda! Das konnte ich mir nicht mehr gefallen lassen! Sei auf der Hut, Dwayanu, und besinne dich auf die List. Damit hast du in den alten Tagen schon viele Siege errungen, und damit wirst du auch heute triumphieren.*
Ich leerte meinen Kelch und trank mehr. Ich fiel in das allgemeine Lachen ein, aber so, als würde ich mich fragen, worüber sie eigentlich lachten. Gleichzeitig prägte ich mir ihre Mienen genau ein.
Wir ritten über den Damm. Lur war zu meiner Rechten, und ein ausgesuchter Trupp ihrer Kriegerinnen deckte uns von hinten. Vor uns ritt Tibur mit dem Rückenbrecher und einem Dutzend Getreuer des Schmieds. Den Mittelteil bildeten die Bannerträger, und am Schluß ritten weitere Kriegerinnen der Hexe.
Ich hatte eine besorgte Miene aufgesetzt. Hin und wieder drehten sich der Schmied oder einer seiner Kumpane zu mir um. Ich hörte, wie sie dann lachten. Die Hexe schwieg. Sie warf mir immer wieder einen mißtrauischen Blick zu, und wenn ich den bemerkte, ließ ich meinen Kopf noch ein Stück tiefer hängen.
Die schwarze Festung ragte vor uns auf. Wir ritten in die Vorstadt. In der Zwischenzeit war aus Lurs Verwunderung fast schon Zweifel geworden, und der Spott im Gelächter des Schmieds war nicht mehr zu überhören.

Die Straßen waren von den Bewohnern von Karak flankiert. Ich seufzte und gab vor, mich zu bemühen, meine Besorgnis abzuschütteln, aber zu mehr als einer teilnahmslosen Miene brachte ich es nicht. Lur biß sich auf die Unterlippe und ritt stirnrunzelnd nahe an mich heran.
»Hast du mich hereingelegt, Gelbhaar? Du siehst aus wie ein getretener Hund, der den Schwanz eingezogen hat.«
Ich wandte den Kopf ab, damit sie mein Gesicht nicht sehen konnte. Bei Luka, es war wirklich hart, in diesem Augenblick das Lachen zurückzuhalten.
Getuschel und Gemurmel kam von der Menge. Keine Hochrufe ertönten. Kein Jubel in den Straßen. Überall standen Soldaten mit Schwertern, Hämmern, Speeren und Spießen. Auch Bogenschützen hatten sich aufgestellt. Der Hohepriester wollte nichts dem Zufall überlassen.
Genausowenig wie ich.
Ich hatte wenig Interesse daran, einen Aufruhr und ein großes Massaker zu provozieren. Und erst recht wollte ich hier und jetzt Tibur keinen Anlaß dazu geben, mit mir Schluß zu machen und die Speere und Pfeile der Soldaten gegen mich zu richten. Lur glaubte zwar, auf dem Weg zum Tempel drohe mir keine Gefahr, sondern erst, sobald ich ihn betreten hatte. Aber ich wußte es besser. Schon hier draußen würde eine falsche Bewegung mein Ende bedeuten.
So ritt ich nicht als triumphaler Held, Erlöser oder tapferer Kriegskönig aus der Vergangenheit in Karak ein, sondern als Mann, der sich seiner Sache nicht sicher ist; oder besser, der zu genau weiß, was auf ihn zukommt. Die Menschen, die gekommen waren, um Dwayanu zu sehen, spürten das. Deshalb flüsterten sie einander zu oder schwiegen lieber ganz. Auch das gefiel dem Schmied. Und auch ich war es zufrieden, denn mittlerweile war ich so begierig darauf, Khalk'ru zu begegnen, wie ein Bräutigam seine Braut erwartet. Und da konnte ich kein Risiko eingehen, auf meinem Weg zum Vernichter von einem Schwert, einem Hammer, einem Speer oder einem Pfeil aufgehalten zu werden.

Und die Miene der Hexe verdüsterte sich immer mehr, und stärker wurden Zweifel und Zorn in ihren Augen.
Wir umritten die Zitadelle und schwenkten auf eine breite Straße ein, die zu den Felswänden führte. Im Galopp ging es voran. Die Banner flatterten, und die Pauken donnerten. Endlich erreichten wir eine gigantische Öffnung im Fels. Nicht zum erstenmal mußte ich durch ein solches Tor. Zögernd stieg ich vom Pferd, und fast schon widerwillig ließ ich mich von Tibur und Lur über die Schwelle in eine kleine, aus dem Fels gehauene Kammer führen.
Dort ließen sie mich ohne ein Wort allein. Ich sah mich um. Hier waren die Truhen mit den Opfergewändern, die Reinigungsbecken und die Gefäße mit den Salben für den Beschwörer Khalk'rus.
Eine Tür öffnete sich. Yodin sah mich an.
Triumph über befriedigte Rache spiegelte sich auf seinen Zügen wider. Ich wußte sofort, daß er schon mit dem Schmied und der Hexe gesprochen hatte und die ihm berichtet hatten, was für eine jämmerliche Haltung ich an den Tag gelegt hatte. Wie ein Opfer sei ich zur Begegnung mit Khalk'ru geritten. Nun, Lur hatte ihn nicht angelogen, sie wußte es ja nicht besser. Wenn sie vorgehabt hatte, mich zu hintergehen – mich vielleicht schon hintergangen hatte –, hielt sie mich jetzt genauso für einen Lügner und Hochstapler wie Tibur und die anderen. Und wenn sie es ehrlich mit mir gemeint hatte, hatte ich ihrer Lüge gegenüber dem Hohepriester den Rücken gestärkt.
Zwölf Unterpriester strömten hinter Yodin in die Kammer. Sie trugen die geweihten Roben. Yodin war in den gelben Kittel gekleidet, auf dem die schwarzen Tentakel den ganzen Leib umschlossen. Der Ring Khalk'rus glitzerte an seinem Daumen.
»Der Mächtiger-als-alle-Götter erwartet Euer Gebet, Dwayanu«, sagte er. »Aber vorher müßt Ihr Euch der rituellen Reinigung unterziehen.«
Ich nickte. Sie machten sich an mir zu schaffen, und ich stellte mich reichlich dämlich an, so wie jemand, der mit diesen Vorgängen nicht vertraut ist, aber so tun möchte, als ob. Das boshafte Vergnügen wurde immer stärker in Yodins Augen.

Die zeremonielle Reinigung war beendet. Yodin nahm aus einer Truhe einen ähnlichen Kittel, wie er ihn trug, und legte ihn mir an. Ich wartete.
»Euer Ring«, erinnerte er mich mit einem sardonischen Grinsen. »Habt Ihr vergessen, daß Ihr den Ring tragen müßt?«
Ich zerrte an der Kette um meinen Hals, fand endlich das Medaillon und zog den Ring über meinen Daumen. Die Unterpriester verließen trommelschlagend die Kammer. Nach kurzer Zeit folgten Yodin und ich ihnen. Ein schwerer Hammer schlug auf einen riesigen Amboß. Die Stimme von Tubalka, dem ältesten Gott, der die Menschen gelehrt hatte, Feuer und Metall zu vermählen. Der Amboßschlag war Tubalkas Anerkennung, sein Gruß und seine Ehrenbezeugung an Khalk'ru.
Die alte Erregung, die Ekstase der dunklen Macht, durchströmte mich. Es fiel mir immer schwerer, die falsche Miene aufzusetzen. Wir hatten den Gang hinter uns gebracht und waren in den Tempel gelangt.
Hai! Sie hatten dem Mächtiger-als-alle-Götter die größte Ehre mit diesem so fern gelegenen Tempel angetan. Einen gewaltigeren Ehrenplatz für den Vernichter hatte ich im Ayjirland nie gesehen. Direkt aus dem Herz des Berges geschnitten, wie es alle Tempel Khalk'rus sein müssen, ragten die immensen, viereckigen Säulen, die das Amphitheater umgrenzten, zu einer Decke hinauf, die sich in der Dunkelheit verlor. Aus kunstvoll gearbeiteten Metallschalen züngelten in weichen Spiralen blaßgelbe Flammen. Sie brannten ruhig und geräuschlos, aber in ihrem fahlen Schein kam es mir so vor, als würden die Säulen direkt auf den Schlund zu marschieren.
Gesichter starrten mich aus dem Amphitheater an. Hunderte Menschen waren hier versammelt. Zumeist Frauengesichter unter den Bannern und Wimpeln der Clans, deren Männer in mancher blutigen Schlacht an meiner Seite gefochten hatten. Bei allen Göttern, wie wenige Männer hier waren. Fast nur Frauengesichter starrten zu mir hoch. Gesichter von weiblichen Adligen, weiblichen Offizieren, weiblichen Soldaten ... Hunderte und

Aberhunderte ... gnadenlose blaue Augen ... keine Spur von weiblicher Wärme oder weiblicher Weichheit in ihnen ... Kriegerinnen waren sie alle ... Gut, dann würde ich sie eben nicht als Frauen, sondern als Krieger behandeln!

Jetzt fiel mir auf, daß an den Rändern des Amphitheaters Bogenschützen postiert waren. Sie hatten Pfeile aufgelegt, aber die Sehnen noch nicht gespannt, und die Pfeilspitzen waren auf mich gerichtet.

Tiburs Werk? Oder das des Priesters? Beide auf der Hut, daß ich nicht im letzten Augenblick die Flucht ergreifen könnte? Mir gefiel das nicht, aber was sollte ich im Augenblick dagegen tun? *Luka, wunderbare Göttin, dreh Dein Rad, damit keine Pfeile fliegen, bevor ich mit der Beschwörung begonnen habe!*

Ich drehte mich um und suchte nach der mystischen Wand, die Khalk'rus Tor zum Schlund darstellte. Sie lag einige hundert Schritt entfernt von mir, eine breite, eine gewaltige Felsformation. Dort lief die Höhle in einen Schacht aus. Die mystische Wand war eine gigantische Scheibe mit einem Durchmesser von mindestens zwanzig ausgewachsenen Männern. In den Tempeln des Mutterlandes war Khalk'ru aus einem leuchtend gelben Viereck gekommen. Ich spürte einen ersten Zweifel. Handelte es sich hier um dieselbe Wesenheit? Hatte der Hohepriester noch andere Gründe für seine boshafte Zufriedenheit als nur seine scheinbar berechtigten Zweifel an mir?

Aber dort in dem gelben Feld hing das Symbol des Vernichters. Sein ungeheurer Leib schien wie in einer Luftblase in einem gelben Ozean zu schweben. Seine Tentakel streckte er wie die Strahlen eines monströsen schwarzen Sterns aus. Seine grauenhaften Augen ruhten finster auf dem Tempel, so als sähen sie, wie stets, alles und nichts zugleich. Doch dasselbe Symbol. Die Flut der bewußten dunklen Macht in mir, die eben noch gegrübelt hatte, setzte nun ihren Siegeszug nach oben fort.

Jetzt bemerkte ich zwischen mir und dem Symbol einen Halbkreis von Frauen. Alle waren jung und kaum aus dem Kindalter erblüht, aber bereits auf dem Weg zur Frau. Ich zählte zwölf von ihnen.

Jede stand in einer flachen Mulde, der Opferschale, und sie hatten die goldenen Ketten der dargebotenen Opfer umgebunden. Über weiße Schultern und junge Brüste fiel das rötliche Haar, und unter den Strähnen sahen sie mich mit blauen Augen an, in denen Furcht und Entsetzen zu lesen stand. O, wie ich diese Blicke kannte. Ich konnte sie sofort deuten, auch wenn die Mädchen sich tapfer bemühten, sich gegenüber den Priestern und Anverwandten nichts davon anmerken zu lassen. Aufrecht und mit vorgetäuschtem Stolz standen sie in den Mulden. Hai! Sie waren wirklich stolz, die Frauen von Karak! Ich spürte Mitleid für die zwölf, und der alte Widerwille keimte auf.

Im Zentrum des Opferhalbkreises war ein dreizehnter Ring angebracht und wurde von starken goldenen Ketten gehalten, die vom Dach des Tempels herabhingen. Dieser Ring war leer, und seine schweren Verschlüsse standen offen ...

Der dreizehnte Ring! Der Ring, in dem ein Krieger geopfert wurde! Und er wartete ... auf mich!

Ich sah zu dem Hohepriester hinüber. Er stand neben seinen Unterpriestern, die hinter ihren Trommeln hockten. Yodin starrte mich intensiv an. Tibur stand am Rand der Plattform neben Tubalkas Amboß und hielt in den Händen einen riesigen Hammer. Seine Miene zeigte die gleiche hämische Vorfreude wie die des Priesters. Die Hexe konnte ich nirgends entdecken.

Der Hohepriester trat vor. Er sprach in den gewaltigen Raum des Tempels und begrüßte die versammelten Adligen.

»Hier steht der, der zu uns kam und sich Dwayanu nennt. Wenn er wirklich Dwayanu ist, dann wird der Mächtiger-als-alle-Götter, der unermeßliche Khalk'ru sein Gebet erhören und die Opfer annehmen. Aber wenn Khalk'ru seine Ohren vor ihm verschließt, hat der Fremde sich als Lügner und Betrüger entlarvt. Khalk'ru wird seine Ohren nicht vor mir versperren, der ich ihm stets treu gedient habe. Dann soll dieser Lügner und Hochstapler an den Kriegerring gekettet werden, damit Khalk'ru ihm die gerechte Strafe geben kann. Hört mich! Ist dies gerecht? Antwortet!«

Aus den Tiefen des Tempels ertönten die Stimmen der Adligen.

»Wir hören! Es ist gerecht!«

Der Hohepriester wandte sich mir zu und schien etwas sagen zu wollen. Aber dann änderte er plötzlich seine Meinung. Dreimal hob er seinen Stab mit den goldenen Klingeln und schüttelte ihn. Dreimal hob Tibur den schweren Hammer und schlug damit auf Tubalkas Amboß ein.

Aus dem Tempel erscholl der uralte Gesang, das jahrtausende alte Bittgebet, das Khalk'ru unseren Vorvätern beigebracht hatte, als er unsere Rasse aus allen auf der Erde erwählte. Zu einer Zeit, die im unermeßlichen Dunkel der Vergangenheit lag. Ich lauschte dem Gesang, als sei er ein Wiegenlied. Tibur ließ mich keine Sekunde aus den Augen, und seine Hand hielt den Hammer bereit, um ihn sofort auf mich zu schleudern, wenn ich Anstalten machte, mich zur Flucht zu wenden. Und auch Yodin konzentrierte sich ganz auf mich.

Der Gesang endete.

Rasch erhob ich meine Hände im alten Zeichen und hielt den Ring so, wie es das Ritual verlangte. Und schon fuhr der kalte Hauch durch den Tempel, das erste Anzeichen für das Erscheinen Khalk'rus.

Hai! Was für Gesichter Yodin und Tibur machten, als sie den kalten Hauch spürten! Jetzt war es an mir, Hohn und Spott zu zeigen! Ist dir das Lachen vergangen, Tibur? *Hai!* Wer wollte mich jetzt noch aufhalten! Nicht einmal der Schmied würde es jetzt noch wagen, seinen Hammer wie einen Blitz auf mich zu schleudern. Nicht einmal Yodin würde es jetzt noch wagen, das Ritual zu unterbrechen ...

Ich vergaß alles um mich herum. Vergaß Yodin, vergaß Tibur und vergaß, wie stets, in der dunklen Erregung über das Ritual die Opfer und ihre Leiden.

Der gelbe Stein zitterte und schwankte. Er wurde dünn wie Luft. Er verschwand ganz.

Dort, wo er sich eben noch ausgebreitet hatte, regten sich nun schwarze Tentakel, und aus den unermeßlichen Tiefen des Raums schob sich der gewaltige Leib Khalk'rus heran.

Schneller und lauter schlugen die Trommeln.
Die schwarzen Tentakel zuckten vorwärts. Die Opferfrauen konnten sie nicht sehen. Ihre Blicke klebten an mir ... so als ob ... so als ob ich die einzige Hoffnung in ihrer tiefen Verzweiflung wäre ... Ich, der ich ihren Vernichter herbeigerufen hatte ...
Die Spitzen der Tentakel erreichten die Frauen. Ich sah, wie die Hoffnung in ihren Augen schwächer wurde und abstarb. Die Krakenarme rollten sich um ihre Schultern, glitten über ihre Brüste, umschlangen ihre Leiber. Bewegten sich über ihre schlanken Beine, bis sie die Füße berührten. Die Trommeln verfielen in den heftigen Rhythmus, das Crescendo, das zum Höhepunkt der Opferhandlung führte.
Die Klageschreie der Frauen ertönten schrill über dem Trommelschlag. Ihre weißen Körper verwandelten sich in grauen Nebel. Verwandelten sich in Schatten. Waren verschwunden, bevor der letzte Klagelaut verklungen war. Die goldenen Ketten fielen klirrend auf den Muldenboden.
Aber was war das? Die Beschwörung war zu Ende. Khalk'ru hatte das Opfer angenommen. Aber er machte keine Anstalten, sich wieder zurückzuziehen.
Und die lebensfeindliche Kälte kroch auf mich zu, umhüllte mich ...
Ein Tentakel zuckte und schlängelte vorwärts. Langsam überquerte er den Kriegerring ... kam näher ... immer näher ...
Er griff nach mir!
Ich hörte eine Stimme. Sie intonierte Worte, die älter waren als alles, was ich je vernommen hatte. Worte? Nein, das waren keine Worte! Geräusche und Laute, die aus einer entfernten Zeit stammten, so weit zurück ... in eine Zeit, als noch kein Mensch über die Erde lief.
Yodins Stimme. Yodin intonierte in einer Sprache, die Khalk'rus eigene sein mochte; eine Sprache, die vor dem Leben entstanden war.
Er lockte Khalk'ru zu mir! Wollte mich auf den letzten Gang schikken, den vorher schon die Opfer gegangen waren!

Ich rannte los, auf Yodin zu. Ich riß ihn hoch und brachte ihn zwischen mich und den heranschlängelnden Tentakel. Ich hob den Hohepriester noch weiter, als wäre er eine Strohpuppe und warf ihn Khalk'ru entgegen. Er fuhr durch den Tentakel, als bestünde der aus Luft, und landete in den Ketten des Kriegerrings. Yodin verfing sich in ihnen und kam dabei dem goldenen Reifgürtel immer näher.

Ich hatte die Hände erhoben und hörte mich, wie ich Khalk'ru die gleichen nichtmenschlichen Laute zurief. Ich kannte damals nicht ihre Bedeutung und kenne sie bis heute nicht. Und ich weiß ebensowenig, wie sie mir in den Sinn kamen ...

Ich wußte nur, daß diese Laute nicht für die Lippen und Kehlen der Menschen bestimmt waren.

Aber Khalk'ru schenkte mir Gehör. Einen Augenblick zögerte der Tentakel. Die Augen des Monstrums sahen mich unergründlich an, starrten durch mich hindurch und fanden meine Seele.

Dann rollte sich der Tentakel plötzlich ein. Rollte zurück und umwickelte Yodin. Ein krächzender Schrei ... Yodin war verschwunden.

Auch Khalk'rus Manifestation war nicht mehr da. Hellgelb leuchtend breitete sich über dem Symbol wieder der Ozean aus, und in ihm hing der schwarze Leib mit seinen vielen Armen in einer Art Blase.

Ich hörte ein leises Klirren auf dem Fels. Yodins Khalk'ru-Ring rollte in der Mulde nach unten. Ich sprang dorthin und hob ihn auf.

Tibur hatte den Hammer noch halb erhoben. Er stand regungslos neben dem Amboß und starrte mich wütend an. Mit wenigen Sprüngen hatte ich ihn erreicht, riß ihm den Hammer aus der Hand und versetzte ihm einen Schlag, der ihn zu Boden taumeln ließ.

Ich holte mit dem Hammer weit aus und zerschmetterte den Ring Yodins auf dem Amboß.

Der ganze Tempel wurde von einem Ruf erfüllt:

»Dwayanu!«

II

Lurs Wölfe

Ich ritt mit der Hexe durch den Wald. Der weiße Falke saß auf ihrem dicken Handschuh und beobachtete mich aus finsteren goldenen Augen. Lurs Falke mochte mich nicht. Etwa zwanzig Kriegerinnen der Hexe folgten uns, und davor ritten zwölf weitere, denen ich vertrauen konnte. Wie es uralter Sitte entsprach, bildeten sie meinen Schild. Ich hatte es lieber, wenn mein Rücken gedeckt wurde, denn nach hinten war ich sehr empfindlich, gleich ob ich mit Freund oder Feind zusammen war.
Die Waffenschmiede hatten mir ein leichtes Kettenwams angefertigt. Lur und unsere Begleittrupps trugen ähnliche Kettenhemden. Jede der Frauen war wie ich mit zwei Schwertern, einem langen Dolch und einem Wurfhammer am Riemen bewaffnet. Wir waren auf Erkundungsritt gen Sirk.
Seit fünf Tagen schon saß ich auf Yodins Thron und herrschte zusammen mit Lur und Tibur. Die Hexe war zu mir gekommen, reuig, aber eben ganz auf ihre Weise. Tiburs Arroganz und Unverschämtheit hatten sich in Luft aufgelöst. Er war vor mir auf die Knie gefallen, hatte mich seiner Loyalität versichert und erklärt, daß seine Zweifel an mir doch nur natürlich gewesen seien, was im Grunde genommen nicht von der Hand zu weisen war. Ich akzeptierte sein Bündnisangebot, behielt mir aber in Gedanken eine gewisse Vorsicht vor. Früher oder später würden Tibur und ich aneinandergeraten und dann mußte ich ihn töten; ganz gleich, ob ich Lur seine Ausschaltung versprochen hatte, oder nicht. Aber warum sollte ich mich seiner jetzt schon entledigen, wo er mir doch noch von Nutzen sein konnte? Er war eine wirksame Waffe in der Hand dessen, der sich seiner bedienen konnte. Ich müßte ein Narr sein, schon so bald auf seine Dienste verzichten zu wollen. Besser ein gebogener scharfer Dolch als ein gerader stumpfer.

Und was Lur betraf ... sie war ein Traum von Frau, vielleicht ein wenig zu hinterlistig. Aber spielte sie überhaupt eine größere Rolle? Nein, sicher nicht, zumindest für den Augenblick nicht. Eine gewisse Gleichgültigkeit war in mir, eine Art Abgespanntheit, als ich neben ihr durch den duftenden Wald ritt.

Aber ich hatte von Karak mehr Ehrungen und Jubel empfangen, als ein verwundeter Stolz zur Linderung brauchte. Ich war das Idol aller Soldaten. Wenn ich durch die Straßen ritt, ließen die Bürger mich hochleben, und Mütter hielten ihre Kinder hoch, damit sie mich sehen konnten. Aber es gab auch einige, die in Schweigen verfielen, wenn ich an ihnen vorbeiritt, die ihre Gesichter abwandten, die mich mißtrauisch von der Seite ansahen oder in ihren Mienen nur schlecht Haß und Furcht verbergen konnten.

Dara, der tapfere Offizier, die mich am Flußufer vor Tiburs Linker gewarnt hatte, und Naral, die, die mir ihr Medaillon gegeben hatte, hatte ich zu den Anführerinnen meiner persönlichen Leibwache gemacht. Sie waren mir treu ergeben, und ich fand sie amüsant. Erst heute morgen noch hatte ich mit Dara gesprochen und sie gefragt, warum einige Bürger Karaks mir mit Mißtrauen begegneten.

»Möchtet Ihr eine ehrliche Antwort hören, Herr?«

»Ich möchte immer eine ehrliche Antwort hören, Dara.«

»Die, die Euch diese Blicke zuwerfen«, erklärte sie mir freimütig, »sind die, die in Euch einen Erlöser erhofften. Einer, der ihre Ketten zerbricht, der ihnen Türen und Tore öffnet, der ihnen die Freiheit bringt. Aber jetzt sagen sie, Dwayanu sei nur einer mehr, der Khalk'ru füttert. Sein Schlächter. Genau wie Yodin. Vielleicht nicht schlimmer als Yodin, aber ganz gewiß nicht viel besser.«

Ich mußte an die merkwürdige Hoffnung in den Augen der Opfer denken. Auch sie hatten gehofft, ich sei als Erlöser gekommen, und nicht als ...

»Was denkst du denn, Dara?«

»Ich denke das, was Ihr sagt, Herr«, antwortete sie. »Allerdings würde es nicht mein Herz brechen, wenn ich zusähe, wie die goldenen Opferketten zerrissen würden.«

Während ich neben Lur ritt, mußte ich an diese Unterhaltung denken. Auch der Falke haßte mich, wenn auch vermutlich aus anderen Motiven. Aber wer oder was war Khalk'ru? Oft, sehr oft hatte ich vor langer Zeit darüber nachgedacht. Konnte der Grenzenlose sich selbst in die Gestalt zwängen, in der er dem erschien, der den Ring trug und ihn rief? Oder, anders gefragt, warum sollte er das tun? Mein Reich war riesengroß gewesen und sicher bedeutend unter den Sonnen, Monden und Sternen. Aber es war doch nicht mehr als ein vereinzelter Sonnenstrahl gemessen an der Allmacht, die der Geist des Schlunds besaß. Würde ein so unermeßliches Wesen sich dazu herablassen, auf die Größe eines Sonnenstäubchens zusammenzuschrumpfen, bloß um sich in meinem Reich zu zeigen?

Hai! Es konnte kein Zweifel daran bestehen, daß der Feind allen Lebens existierte! Aber was war das für ein Wesen, das auf den Ruf des Ringträgers erschien? Tatsächlich der Lebensfeind? Und wenn er es nicht war, bezahlten wir dann nicht vielleicht einen zu hohen Preis, um einem solchen Wesen zu dienen?

Ein Wolf heulte. Die Hexe warf den Kopf zurück und antwortete ihm. Der Falke spreizte kreischend die Flügel. Wir gelangten auf eine moosbedeckte Lichtung. Lur hielt hier ihr Pferd an und stieß ein zweitesmal den Wolfsruf aus.

Kurz darauf waren wir von einem Ring aus Wölfen umgeben. Weiße Wölfe, deren glühende grüne Augen auf Lur fixiert waren. Die roten Zungen hingen ihnen aus dem Maul, und die Reißzähne glitzerten. Ein Tappen von weichen Pfoten, und plötzlich war der Wolfsring verdoppelt. Weitere Tiere glitten aus dem Wald, bis sich der Ring verdreifacht hatte, dann vervierfacht ... bis ein endloser Gürtel aus weißen Pelzen die ganze Lichtung bedeckte; hier und da mit roten Tupfern von herabhängenden Zungen und grünen Punkten von glühenden Wolfsaugen versehen.

Mein Pferd scheute. Ich roch seinen Schweiß.

Lur drückte ihrem Pferd die Knie in die Seiten und ritt los. Langsam lenkte sie das Tier um den inneren Wolfskreis herum. Sie hob den Kopf und sagte etwas. Ein großer Wolf erhob sich von den

Hinterläufen und trabte auf sie zu. Wie ein Hund legte er ihr die Pfoten auf den Sattel. Sie beugte sich zu ihm hinab und hielt seine Lefzen mit den Händen. Die Hexe flüsterte dem Wolf etwas zu, und er schien ihr zuzuhören. Dann glitt er in den Kreis zurück, hockte sich wieder hin und beobachtete sie. Ich lachte.
»Bist du eine Frau, Lur, oder ein Wolf?«
»Auch ich habe meine Gefolgschaft«, sagte sie. »Und die kann auch Dwayanu nicht auf seine Seite ziehen.«
Ihr Tonfall gefiel mir nicht, und ich sah sie hart an. Zum erstenmal hatte sie mir gegenüber so etwas wie Widerstand gezeigt. Vielleicht war das auch Verdruß über meine Popularität. Sie wich meinem Blick aus.
Der große Wolf hob den Kopf und heulte. Die Kreise lösten sich auf. Die Wölfe verteilten sich und liefen rasch vor uns durch den Wald, wie Kundschafter. Sie waren bald schon im Grün der Vegetation untergetaucht.
Der Wald wurde spärlicher. Farne traten an die Stelle der Bäume. Ich hörte ein merkwürdiges Zischen. Es wurde immer wärmer, und die Luftfeuchtigkeit stieg merklich an. Nebelschwaden trieben über den Farnen. Ich konnte bald keinen Weg mehr ausmachen, aber Lur ritt unbeirrt weiter, so als befände sie sich auf einer gut gepflasterten Straße.
Wir erreichten ein dichtes Farngestrüpp. Hier sprang Lur vom Pferd.
»Von hier aus gehen wir zu Fuß weiter, Dwayanu. Es ist nicht mehr sehr weit.«
Ich tat es ihr nach. Die Gefolgschaft schloß auf, stieg aber nicht ab. Die Hexe und ich glitten etwa zwanzig Schritt weit durch das Gestrüpp. Der große Wolf bildete unseren Führer. Dann teilte Lur die Farnwedel. Vor mir lag Sirk.
Zur Rechten erhob sich eine Bastion aus einem vorspringenden Fels, der überall tropfte. Nur wenig Grün war auf ihm, bis auf ein paar Farne, deren Wurzeln sich in den Felsspalten festklammerten. Zur Linken, vielleicht vier Pfeilschüsse entfernt, stand eine ähnliche Bastion, die sich jedoch im Dunst verlor. Zwischen diesen

beiden Anlagen befand sich eine Plattform aus schwarzem Gestein. Ihre glatte und feuchtglänzende Grundfläche war von einem Graben umgeben ... so breit wie zwei kräftige Speerwürfe. Die Plattform bog sich wie eine Schüsselwand nach außen, und von Felswand zu Felswand war sie von einem lückenlosen Befestigungswall umgeben.

Hai! War das ein Burggraben! Unterhalb der rechten Felswand brauste ein Wasserfall heraus. Er zischte und blubberte, und von ihm stieg Dunst hoch, der sich wie ein riesiger Schleier über das Gestein legte und uns in einem warmen Sprühregen badete. Kochend raste er entlang der Grundmauern der Festung. Dampfende Fontänen schossen immer wieder aus ihm empor. Riesige Blasen bildeten sich, zerplatzten und versprühten kochendheiße Gischt.

Die Festung selbst war nicht sehr hoch, dafür aber stabil und fest gebaut, und die Vorderfront war, bis auf einige Schießscharten, glatt und ungebrochen. Eine Brustwehr krönte den Wall, und auf ihr entdeckte ich das Glitzern und Funkeln von Speerspitzen und Helmen. Nur an einer Stelle erhoben sich so etwas wie Türme. Diese befanden sich nahe am Zentrum, wo der dampfende Burggraben enger wurde. Ihnen gegenüber, auf der anderen Seite, war die Anlegestelle für eine Zugbrücke. Ich konnte die Brücke sehen. Sie war recht schmal und hochgezogen. Wie eine ausgestreckte Zunge hing sie zwischen den beiden Türmen.

Hinter der Festung wuchsen die Felsen nach innen, berührten sich aber nicht. Zwischen ihnen war eine Lücke, etwa ein Drittel so breit wie das Plateau. Vor uns, auf unserer Seite des dampfenden Wassers, hatte man den leicht ansteigenden Boden von Bäumen und Farnen gelichtet. Nicht die geringste Deckung war hier zu finden. Sie hatten sich einen idealen Ort für ihre Festung ausgesucht, diese geflohenen Rebellen. Kein Belagerer konnte den Burggraben mit seinen zischenden Dampfsäulen und zerplatzenden Blasen, die kontinuierlich von den Geysiren am Grund gespeist wurden, durchschwimmen oder durchwaten. Auch kein Damm aus Bäumen oder Steinen ließ sich hier errichten, über den man mit einem Rammbock gegen die Festungsmauern hätte anrennen können.

Nein, von dieser Seite war Sirk nicht einzunehmen. Aber Sirk bestand sicher nicht nur aus dieser Anlage.
Lur war meinen Blicken gefolgt und hatte versucht, meine Gedanken zu lesen.
»Sirk selbst liegt hinter diesen Toren.« Sie zeigte auf die Lücke zwischen den Felswänden. »Dahinter liegt ein Tal, und in dem steht die Stadt, außerdem Felder und Weiden. Und es gibt keinen Weg in die Stadt, außer durch die Tore.«
Ich nickte geistesabwesend, während ich die Klippen hinter der Festung studierte. Anders als bei den Bastionen, die die Enden des Plateaus bildeten, war der Fels dort nicht glatt und eben. Steinlawinen waren hier heruntergegangen und hatten grobe Terrassen gebildet. Wenn man auf diese Terrassen gelangen könnte, unbemerkt dort hinaufkommen ...
»Können wir näher an die Felswand heran, aus der der Wasserfall entspringt, Lur?«
Sie hielt mich am Handgelenk. Ihre Augen leuchteten.
»Was siehst du dort, Dwayanu?«
»Ich weiß es noch nicht genau, Hexe. Vielleicht ist dort nichts zu machen. Können wir näher heran?«
»Komm mit.«
Wir glitten aus den Farnen und schlichen uns an deren Rand entlang. Der große Wolf tappte steifbeinig voraus. Seinen Augen und Ohren schien nichts zu entgehen. Die Luft wurde heißer. Sie war voller Dampf, und man konnte sie nur noch schwer atmen. Das Zischen schwoll an. Wir krochen durch ein Farngestrüpp und waren danach naß bis auf die Haut. Ein Schritt noch, dann sah ich direkt auf den dampfenden, kochenden und brodelnden Wasserfall. Er entsprang nicht direkt aus der Felswand, sondern schoß irgendwo darunter hervor. Die Hitze und die Dunstschwaden machten mich benommen. Ich riß einen Streifen aus meiner Tunika und band ihn um Mund und Nase. Dann studierte ich die Felswand darüber Meter für Meter. Lange studierte ich sie, lange und gründlich. Dann drehte ich mich zu der Hexe um.
»Wir können jetzt zurück, Lur.«

Neugierig fragte sie:
»Was hast du entdeckt, Dwayanu?«
Was ich entdeckt hatte, mochte das Ende über Sirk bringen. Aber davon erzählte ich ihr nichts. Mein Plan war noch nicht ausgereift. Und es war nie meine Art gewesen, andere in halb ausgebrütete Pläne einzuweihen; denn das erschien mir zu gefährlich. Die Blüte ist das kostbarste an einer Blume, und sie sollte sich frei entfalten können, ohne daß sich dort irgendwelche Hände zu schaffen machten, gleich ob bösartig oder wohlmeinend. Laß deinen Plan reifen und erprobe ihn, ob keine Lücken mehr in ihm enthalten sind. Danach kannst du immer noch Verbesserungen anbringen. Im Grunde genommen hatte es mich nie nach den Ratschlägen von anderen gedrängt. Zu viele Köche verderben den Brei. Das war auch ein Grund dafür, daß ich Dwayanu war.
»Ich weiß noch nicht so recht«, erklärte ich Lur. »Ich habe wohl eine bestimmte Vorstellung, aber die muß ich erst abwägen.«
»Ich bin nicht dumm«, antwortete sie verärgert. »Ich kenne den Krieg und die Strategie ... mindestens ebensogut wie die Kunst der Liebe. Ich könnte dir doch behilflich sein.«
»Noch nicht«, sagte ich ungeduldig. »Sobald mein Plan ausgereift ist, werde ich dich in ihn einweihen.«
Sie sprach kein Wort mehr mit mir, bis wir unsere Eskorte wieder erreicht hatten. Dann drehte sie sich plötzlich zu mir um, und ihre Stimme klang sehr leise und sehr süß:
»Willst du es mir nicht sagen, Dwayanu? Sind wir beide nicht gleich?«
»Nein«, sagte ich nur und überließ ihr die Entscheidung, auf welche Frage sich das bezog oder ob vielleicht auf alle beide.
Sie bestieg ihr Pferd, und wir ritten durch den Wald.
Ich dachte unentwegt nach, grübelte über das, was ich gesehen hatte. Was ließ sich damit anfangen? Die Wölfe heulten. Ein beharrliches, gleichmäßiges Heulen. Ein Alarmruf? Die Hexe hob den Kopf, lauschte und drängte dann ihr Pferd vorwärts. Ich jagte ihr nach. Der weiße Falke schlug mit den Flügeln, kreischte und schoß in den grünen Himmel.

Wir rasten aus dem Wald und gelangten auf eine blumenbedeckte Wiese. Mitten darauf stand ein kleiner Mann. Die Wölfe hatten ihn umzingelt und umkreisten ihn und einander in einem ständig sich bewegenden Hexenring. Als sie Lur sahen, stellten sie augenblicklich das Heulen ein und hockten sich auf ihre Hinterläufe hin. Die Hexe zügelte ihr Pferd und ritt langsam auf die Wölfe zu. Ich konnte kurz einen Blick auf ihr Gesicht werfen. Ihre Miene war hart und grimmig.

Dann fiel mir der kleine Mann ins Auge. Er reichte mir kaum über die Knie, war also sehr winzig. Seine Haut war goldfarben, und das Haar strömte ihm bis fast zu den Füßen hinab. Er mußte ein Rrrllya sein. Ich hatte solche Wesen auf Wandteppichen gesehen, aber dieser hier war der erste, der mir leibhaftig gegenüberstand ... oder etwa nicht? Mir kam die wunderliche Vorstellung, daß ich einmal einen ziemlichen Kontakt mit diesen Kleinen gehabt hatte.

Der weiße Falke umkreiste das Haupt des kleinen Mannes, stürzte auf ihn herab und attackierte ihn mit Schnabel und Krallen. Der Kleine hielt einen Arm vor die Augen und versuchte mit dem anderen, den Vogel zu vertreiben. Die Hexe rief ihm schrill etwas zu. Der Falke flog zu ihr, und der Kleine ließ die Arme sinken. Dann sah er mich. Er streckte mir wie ein Kind die Arme entgegen und rief mich flehentlich an.

Seine ganze Haltung drückte Bitten aus, auch Hoffnung und Vertrauen. Er kam mir vor wie ein kleines, einsames Kind, das endlich jemand gefunden hat, den es kennt und den es mag. Und die Hoffnung in seinen Augen erinnerte mich an die Blicke der Opfer, kurz bevor der Krake sie geholt hatte. Nun, ich wollte nicht noch einmal jemandes Hoffnung enttäuschen!

Ich schob mein Pferd an Lur vorbei und übersprang die lebende Barriere der Wölfe. Ich beugte mich aus dem Sattel und riß den Kleinen hoch. Er klammerte sich an meinen starken Arm und flüsterte mir etwas in sonderbaren Trillerlauten zu.

Ich warf einen Blick zurück. Lur stand immer noch mit ihrem Pferd hinter dem Wolfskreis.

»Bring ihn zu mir!« rief sie.
Der Kleine klebte förmlich an meinem Oberschenkel und brabbelte unentwegt in einer eigentümlichen Sprache auf mich ein. Offenbar hatte er verstanden, was die Hexe wollte, und ebenso offensichtlich beschwor er mich, alles andere zu tun, als ihrem Befehl nachzukommen.
Ich lachte und schüttelte den Kopf. Lurs Augen entflammten in raschem, unkontrollierbarem Zorn. Sollte sie doch wüten. Dem Kleinen würde kein Haar gekrümmt werden. Ich stieß meinem Pferd die Fersen in die Flanken und übersprang mit ihm die andere Seite des Wolfskreises. Nicht weit von mir glitzerte der weiße Fluß, und dorthin lenkte ich meinen Hengst.
Die Hexe schrie vor Wut, daß einem Normalsterblichen das Blut in den Adern gefroren wäre. Dann flatterten Federn und Schwingen um meinen Kopf, und Gekreische erfüllte meine Ohren. Ich stieß einen Arm hoch. Meine Hand bekam den Falken zu fassen. Ich hörte, wie er schmerzerfüllt schrie. Der kleine Mann duckte sich an meiner Seite.
Ein weißer Leib sprang mich an und hing einen Augenblick am Sattelknauf. Grüne Augen starrten mich an, und Speichel troff aus einem roten Mund. Ich warf rasch einen Blick zurück. Das Wolfsrudel verfolgte mich, und mittendrin ritt Lur. Wieder sprang der Wolf. Aber ich hatte schon mein Schwert gezogen. Ich stieß es dem Anführer der Wölfe in den weißen Hals. Ein weiterer sprang mich an und zerrte an meiner Tunika. Ich hielt den kleinen Mann mit einer Hand hoch in der Luft und stieß ein zweitesmal mit dem Schwert zu.
Der Fluß war ganz nah. Jetzt stand ich an seinem Ufer. Ich hob den Kleinen mit beiden Händen und schleuderte ihn weit hinaus aufs Wasser.
Ich drehte mich um und hielt beide Schwerter in Händen, um dem Angriff der Wölfe zu begegnen.
Wieder rief Lur. Die Wölfe stoppten ihren Ansturm so plötzlich, daß die erste Reihe von ihnen ausglitt und kopfüber rollte. Ich sah rasch auf den Fluß. Weit draußen war der Kopf des Kleinen zu

sehen. Das lange Haar trieb hinter ihm im Wasser. Er schwamm mit kräftigen Stößen zum jenseitigen Ufer.
Die Hexe erreichte mich. Ihr Gesicht war weiß, und die Augen hatten sich in harte, blaue Juwelen verwandelt. Mit zusammengepreßter Stimme sagte sie:
»Warum hast du ihn gerettet?«
Erst jetzt kam ich dazu, über meine Tat nachzudenken. Nach einer Weile sagte ich:
»Weil ich nicht zum zweitenmal mitbekommen wollte, wie die Hoffnung in den Augen von jemand stirbt, der mir vertraut hat.«
Sie sah mich intensiv an, und ihr glühender Zorn verebbte nicht.
»Du hast meinem Falken einen Flügel gebrochen, Dwayanu.«
»Was ist dir lieber, Hexe: sein Flügel oder meine Augen?«
»Du hast auch noch zwei von meinen Wölfen getötet.«
»Was ist dir wichtiger, Lur: zwei Wölfe oder meine Kehle?«
Sie gab mir keine Antwort und ritt langsam zurück zu ihren Leibwächterinnen. Aber kurz bevor sie sich abwandte, hatte ich in ihren Augen Tränen entdeckt. Vielleicht weinte sie aus Wut, vielleicht aber auch nicht. Aber es war das erste Mal, daß ich bei Lur Tränen gesehen hatte.
Ohne noch ein Wort miteinander zu wechseln, ritten wir zurück nach Karak. Sie streichelte und beruhigte den verletzten Falken. Ich dachte darüber nach, was ich an der Felswand von Sirk gesehen hatte.

Wir hielten in Karak nicht an. Alles in mir verlangte nach der Ruhe und Schönheit am Geistersee, und das sagte ich Lur auch. Sie stimmte indifferent zu, und so ritten wir an der Stadt vorbei und erreichten ihre Burg kurz vor Einbruch der Nacht. In der großen Halle nahmen wir mit unseren Leibwächterinnen das Abendessen ein. Lur hatte inzwischen ihre schlechte Laune abgelegt. Wenn sie immer noch zornig auf mich war, so verbarg sie das gut vor mir. Unsere Runde war heiter, und ich trank sehr viel Wein. Je mehr ich

trank, desto klarer wurde mein Plan zur Einnahme von Sirk. Ein guter Plan. Nach einigen Stunden begab ich mich mit Lur in ihren Turm. Als ich aus dem Fenster den Wasserfall und die tanzenden Dunstschwaden beobachtete, wurde mein Plan noch klarer.
Dann kehrten meine Gedanken zu Khalk'ru zurück, und ich dachte lange darüber nach. Als ich wieder aufsah, entdeckte ich, daß Lur mich schon seit einiger Zeit angesehen haben mußte.
»Woran denkst du, Dwayanu?«
»Ich bin zu dem Schluß gekommen, daß ich nie mehr Khalk'ru rufen werde.«
Langsam und ungläubig sagte sie:
»Aber das kann doch nicht dein Ernst sein, Dwayanu!«
»Doch, es ist mir sehr ernst damit.«
Alle Farbe wich aus ihrem Gesicht.
»Wenn Khalk'ru keine Opfer gebracht werden, wird er auch in diesem Land alles Leben vernichten. Dann bleibt von diesem Tal nur noch Wüste übrig, wie schon im Mutterland, als man ihm dort die Opfer verweigerte.«
»Tatsächlich?« sagte ich. »Genau das glaube ich eben nicht mehr. Und ich bin davon überzeugt, daß du das auch nicht glaubst, Lur. In alten Zeiten gab es ungezählte Länder, die nichts von Khalk'ru wußten und ihm auch keine Opfer brachten. Aber ihre Länder wurden nicht verwüstet. Und ich weiß, wenn auch nicht woher, daß es auch heute viele Länder gibt, in denen man nicht zu Khalk'ru betet. Trotzdem blüht und gedeiht dort das Leben. Sogar hier im Tal verweigern die Rrrllya Khalk'ru jegliche Verehrung. Sie hassen ihn sogar – zumindest hast du es mir so erklärt –, und dennoch ist ihr Land auf der anderen Seite des Nanbu genauso fruchtbar wie das unsere.«
»Genau das haben die Menschen im Mutterland auch gesagt«, entgegnete die Hexe. »Zuerst haben sie es sich nur zugeflüstert, aber als sie immer lauter darüber sprachen, wurde ihr Land in eine Wüste verwandelt.«
»Es mag andere Gründe für Khalk'rus Zorn gegeben haben, Lur.«

»Und was sollen das für Gründe gewesen sein?«
»Das weiß ich auch nicht«, sagte ich. »Aber du hast nie die Sonne, den Mond oder die Sterne gesehen. Ich habe sie erblickt. Und ein weiser alter Mann erklärte mir einst, daß jenseits dieser Sonnen und Monde andere Sonnen stehen, um die andere Erden kreisen, auf denen es auch Leben gibt. Der Geist des Großen Schlunds, der alle diese Sonnen verschlingen könnte, ist zu unermeßlich, um sich selbst so zu verkleinern, wie er es tun müßte, um sich in einem kleinen Tempel irgendwo in einem entlegenen Winkel auf der Erde uns zu zeigen.«
»Aber Khalk'ru existiert! Er existiert überall zugleich. Er ist in jedem verdorrenden Baum und in jedem versiegenden Brunnen. Er kann in jedes Herz sehen. Er braucht es nur zu berühren, und schon entsteht im Herz Lebensüberdrüssigkeit, Lebenshaß und der Wunsch nach ewigem Tod. Khalk'ru berührt die Erde, und schon breitet sich dort öder Sand aus, wo vorher blühende Wiesen lagen. Er berührt die Muttertiere, und schon werden sie unfruchtbar. Denn Khalk'ru existiert!«
Ich dachte darüber nach und kam zu dem Schluß, daß Lur damit recht hatte. Dennoch verbarg sich ein Fehler in ihrer Erklärung.
»Das streite ich auch gar nicht ab, Lur«, sagte ich. »Der Feind allen Lebens existiert. Aber ist das, was bei der Ringbeschwörung erscheint, wirklich Khalk'ru?«
»Wer denn sonst? So lernen wir es schon seit den ältesten Tagen.«
»Ich weiß auch nicht, wer da erscheint. Ich weiß nur, daß viele Dinge, die schon in den alten Tagen gelehrt wurden, sich mittlerweile als falsch erwiesen haben. Allerdings glaube ich nicht, daß die Wesenheit, die im Tempel erscheint, Khalk'ru ist, die Seele des Schlunds, Er-zu-dem-alles-Leben-zurückkehrt ... und wie der Rest seiner Titel lautet. Und ich glaube auch nicht, daß hier alles Leben endet, sobald wir die Opferungen einstellen.«
»Höre, Dwayanu«, sagte sie leise, aber bestimmt, »ob das, was im Tempel erscheint, Khalk'ru ist oder nicht, interessiert mich überhaupt nicht. Alles, worauf es mir ankommt, ist folgendes: Ich

möchte dieses Land nicht verlassen, und ich will darin keine Veränderungen sehen. Hier bin ich immer glücklich gewesen. Ich habe die Sonne, den Mond und die Sterne gesehen. Und in meinem Wasserfall habe ich die Außenwelt gesehen. Aber dort möchte ich nicht hin. Wo könnte ich einen Ort finden, dessen Schönheit sich mit meinem Geistersee vergleichen ließe? Wenn die Opferungen eingestellt werden, verlassen uns alle die, die bislang nur von ihrer Furcht hiergehalten wurden. Und denen folgen dann immer mehr, die Unzufriedenen, die Neugierigen und so weiter. Das alte Leben, so wie ich es liebe, endet mit den Opferungen, ganz gleich, was dann passiert. Wird unser Land dann wirklich in eine Wüste verwandelt, müssen wir weiterziehen. Und bleibt das Leben erhalten, wissen die Menschen hier sehr bald schon, daß man sie immerzu angelogen hat. Und sie werden das Tal verlassen wollen, ganz gleich, ob es dort weniger schön oder angenehm ist als hier. So wird es kommen. Und deshalb, Dwayanu, wehre ich mich dagegen, daß die Opferungen eingestellt werden!«

Sie wartete auf meine Antwort, aber ich gab ihr keine.

»Wenn du Khalk'ru nicht mehr rufen willst«, sagte sie nach einer Weile, »warum bestimmst du dann nicht einen anderen, der im Tempel deinen Platz einnehmen könnte?«

Ich sah sie bewegt an. So weit wollte ich in diesem Augenblick noch nicht gehen. Jetzt schon den Ring mit all seiner Macht aufgeben ... niemals!

»Da ist wohl noch ein anderer Grund, Dwayanu, den du noch nicht geäußert hast. Sag ihn mir.«

»In dieser Stadt sind viele, die mich den Schlächter Khalk'rus nennen. Seinen Henkersknecht. Das gefällt mir nicht. Und ich mag auch nicht mehr das sehen, was in den Augen der Frauen steht, die ich Ihm zuführe.«

»Das ist es also«, sagte sie verächtlich. »Der lange Schlaf hat dich verweichlicht, Dwayanu. Erkläre mir lieber deinen Plan zur Einnahme von Sirk, damit ich ihn ausführen kann. Ich fürchte, du bist für das Kriegführen zu weichherzig geworden!«

Das traf mich tief und wischte alle Gewissensbisse beiseite. Ich sprang auf, warf dabei den Stuhl um und hob schon eine Hand, um die Hexe zu schlagen. Sie sah mich gelassen an. Nicht die geringste Furcht stand in ihren Augen. Ich ließ die Hand wieder sinken.

»Nicht so weich«, sagte ich, »daß du mich schon nach deinem Willen lenken könntest, Hexe. Ich werde meine Versprechen einhalten. Yodin habe ich dir gegeben. Sirk werde ich dir geben. Und bis dahin wollen wir die Angelegenheit mit den Opferungen auf sich beruhen lassen. Wann willst du Tibur haben?«

Sie legte mir die Hände auf die Schultern und lächelte meine wütenden Augen an. Dann verschränkte sie die Hände in meinem Nacken und zog meine Lippen an ihren warmen, roten Mund heran.

»Jetzt bist du wieder Dwayanu«, hauchte sie. »Jetzt bist du wieder der Mann, den ich liebe. Oh, Dwayanu, wenn du mich doch nur so lieben würdest wie ich dich!«

Nun, ich liebte sie so sehr, wie ich eine Frau nur lieben konnte. Und keine ließ sich mit ihr vergleichen. Ich hob sie hoch und drückte sie an mich. Die alte Unbekümmertheit und die alte Lebenslust erwachten wieder in mir, durchströmten mich wie Lava.

»Du sollst Sirk bald haben! Und Tibur auch, wann immer du magst!«

Sie dachte nach.

»Jetzt noch nicht«, meinte sie dann. »Er ist sehr stark und hat treu ergebene Gefolgsleute. Vor Sirk ist er uns sicher nützlich, Dwayanu. Wollen wir bis dahin noch warten.«

»Genau das ist mir auch durch den Kopf gegangen«, sagte ich. »Zumindest in einem Punkt stimmen wir überein.«

»Dann wollen wir auf unseren Friedensschluß Wein trinken«, sagte sie und rief nach ihrer Bediensteten.

»Aber es gibt noch einen Punkt, in dem wir übereinstimmen.« Sie sah mich eigentümlich an.

»Und der wäre?« wollte ich wissen.

»Du hast es selbst gesagt«, antwortete sie, und mehr als diese rätselhafte Auskunft bekam ich nicht aus ihr heraus. Es verging noch sehr viel Zeit, bevor ich wußte, was sie damit gemeint hatte, und dann war es schon zu spät ...

Der Wein war ausgezeichnet. Ich trank mehr, als ich hätte tun sollen. Aber auf der anderen Seite wurde mein Plan zur Eroberung von Sirk dadurch immer fester und klarer ...

Erst spät am nächsten Morgen wachte ich auf. Lur war nicht mehr da. Ich hatte wie betäubt geschlafen. Nur dunkel erinnerte ich mich an das, was in der vergangenen Nacht geschehen war; nur daß Lur und ich uns über irgend etwas heftig gestritten hatten. An Khalk'ru dachte ich allerdings überhaupt nicht.

Ich rief Ouarda und fragte sie, wohin Lur verschwunden sei. Sie erklärte, daß mitten in der Nacht die Meldung gekommen sei, zwei zur Opferung vorgesehenen Frauen sei die Flucht gelungen. Lur wollte sie einfangen, bevor sie Sirk erreichen konnten. Ich war etwas irritiert, daß sie mich nicht geweckt und mitgenommen hatte. Ich hätte ihre weißen Raubtiere gern einmal in Aktion erlebt. Sie ähnelten den großen Hunden, mit denen wir schon im alten Ayjirland Flüchtlinge gejagt hatten.

Ich hatte keine Lust nach Karak zu reiten. Statt dessen verbrachte ich den ganzen Tag damit, mich im Schwertkampf und im Ringen zu üben und im Geistersee zu schwimmen ... nachdem meine Kopfschmerzen auf ein erträgliches Maß zurückgegangen waren.

Kurz vor Einbruch der Dunkelheit kehrte die Hexe zurück.

»Hast du sie gestellt?« fragte ich.

»Nein, sie sind leider nach Sirk durchgekommen«, antwortete sie. »Als wir dort ankamen, waren sie schon halb über der Zugbrücke.«

Das Scheitern schien sie merkwürdig unberührt zu lassen, aber damals machte ich mir keine großen Gedanken darüber. Und in dieser Nacht war sie besonders wild, und besonders zärtlich zu mir. Manchmal sogar so zärtlich, daß ich andere Gefühle in ihren Küssen und Berührungen zu entdecken glaubte. So etwas wie Bedauern oder Reue. Aber auch darüber machte ich mir keine großen Gedanken.

IV

Die Einnahme von Sirk

Wieder ritt ich durch den Wald auf Sirk zu. Lur war zu meiner Linken und Tibur zu meiner Rechten. Meinen Rücken deckten die beiden Offiziere Dara und Naral. Ihnen folgten Ouarda und zwölf ausgesuchte Frauen. Sie hatten ihre helle Haut in einem seltsamen Muster grün und schwarz gefärbt und waren bis auf einen Gürtel um ihre Hüften nackt. Die nächste Abteilung bildeten achtzig Adlige unter der Führung von Tiburs Freund Rascha. Dann kam die Hauptstreitmacht: tausend von Karaks besten Kriegerinnen.
Wir ritten durch die Nacht. Es war unabdingbar, den Rand des Waldes im letzten Drittel zwischen Mitternacht und Morgengrauen zu erreichen. Wir hatten die Hufe der Pferde mit Lappen umwickelt, so daß kein lauschendes Ohr Getrappel vernehmen konnte. Und die Kriegerinnen marschierten ohne Tritt und schweigend. Fünf Tage waren vergangen, seit ich den ersten Blick auf die Befestigungsanlagen von Sirk geworfen hatte.
Fünf Tage voller heimlicher und sorgfältiger Vorbereitungen. Nur die Hexe und der Schmied wußten, was ich beabsichtigte. Wir hatten selbst das Gerücht ausgestreut, Karak plane einen Angriff auf die Rrrllya. Und ich war zufrieden, wie bereitwillig das geglaubt wurde. Sogar Rascha hatte erst kurz vor dem Abmarsch erfahren, daß wir gegen Sirk zogen; zumindest glaubte ich das. Ich mußte unter allen Umständen vermeiden, daß den Bewohnern von Sirk eine Warnung zugespielt wurde; denn ich wußte, daß die Rebellen viele Freunde in Karak hatten. Einige davon mochten sich sogar in den Reihen der Soldaten befinden, mit denen wir aufgebrochen waren. Gerade die Überraschung aber war das Kernstück meines Plans. Wir hatten die Pferdehufe umwickelt und bewegten uns in loser Ordnung durch den Wald. Und deshalb glitt die Hexe vom

Pferd, als wir zum erstenmal einen Wolf heulen hörten, und verschwand in der schwach leuchtenden, grünen Dunkelheit.
Wir warteten auf Lurs Rückkehr. Keiner sprach ein Wort. Auch die Wölfe heulten nicht mehr. Endlich erschien die Hexe zwischen den Bäumen und stieg wieder auf ihr Pferd. Wie gut trainierte Hunde liefen die Wölfe vor uns her und schnüffelten über dem Terrain, das wir noch überqueren mußten. Gnadenlose Späher waren sie, denen kein Spion oder zufälliger Wanderer entkommen konnte.
Eigentlich hatte ich schon viel früher zuschlagen wollen und war sogar über die Verzögerung erzürnt gewesen. Und es hatte mir auch wenig behagt, Tibur in meinen Plan einzuweihen. Aber Lur hatte mir klargemacht, daß ich dem Schmied Vertrauen entgegenbringen mußte, wenn ich ihn bei der Eroberung von Sirk einsetzen wollte. Und daß er eine weit geringere Gefahr bedeuten würde, wenn er eingeweiht sei, als wenn er durch Zufall das eine oder andere mitbekommen würde und nach seiner Meinung Grund zum Mißtrauen hätte. Damit hatte die Hexe recht. Und Tibur war wirklich ein erstklassiger Kämpfer mit vielen ebenfalls gut trainierten Mitstreitern.
Also hatte ich ihn ins Vertrauen gezogen und ihm erklärt, was mir bei meiner Erkundung Sirks aufgefallen war. Gerade die wild wuchernden Farne, die sich in einer ungebrochenen, unregelmäßigen Linie hoch an der Felswand hinauf und weit darüber ausbreiteten, vom Wald auf der einen Seite über die Geysir-Quelle bis hin zur Brustwehr, verbarg meiner Ansicht nach einen Auswuchs oder Aufbruch im Fels, der einen Sims bildete. Auf ihm konnten nervenstarke und im Klettern geübte Krieger ungesehen in die Festung eindringen und dort das erledigen, was mein Plan sonst noch vorsah.
Tiburs Augen hatten gefunkelt und er hatte gelacht, wie ich es seit meinem Auftritt in Khalk'rus Tempel nicht mehr gehört hatte. Er hatte nur einen Einwand vorgebracht.
»Das erste Glied in Eurer Kette ist das schwächste, Dwayanu.«
»Das stimmt. Aber ich setze ja auch dort an, wo sich das schwächste Glied in Sirks Verteidigungskette befindet.«

»Dennoch möchte ich nicht unbedingt der erste sein, der Eure Kette ausprobieren darf.«
Bei allem Mißtrauen, das ich gegen ihn empfand, diese freimütige Offenheit wärmte damals mein Herz für ihn.
»Dann dankt den Göttern für Euer Gewicht, Schmied«, hatte ich ihm erklärt. »Ich fürchte, Eure Füße können kaum mit den Wurzeln der Farne konkurrieren, die in jeder Ritze Halt finden. Andernfalls hätte ich Euch vielleicht genommen.«
Dann hatte ich ihnen die Skizze gezeigt, um meinen Plan deutlicher zu machen.
»Wir müssen rasch zuschlagen. Wie lange dauert es, bis unsere Armee abmarschbereit ist, Lur?«
Ich hatte gerade rechtzeitig den Kopf gehoben, um mitzubekommen, wie die Hexe und der Schmied einen raschen Blick austauschten. Aber Lur hatte so rasch geantwortet, daß sich alles in mir aufkommende Mißtrauen verflüchtigte.
»Was die Soldaten angeht, könnten wir schon heute nacht aufbrechen. Ich weiß allerdings nicht, wie lange es dauert, den Bergsteiger-Trupp zusammenzustellen. Und dann muß der auch noch trainieren. All das kostet seine Zeit.«
»Wie lange, Lur? Wir haben keine Zeit zu verlieren.«
»Drei Tage, vielleicht fünf ... Ich mache so rasch, wie ich kann. Mehr kann ich im Augenblick leider nicht versprechen.«
Und damit mußte ich mich leider zufriedengeben.
Fünf Tage später marschierten wir endlich gegen Sirk. Im Wald war es weder dunkel noch hell. Eine merkwürdige Trübe lag über dem Tal, in dem wir uns wie Schatten bewegten. Die leuchtenden Motten umkreisten uns, und die glimmernden Blumen waren unsere Fackeln. Alle Aromen kündeten von Leben. Aber wir waren unterwegs, den Tod zu bringen.
Die Waffen der Soldaten waren eingewickelt, damit niemand sie aufblitzen sehen konnte. Die Speerspitzen waren geschwärzt, und überhaupt trug niemand blankes Metall. Auf den Kitteln und Waffenröcken der Soldaten war Lukas Rad abgebildet, damit hinter den Wällen von Sirk Freund von Feind unterschieden werden

konnte. Lur hatte das Schwarze Symbol Khalk'rus vorgeschlagen, aber davon wollte ich nichts wissen.
Wir erreichten die Stelle, an der wir von den Pferden steigen wollten. Und hier teilte sich in aller Stille unsere Streitmacht. Unter der Führerschaft von Tibur und Rascha krochen die Soldaten durch das Gehölz und das Farngestrüpp zum Rand der Lichtung, die der Zugbrücke gegenüberlag.
Mir und der Hexe folgten ein knappes Dutzend der Adligen, Ourada mit den nackten Mädchen und eine Hundertschaft Kriegerinnen. Jede der letzteren trug Bogen und Köcher in einem gut geschützten Beutel am Rücken, dazu eine kurze Streitaxt, ein Langschwert und einen Dolch. Außerdem führten sie die lange Seilleiter mit, die ich wie diejenige hatte anfertigen lassen, die ich in der alten Zeit bei ähnlichen Problemen mit belagerten Städten eingesetzt hatte; allerdings war keine darunter gewesen, bei der die Chancen so sehr auf Messers Schneide gestanden hatten. Die Kriegerinnen trugen eine zweite Leiter, ein langes und flexibles Gerät aus Holz. Ich selbst hatte mich nur mit einer Schlachtaxt und einem Langschwert bewaffnet. Lur und die Adligen trugen Wurfhämmer und Schwerter.
Wir schlichen uns auf den Wasserfall zu. Sein Zischen wurde nach jedem unserer Schritte lauter.
Plötzlich blieb ich stehen. Lur trat an meine Seite.
»Hexe, kannst du wirklich mit den Wölfen sprechen?«
»Ja, Dwayanu.«
»Ich überlege gerade, daß es keine schlechte Idee wäre, die Augen und Ohren der Wächter an diesem Ende der Brustwehr abzulenken. Wenn einige deiner Wölfe zum Amüsement der Feinde vor der anderen Bastion sich ein wenig balgen, etwas heulen und etwas herumtanzen könnten, würde uns das hier sicher von Nutzen sein.«
Sie stieß einen leisen Ruf aus, der wie das Balzen einer Wölfin klang. Schon einen Moment später stand ein großer Wolf neben ihr. Er geiferte, als er mich entdeckte, gab aber kein Geräusch von sich. Die Hexe kniete sich vor ihn hin, nahm seinen Kopf in die

Arme und flüsterte ihm sanft etwas zu. Er schien ihr zu antworten. Und ebenso rasch, wie er gekommen war, verschwand der Wolf wieder. Lur stand auf, und in ihren Augen war etwas von dem grünen Feuer des Tiers.

»Die Wächter werden ihre Kurzweil haben.«

Ein Schaudern rann mir über den Rücken, denn was ich eben erlebt hatte, war wirkliche Hexenkraft. Aber ich sagte nichts, und wir schlichen weiter. Dann erreichten wir die Stelle, von der aus ich die Felswand studiert hatte. Wir teilten die Farne und sahen die Festung vor uns.

Zu unserer Rechten, gut zwanzig Schritt entfernt, stieg die glatte Felswand hoch und bildete mit ihrer Fortsetzung über dem dampfenden, kochenden Wasserfall die Bastion. Die Farndeckung, in der wir uns befanden, verlief an ihr hinauf und stand wie eine Welle von ihrem Fuß ab. Zwischen unserer Deckung und dem Burggraben befand sich ein Landstreifen von kaum zehn Metern Breite. Er war vom ständigen heißen Wasserregen völlig kahl. Die Mauern der Festung lagen kaum einen Speerwurf weit entfernt. Der Wall und die Brustwehr berührten die Felswand, konnten jedoch durch die dichten Dampfschwaden kaum ausgemacht werden. Und genau diese Stelle hatte ich gemeint, als ich erklärte, daß unser schwächstes Glied dort eingesetzt wurde, wo die Verteidigung von Sirk am brüchigsten war. Hier standen keine Wächter der Rebellen. Bei der Hitze und dem Dampf und dem ständigen Regen war das auch gar nicht notwendig, zumindest in den Augen der Verteidiger von Sirk. Wie wollte ein Angreifer gerade hier, an der heißesten Stelle den Burggraben überwinden? Wer wollte hier die Felswand besteigen, wo sie am glattesten und vom ständigen Regen schlüpfrig war? Von allen Verteidigungsanlagen war diese Stelle die unüberwindlichste, die man gar nicht mit Wächtern zu besetzen brauchte. Und das war der Grund, warum ich gerade hier ansetzen wollte.

Ich studierte die Umgebung. Innerhalb der nächsten zweihundert Meter befand sich kein einziger Posten. Irgendwo hinter dem Wall hatte jemand ein Feuer entzündet. Es warf flackernde Schatten auf die durch Steinlawinen entstandenen Terrassen hinter dem Felsvorsprung. Das paßte mir ausgezeichnet; denn wenn wir dort Deckung suchten, würden auch wir nicht mehr als flackernde Schatten sein. Ich nickte Ouarda zu, und zeigte auf die Felsen, zu denen die nackten Mädchen gelangen sollten. Sie standen nahe an der Felswand, wo sie hinter der Brustwehr nach innen abbog, und erhoben sich knapp vierzig Meter über unserem Versteck. Ouarda versammelte die Mädchen um sich und erklärte ihnen das weitere Vorgehen. Sie nickten, und ihre Blicke fielen rasch vom Hexenkessel des Wasserfalls zum Burggraben und dann auf den feucht glitzernden Abgrund. Einigen von ihnen lief ein Schauer über den Rücken. Ich konnte es ihnen nicht verdenken.

Wir krochen zurück zum Fuß der Felswand. Hier fanden sich mehr als genug geeignete Stellen im Stein für die Greifhaken unserer Leiter. Wir entrollten die Strickleiter und lehnten die Holzleiter gegen die Felswand. Ich zeigte auf den Felsvorsprung, der möglicherweise unser Schlüssel nach Sirk war, und instruierte die Mädchen so gut wie möglich. Mir war klar, daß der Vorsprung kaum breiter als eine Spanne sein würde. Aber darüber und daneben waren Spalten und Löcher im Fels, an denen Hände sich festhalten konnten, was an den Farnbüschen deutlich zu erkennen war, die sich dort an den Fels krallten.

Hai! Sie hatten wirklich Mut, diese Mädchen! Wir befestigten an ihren Gürteln lange Seile, die wir während ihrer Klettertour zur Sicherung durch unsere Hände gleiten lassen wollten. Sie sahen einander mit ihren bemalten Gesichtern an und lachten. Die erste krabbelte wie ein Eichhörnchen die Holzleiter hoch, fand oben einen Halt für ihre Hände und Füße und fing an, sich an der Felswand entlang vorzuarbeiten. Schon nach wenigen Sekunden konnten wir sie nicht mehr sehen. Das Grün und Schwarz, mit dem ihr Körper bemalt war, ließ sie mit der Felswand verschmelzen. Langsam glitt das Seil durch meine Hand.

Eine zweite Kletterin folgte, eine dritte, und schließlich hielt ich sechs Seile in der Hand. Jetzt machten sich die nächsten auf den

Weg, krabbelten über die mörderische Felswand und verschmolzen mit der Dunkelheit. Ihre sechs Seile hielt die Hexe.

Hai! Ich kam mir vor wie ein Angler, aber das war schon ein eigentümlicher Fischfang, wo man alle Kraft darauf verwenden mußte, diesen Fisch über dem Wasser zu halten! Langsam – bei allen Göttern, wie schrecklich langsam – krochen die Leinen durch meine Finger! Und ebenso langsam durch die der Hexe. Langsam ... langsam ... aber stetig voran.

Jetzt mußte das erste Mädchen über dem Kessel sein ... Ich hatte kurz die Vision, wie sie an dem dampfumwaberten Fels hing, wie heiße Schwaden sie einhüllten ...

Das Seil wurde schlaff in meiner Hand ... war schlaff und sauste dann mit einer Geschwindigkeit, daß es meine Hand aufriß ... wurde wieder schlaff ... spannte dann an wie bei einem großen Fisch, der davon eilte ... die Leine riß. Das Mädchen war abgestürzt ... war nur noch sich auflösendes Fleisch im brodelnden Kessel.

Die zweite Leine wurde schlaff, zog an und wurde wieder schlaff ... Und dann die dritte ...

Schon drei Mädchen verloren!

»Drei sind abgestürzt!« flüsterte ich Lur zu.

»Bei mir zwei!« sagte sie. Ich sah, daß ihre Augen geschlossen waren, aber die Hände, die die Leinen hielten, waren ruhig.

Fünf von den schlanken Mädchen verloren! Nur noch sieben übrig! *Luka, dreh Dein Rad!*

Weiter und immer weiter, mit manchem Halt dazwischen, krochen die verbliebenden Linien durch meine Finger. Jetzt mußte das vierte Mädchen über dem Burggraben sein ... mußte die Brustwehr erreicht haben ... jetzt noch die Terrassen ... Das Herz schlug mir bis zum Hals, ein Würgen in der Kehle ...

Bei allen Göttern, die sechste war abgestürzt!

»Noch eine«, murmelte ich.

»Und noch eine!« flüsterte Lur und ließ die lose Leine fallen.

Fünf ... nur noch fünf übrig ... *Luka, ich weihe Dir einen Tempel in Karak, dir ganz allein, wunderbarste aller Göttinnen!*

Was war das? Ein Zug an der Leine ... zweimal wiederholt ... Das Signal! Eine war glücklich drüben angekommen! Lob und Preis, dir, du tapferes Mädchen ...
»Alle tot, bis auf eine«, flüsterte die Hexe.
Ich stöhnte.
Zwei Züge am Seil, an der fünften Leine.
Eine weitere sicher drüben!
»Meine letzte hat es geschafft!« sagte Lur leise.
Drei drüben! Drei verborgen zwischen den Felsen. Der Fischfang war vorüber. Sirk hatte mir drei Viertel meiner Köder gestohlen.
Aber Sirk hing am Haken.
Ermattung, wie ich sie nie zuvor verspürt hatte, schmolz mir Knochen und Muskeln. Lur war weiß wie Kalk, und unter ihren Augen hingen schwarze Ringe.
Nun waren wir an der Reihe. Die abgestürzten Mädchen würden vielleicht bald schon Gesellschaft bekommen.
Ich nahm das Seil von Lur, sandte das Signal und erhielt Antwort.
Wir trennten die Leinen und banden die Enden an dicke Taue. Und als die ausgelaufen waren, verknoteten wir daran kräftige, dünne Seile.
Unsere Leine kroch weiter ... immer weiter ... und immer weiter ...
Und jetzt die Strickleiter ... die Brücke, über die wir mußten.
Sie war leicht, aber sehr belastbar. Geschickte Weber hatten sie in einer Art geflochten, die schon vor sehr langer Zeit entwickelt worden war. An beiden Enden befanden sich Haken, die, sobald sie einmal gegriffen hatten, kaum wieder zu lösen waren.
Wir befestigten das eine Ende der Leiter an unsere Leine. Die Strickleiter glitt davon ... über die Farne ... in den heißen Brodem des Kessels ... darüber hinweg ...
Die drei Mädchen hatten sie in den Händen! Sie arbeiteten flink. Unter meinen Händen wurde die Strickleiter straff gezogen. Wir befestigten die Wurfanker an unserer Seite.

Der Weg nach Sirk war offen!

Ich sah auf die Hexe. Sie stand da, und ihr Blick war weit, weit fort. In ihren Augen brannte das grüne Feuer ihrer Wölfe. Und dann hörte ich, lauter als das Rauschen des Wasserfalls, das Heulen der Wölfe ... weit, weit fort.

Lur entspannte sich. Ihr Kopf sank, und sie lächelte mich an ...

»Ja, Dwayanu, ich vermag es wirklich, mit den Wölfen zu sprechen!«

Ich trat an die Leiter und erprobte sie. Sie war stark und sicher.

»Ich gehe zuerst, Lur. Laß niemanden nachkommen, bis ich drüben bin. Dann kommen Dara und Naral, um meinen Rücken zu decken.«

Lurs Augen blitzten Feuer.

»Ich komme nach dir. Deine Offiziere können mir folgen.«

Ich dachte kurz darüber nach. Einverstanden, wenn sie es so wollte.

»Wie du meinst, Lur. Aber steig nicht auf die Leiter, bis ich drüben bin. Dann soll Ouarda ihre Soldaten schicken. Nicht mehr als zehn von ihnen dürfen sich gleichzeitig auf der Strickleiter befinden. Sie sollen sich Tücher um Mund und Nase binden, bevor sie loskrabbeln. Zählt bis dreißig – so langsam, wie ich das jetzt tue –, bevor die nächste auf die Leiter darf. Binde mir das Schwert und die Axt auf dem Rücken fest, Lur. Alle anderen sollen ihre Waffen auch so befestigen. Und jetzt paßt auf, wie ich mich mit Händen und Füßen vorarbeite!«

Mit gespreizten Armen und Beinen schwang ich mich auf die Leiter und krabbelte wie eine Spinne auf ihr entlang. Langsam, ganz langsam, damit die Kriegerinnen mir zusehen konnten. Die Strickleiter schwankte nur leicht. Sie war gut verankert.

Jetzt war ich über dem Farn. Und nun am Rand des Wasserfalls. Darüber hinweg. Dampf umhüllte mich wie eine wirbelnde Wolke. Der heiße Atem des Geysirs verrunzelte meine Haut. Ich konnte nichts mehr von der Leiter erkennen, bis auf das Stück, um das sich gerade meine Hände klammerten ...

Gepriesen seist du dafür, Luka! Wenn ich nichts mehr sehen konnte, konnte mich auch niemand sehen!
Den Dampf hatte ich hinter mir gelassen. An der Felswand vorbei. Über der Brustwehr ... Ich ließ mich von der Strickleiter zwischen die Felsen fallen. Niemand hatte mich gesehen. Ich schüttelte die Leinenbrücke. Eine zitternde Antwort erfolgte. Ein Gewicht ... Die Leiter wurde belastet ... mehr Gewicht ... und noch mehr ...
Ich band Axt und Schwert vom Rücken.
»Dwayanu!«
Ich drehte mich um. Vor mir standen die drei Mädchen. Ich fing an, sie zu loben, um nicht in lautes Gelächter ausbrechen zu müssen. Das Grün und Schwarz auf ihren Körpern war zerlaufen und hatte unter dem Dampf groteske Muster angenommen.
»Ihr seid die Tapfersten, Mädchen! Von diesem Augenblick an seid ihr in den Adelsstand erhoben. Grün und Schwarz sollen eure Farben sein. Was ihr in dieser Nacht vollbracht habt, wird noch viele Generationen nach euch in Karak erzählt werden.«
Ich sah auf die Brustwehr. Zwischen ihr und uns erstreckte sich eine ebene Fläche aus Fels und Sand, etwa dreißig Meter breit. Um ein Feuer hatte sich ein gutes Dutzend Soldaten versammelt. Noch mehr Wächter standen nahe den Türmen an der Zugbrücke. Ein weiterer Trupp hielt sich am anderen Ende der Brustwehr auf und sah den Wölfen zu.
Die Türme an der Zugbrücke setzten sich bis zum Felsboden fort. Der zur Linken war glatt. Der zur Rechten wies ein breites Tor auf. Das Tor stand auf, und kein Wächter ließ sich dort blicken. Vielleicht waren die am Feuer der Tortrupp. Zwischen den beiden Türmen verlief eine Rampe abwärts zum Brückenende.
Jemand berührte mich am Arm. Lur war angekommen. Und dichtauf folgten ihr meine beiden Offiziere. Und dann kamen die Soldatinnen, eine nach der anderen. Ich befahl ihnen, die Bögen zu spannen und Pfeile aufzulegen. Kriegerin um Kriegerin tauchte aus dem grünen Dämmerlicht auf und glitt an mir vorbei. Sie postierten sich im Schatten der Felsen.

Zwanzig ... vierzig ... Ein Schrei stieß wie ein Pfeil durch das Rauschen des Wasserfalls! Die Strickleiter zitterte ... schwankte ... drehte sich ...
Wieder der verzweifelte Schrei ... die Leiter fiel schlaff herab!
»Dwayanu, die Leiter ist gerissen ... Ouarda!«
»Leise, Lur! Vielleicht haben sie den Schrei gehört. Die Leiter konnte nicht reißen ...«
»Zieh sie ein, Dwayanu ... zieh sie ein!«
Zusammen zogen wir sie ein. Die Leiter war ungewöhnlich schwer. Wir zogen sie rasch ein, wie Fischer ein Netz. Und plötzlich war alles Gewicht von ihr gewichen ...
Die Enden waren glatt durchgetrennt ... wie nach einem Schwert- oder Axthieb.
»Verrat!« sagte ich grimmig.
»Aber ... wie ist Verrat möglich ... wo Ouarda doch über uns gewacht hat ...«
Ich kroch geduckt hinter die Felsen.
»Dara, die Soldaten sollen sich verteilen. Naral soll zum anderen Ende kriechen. Auf das Signal hin sollen sie ihre Pfeile abschießen. Nur drei Salven. Die erste auf die Wächter am Feuer. Die zweite und dritte auf die an den Türmen. Dann folgt mir. Noch Fragen?«
»Keine Fragen, Herr.«
Die Befehle wurden weitergegeben. Ich hörte, wie die Bogensehnen angezogen wurden.
»Wir sind weniger, als ich erhoffte, Lur. Aber jetzt bleibt uns ohnehin nichts anderes mehr übrig, als auch mit einer Handvoll weiterzumachen. Es gibt keinen Weg für uns aus Sirk hinaus, außer den des Schwertes.«
»Ich weiß. Aber ich muß an Ouarda denken ...« Ihre Stimme zitterte.
»Ihr ist sicher nichts geschehen. Wenn es sich um einen größer angelegten Verrat gehandelt hätte, wäre uns sicher Kampfgetümmel an die Ohren gedrungen. Wir wollen jetzt nicht mehr darüber reden, Lur. Eile ist geboten. Nach der dritten Pfeilsalve stürmen wir das Tor im Turm.«

Ich gab das Signal. Die Bogenschützen erhoben sich. Direkt auf die Wächter am Feuer schoß ein Pfeilschwarm zu. Nur wenige überlebten. Kurz darauf ging über die am Turm die zweite Salve nieder.

Hai! Sauber gezielt, Mädchen! Wie die Wächter fallen, einer nach dem anderen. Und noch eine Salve hinterher ...

Das Zischen der gefiederten Schäfte! Das Sirren der Bogensehnen! Ihr Götter, das ist das Leben, wie es in alter Zeit war!

Ich sprang die Felsen hinunter. Lur dichtauf an meiner Seite. Die Kriegerinnen stürmten uns hinterher. Direkt auf den Turm zu. Wir hatten die halbe Strecke bewältigt, als die Wächter auf der langen Brustwehr aufschraken.

Schreie. Rufe. Trompetenstöße. Dann vibrierte die Luft vom Alarm gewaltiger Messing-Gongs. Rief das schlafende Sirk aus den Betten. Wir rannten weiter. Speere sausten zwischen uns nieder. Pfeile schwirrten an uns vorbei. Aus Toren entlang der Innenwälle ergossen sich weitere Wächter und liefen los, um uns den Weg abzuschneiden.

Wir erreichten den Eingang zu den Türmen an der Brücke ... und waren drin!

Aber nicht alle. Ein Drittel meiner kleinen Streitmacht war gefallen. Wir warfen die schweren Türen hinter uns ins Schloß und schoben die massiven Riegel vor. Kein Moment zu früh. Gegen die Türen donnerten die schweren Hämmer der überrumpelten Wächter.

Wir befanden uns in einer großen und leeren Steinkammer. Bis auf die Tür, durch die wir gekommen waren, befand sich hier keine Öffnung. Der Grund dafür wurde mir rasch klar: Nie hätte Sirk erwartet, von innen angegriffen zu werden. Schießscharten waren in die Wände gehauen worden. An einer Seite befanden sich die Hebel und Zahnräder, mit denen die Zugbrücke hinabgelassen wurde.

All das sah ich mit einem raschen Blick. Ich sprang zu den Hebeln und begann, daran zu ziehen. Die Zahnräder fingen an, sich zu drehen.

Die Brücke senkte sich!
Die Hexe rannte an eine der Schießscharten, sah hinaus und setzte das Horn an die Lippen. Ein langer Ton ... das Alarmsignal für Tibur und seinen Rückenbrecher.
Das Hämmern an den Türen hatte aufgehört. Jetzt erfolgten schwerere Stöße in einem bestimmten Rhythmus ... Ein Rammbock! Das harte Holz erzitterte unter den Stößen. Die Riegel ächzten. Lur rief:
»Die Brücke ist unten, Dwayanu! Tibur stürmt bereits auf ihr entlang. Es wird heller. Die Dämmerung kommt. Sie reiten!«
Ich stieß eine Verwünschung aus.
»Luka! Schenk ihm soviel Verstand, daß er nicht auf seinem Pferd über die Zugbrücke stürmt!«
»Er macht es ... Er und Rascha und einige andere von seinen Getreuen stürmen im Galopp heran ... die anderen sind abgestiegen ... *Hai* ... Sie beschießen sie aus den Schießscharten ... Speere regnen auf sie herab ... Sirk verlangt seinen Tribut ...«
Ein gewaltiges Donnern an der Tür. Holz splitterte.
Tumult und Getöse. Schreie und Schlachtrufe. Das Klingen von Schwertern. Das Sirren von Pfeilen. Und über allem Lärm das Lachen Tiburs.
Der Rammbock stieß nicht mehr gegen die Türen.
Ich warf die Riegel hoch, hob die Axt, öffnete die Tür einen Fingerbreit und äugte hinaus.
Karaks Soldaten ergossen sich über die Rampe.
Ich öffnete die Türen weiter. Die toten Wächter der Festung lagen überall um den Turm und um das Brückenende herum.
Ich trat aus der Tür. Die Soldaten erkannten mich.
»Dwayanu!« ertönte es aus vielen Kehlen.
Von der Festung erscholl ein gewaltiger Gong. Eine Warnung an Sirk.
Sirk war aus dem Schlaf gerissen!

V

Leb' wohl Tsantawu!

Jenseits der Kluft nach Sirk ertönte ein Summen wie aus einem gigantischen, in Unruhe versetzten Bienenkorb. Trompeten schmetterten, und Trommeln wirbelten. Messing-Gongs antworteten dem, der sie aus dem geheimen Herzen der erstürmten Festung alarmiert hatte. Und ständig rückten weitere Kriegerinnen aus Karak über Zugbrücke und Rampe nach, bis die ganze Fläche hinter der Befestigungsanlage von ihnen überfüllt war.
Der Schmied zügelte sein Pferd und sah mich an.
»Bei allen Göttern, Tibur, das habt Ihr gut gemacht!«
»Ohne Euch hätten wir es nie geschafft, Dwayanu! Ihr habt gesehen, erkannt und gehandelt! Uns blieb nur noch der geringere Teil zu tun übrig.«
Nun, das war nicht ganz falsch. In diesem Augenblick empfand ich fast so etwas wie Freundschaft für Tibur. Leben meines Blutes! Das war kein Kinderspiel gewesen, die Attacke über die Zugbrücke zu reiten. Der Schmied war ein hervorragender Soldat! Wenn er mir nur etwas ergeben wäre, sollte Khalk'ru die Hexe holen!
»Säubert die Festung, Hammerschwinger! Wir wollen keine Pfeile in unseren Rücken!«
»Wir sind schon dabei, Dwayanu!«
Mit eisernen Besen aus Schwertern, Speeren, Spießen und Pfeilen wurde die Festung gesäubert.
Mein Hengst legte mir den langen Kopf auf die Schulter und blies mir sanft ins Ohr. Das Dröhnen des Messing-Gongs erstarb mitten im Schlag.
»Ihr habt mein Pferd nicht vergessen! Nehmt meine Hand, Tibur!«

»Führt Ihr uns zum Angriff, Dwayanu!«
Ich sprang auf den Hengst. Mit hoch erhobener Streitaxt galoppierte ich auf die Kluft zu. Wie die Spitze eines Speers flog ich voran. Tibur zu meiner Linken, Lur zu meiner Rechten, dahinter die Adligen und dann die Kriegerinnen.
Wir brausten durch das Felstor von Sirk.
Eine lebende Woge erhob sich, um uns zurückzuwerfen. Hämmer flogen, Äxte hieben, Speere, Lanzen und Pfeile fielen wie ein Regen auf uns herab. Mein Pferd strauchelte und fiel wiehernd. Seine Hinterbeine waren durchtrennt. Ich spürte eine Hand an meiner Schulter, die mich hochzog. Die Hexe lächelte mich an. Mit ihrem Schwert hieb sie den Arm ab, der mich zu den Toten hinabzerren wollte. Mit Axt und Langschwert schufen wir um uns eine Lichtung im lebenden Feindeswald. Ich warf mich auf den Rücken eines grauen Hengstes, von dem gerade einer unserer Adligen, gespickt mit Pfeilen, gefallen war.
Wir warfen uns gegen die lebende Woge. Sie gab nach und wallte zu unseren Seiten.
Weiter, Meter um Meter weiter! Schwertstoß und Axthieb! Stoß und Hieb und Schlag!
Die Feindeswoge, die uns hatte bezwingen wollen, versickerte, war niedergerungen. Die Kluft war in unserem Rücken. Sirk lag vor uns.
Ich zügelte den Grauen. Sirk lag vor uns, breitete sich aber viel zu einladend vor uns aus.
Die Stadt nistete in einem Becken zwischen steilen und unbezwingbaren schwarzen Felswänden. Das obere Ende der Kluft lag etwas höher als die Hausdächer. Die ersten Gebäude standen nur einen Pfeilflug weit entfernt. Eine schöne und friedliche Stadt ohne Festung oder Forts; ohne Tempel oder Paläste. Nur etwa tausend Steinhäuser mit flachen Dächern und viel Platz von einem zum anderen; ringsum von Gärten umgeben, eine breite Straße, die mitten hindurchführte und von Bäumen eingesäumt war; viele Seitenstraßen; hinter der Stadt fruchtbare Felder und blühende Obstgärten.

Aber keine einzige Schlachtreihe, die gegen uns anrückte. Der Weg in die Stadt war frei.
War zu frei!
Kurz bemerkte ich das Glitzern einer Waffe auf einem Hausdach. Dann war im Getöse der Fanfaren und Kesselpauken das Hacken von Äxten zu hören.
Hai! Sie verbarrikadierten ihre Hauptstraße mit gefällten Bäumen; bereiteten hundert und mehr Hinterhalte für uns vor; erwarteten, daß wir mit der ganzen Streitmacht in die Stadt stürmen würden.
Sponnen ihr tödliches Netz im Angesicht Dwayanus!
Keine schlechte Taktik! Die beste Verteidigungsmöglichkeit. Ich war ihr schon bei mehreren Schlachten gegen Barbaren begegnet. Jeden Schritt mußten wir uns erkämpfen. Jedes Haus war eine eigene Festung. Aus jedem Fenster und von jedem Dach suchten Pfeile nach uns. Sie besaßen einen hervorragenden Strategen in Sirk, um in so kurzer Zeit eine solche Verteidigung aufzubauen! Ich bekam Respekt vor ihrem General, wer immer er auch sein mochte. Er hatte sich auf den einzigen Weg besonnen, der uns eine Niederlage bereiten konnte ... außer wir verlegten uns auf die entsprechende Gegentaktik.
Und die kannte ich nach vielen Schlachten sehr gut.
Wie lange konnte der General seine Soldaten in den tausend Festungen halten? Das war die große Gefahr in seiner Verteidigung. Eine belagerte Stadt unterliegt zu leicht dem Impuls, wie Ameisen oder Bienen über die Angreifer herzufallen. Nicht oft ist ein General stark genug, seine Verteidigungsstreitmacht zurückzuhalten. Solange jedes Haus in Sirk mit dem nächsten verbunden blieb, jedes einzelne Gebäude ein Teil der Gesamtfestung blieb, war Sirk uneinnehmbar. Aber was, wenn Haus um Haus abgetrennt wurde; isoliert und abgeschnitten wurde? Wie lange gehorchten die Verteidiger dann noch dem Befehl ihres Anführers, an ihren Plätzen zu bleiben?
Hai! Dann dringt die Wut der Verzweiflung durch jede Ritze! Wie Marionetten lassen die Verteidiger sich durch die Fäden ihrer un-

kontrollierbaren Gefühle aus den Häusern ziehen. Sie strömen nach draußen, um zu töten oder getötet zu werden. Dabei zerbröckelt ihr Wall Stück um Stück, und die Angreifer säbeln wie bei einer Salami Scheibe um Scheibe ab.

Ich teilte meine Streitmacht in kleine Abteilungen auf und schickte die erste Gruppe los. Sie sollte sich an die Stadt heranarbeiten und jede Möglichkeit zur Deckung nutzen. Ihre Aufgabe bestand darin, die äußere Reihe der Häuser um jeden Preis zu nehmen. Ein Teil von ihnen sollte sich den Weg in die Häuser erkämpfen, während der andere ihnen mit Pfeil und Bogen Feuerschutz gab. Andere Abteilungen sollten weiter in die Stadt eindringen, ohne sich jedoch zu weit von ihren Kameraden zu entfernen oder von der Hauptstraße abzuweichen.

Ich warf mein eigenes Netz über Sirk. Mittlerweile war es heller Tag geworden. Die Kampfabteilungen brachen auf. An verschiedenen Stellen in der Stadt flogen Pfeilschwärme hin und her und verhakten sich im Flug ineinander ... Äxte krachten gegen Türen ...

Bei Luka! Das Banner von Karak auf einem Hausdach! Ein zweites Banner.

Das Summen aus Sirk wurde lauter, enthielt bereits erste Elemente von rasendem Zorn. *Hai!* Sie würden es nicht mehr lange aushalten können! O, ich kannte dieses Summen. Bald würde es sich zu überkochender Wut steigern. Dann würde es für die Verzweifelten kein Halten mehr geben!

Hai! Nicht mehr sehr lange, und sie würden aus den Häusern schwärmen ...

Tibur fluchte. Ich sah auf Lur. Sie zitterte. Die verbliebene Streitmacht murmelte, drängte danach, von der Leine gelassen zu werden, kannte keinen anderen Wunsch mehr, als sich in die Schlacht zu stürzen. Ich sah in ihre harten und kalten blauen Augen. Die Gesichter unter den Helmen hatten nichts Weibliches mehr an sich, sondern waren die von Kriegern ... Wer in ihnen weibliches Erbarmen und Mitgefühl suchte, würde eine böse Überraschung erleben!

»Bei Zarda! Der Kampf wird vorüber sein, bevor unsere Klingen zum erstenmal in Blut getaucht worden sind!«
Ich lachte nur.
»Geduld, Tibur! Geduld ist jetzt unsere stärkste Waffe. Auch die stärkste von Sirk, wenn die Verteidiger es nur wüßten. Nein, sie sollen die ersten sein, die die Geduld verlieren.«
Der Tumult wurde lauter. Am oberen Ende der Straße tauchte ein halbes Hundert unserer Soldaten auf und wehrte sich gegen eine zahlenmäßig leicht überlegene Streitmacht, die ständige Verstärkung von Soldaten erhielt, die aus den Seitenstraßen stürmten oder von den Dächern und aus den Fenstern sprangen.
Der Augenblick, auf den ich gewartet hatte, war gekommen!
Ich gab den Befehl und stimmte den Kriegsruf an. Wir stürmten in die Stadt. Unsere Plänkler öffneten Gassen, um uns hindurchzulassen, und schlossen sich dann meiner Truppe an. Wir mähten durch die Reihen der Verteidiger und machten sie nieder. Aber noch im Fallen kämpften sie, und so mancher Sattel unserer Kavallerie war plötzlich leer, und etliche Pferde erhielten eine tödliche Verwundung, bevor wir die erste Barrikade erreichten.
Hai! Wie sie sich hinter ihren hastig gefällten Bäumen wehrten... Männer und Frauen, und Kinder, die kaum groß genug waren, um einen Bogen zu spannen oder einen Speer zu schwingen!
Jetzt fielen unsere Soldatinnen in ihre Flanken ein. Unsere Bogenschützen beschossen sie von den Dächern der Häuser, die sie gerade verlassen hatten. Wir bekämpften Sirk so, wie sie es eigentlich uns zugedacht hatten. Bald brach die Verteidigung der ersten Barrikade zusammen. Die überlebenden Verteidiger ergriffen die Flucht. Die erste Barrikade genommen! Kämpfend, stechend und Hiebe verteilend erreichten wir das Herz von Sirk, einen großen und schönen Platz, auf dem Springbrunnen sprudelten und Blumenbeete blühten. Das Wasser in den Brunnen war rot, und die Beete waren verwüstet, als wir den Platz erobert hatten.
Hier mußten wir viel Blut lassen. Die Hälfte der Adligen-Kavallerie war erschlagen. Ein Speer hatte meinen Helm gestreift und mich beinahe vom Pferd gerissen. Barhäuptig und blutbeschmiert

ritt ich weiter, schrie Befehle und stieß mein Schwert in Knochen und Fleisch. Nara und Daral waren mehrfach verwundet, deckten aber immer noch meinen Rücken. Die Hexe, die Schmied und sein narbengesichtiger Kumpan kämpften unverletzt weiter.
Das Donnern von vielen Hufen. Und dann war die gegnerische Kavallerie über uns. Wir stürmten gegen sie an. Wie Hammer und Amboß prallten wir aufeinander. Schoben und drängten. Ein unentwirrbares Knäuel.
Aufblitzende Schwerter! Niedersausende Hämmer! Spaltende Äxte! *Hai!* Endlich das Handgemenge, in dem ich meine Kampfkunst unter Beweis stellen konnte, die Art zu kämpfen, die ich am meisten liebte!
Wir wirbelten in einem rasenden Strudel. Ich warf einen kurzen Blick nach rechts. Die Hexe war von mir abgedrängt worden. Auch Tibur war nicht mehr zu sehen. Nun, ohne Zweifel zeigten sie sich von ihrer besten Seite, wo immer sie auch gerade kämpfen mochten.
Ich schwang mein Schwert nach links und nach rechts. In der vordersten Reihe der Gegner, über den Helmen der Kriegerinnen von Karak war ein dunkles Gesicht ... ein dunkles Gesicht, dessen schwarze Augen mich unentwegt ansahen ... unentwegt, immerzu ... Schulter an Schulter stand mit diesem Mann eine schlanke Gestalt, deren helle braune Augen mich unentwegt anstarrten ... unentwegt und immerzu ... In den schwarzen Augen stand Verständnis und Kummer. In den braunen war nur Haß zu lesen.
Die braunen Augen und die schwarzen berührten etwas tief, tief in mir ... Sie setzten irgend etwas in mir in Bewegung ... riefen es ... etwas, das schon lange schlief.
Ich hörte verwundert meine Stimme, die die Einstellung aller Kampfhandlungen befahl. Abrupt stockte rings um mich herum das Gefecht. Sirk wie Karak hielten gleichermaßen inne, waren überrascht und starrten mich an. Ich trieb mein Pferd durch die dichtgedrängten Reihen und sah in die schwarzen Augen.
Und fragte mich, warum ich mein Schwert gesenkt hatte ...

Warum ich diesem Mann gegenüberstand ... Warum der Kummer in diesen Augen mich so anrührte ...
Der dunkelhäutige Mann sagte nur zwei Worte:
»Leif ... Degataga!«
... Degataga ...
Das Etwas, das so lange geschlafen hatte, war mit einemmal hellwach ... strömte durch meinen Körper ... rüttelte an meinem Gehirn ... zerriß mein Bewußtsein ... schüttelte jeden einzelnen Nerv durch ...
Ich hörte einen Schrei ... von der Hexe.
Ein Pferd preschte durch die Reihen der Kämpfer. Darauf saß Rascha. Die Lippen waren über langen Zähnen zurückgezogen, und kalte Augen starrten mich an. Sein Arm fuhr hoch. Ein Dolch blitzte auf und verschwand im Rücken des Mannes, der mich Degataga genannt hatte!
Genannt hatte ...
Großer Gott ... ich kannte diesen Mann!
Tsantawu! Jim!
Das eben erwachte Etwas in mir übernahm nun die Initiative ... eroberte mein Gehirn ... war ich ... Dwayanu ... in Vergessenheit versunken!
Ich warf mein Pferd herum.
Rascha hatte den Arm zu einem zweiten Stoß erhoben. Der braunäugige Reiter wollte ihn mit dem Schwert abwehren. Jim fiel nach vorn, lag auf der Mähne seines Pferdes.
Ich fing Raschas Arm ab, bevor der Dolch wieder niederfahren konnte. Ich bog den Arm zurück, bis ich Knochen krachen hörte. Er heulte wie ein Wolf.
Ein Hammer sauste an meinem Kopf vorbei und verfehlte mich nur um Haaresbreite. Ich sah, wie Tibur den Riemen einzog.
Ich beugte mich vor und hob Rascha aus dem Sattel. Sein gesunder Arm stieß vor, und seine Hand umklammerte meine Kehle. Ich bekam ihn am Handgelenk zu fassen und drehte auch diesen Arm nach hinten, bis auch hier Knochen zersplitterten.
Mein Pferd wich zur Seite aus. Mit einer Hand hielt ich Rascha an

der Kehle, mit der anderen riß ich an seinem Gürtel. Ich ließ mich vom Pferd fallen und stürzte auf ihn. Ich rollte rasch herum und legte ihn auf mein angezogenes Knie. Meine Hand glitt von seiner Kehle auf seine Brust. Mein rechtes Bein verschränkte sich über seinem.
Ein rascher Stoß nach unten ... Ein Krachen wie von einem Reisigbündel. Der Rückenbrecher würde nie mehr Rücken brechen. Sein Rückgrat war entzwei.
Ich sprang auf die Füße. Sah hinauf in das Gesicht mit den braunen Augen ...
... Evalie! ...
Ich rief sie an: »Evalie!«
Ohne Übergang brach der Kampf erneut aus. Evalie wandte sich zur Seite, um einen Angreifer abzuwehren. Ich sah, wie Tiburs gewaltige Schultern hinter ihr auftauchten ... Sah, wie er sie aus dem Sattel riß ... Sah an seiner Linken Stahl aufblitzen ... Stahl, der wie rasend auf mich zu sauste ...
Ich warf mich zur Seite. Nicht zu früh ... nicht früh genug ...
Ein furchtbarer Stoß traf mich an der Schläfe. Ich fiel auf Hände und Knie, war blind und verstört. Nur Tiburs Lachen drang in mein Bewußtsein. Ich kämpfte darum, Blindheit, Verstörtheit und aufkommende Übelkeit zu bezwingen; spürte Blut, das mir über das Gesicht lief.
Kriechend auf allen vieren und dennoch schwankend hörte ich, wie die Flut der Schlacht über und neben mir vorbeirauschte.
Mein Kopf wurde etwas klarer. Die Blindheit verging. Ich war immer noch auf Händen und Knien. Unter mir lag der Leib eines Mannes ... eines Mannes, dessen schwarze Augen mich mit Verständnis anblickten ... und mit Liebe!
Jemand berührte mich an der Schulter. Mit einiger Mühe sah ich auf. Dara stand an meiner Seite.
»Euer Leben stand auf Messers Schneide, Herr. Trinkt das hier.«
Sie hielt eine Phiole an meine Lippen. Eine bittere, brennende Flüssigkeit schoß durch meinen Körper und brachte mir Ruhe und Kraft. Ich konnte wieder normal sehen. Ein Ring von Kriegerin-

nen stand um mich herum und beschützte mich. Und vor diesen hatte sich ein Reiterring aufgebaut.
»Kannst du mich hören, Leif? ... Mir bleibt nicht mehr viel Zeit ...«
Ich kniete mich neben ihn hin.
»Jim! Jim! Großer Gott, warum bist du hierhergekommen? Nimm dieses Schwert und töte mich!«
Er suchte nach meiner Hand, und als er sie gefunden hatte, ließ er sie nicht mehr los.
»Sei nicht so ein verdammter Narr, Leif! Du kannst doch nichts dafür ... Aber du mußt Evalie retten!«
»Ich muß *dich* retten, Tsantawu ... muß dich von hier fortbringen ...«
»Jetzt halt den Mund und hör mir zu. Ich habe gleich alles hinter mir, Leif, und das weißt du auch. Der Dolch ist mir durch das Kettenhemd geradewegs in die Lunge eingedrungen ... Ich laufe aus, das Leben fließt aus mir ... Verdammt, Leif, nimm es doch nicht so schwer ... Es hätte doch genausogut schon an der Westfront passieren können ... Hätte mir jederzeit zustoßen können ... Und du hättest es nie ändern können ...«
Ich schluchzte, und Tränen vermischten sich mit dem verkrusteten Blut auf meinem Gesicht.
»Aber ich habe ihn getötet, Jim ... Ich habe dich gerächt!«
»Das weiß ich, Leif ... und du warst gut ... Ich habe es gesehen ... Aber ich muß dir noch etwas Wichtiges sagen ...« Seine Stimme verebbte.
Ich setzte ihm die Phiole an den Mund. Er schlug die Augen noch einmal auf.
»Jetzt ... haßt ... Evalie ... dich! Aber du mußt sie retten ... Leif ... ob sie dich nun haßt oder nicht ... Hör zu ... Von Sirk erreichte die Rrrllya die Nachricht, daß du uns hier treffen wolltest. Du würdest vorgeben, Dwayanu zu sein ... Würdest vorgeben, dich an nichts mehr erinnern zu können, was jenseits Dwayanus läge ... um alles Mißtrauen gegen dich zu begraben und um Macht zu erlangen ... Du wolltest dich fortschleichen ... nach

Sirk kommen ... und die Rebellen gegen Karak führen ... Und du würdest mich an deiner Seite brauchen ... und auch Evalie, um die Zwerge als Bundesgenossen zu gewinnen ...«
»Ich habe nie eine solche Nachricht gesandt, Jim!« rief ich.
»Ich weiß, daß du das nie getan hast ... jetzt weiß ich es ... Aber damals haben wir daran geglaubt ... Schließlich hattest du Sri vor den Wölfen gerettet und dich der Hexe widersetzt ...«
»Jim, wie lange nach Sris Rettung erreichte euch die falsche Botschaft?«
»Zwei ... zwei Tage später ... Aber was spielt das jetzt noch für eine Rolle? ... Ich habe Evalie erklärt, was in dir vorgegangen ist ... habe ihr deine Geschichte wieder und wieder erzählt ... Sie hat es nicht verstanden ... Aber sie hatte genug Vertrauen zu mir, um meinen Worten zu glauben ... Gib mir noch was von dem Zeugs, Leif ... Ich bin gleich nicht ... nicht mehr da ...«
Noch einmal konnte ihn die Flüssigkeit am Leben erhalten.
»Wir ... erreichten Sirk vor zwei Tagen ... gelangten mit Sri und zwanzig Zwergen über den Fluß ... es war so einfach ... viel zu einfach ... nicht ein Wolf heulte ... aber ich wußte, daß die Tiere uns beobachteten ... uns nachschlichen ... Wir warteten ... dann kam euer Angriff ... und ich wußte, daß wir in eine Falle gegangen waren ... Wie seid ihr bloß über diese verdammten Geysire gekommen ... Du großer Junge, du ... macht ja nichts ... aber ... Evalie glaubt immer noch, du hättest die falsche Nachricht geschickt ... ist überzeugt ... du ...seist ... ein Verräter ...«
Seine Augen schlossen sich. Seine Hände waren kalt, so furchtbar kalt.
»Tsantawu, Bruder, du glaubst das doch nicht, oder? Tsantawu, komm zurück ...sprich noch einmal zu mir ...«
Seine Augen öffneten sich langsam. Er sprach so leise, daß ich ihn kaum verstehen konnte.
»Du bist nicht Dwayanu, Leif, oder? Jetzt nicht ... und nie wieder?«
»Nein, Tsantawu ... verlaß mich bitte nicht!«

Beug ... beuge deinen Kopf näher zu mir, Leif ... sei tapfer ... rette Evalie ...«

Noch matter wurde seine Stimme.

»Leb wohl ... Degataga ... Du trägst keine Schuld ...«

Ein Hauch vom alten sardonischen Grinsen huschte über sein Gesicht.

»Du hast ... dir ... deine ... verdammten Vorfahren ... nicht aussuchen ... können! ... Pech gehabt, Junge, ... Wir beide ... hatten ... viel Spaß ... miteinander .... Rette Evalie ...«

Blut strömte aus seinem Mund.

Jim war tot ... war tot ... war tot!

Tsantawu war nicht mehr.

DAS BUCH VON LEIF

I

Rückkehr nach Karak

Ich beugte mich über Jim und küßte seine Stirn. Dann stand ich auf und fühlte mich wie gelähmt vor Kummer. Aber unter der Trauer regte sich grenzenloser Zorn, tobte entsetzlicher Schrekken. Grenzenloser Zorn gegen die Hexe und den Schmied ... Entsetzlicher Schrecken vor mir selbst, oder besser vor dem, was ich gewesen war ... vor Dwayanu.

Ich mußte Tibur und Lur finden. Aber vorher war noch etwas anderes zu erledigen. Die beiden Verräter und Evalie konnten warten.

»Dara, heb ihn mit deinen Getreuen hoch und trage ihn in eines der Häuser.«

Ich folgte dem Zug, der Jim transportierte. Die Schlacht war noch nicht beendet, aber die Kämpfe waren weit von uns entfernt. Hier waren nur noch Tote. Ich sagte mir, daß Sirk sich am Ende des Tals zum letzten Gefecht stellte.

Dara, Naral, ich und ein halbes Dutzend Kriegerinnen traten durch die zerbrochene Tür eines Hauses, das gestern noch das Heim einer Familie gewesen war. In seinem Zentrum befand sich eine Säulenhalle. Die anderen Soldaten postierten sich vor der zerbrochenen Haustür und bewachten uns. Ich befahl, daß alle Stühle, Betten und sonstiges brennbares Material in das Atrium geschafft werden sollten und aus ihnen ein Scheiterhaufen errichtet würde.

»Herr, laßt mich Eure Wunden waschen«, sagte Dara.

Ich ließ mich auf einen Hocker fallen und saß nachdenklich da, während sie mit einer scharfen Flüssigkeit meinen Kopf wusch. Unter der sonderbaren Betäubtheit arbeitete mein Verstand klar. Ich war wieder Leif Langdon. Dwayanu herrschte nicht mehr über

meinen Körper ... und würde das auch nie mehr tun. Aber er lebte noch. Lebte in mir, als Teil von mir. Es kam mir so vor, als habe der Schock über Jims Tod Dwayanu so geschwächt, daß er in Leif Langdon aufgegangen war; so als ob zwei widerstreitende Strudel sich zu einem vermengt hätten; so als ob zwei Tropfen zu einem verschmolzen wären; so als ob zwei antagonistische Metalle zu einem geworden wären.
Kristallklar zeichnete sich jede Erinnerung an alles ab, was ich gehört und gesehen, gesagt, getan und gedacht hatte – von dem Moment an, in dem man mich von der Nansurbrücke gestoßen hatte. Und ebenso leuchtend klar, so quälerisch klar, stand alles vor mir, was davor geschehen war. Dwayanu war nicht tot, o nein! Er war ein Teil von mir, aber ich war der stärkere von beiden. Ich konnte mich seiner bedienen, seiner Kraft, seiner Weisheit und seiner Erfahrung ... doch er konnte das umgekehrt nicht bei mir. Ich hatte die Kontrolle inne. Ich war der Herr über unseren Körper.
Und während ich dasaß, dachte ich daran, daß ich Evalie retten mußte. Und dann war noch etwas zu tun, gleich ob ich Evalie befreien konnte oder in diesem Bemühen das Leben verlor: Ich mußte nach außen so tun, als sei ich immer noch Dwayanu. Darin lag meine Macht. Wie konnte ich meinen Kriegerinnen erklären, welche Verwandlung in mir vorgegangen war. Sie glaubten an mich und folgten mir, weil sie mich für Dwayanu hielten. Wenn schon Evalie, die mich als Leif kennengelernt hatte, mich als Leif geliebt hatte, die Umwandlung nicht verstehen konnte, auch wenn Jim ihr alles ausführlich erklärt hatte, wie sollte dann meine treu ergebene Gefolgschaft das alles begreifen können? Nein, die Kriegerinnen durften keine Veränderung an mir bemerken.
Ich berührte meinen Kopf. Eine tiefe und lange Wunde war dort. Offensichtlich hatte ich es nur der Härte meines Schädels zu verdanken, daß die Waffe ihn nicht gespalten hatte.
»Dara, hast du gesehen, wer mir diese Wunde beigebracht hat?«
»Es war Tibur, Herr.«
»Er hat versucht, mich zu töten? Warum hat er mir dann nicht den Rest gegeben?«

Nie hat Tiburs Linke darin versagt, den Tod zu bringen. Er hält sie für unfehlbar. Als er sah, wie Ihr gestürzt seid, hielt er Euch schon für tot.«
»Fast hätte er auch sein Ziel erreicht. Es wäre ihm sicher gelungen, wenn mich nicht jemand zur Seite gerissen hätte. Warst du das, Dara.«
»Ja, das war ich, Herr. Ich sah, wie seine Hand in den Gürtel fuhr, und wußte, was jetzt kommen würde. Ich warf mich gegen Eure Knie und hoffte, Tibur würde mich nicht bemerken.«
»Hast du Tibur so sehr zu fürchten?«
»Nein, aber ich wollte, daß er glaubt, er hätte euch tödlich getroffen.«
»Und warum das?«
»Damit Ihr die Gelegenheit erhalten würdet, ihn zu töten, Herr. Eure Stärke verließ Euch im gleichen Maße wie das Leben Euren Freund.«
Ich sah mir diesen tapferen Offizier genauer an. Wieviel ahnte oder wußte sie von der Veränderung in mir? Aber das konnte ich später immer noch genau herausfinden. Ich sah auf den Scheiterhaufen. Er war fast fertig.
»Was hat er auf mich geschleudert, Dara?«
Sie zog eine wunderliche Waffe aus ihrem Gürtel, wie ich sie noch nie gesehen hatte. Sie sah aus wie ein Messer, hatte eine scharfe Spitze und wies an den Seiten vier rasiermesserscharfe Rippen auf. Der metallische Schaft war zwanzig Zentimeter lang und rund und verlieh dem Gebilde das Aussehen eines zu kurz geratenen Speers. Die Waffe wog etwa fünf Pfund und war aus einem mir unbekannten Metall gefertigt; härter und fester als jede Legierung. Im Prinzip handelte es sich dabei um eine Wurfwaffe. Und keine Rüstung konnte die diamentenharte Spitze abwehren, wenn die Waffe mit der Kraft von jemandem wie dem Schmied geworfen wurde. Dara nahm mir das Messer aus der Hand und zog am sonderbaren Schaft. Augenblicklich sprangen die scharfen Rippen nach außen und standen in einem Winkel von neunzig Grad von der eigentlichen Klinge ab. Und die Spitze jede dieser Rippen war ein nach

innen gebogener Widerhaken. Die teuflischste Waffe, die mir je unter die Augen gekommen war. War sie ins Fleisch eingedrungen, gab es keine Möglichkeit mehr, sie herauszuziehen, denn jeder Zug am Schaft würde die Rippen ausfahren und sich im Fleisch verhaken lassen. Ich nahm die Waffe von Dara und steckte sie mir in den Gürtel. Wenn ich je im Zweifel darüber gewesen war, was ich mit Tibur anfangen sollte, so waren sie jetzt wie fortgeweht.
Der Scheiterhaufen war fertig. Ich trat zu Jim und legte ihn darauf. Ich küßte seine geschlossenen Augen und legte ihm ein Schwert in die zusammengefalteten Hände. Dann riß ich die Wandbehänge herunter und breitete sie über ihm aus. Ich schlug zwei Feuersteine aufeinander und setzte den Scheiterhaufen in Brand. Das Holz war trocken und sehr harzhaltig und fing rasch Feuer. Ich sah zu, wie die Flammen hochleckten und schließlich hoch über Jim brannten.
Dann trat ich mit tränenleeren Augen, aber den Tod im Herzen, nach draußen zu meinen Soldaten.
Sirk war gefallen. Die Plünderung war im vollen Gange. Überall stieg Rauch aus den gebrandschatzten Häusern. Eine Abteilung Soldaten marschierte vorbei und führte in Zweierreihen Gefangene mit; fast ausschließlich Frauen und ein paar kleine Kinder. Einige waren verwundet. Erst dann entdeckte ich, daß die, die ich für Kinder gehalten hatte, in Wahrheit Rrrllya waren. Auf mein Zeichen hin blieben die Kriegerinnen stehen und nahmen Habachtstellung ein. Erst nur wenige und dann alle starrten mich ungläubig an.
Plötzlich rief eine Kriegerin: »Dwayanu! Dwayanu lebt!« Sie rissen ihre Schwerter zum Salut hoch und riefen im Chor: »Dwayanu!«
Ich winkte ihren Offizier heran.
»Ihr habt Dwayanu also schon für tot gehalten?«
»So wurde uns berichtet, Herr.«
»Und wurde euch auch berichtet, wie ich zu Tode gekommen wäre?«
Sie zögerte.

»Einige behaupteten, Tibur habe das getan ... Ein Unfall, ein Mißgeschick ... daß er eigentlich den General von Sirk treffen wollte, der Euch gerade bedrohte ... daß er statt dessen Euch traf ... daß Euer Leichnam von Kriegern aus Sirk geraubt worden sei ... Ich bin aus dem ganzen nicht so recht schlau geworden ...«
»Genug. Führt die Gefangenen nach Karak. Verliert keine Zeit dabei. Und erzählt niemandem, daß ihr mich gesehen habt. Das ist ein Befehl. Für eine Weile möchte ich diese Gerüchte am Leben erhalten.«
Sie sahen sich verwundert an, salutierten aber und setzten dann ihren Marsch fort. Die gelben Augen der Zwerge waren mit wildem Haß erfüllt, und ihr Blick wich nicht von mir, bis sie vorbeigezogen waren. Ich dachte nach. So hatten sie sich also herausgeredet. *Hai!* Aber die Angst saß ihnen gehörig im Nacken, sonst hätten sie nicht die Gerüchte über den tragischen Unfall verbreitet. Plötzlich kam mir eine Idee. Es hatte keinen Zweck, durch Sirk zu reiten und nach Tibur zu suchen. Es wäre geradezu Torheit, sich offen zu zeigen, damit ein Getreuer Lur und Tibur berichten könnte, ich sei noch am Leben; ganz zu schweigen davon, was für eine Verwirrung die beiden entgegengesetzten Geschichten unter meiner Streitmacht auslösen würde! Nein, die zwei Verräter sollten zu mir kommen, ohne daß sie etwas von mir ahnten. Es gab nur einen Weg aus Sirk hinaus, und der führte über die Zugbrücke. Dort wollte ich die beiden erwarten. Ich wandte mich an Dara.
»Wir begeben uns zur Zugbrücke, aber nicht über diese Straße. Wir nähern uns ihr auf Seitenwegen, bis wir die Felswand erreicht haben.«
Sie wendeten ihre Pferde, und zum erstenmal wurde mir bewußt, daß mein ganzer Trupp beritten war. Und dann fiel mir noch auf, daß sie alle zu meiner Leibgarde gehörten. Eine ganze Reihe von ihnen war vorher Fußsoldat gewesen, aber auch sie saßen jetzt auf einem Pferd, und als ich genauer hinsah bemerkte ich, daß das die Tiere von Adligen waren, die Tibur über die Zugbrücke in

die Stadt gefolgt waren. Naral bemerkte die Verwunderung in meinem Gesicht und erklärte mir, frank und frei, wie es ihre Art war:

»Dies hier sind die Treuesten der Treuen, Herr. Die Pferde liefen herrenlos herum, und bei anderen haben wir ein wenig nachgeholfen. Wir sind dein Schild, Herr, falls ... falls Tibur noch mal ein tragisches Mißgeschick unterlaufen sollte.«

Ich gab ihr natürlich keine Antwort darauf. Erst als wir im Schutz der Seitenstraßen waren, sagte ich:

»Naral, Dara, ich möchte gern mit euch allein sprechen.«

Als wir uns ein wenig von den anderen abgesondert hatten, erklärte ich:

»Euch beiden verdanke ich mein Leben, am allermeisten dir, Dara. Alles, was ihr euch wünscht und was ich euch geben kann, soll euer sein. Was ich mir von euch wünsche, ist die Wahrheit.«

»Die werden wir dir sagen, Dwayanu.«

»Warum wollte Tibur mich ermorden?«

»Der Schmied war nicht der einzige«, erklärte Naral, »der Euch ans Leben wollte, Herr.«

Das war mir bereits klar, aber ich wollte es von ihnen bestätigt bekommen.

»Wer sonst noch, Naral?«

»Lur, und die Mehrzahl der Adligen.«

»Aber warum? Habe ich ihnen nicht Sirk erobert?«

»Ihr werdet zu mächtig, Herr. Und Lur oder Tibur sind nicht dazu geschaffen, auf den zweiten Platz verwiesen zu werden, oder gar auf den dritten ... oder vielleicht gar keinen Platz mehr vorzufinden.«

»Aber sie hätten doch auch vorher schon Gelegenheit gehabt ...«

»Natürlich, doch Ihr solltet Sirk für sie einnehmen«, erklärte Dara.

»Dwayanu, Ihr spielt mit uns«, sagte Naral leicht grollend. »Ihr wißt doch genausogut wie wir, wahrscheinlich sogar noch besser, was der eigentliche Grund ist. Ihr seid mit Eurem Freund in dieses Tal gekommen, den wir gerade auf dem Scheiterhaufen verbrannt haben. Das war allen bekannt. Wenn Ihr sterben solltet, müßte auch er sterben. Er durfte nicht überleben, um womöglich zu entfliehen und andere in dieses Tal zu führen. Denn ich weiß, wie einige andere auch, daß es auch jenseits dieses Ortes Leben gibt und daß Khalk'ru nicht allein und überall herrscht, wie es uns die Adligen weismachen. Also, da kommt eines Tages Ihr mit Eurem Freund in dieses Tal. Und dann ist da auch noch das dunkelhaarige Mädchen bei den Rrrllya, deren Tod oder Gefangennahme den Geist des Kleinen Volks brechen könnte und sie unter das Joch von Khalk'ru zwingen würde. Und dann wart Ihr drei in Sirk, zur gleichen Zeit am gleichen Ort! Dwayanu, was hätte es für eine bessere Gelegenheit geben können, Euch alle drei auf einen Streich zu vernichten! Und das haben Lur und Tibur ja dann auch getan. Sie haben Euren Freund getötet, halten Euch für tot, und das dunkelhaarige Mädchen ist in ihrer Gewalt.«

»Und wenn ich Tibur töte, Naral?«

»Dann wird es zur Schlacht kommen. Dann müßt Ihr Euch schützen, denn auch die Adligen hassen Euch, Dwayanu. Man hat ihnen erzählt, Ihr wolltet die alten Sitten abschaffen, wolltet dem Adel seine Rechte nehmen und das Volk erheben. Hättet sogar vor, die Opferungen einzustellen ...«

Sie lächelte mich schelmisch an.

»Und wenn ich das wirklich beabsichtigen würde?«

»Die meisten Soldaten stehen hinter Euch, Dwayanu. Und wenn Ihr wirklich all das durchführen wolltet, steht auch die Mehrheit des Volks hinter Euch. Aber auch Tibur ist nicht ohne Gefolgschaft, selbst unter den Kriegerinnen. Und Lur dürft Ihr erst recht nicht unterschätzen.«

In plötzlich aufwallender Wut riß sie am Zügel ihres Pferdes.

»Besser, Ihr bringt Lur gleich mit um, wenn Ihr schon einmal dabei seid, Herr!«

Ich schwieg. Wir ritten durch die Seitenstraßen und wechselten kein Wort miteinander. Überall Tote und ausgeraubte Häuser. Wir hatten die Stadt hinter uns gelassen und trabten über die freie Stelle auf die Kluft zwischen den Felswänden zu. Im Augenblick ließ sich niemand auf der Hauptstraße blicken. So konnten wir ungesehen durch die Kluft gelangen. Wir erreichten den Platz vor der Festung. Hier waren viele Soldaten und auch etliche Gefangene. Ich ritt zu allen Seiten von meinen Getreuen umgeben und beugte mich über den Hals meines Pferds. Dara hatte meinen Kopf bandagiert. Die Tücher und der Helm verbargen mein gelbes Haar. Einige Konfusion herrschte an diesem Ort. Wir kamen unbemerkt hindurch. Ich ritt direkt auf die Tür im Turm zu, hinter der wir gehockt hatten, als Tibur die Zugbrücke stürmte. Rasch glitt ich vom Pferd und zog die Tür bis auf einen Spalt zu. Meine Leibgarde verteilte sich draußen. Scheinbar gelassen standen sie hier und da, aber wehe dem, der zu mir hätte vordringen wollen. Ich stellte mich hinter die Tür und wartete auf Tibur.

Die Wartezeit wurde mir lang! Jims Gesicht am Lagerfeuer; Jims Gesicht, als er mir im Schützengraben zugrinste. Jims Gesicht über meinem, als ich an der Schwelle zum Land unter der Fata Morgana auf einer Moosbank erwachte. Jims Gesicht unter meinem, auf irgendeiner Straße in Sirk ...

Tsantawu! Lebe wohl Tsantawu! Und du hast geglaubt, dieser Wald könne nur Schönes verbergen.

Evalie? Damals interessierte mich Evalie überhaupt nicht. Ich befand mich in dem Zustand, in dem der Zorn abwechselnd wie ein frierender Eisberg und ein ausbrechender Vulkan in einem tobt.

»Rette ... Evalie!« hatte Jim mir aufgetragen. Nun, ich würde Evalie retten! Auch wenn sie mir in jenem Moment nicht mehr bedeutete als die Hexe ... doch, vielleicht ein kleines bißchen mehr ... Immerhin hatte ich mit Lur noch eine Rechnung zu begleichen ... Evalie hatte nichts mehr bei mir offen ...

Das Gesicht von Jim ... Immerzu das Gesicht von Jim ... schwankte vor mir ... stieg vor mir auf ...

Ein Flüstern.

»Dwayanu, Tibur nähert sich!«

»Ist Lur bei ihm?«

»Nein, nur ein Trupp Adliger. Er lacht. Und er trägt das dunkelhaarige Mädchen auf dem Sattel.«

»Wie weit ist er noch entfernt, Dara?«
»Vielleicht einen Pfeilflug weit. Er reitet recht gemächlich.«
»Wenn ich losstürme, deckt mir den Rücken. Der Kampf findet nur zwischen mir und Tibur statt. Ich glaube kaum, daß die Adligen bei ihm es wagen werden, mich anzugreifen. Wenn aber doch ...«
»Dann fahren wir ihnen an die Kehle, Dwayanu!« lachte Naral. »Mit ein oder zwei von Tiburs Kumpanen möchte ich mich noch etwas näher befassen. Wir bitten Euch nur um dies: Verschwendet weder Worte noch Zeit an Tibur. Tötet ihn rasch. Denn, bei allen Göttern, falls er Euch tötet, blüht allen von uns, die er fängt, die Haut abgezogen zu bekommen und in den Kochtopf zu wandern.«
»Ich töte ihn, Naral.«
Langsam öffnete ich die Tür. Jetzt konnte ich Tibur erkennen. Sein Pferd trabte in aller Ruhe zum Brückenkopf. Am Sattelknauf hing Evalie. Sie ließ den Kopf hängen. Ihr langes schwarzes Haar war lose und bedeckte ihr Gesicht wie einen Schleier. Man hatte ihr die Hände an den Rücken gebunden. Tibur hielt sie an dem Seil. Etwa zwanzig seiner Kumpane begleiteten ihn. Allesamt Adlige, und fast nur Männer. Mir war früher schon aufgefallen, daß der Schmied eine Vorliebe für männliche Begleitung zeigte, ob es nun seine Zechkumpane oder seine Eskorte waren. Sicher, auch bei der Hexe dienten einige Männer, aber nicht so viele wie bei Tibur. Der Schmied erzählte seinen Freunden wohl gerade etwas. Seine laute Stimme und sein dröhnendes Gelächter drangen bis an meine Ohren. Mittlerweile hatte sich der Vorplatz geleert. Niemand stand mehr zwischen uns. Ich fragte mich, wo die Hexe sein mochte.
Näher kam Tibur, immer näher.
»Seid ihr bereit, Dara, Naral?«
»Bereit, Herr!«
Ich warf die Tür auf und galoppierte auf Tibur zu. Ich beugte mich vor. Meine Truppe folgte mir dichtauf. Als ich ihn fast erreicht hatte, richtete ich mich zu voller Größe auf.
Tibur erstarrte von Kopf bis Fuß. Seine Augen sahen mich fas-

sungslos an, und der Unterkiefer fiel ihm herunter. Seine Gefolgsleute machten ein ähnlich ungläubiges und dummes Gesicht. Bevor der Schmied aus seiner Lähmung erwachen konnte, hatte ich ihm schon Evalie vom Sattel gerissen und sie an Dara weitergereicht.
Ich zückte mein Schwert und holte damit nach Tiburs Kehle aus. Ich gab ihm keine Warnung, denn dies war nicht die Zeit für Ritterlichkeit. Zweimal bereits hatte er auf heimtückische Weise versucht, mich zu ermorden. Jetzt wollte ich ihm ein rasches Ende bereiten.
So rasch ich auch zuschlug, der Schmied war schneller. Er warf sich zurück, sprang von seinem Pferd und landete wie eine Katze auf seinen Füßen. Ich war von meinem Pferd, als Tiburs gewaltiger Hammer schon auf dem Weg zu mir war. Ich stieß mit dem Schwert nach seiner Kehle, aber er wehrte die Waffe mit seinem Hammer ab.
Dann hatte er alle Lähmung abgeschüttelt. Rasende Wut erfüllte ihn. Sein Hammer fiel klirrend zu Boden. Heulend warf er sich auf mich. Seine Arme umklammerten mich und preßten meine eigenen in die Seiten. Ich fühlte mich wie in Stahlbändern gefangen. Seine Füße suchten nach meinen Beinen, um mich zu Fall zu bringen. Er hatte die Lippen wie ein tobender Wolf zurückgezogen, und er preßte seinen Mund an meinen Hals, um mir mit den Zähnen die Kehle zu durchbeißen.
Meine Rippen krachten unter dem immer stärker werdenden Druck von Tiburs Stahlarmen. Meine Lippen arbeiteten nur noch stoßweise, und über meine Augen legte sich ein Schleier. Ich drehte und wendete mich, um diesem Mund mit seinen tierischen Zähnen zu entkommen.
Rufe ertönten um mich herum, und wie durch einen Nebel sah ich verängstigte und sich aufbäumende Pferde. Die ausgestreckten Finger meiner Linken berührten den Gürtel und schlossen sich dort um etwas Hartes. Etwas wie ein Schaft. Tiburs höllischer Wurfdolch!
Plötzlich erschlaffte ich unter dem Griff des Schmieds. Er lachte brüllend, war ganz heiser vor Triumph. Und für den Bruchteil einer Sekunde lockerten sich seine Arme.
Dieser winzige Moment reicht mir aus. Ich nahm alle Kraft zusam-

men und durchbrach seinen Griff. Bevor er die Arme wieder um mich schließen konnte, war meine ganze Hand in den Gürtel gefahren und hatte die Waffe herausgezogen.
Ich riß sie hoch und jagte sie dem Schmied direkt unter dem Kiefer in den Hals. Ich riß an dem Schaft. Die hinausschnellenden Seitenklingen fuhren durch Arterien und Sehnen. Das dröhnende Gelächter Tiburs versackte zu einem überraschten Gurgeln. Seine Hände suchten den Schaft, zerrten daran, zogen ihn heraus ...
Und das Blut schoß aus Tiburs zerfetzter Kehle. Die Knie des Schmieds gaben unter ihm nach, er taumelte und fiel mir vor die Füße ... würgte ... und seine Hände griffen immer noch nach mir, so als hätten sie ein Eigenleben.
Erschöpft stand ich da und rang keuchend nach Atem. Der Pulsschlag donnerte in meinen Ohren.
»Trinkt dies, Herr!«
Dara war zu mir getreten und reichte mir einen Weinschlauch. Ich nahm ihn mit zitternden Händen und trank in großen Zügen. Der belebende Wein durchströmte meinen Körper. Erst nach einer ganzen Weile setzte ich den Schlauch wieder ab.
»Das schwarzhaarige Mädchen, Evalie, sie ist nicht bei dir.«
»Sie ist dort drüben, Herr. Ich habe sie auf ein Pferd gesetzt. Es ist nämlich zu einigem Handgemenge gekommen, Herr.«
Ich sah Evalie an. Der Blick ihrer braunen Augen war kalt und unversöhnlich.
»Ihr gebraucht besser den Rest des Weins dazu, Euch das Gesicht abzuwaschen, Dwayanu. Ihr seid kein sehr angenehmer Anblick für ein Mädchen.«
Ich fuhr mir mit der Hand durchs Gesicht und sah sie an.
»Tiburs Blut, den Göttern sei Dank!«
Dara brachte mein Pferd. Ich fühlte mich besser, als ich im Sattel saß. Ich warf einen letzten Blick auf Tibur. Seine Finger zuckten immer noch suchend. Ich sah mich um. Eine arg gelichtete Abteilung Bogenschützen stand am Brückenende. Sie hoben salutierend ihre Bögen.

»Dwayanu! Lang lebe Dwayanu!«
Meine Leibgarde wirkte ebenfalls recht dezimiert. Ich rief nach Naral.
»Sie ist tot, Dwayanu. Ich habe Euch doch gesagt, daß es hier zu einem Handgemenge gekommen ist.«
»Wer hat sie getötet?«
»Das ist jetzt gleich. Ich habe ihn erschlagen. Die, die von Tiburs Eskorte übriggeblieben sind, haben die Flucht ergriffen. Was tun wir nun, Herr?«
»Wir warten auf Lur.«
»Dann brauchen wir ja nicht lange untätig zu sein, denn dort kommt sie schon.«
Ein Horn ertönte. Ich fuhr herum und sah die Hexe, wie sie über den Vorplatz herangaloppierte. Ihre roten Zöpfe waren aufgelöst, ihr Schwert war über und über mit Blut bedeckt, und ihr Körper trug fast so viele Schlachtwunden wie der meine. Etwa zwanzig ihrer Kriegerinnen begleiteten sie und nur noch die Hälfte ihrer Adligen.
Ich blieb stehen und erwartete sie. Sie zügelte vor mir ihr Pferd und studierte mich mit ihren wilden, hellen Augen.
Ich hätte sie gleich auf der Stelle töten sollen, genauso gnadenlos wie Tibur. Aber als sie vor mir stand, empfand ich keinerlei Haß mehr gegen sie. All mein Zorn schien sich über Tibur ergossen zu haben. Ncin, ich konnte sie nicht hassen.
Sie lächelte matt.
»Du bist schwer zu töten, Gelbhaar!«
»Dwayanu, Hexe.«
Sie sah mich halb zweifelnd an.
»Du bist nicht mehr Dwayanu.«
»Versuch doch einmal diese Kriegerinnen davon zu überzeugen, Hexe.«
»O, ich weiß.« Sie sah hinab auf den Schmied. »Also hast du auch ihn getötet. Nun, zumindest bist du noch ein Mann.«
»Ich habe ihn für dich getötet, Lur«, spottete ich. »Das habe ich dir doch versprochen, nicht wahr?«

Sie reagierte nicht darauf, sondern fragte nur, wie zuvor auch schon Dara:
»Und was tun wir nun?«
»Wir warten hier, bis alle Sirk verlassen haben. Dann reiten wir nach Karak zurück. Du bleibst an meiner Seite. Ich hätte dich nur ungern in meinem Rücken, Hexe.«
Sie unterhielt sich schweigend mit ihren Kriegerinnen, beugte sich dann im Sattel zurück und dachte nach, ohne noch ein Wort an mich zu wenden.
»Können wir den Bogenschützen trauen?« flüsterte ich Dara zu.
Sie nickte.
»Dann sage ihnen, sie sollen warten und mit uns zurückmarschieren. Und sie sollen den Körper von Tibur in irgendeine Ecke bringen.«
Eine halbe Stunde lang marschierten Kriegerinnen vorbei; führten mit sich Gefangene, Pferde, Vieh und andere Beutestücke. Kleinere Trupps von Adligen galoppierten mit ihrer Gefolgschaft vorbei, hielten vor uns an und erkundigten sich. Aber auf meinen Befehl und Lurs Nicken hin ritten sie weiter über die Zugbrücke. Auf den Gesichtern der meisten Adligen stand Enttäuschung, als sie mich so wohlbehalten vor sich sahen. Die Kriegerinnen hingegen brachen stets in Jubel aus.
Die letzte Abteilung marschierte durch die Lücke. Ich hatte die ganze Zeit nach Sri Ausschau gehalten, aber entweder war er gefallen oder schon mit einem der ersten Gefangenentransporte nach Karak gebracht worden.
»Komm«, sagte ich der Hexe, »und laß deine Getreuen die Vorhut bilden.«
Ich ritt hinüber zu Evalie, hob sie aus dem Sattel und setzte sie vor mich aufs Pferd. Sie leistete keinen Widerstand, zuckte aber vor meiner Berührung zurück. Ich wußte, was sie jetzt dachte, daß sie statt Tiburs meine Sklavin geworden sei, daß sie nicht mehr als eine Kriegsbeute war. Wenn ich nicht so müde und erschöpft gewesen wäre, hätte mir ihre Haltung wahrscheinlich

weh getan. Aber mein geplagter Kopf beschäftigte sich mit zu vielen anderen Dingen.
Wir überquerten die Zugbrücke und ritten durch wirbelnde Dampfschwaden. Auf halbem Weg durch den Wald warf die Hexe den Kopf in den Nacken und stieß einen langgezogenen Klageschrei aus. Von allen Seiten brachen die weißen Wölfe aus den Farnen. Ich gab den Bogenschützen den Befehl, Pfeile aufzulegen.
Lur schüttelte den Kopf.
»Kein Grund zur Besorgnis. Sie gehen nach Sirk. Nach allem haben auch sie sich ihre Beute verdient.«
Die Wölfe stürmten zur Zugbrücke, strömten wie eine weiße Flut darüber und waren dann aus unserer Sicht verschwunden.
»Auch ich halte mein Versprechen«, sagte die Hexe, als die Wölfe sich heulend über die Toten hermachten.
Wir ritten durch den Wald nach Karak.

II

Das Tor von Khalk'ru

Wir waren nicht mehr weit von Karak entfernt, als die Rrrllya ihre Trommeln zu schlagen begannen.
Die bleierne Mattigkeit preßte mich mit unerhörter Macht.
Ich mußte wirklich darum kämpfen, wach zu bleiben. Das rührte teilweise von Tiburs Treffer an meinem Kopf her. Hinzu kamen weitere Verwundungen und der Umstand, daß ich seit der Nacht nichts mehr gegessen hatte. Ich konnte kaum noch denken und erst recht keine Pläne schmieden, wie ich nach der Ankunft in Karak weiter vorgehen wollte.
Die Trommeln des Kleinen Volks vertrieben meine Lethargie und machten mich hellwach. Anfangs fuhren sie wie ein Donnerschlag über den weißen Fluß. Danach wechselten sie über zu einem langsamen, gemäßigten Rhythmus, in dem unversöhnliche Bedrohlichkeit mitschwang. Es hörte sich an, als würde der Tod auf hohlen Gräbern stampfen, bevor er seinen Erntezug begann.
Beim ersten Wirbel richtete sich Evalie gerade auf und lauschte dann mit jeder Faser ihres Körpers. Ich zügelte mein Pferd und sah, daß die Hexe ebenfalls angehalten hatte und mit der gleichen Intensität wie Evalie den Trommeln zuhörte. Irgend etwas außerordentlich Irritierendes ging von dem dumpfen Rhythmus aus; etwas das über den menschlichen Erfahrungshorizont hinausging, sich außerhalb unserer Sinne abspielte, oder auch unterhalb von ihnen. So als würden tausend entblößte Herzen unisono in einem unveränderlichen Rhythmus schlagen und erst damit aufhören, wenn alles Leben aus ihnen gewichen war ... ein unerklärliches Empfinden ... ständig sich weiter im Raum ausdehnend ... weiter und weiter ... bis die Schläge vom ganzen Land jenseits des Nanbu ertönten.
»Ich denke, es ist an der Zeit, das letzte Versprechen einzulösen«,

sagte ich Lur. »Ich habe Yodin getötet, ich habe dir Sirk gegeben, und ich habe Tibur erschlagen ... Nun scheint der Krieg gegen die Rrrllya unausweichlich zu sein.«

Ich dachte gar nicht daran, wie meine letzten Worte in Evalies Ohren klingen mochten. Sie drehte sich zu mir um und bedachte mich mit einem langen, wütenden Blick. Dann wandte sie sich an die Hexe und erklärte ihr in kaltem, gebrochenem Uigurisch:

»Der Krieg steht vor der Tür. Wolltest du nicht gerade ihn herausfordern, als du es gewagt hast, mich gefangenzunehmen? Der Krieg wird so lange anhalten, bis mein Volk mich befreit hat. Ihr laßt besser bei meiner Behandlung Behutsamkeit walten.«

Das brachte die Hexe aus der Fassung, und all der lange zurückgehaltene Zorn flammte in ihr auf.

»Bitte! Jetzt ist wohl der günstigste Moment, um all deine gelben Köter ein für allemal auszulöschen. Und dir ziehen wir die Haut bei lebendigem Leib vom Körper und werfen dich in den Kochtopf ... vielleicht überlassen wir dich auch Khalk'ru. Ob wir nun siegen oder unterliegen ... von dir wird nicht mehr viel übrigbleiben, wofür deine gelben Hunde kämpfen können. Ich werde dich benutzen, wie es mir gefällt.«

»Nein«, sagte ich, »so wie es *mir* gefällt.«

Die blauen Augen sahen mich bitterböse an, und die braunen bedachten mich mit Verachtung.

»Gib mir ein eigenes Pferd. Ich ekle mich vor deiner Berührung ... Dwayanu.«

»Wie dem auch sei, du reitest mit mir, Evalie.«

Wir erreichten Karak. Die Trommeln der Kleinen schlugen nun mal laut und mal leise, behielten aber immer noch den monotonen, unerbittlichen Rhythmus bei. Die Wirbel schwollen an und vergingen, schwollen an und vergingen. Der Tod stampfte weiter auf den Gräbern, mal fester und mal sanfter.

Viele Menschen drängten sich an den Straßenrändern. Sie sahen Evalie und fingen an zu tuscheln. Keine Willkommensrufe und keine Hochstimmung empfing uns. Die Bewohner von Karak wirkten eher deprimiert und verängstigt. Dann begriff ich, daß ihre ganze Aufmerksamkeit vom Trommelschlag in Anspruch genommen wurde und sie unsere Ankunft nur am Rande wahrnahmen. Der Trommelschlag schien immer näher zu kommen. Ich hörte, wie sie von einem Punkt zum anderen am jenseitigen Flußufer miteinander sprachen und Mitteilungen austauschten. Die Zungen der Sprechtrommeln erhoben sich deutlich über die anderen. Und sie sprachen nur ein Wort, immer wieder nur das eine Wort:

»Evaahliih! Evaahliih!«

Wir ritten über den weiten Platz vor dem Tor zur schwarzen Zitadelle. Ich hielt mein Pferd an.

»Waffenstillstand, Lur.«

Sie warf einen höhnischen Blick auf Evalie.

»Waffenstillstand? Warum soll es zwischen uns beiden einen Waffenstillstand geben, Dwayanu?«

»Weil ich des Blutvergießens müde bin«, erklärte ich. »Unter den Gefangenen sind einige Rrrllya. Wir bringen sie an einen Ort, wo sie mit Evalie und uns beiden reden können. Dann lassen wir einen Teil von ihnen frei und schicken sie mit der Botschaft nach Hause, daß wir Evalie kein Haar krümmen werden. Die Kleinen sollen uns am folgenden Tag einen Boten senden, der mit allen Befugnissen ausgestattet ist, um mit uns einen dauerhaften Frieden zu schließen. Und sobald dieser Frieden geschlossen ist, können sie Evalie unbeschädigt mitnehmen.«

»Aha, Dwayanu fürchtet jetzt plötzlich die Zwerge?« lächelte die Hexe.

»Ich bin des Blutvergießens müde«, erklärte ich ihr noch einmal.

»Ach«, seufzte sie. »Wie lange ist das her, daß ich Dwayanu tönen hörte, er würde seine Versprechen einhalten ... Und dann habe ich mich auch noch von ihm dazu überreden lassen, ihm seinen Anteil im voraus zu gewähren! Ach, ach, wie sehr hat Dwayanu sich doch verändert!«

Das traf mich in der Seele, aber es gelang mir, mir meinen Verdruß nicht anmerken zu lassen.

»Wenn dir das nicht paßt, Lur«, sagte ich statt dessen, »gebe ich die entsprechenden Anweisungen eben ohne dich. Allerdings sind wir danach eine belagerte Stadt, die sich ohne äußeren Feind selbst an die Kehle geht. Und für unsere gemeinsamen Gegner werden wir dadurch zu einer leichten Beute.«

Die Hexe dachte darüber nach.

»Du willst also keinen Krieg gegen die gelben Hunde führen? Und du glaubst, wenn du den Zwergen das Mädchen zurückgibst, wird es auch zu keinem Waffengang kommen? Worauf warten wir dann noch? Warum schicken wir sie nicht gleich mit allen gefangenen Zwergen nach Hause? Oder bringen sie zum Nansur und verhandeln dort mit den Gelbgesichtern? Schon nach wenigen Trommelschlägen wüßte das ganze Zwergenland Bescheid, insofern du recht behältst. Dann können wir diese Nacht in aller Ruhe schlafen, ohne uns von lästigen Trommelwirbeln stören zu lassen.«

Da hatte die Hexe nicht ganz unrecht, aber ich erriet trotzdem ihre Hintergedanken. In Wahrheit wollte ich Evalie natürlich nicht gleich wieder fortschicken. Denn dann hätte ich meine letzte Chance vertan, mich vor ihr zu erklären und ihr Mißtrauen zu überwinden; die letzte Möglichkeit verspielt, daß sie mich wieder als Leif akzeptierte, als den Mann, den sie einst geliebt hatte. Nein, ich brauchte einfach noch etwas Zeit mit ihr. Und das war natürlich auch der Hexe klar.

»Nein, wir dürfen nichts überstürzen, Lur«, sagte ich freundlich. »Denn dann hätten sie erst recht Anlaß zu der Vermutung, wir würden sie fürchten; wie du es ja von mir ohnehin anzunehmen scheinst. Es bedarf mehr zu einem dauerhaften Friedensschluß als ein paar hastige Trommelmitteilungen. Nein, wir halten das Mädchen als Geisel fest, bis wir einen uns genehmen Frieden geschlossen haben.«

Sie senkte nachdenklich den Kopf und sah mich dann lächelnd mit ihren klaren blauen Augen an.

»Du hast wie immer recht, Dwayanu. Ich lasse die Gefangenen zusammenführen, sobald ich mich von diesen Malen von Sirk gesäubert habe. Die Zwerge werden in deine Gemächer geführt. Und

ich will noch mehr tun. Ich schicke einen Boten zum Nansur, der den Rrrllya mitteilt, daß einige ihrer gefangenen Stammesbrüder bald mit einer wichtigen Botschaft zu ihnen zurückkehren werden. Damit hätten wir wieder etwas Zeit gewonnen. Und die ist im Moment das allerwichtigste, für uns beide, Dwayanu.«
Ich sah sie eindringlich an. Aber Lur lachte nur und gab ihrem Pferd die Sporen. Ich ritt hinter ihr durch das große Tor und gelangte auf den Innenhof der Festung. Der Platz war mit Soldaten und Kriegsgefangenen überfüllt. Die Trommeln schienen aus diesem Ort selbst zu sprechen, unsichtbar und überall. Die Soldaten waren etwas unruhig, aber die Gefangenen wirkten erregt und irgendwie trotzig.
Während ich über den Platz ritt, rief ich etliche Offiziere zu mir, die am Angriff auf Sirk nicht teilgenommen hatten, und befahl ihnen, die Garnison an der Nansurbrücke zu verstärken. Außerdem sollte Alarm gegeben werden, mit dem die Soldaten und Bauern der Außenposten zusammengerufen würden. Auch die Truppen an den Flußwällen sollten verstärkt werden, und wer von den Bewohnern der Vorstadt Schutz in der Festung suchen wolle, sei herzlich willkommen, müsse jedoch bis zum Einbruch der Dämmerung hier sein, also in längstens einer Stunde. Es würden kaum Schwierigkeiten dabei entstehen, sie auf dem großen Innenhof unterzubringen. Diese Befehle gab ich als Rückversicherung für den Fall, daß die Rrrllya auf unsere Botschaft nicht eingehen wollten. Auch wollte ich es dann nicht zu einem großen Massaker kommen lassen. Karak konnte jede Belagerung auf lange Zeit durchstehen. Zumindest so lange, bis ich die Kleinen von meinen guten Absichten überzeugt hatte. Oder Evalies Vertrauen zurückgewonnen hatte, damit sie ihr Volk zum Frieden bewegen konnte.
Nach diesen Maßnahmen brachte ich Evalie in meine Gemächer. Diese waren nicht die des Hohepriester, wo der Schwarze Oktopus über den drei Thronen hing, sondern eine Suite mit mehreren komfortablen Räumen in einem anderen Teil der Zitadelle. Die kleine Schar der Getreuen, die schon in Sirk nicht von meiner Seite gewichen waren, begleitete uns dorthin. In der Suite übergab ich

Evalie Dara und ließ mich pflegen. Man badete mich, wusch und bandagierte meine Wunden und kleidete mich in neue Gewänder. Die Fensterfront zeigte auf den Fluß, und von dort ertönte nervenaufreibend der Trommelschlag. Ich ließ Wein und Speisen kommen und befahl, Evalie zu mir zu bringen. Dara erschien kurz darauf mit ihr. Man hatte sich ausgezeichnet um sie gekümmert, aber sie weigerte sich, an meinem Mahl teilzunehmen.
»Ich fürchte«, sagte sie mir, »mein Volk wird allen Botschaften von dir nur wenig Glauben schenken, Dwayanu.«
»Wir können später immer noch über die falsche Botschaft reden, Evalie. Ich habe sie nicht abgeschickt. Und Tsantawu hat mir geglaubt, als er sterbend in meinen Armen lag und ich es ihm erklärte.«
»Ich habe gehört, wie du zu Lur sagtest, du hättest ihr Sirk versprochen. Da hast du wirklich nicht gelogen, Dwayanu, denn Sirk ist gefallen und geplündert. Wie soll *ich* dir jetzt glauben?«
»Ich will dir Beweise geben, daß ich es ehrlich meine, Evalie. Doch da du jetzt nicht mit mir speisen willst, geh mit Dara.«
Evalie hatte nichts gegen meinen Offizier. Dara war weder eine Lügnerin noch eine Verräterin, sondern eine ehrliche Kriegerin. Ob sie nun in Sirk oder sonstwo kämpfte, war ihr egal und gehörte zu ihrem Beruf. Evalie verließ mich mit Dara.
Ich aß nur wenig, trank dafür aber um so mehr. Der Wein erfüllte mich mit neuem Leben und vertrieb die letzte Mattigkeit. Ich verdrängte meinen Kummer um Jim einstweilen und dachte lieber darüber nach, wie ich jetzt am besten vorgehen mußte. Dann klopfte es an der Tür, und die Hexe trat ein.
Sie hatte die roten Zöpfe wieder zu einer Krone gebunden, in der die Saphire leuchteten. Nichts an ihr verriet mehr die Anstrengungen des vergangenen Tages; auch von Müdigkeit oder Erschöpfung keine Spur. Ihre Augen leuchteten hell und klar, und ihre roten Lippen lächelten. Ihre leise, wunderbare Stimme und ihre Berührung an meinem Arm brachte mir Erinnerungen ins Bewußtsein, die ich mit Dwayanu untergegangen glaubte.
Lur rief einen Befehl. Ein Trupp Soldaten und die gefangenen

Kleinen kamen herein. Sie trugen keine Fesseln, aber Haß trat in ihre Augen, als sie mich entdeckten. Manch einer von ihnen wirkte aber auch neugierig. Ich redete mit ihnen, sachlich und freundlich. Dann schickte ich nach Evalie. Als sie in der Tür stand, stürmten die gelben Zwerge auf sie zu, kletterten wie Kinder an ihr hoch, zwitscherten und trillerten, streichelten ihr Haar und berührten ihre Hände und Füße.
Evalie lachte herzlich, nannte sie der Reihe nach mit Namen und redete dann rasch auf sie ein. Ich verstand nur wenig davon, und an der düsteren Miene auf Lurs Gesicht erkannte ich, daß sie erst recht nichts mitbekam. Ich wiederholte Evalie genau, was ich schon Lur gesagt hatte. Teilweise wußte sie das schon, denn sie verstand Uigurisch oder Ayjirisch besser, als sie damals vorgegeben hatte. Dann übersetzte ich für Lur die Worte der Zwerge.
Unser Pakt war rasch ausgehandelt. Die Hälfte der anwesenden Rrrllya sollte auf der Stelle über den Nanbu zu ihren Stammesbrüdern aufbrechen und von dort aus mit den Trommeln unsere Botschaft zur Festung des Kleinen Volks tragen lassen. Sollten die Rrrllya mit unseren Vorschlägen einverstanden sein, sollten sie zum Zeichen den Trommelschlag augenblicklich einstellen. Ich wandte mich an Evalie:
»Wenn sie auf ihren Trommeln sprechen, sollen sie auch mitteilen, daß wir nichts von dem ändern wollen, was schon im alten Vertrag enthalten war. Darüber hinaus brauchen sie nicht mehr den Tod zu fürchten, wenn sie den Fluß überqueren.«
»Was soll das denn bedeuten?« unterbrach mich die Hexe.
»Jetzt, wo Sirk ausgeschaltet ist, können wir auf solche Verfolgungen und Bestrafungen verzichten, Lur. Sollen sie doch auf unserer Seite soviel Kräuter und Metalle sammeln, wie sie wollen. Nicht mehr und nicht weniger.«
»Mir scheint, du beabsichtigst noch etwas anderes ...« Die Hexe sah mich aus Augen an, die schmal wie Schlitze waren.
»Die Zwerge haben mich verstanden, Evalie. Jetzt erkläre du es ihnen.«
Die Kleinen berieten sich zwitschernd, dann traten zehn von ihnen

vor. Sie wollten die Nachricht überbringen. Als sie schon aufbrechen wollten, hielt ich sie noch einen Moment zurück.
»Falls Sri entkommen konnte, soll er euren Abgesandten begleiten. Besser noch, er kommt vor eurer Gesandtschaft. Laßt ihm durch die Trommeln mitteilen, daß er so rasch kommen soll, wie es ihm möglich ist. Ich verspreche ihm freies Geleit, und er mag bei Evalie bleiben, bis alles in die Wege geleitet ist.«
Die Zehn unterhielten sich darüber und stimmten mir zu. Die Hexe verzichtete auf jeden Kommentar. Zum erstenmal war Evalies Blick etwas weicher, als sie mich ansah.
Nachdem die Kleinen abgezogen waren, ging Lur zur Tür und winkte. Ein Offizier trat ein.
»Ouarda!«
Ich mochte Ouarda. Es war gut zu wissen, daß sie noch am Leben war. Ich ging ihr mit ausgestreckten Händen entgegen. Sie schüttelte sie herzlich.
»Zwei Kriegerinnen haben den Verrat begangen, Herr. Sie hatten Schwestern in Sirk. Ehe wir sie daran hindern konnten, hatten sie die Strickleiter schon durchgeschnitten. Wir haben sie erschlagen.
Hätte Gott es nur gegeben, daß sie sie durchtrennt hätten, bevor jemand mir folgen konnte!
Bevor ich darauf antworten konnte, klopfte ein weiterer Offizier an und kam in mein Zimmer.
»Die festgesetzte Stunde ist vorüber, Herr, und die Tore sind geschlossen. Alle, die kommen wollten, befinden sich im Hof.«
»Waren es viele?«
»Nein, Herr, nicht mehr als hundert. Die anderen wollten nicht.«
»Haben sie auch gesagt, warum sie nicht wollen?«
»Ist das eine Frage oder ein Befehl, Herr?«
»Ein Befehl.«
»Sie sagten, sie wären in ihren Häusern sicherer. Schließlich hätten sie keinen Streit mit den Rrrllya und wären bei uns doch nur Futter für Khalk'ru.«

»Schweig!« zischte die Hexe. »Geht und nehmt die verbliebenen Zwerge mit!«

Der Offizier salutierte, drehte sich um und verschwand mit den Rrrllya. Ich lachte.

»Kriegerinnen haben unsere Strickleiter aus Sympathie zu denen zerschnitten, die vor Khalk'ru geflohen sind. Und das Volk hier fürchtet die Feinde Khalk'rus weniger als ihre eigenen Leute, die ihm zu Ehren doch nur Menschenopfer bringen! Wir tun wirklich gut daran, mit den Rrrllya Frieden zu schließen, Lur.«

Ich sah, wie sie erst erblaßte und dann rot anlief, während sie ihre Hände so zusammenballte, daß die Knöchel weiß hervortraten. Aber dann zwang sie sich zu einem Lächeln, goß sich Wein ein und hob den Kelch mit fester Hand.

»Ich trinke auf deine Weisheit, Dwayanu!«

Einen starken Geist und ein ebenso starkes Herz besaß die Hexe. Hexe und Kriegerin zugleich. Gut, es mochte ihr etwas an weiblicher Milde und Warmherzigkeit mangeln, aber jetzt wunderte es mich nicht mehr, daß Dwayanu sie geliebt hatte; auf seine Weise und so sehr es ihm möglich war.

Schweigen senkte sich über den Raum und wurde auf sonderbare Weise durch das monotone Trommeln verstärkt. Wie lange wir dasaßen, ohne ein Wort miteinander zu reden, vermag ich nicht zu sagen. Doch schließlich ließ das Trommeln nach.

Und dann schwiegen plötzlich alle Trommeln. Die darauf folgende Stille hatte etwas Unwirkliches an sich. Meine Nerven lösten sich wie zu lange festgehaltene Bogensehnen. Die abrupt einsetzende Stille schmerzte in den Ohren und verlangsamte den Herzschlag.

»Sie haben die Nachricht erhalten«, sagte Evalie. »Und sie haben sie akzeptiert.«

Die Hexe erhob sich.

»Behältst du das Mädchen heute nacht bei dir, Dwayanu?«

»Sie schläft in einem von meinen Gemächern, Lur. Und ich stelle Posten vor ihre Tür. Außerdem kann niemand sie erreichen, ohne durch mein Zimmer zu müssen.« Ich sah sie ernst an. »Ich habe

einen leichten Schlaf. Du brauchst dir keine Sorgen zu machen, daß sie entfliehen könnte.«
»Ich bin froh, daß die Trommeln deinen Schlaf nicht mehr stören können, Dwayanu.«
Sie bedachte mich mit der Karikatur eines Grußes und verließ zusammen mit Ouarda das Zimmer.
Plötzlich übermannte mich wieder die Mattigkeit. Ich sah Evalie an und glaubte, in ihren Augen so etwas wie Zweifel an ihrer Verachtung für mich zu erkennen. Offenbar waren ihr Zorn und Ekel vergangen. Endlich hatte ich sie da, wohin alle meine Winkelzüge und Maßnahmen sie bringen sollten. Und ich war mit ihr allein. Als ich sie anblickte, nach allem, was sie meinetwegen durchgemacht hatte, nach allem Schlechtem, das sie in mir vermutet hatte, wußte ich, daß Worte jetzt sinnlos waren. Auch wollten mir nicht die passenden Sätze einfallen. Nein, uns blieb noch viel Zeit bis zur Aussprache ... morgen früh vielleicht, wenn ich mich ausgeschlafen hatte ... oder nach dem, was ich dann noch zu tun hatte ... O, sie *mußte* mir einfach glauben ...
»Schlaf, Evalie. Schlaf ohne Furcht ... Und denke daran, daß alles, was falsch gelaufen ist, wieder gut werden wird. Geh mit Dara. Man wird dich gut bewachen. Niemand kann zu dir gelangen, der nicht durch mein Zimmer kommt. Und hier wache ich. Schlafe also und fürchte dich nicht.«
Ich rief Dara, gab ihr die entsprechenden Anordnungen, und sie verließ mich mit Evalie. An den Vorhängen, die den Eingang zum Nebenraum verdeckten, blieb sie stehen und sah mich an, als wollte sie etwas sagen, aber dann schluckte sie nur und ging weiter. Nicht lange danach kehrte Dara zurück.
»Sie schläft schon, Dwayanu«, meldete sie.
»Und das solltest du auch tun, teure Freundin«, erklärte ich ihr, »ebenso wie alle anderen, die heute so tapfer an meiner Seite gestanden haben. Ich denke, diese Nacht wird keine unangenehme Überraschungen bringen. Wähle die aus, denen du trauen kannst, und laß sie den Gang und den Eingang zu meinem Zimmer bewachen. Wohin hast du Evalie gebracht?«

»Ins Nebenzimmer, Herr.«
»Es wäre besser, du und die anderen würden hier schlafen, Dara. Meine Suite weist genügend Räume auf. Bestellt euch Wein und Essen, und zwar reichlich.«
Sie lachte.
»Rechnet Ihr mit einer Belagerung, Dwayanu?«
»Sicher ist sicher.«
»Oder traut Ihr Lur nicht mehr, Herr?«
»Ich traue ihr in der Tat nicht über den Weg, Dara.«
Sie nickte und wandte sich zum Gehen. Dann fiel mir noch etwas ein, und ich sagte:
»Dara, würdest du in dieser Nacht besser schlafen und würde es dir die Auswahl der Wachen erleichtern, wenn ich dir folgendes sage: Solange ich lebe gibt es keine Opferungen an Khalk'ru mehr?«
Sie fuhr zusammen. Dann leuchtete ihr Gesicht, und sie lächelte.
»Dwayanu, ich hatte eine Schwester, die man Khalk'ru opferte. Meint Ihr es wirklich ernst?«
»Beim Leben meines Blutes! Bei allen lebenden Göttern, ich meine es ernst!«
»Schlaft wohl, Herr!« sagte sie mit halb erstickter Stimme. Sie verschwand rasch hinter dem Vorhang, doch ich entdeckte noch Tränen auf ihren Wangen.
Nun, eine Frau hat das Recht zu weinen, selbst wenn sie eine Kriegerin ist. Ich selbst hatte ja heute auch Tränen vergossen.

Ich goß Wein in meinen Kelch und dachte beim Trinken viel nach. Hauptsächlich drehten sich meine Gedanken um das Rätsel Khalk'ru. Und das war wirklich eine harte Nuß.
Wer oder was war Khalk'ru?
Ich nahm die Kette vom Hals, öffnete das Medaillon und studierte den Ring. Bald schloß ich den Anhänger wieder und warf ihn auf den Tisch. Ich hatte das unbestimmte Gefühl, der Ring sei auf dem Tisch besser aufgehoben als an meinem Herzen; zumindest so lange, wie ich nachzudenken hatte.

Dwayanu hatte seine Zweifel über dieses schreckliche Wesen gehabt, daß da im Tempel erschien. Er hatte es kaum für den Großen Geist des Schlunds gehalten. Und jetzt, da ich wieder Leif Langdon und Dwayanu zur Passivität verdammt war, hatte ich erst recht keine Zweifel mehr daran, daß der Krake und Khalk'ru nicht identisch waren. Andererseits konnte ich auch Barrs Theorie von der Massenhypnose nicht akzeptieren. Und ein billiger Trick steckte ganz bestimmt nicht dahinter.

Wer oder was Khalk'ru auch immer sein mochte, der große Verschlinger *existierte*, wie die Hexe es ausgedrückt hatte. Oder zumindest existierte das Wesen, daß sich durch die Beschwörung und das Ritual offenbarte.

Möglicherweise hätte ich das Erlebnis in der uigurischen Oase als Halluzination abtun können, wenn mir hier im Schattenland nicht das gleiche widerfahren wäre. Und es konnte keinerlei berechtigten Zweifel an der Opferung geben, die unter meiner Leitung durchgeführt worden war. Keinerlei Zweifel an der Vernichtung – Absorption ... Auflösung – der zwölf Mädchen. Und auch nicht an Yodins festem Glauben, er könne den Tentakel gegen mich lenken, und an seinem schlußendlichen Untergang. Und wenn Yodin und die Opfer danach irgendwo hinter den Kulissen gestanden und mich ausgelacht hätten – wie Barrs Erklärung gelautet hätte –, dann sicher nicht in einem Theater auf dieser Welt. Außerdem gab es da noch die große Angst der Rrrllya und die Furcht so vieler Ayjir ... und war es nicht im alten Ayjirland zur Revolte gegen Khalk'ru gekommen, mit so fürchterlichen Folgen, daß das Land in eine Wüste verwandelt worden war?

Nein, was immer das auch für ein Wesen sein mochte und ganz gleich wie sehr sich die Wissenschaft gegen die Anerkennung einer solchen Entität sträuben mochte und unabhängig davon, daß es sich als Atavismus manifestierte und viel Aberglaube darum entstanden war, dieser Krake war real! O, er stammte sicher nicht von der Erde, nein, ganz sicher nicht von der Erde, wie wir sie kannten. Er war noch nicht einmal ein Fabelwesen oder sonstwie übernatürlich. Höchstens insofern übernatürlich, als das Wesen aus einer anderen Dimension kommen mußte ... oder von einer Welt, die mit unseren fünf Sinnen nicht faßbar war.

Und bei diesen Überlegungen wurde mir bewußt, daß Religion und Naturwissenschaft eigentlich Blutsbrüder sind. Und das war sicher auch der Grund dafür, daß die beiden einander so spinnefeind sind, daß Wissenschaftler wie Kirchenmänner die gleiche rigide Ideologie vertreten, wenn auch unter verschiedenen Vorzeichen. Daß beide Seiten die gleiche Intoleranz pflegen. Und daß jedes erbitterte Vorgehen von Kirchenmännern gegen eigenwillige Interpretationen in Glaubensfragen oder ethischen Problemen seine Parallele in den Schlachten der Wissenschaftler über die Analyse eines Knochens oder einer Gesteinsprobe findet.

Aber so, wie es auch in der Kirche Männer gibt, deren Verstand in Fragen der Religion noch nicht versteinert ist, so gibt es auch in den Forschungsstätten Männer oder Frauen, die ihre Wissenschaft nicht nur mit rigiden Scheuklappen betreiben ... Einstein zum Beispiel, der es gewagt hat, alle Konzepte und Vorstellungen von Raum und Zeit mit seinem vierdimensionalen Kontinuum über den Haufen zu werfen, in dem die Zeit selbst eine Dimension darstellte; und der nachwies, daß es nicht nur vier Dimensionen geben müsse, die unsere Sinne noch wahrnehmen könne, sondern deren fünf. Und er ging so weit zu behaupten, daß unsere Sinne von den vier Dimensionen eine auch noch falsch erfassen ... Die Theorie, daß ein Dutzend oder mehr Welten, die zur gleichen Zeit in der unseren sind ... zur gleichen Zeit am selben Ort ... die Energie, die wir Materie nennen, bei jeder dieser Welten auf eine andere Schwingung abgestimmt ist, und keine dieser Welten ist sich der anderen bewußt ... Womit das alte Axiom widerlegt wäre, nach dem zwei Körper nicht zur gleichen Zeit am selben Ort sein können.

Und wenn weit, weit zurück in der Zeit ein weiser Mann aus dem Volk der Ayjir das alles damals schon entdeckt hätte! Auf eine fünfte Dimension jenseits von Länge, Breite, Höhe und Zeit gestoßen wäre! Oder eine der Welten entdeckt hätte, aus der Materie durch die Zwischenräume in der Materie unserer Erde strömt!

Und wenn er dabei einen Weg gefunden hätte, einen Bewohner jener anderen Dimension oder Parallelwelt auf unserer Erde zu manifestieren! Indem er ihn durch Geräusche und Gesten anlockte, durch den Ring und durch die Beschwörung ein Tor schuf, durch das dieser oder auch mehrere Bewohner uns erscheinen könnten! Was für eine mächtige Waffe war diesem weisen Mann damit in die Hand gegeben worden ... welche Macht den Priestern dieser Entität zur Verfügung stehen mußte! Eine Macht, die nicht verging, die sie vor so vielen Jahrtausenden schon ebenso ausgeübt hatten wie heute noch in Karak.
Wenn dem so wäre, wie viele Bewohner jenes anderen Ortes lauerten in den Toren, um bei uns ihren Hunger zu stillen? Die von Dwayanu hinterlassenen Erinnerungen sagten mir, daß es im alten Ayjirland neben dem Tempel in der Oase noch einige andere gegeben haben mußte. Erschien dasselbe Wesen in jedem von ihnen? War der Krake, der in dem zerfallenen Tempel in der Oase erschienen war, derselbe, der auch hier im Fata Morgana-Land aus dem Tor kam? Oder waren es mehrere Bewohner einer anderen Dimension oder einer anderen Welt, die begierig auf den Ring und die Beschwörung reagierten? Dabei stand ja noch nicht einmal fest, ob sie in ihrer eigenen Welt die Form von Kraken hatten. Vielleicht nahmen sie diese Form aufgrund von Naturgesetzen an, die ihnen diese Gestalt beim Eintritt in unsere Welt aufzwangen.
Das beschäftigte meine Gedanken eine ganze Weile. Und am Ende erschien mir das als beste Erklärung für Khalk'ru. Und wenn ich damit auf die richtige Lösung gestoßen war, mußte ich das Tor Khalk'rus zerstören, um ihn und seinen schrecklichen Kult loszuwerden. Schließlich sagte ich mir, daß wohl auch die alten Ayjir so oder so ähnlich gedacht haben mußten, als sie sich zur Revolte entschlossen hatten.
Aber meine Theorie erklärte nicht, warum nur jemand mit dem reinen alten Blut in den Adern die Beschwörung ...
Ich hörte eine leise Stimme an der Tür. Vorsichtig trat ich auf sie zu und lauschte zunächst einen Moment. Dann öffnete ich die Tür und sah Lur, die mit den Wachen sprach.

»Was ist dein Begehr, Lur?«
»Ich möchte mit dir reden, Dwayanu. Keine Angst, ich halte dich nicht lange auf.«
Ich sah mir die Hexe genau an. Sie stand da sehr gelassen und gefaßt, und in ihren Augen war nichts von ihrem Trotz, ihrer Ablehnung oder ihrer kalten Berechnung zu entdecken. Im Gegenteil, ein zartes Flehen kam aus ihrem Blick. Die roten Zöpfe fielen auf weiße Schultern. Sie trug weder Waffen noch Schmuck. Und sie wirkte jünger, als mir das je vorgekommen wäre. So etwas wie Einsamkeit oder Verlorenheit war an ihr. Ich verspürte keinen Drang, sie zu verspotten oder ihren Wunsch abzulehnen. Statt dessen tat sie mir in diesem Moment sehr, sehr leid.
»Komm herein, Lur, und erzähle mir alles, was du auf dem Herzen hast.«
Ich schloß die Tür hinter ihr. Sie trat an eines der Fenster und sah hinaus in die grün schimmernde Nacht. Ich stellte mich neben sie.
»Sprich leise, Lur. Das Mädchen liegt im Nebenzimmer und schläft schon. Sie hat die Ruhe dringend nötig.«
»Ich wünschte, du wärst nie hierhergekommen, Gelbhaar«, sagte sie tonlos.
Ich dachte an Jim und antwortete:
»Der Ansicht bin ich auch, Lur. Aber nun bin ich eben hier.«
Sie lehnte sich an mich und legte ihre Hand auf mein Herz.
»Warum haßt du mich so sehr?«
»Ich hasse dich nicht, Lur. Ich kann nicht mehr hassen, außer bei einer Angelegenheit.«
»Und die wäre?«
Unfreiwillig sah ich auf den Tisch. Eine Kerze brannte dort, und ihr Schein fiel auf das Medaillon, in dem der Ring lag. Lurs Blick war meinem gefolgt.
»Was hast du denn vor?« fragte sie. »Willst du Karak den Zwergen öffnen? Nansur wiederherstellen? Über Karak und die Rrrllya herrschen, mit dem dunkelhaarigen Mädchen an deiner Seite? Sind das deine Pläne ... und wenn ja, was wird dann aus Lur?

Antworte mir. Ich habe ein Recht darauf, es von dir zu hören. Denn zwischen uns gibt es ein Band ... Ich habe dich geliebt, als du noch Dwayanu warst ... O, du weißt, wie sehr ich geliebt habe ...«

»Und gleichzeitig wolltest du mich umbringen, als ich noch Dwayanu war«, antwortete ich düster.

»Weil ich Dwayanu vergehen sah«, entgegnete sie, »als du den sterbenden Fremden in den Armen hieltest. Du, den Dwayanu bezwungen hatte, schwang sich in diesem Moment empor und vernichtete Dwayanu. Ich habe Dwayanu geliebt. Warum sollte ich ihn nicht rächen wollen?«

»Wenn du der Ansicht bist, daß ich nicht länger Dwayanu bin, dann bin ich der Mann, dessen besten Freund du in eine Falle gelockt und ermordet hast. Auch der Mann, dessen Liebe du betrogen hast und den du im Anschluß umbringen wolltest. Also, Lur, wenn ich nicht mehr Dwayanu bin, welches Band sollte dann noch zwischen uns existieren?«

Sie antwortete nicht gleich. Erst nach einer Weile erklärte sie:

»Ich habe dennoch einiges Recht auf meiner Seite. Ich sage dir, daß ich Dwayanu geliebt habe. Und ich erkannte in dir etwas Besonderes, gleich von Anfang an, Gelbhaar. Aber ich sah auch, daß Dwayanu in dir wiedererwachte. Und ich wußte bald, daß es wirklich der alte, der echte Dwayanu war. Gleichzeitig war mir klar, daß Dwayanu sich in Gefahr befand, solange dein Freund und das dunkelhaarige Mädchen auf der anderen Seite des Flusses lebten. Deshalb habe ich die beiden auch nach Sirk gelockt. Ich setzte dabei auf die Chance, sie töten zu können, bevor du sie entdeckt hättest. Ich hoffte, danach würde alle Gefahr für Dwayanu vorüber sein. Niemand wäre mehr übrig, der dich in Dwayanu wiedererwecken könnte. Ich habe gespielt und verloren. Schon in dem Augenblick, als ihr drei durch eine Laune von Luka zusammengetroffen seid, wußte ich, daß mein Spiel verloren war. Zorn und Kummer befielen mich ... und ich habe getan, was ... was ich getan habe.«

»Antworte mir offen und ehrlich, Lur«, sagte ich. »An dem Tag, an dem du angeblich die zwei flüchtenden Frauen verfolgt hast,

hast du da nicht in Wahrheit deine Spione mit der falschen Botschaft nach Sirk geschickt? Und hast du deshalb den Aufbruch unseres Heeres verzögert, weil du erst abwarten wolltest, bis Jim und Evalie in die Falle gegangen waren? Und hattest du tatsächlich nicht die Absicht, nachdem ich Sirk erobert hatte, nicht nur meine Freunde, sondern gleich auch noch Dwayanu aus dem Weg zu räumen? Vergiß nicht, was einst besprochen wurde: Du sagtest, du würdest zwar Dwayanu lieben, aber wie er dir auf den Kopf zusagte, wäre dir die Macht noch wichtiger. Und Dwayanu bedrohte deine Macht. Antworte mir offen und ehrlich.«
Zum zweitenmal sah ich Tränen in den Augen der Hexe. Mit stokkender Stimme sagte sie:
»Ja, ich habe an jenem Tag die Spione ausgesandt. Und ich habe den Abmarsch verzögert, bis die beiden in der Falle saßen. Aber ich habe nie daran gedacht, Dwayanu ein Leid zuzufügen!«
Ich glaubte ihr nicht. Aber ich fühlte weder Haß noch Zorn gegen sie. Das Mitleid für sie wurde immer stärker.
»Lur, jetzt will ich dir offen und ehrlich antworten. Mir steht nicht der Sinn danach, zusammen mit Evalie über die Ayjir und die Rrrllya zu herrschen. Mein Wunsch nach Macht ist erloschen, zusammen mit Dwayanu untergegangen. Sobald der Friede mit den Zwergen geschlossen ist, magst *du* über Karak herrschen, wenn das dein größter Wunsch sein sollte. Das dunkelhaarige Mädchen kehrt zu den Rrrllya zurück. Sie verspürt sicher nicht den Wunsch, in Karak zu bleiben. Genausowenig wie ich ...«
»Du kannst nicht mit ihr gehen«, unterbrach sie mich. »Die gelben Hunde würden dir nie Vertrauen entgegenbringen. Kaum daß du deinen Fuß auf ihr Land gesetzt hast, sind ihre Pfeilspitzen auf dich gerichtet.«
Ich nickte, denn das war mir leider schon seit längerem bewußt.
»Das wird sich regeln, oder nicht«, sagte ich. »Auf jeden Fall gibt es keine Opferungen mehr. Khalk'rus Tor soll auf ewig verschlossen werden. Ich selbst werde das tun.«
Ihre Augen wurden groß.
»Du meinst ...«

»Ich meine, daß ich Khalk'ru für immer von Karak fernhalten will ... außer der Große Vernichter erweist sich als stärker.«
Sie rang die Hände.
»Was hätte es dann noch für einen Sinn für mich, über Karak zu herrschen ... wie soll ich dann noch das Volk unter Kontrolle halten?«
»Und dennoch zerstöre ich Khalk'rus Tor.«
»Ihr Götter, hätte ich nur Yodins Ring«, sagte sie kaum hörbar.
Ich lächelte über ihre Worte.
»Hexe, du weißt so gut wie ich, daß Khalk'ru nicht auf den Ruf einer Frau hin erscheint.«
Hexenlichter blitzten in ihren Augen auf, und ein Grünschimmer legte sich darüber.
»Es gibt eine uralte Prophezeiung, Gelbhaar, die nicht einmal Dwayanu kannte; vielleicht hat er sie auch vergessen. Und die besagt, wenn Khalk'ru auf den Ruf einer Frau hin erscheint, bleibt er für immer! Das ist auch der Grund dafür, warum im alten Ayjirland nie eine Frau bei den Opferungen als Priesterin zugegen sein durfte.«
Ich lachte sie ein weiteres Mal aus.
»Ein nettes Haustier, das du dir da anschaffen würdest, Lur. Paßt so richtig zu deinen Wölfen.«
Sie drehte sich um und ging zur Tür. Dort blieb sie noch einmal stehen.
»Und wenn ich dich lieben könnte ... so wie Dwayanu? Wenn ich dich so in mich verliebt machen könnte, wie Dwayanu es war? Vielleicht sogar noch mehr? Schick das Mädchen zu ihrem Volk zurück und heb meinetwegen für die Zwerge den Bann auf unserer Seite des Flusses auf. Würdest du dann im Bewußtsein meiner Liebe auf alles andere verzichten, die Dinge so lassen, wie sie sind ... und zusammen mit mir über Karak herrschen?«
Ich öffnete die Tür für sie.
»Ich sagte doch bereits, daß mein Wunsch nach Macht erloschen ist.«
Sie ging hinaus.

Ich zog einen Stuhl an das Fenster, setzte mich darauf und dachte nach. Irgendwo nicht weit von der Zitadelle heulte kurz darauf ein Wolf. Dreimal heulte er, und dann noch einmal.
»Leif!«
Ich sprang hoch. Evalie stand neben mir. Sie sah mich durch den Schleier ihres Haars an. Ihre hellen Augen leuchteten mich an, und aller Zweifel, aller Haß und alle Furcht waren aus ihnen gewichen. Sie war wieder wie früher.
»Evalie!«
Meine Arme umschlangen sie, und meine Lippen fanden sofort die ihren.
»Ich habe gelauscht, Leif.«
»Und jetzt glaubst du mir, Evalie?«
Sie küßte mich und hielt mich fest.
»Aber sie hat recht gehabt, Leif. Du kannst nicht mit mir ins Land der Zwerge gehen. Nie, wirklich nie würden sie dich verstehen können. Und ich habe wenig Verlangen danach, in Karak zu leben.«
»Willst du mit mir gehen, Evalie, in meine Heimat? Nachdem ich das getan habe, was ich tun muß? Und insofern ich von diesem furchtbaren Wesen nicht vernichtet werde?«
»Ich gehe mit dir, Leif.«
Sie weinte, und nach ein paar Minuten war sie in meinen Armen eingeschlafen. Ich hob sie hoch, trug sie in ihr Zimmer und deckte sie mit den Seidentüchern zu.
Ich kehrte in mein Zimmer zurück. Als ich am Tisch vorbeikam, griff ich mir die Kette und legte sie mir um den Hals. Doch dann warf ich sie wieder auf den Tisch. Nie wieder wollte ich das Medaillon tragen. Ich ließ mich ins Bett fallen, legte mein Schwert daneben und schlief sofort ein.

III

In Khalk'rus Tempel

Zweimal wachte ich auf. Beim erstenmal weckte mich das Geheul der Wölfe. Es klang so intensiv, daß ich schon glaubte, sie stünden direkt unter dem Fenster. Noch halb im Schlummer hörte ich ihnen zu und versank bald darauf wieder in Schlaf.

Beim zweitenmal erwachte ich aus einem furchtbaren Alptraum. Irgendein Geräusch aus dem Nebenzimmer hatte mich aus dem Schlaf gerissen, und mit einem Schlag war alle Müdigkeit von mir gewichen. Meine Hand griff sofort nach dem Schwert auf dem Boden. Ich hatte das Gefühl, jemand hielte sich in meinem Zimmer auf. Aber die grüne Nacht war viel zu dunkel, als daß ich etwas hätte erkennen können. Leise rief ich:

»Bist du das, Evalie?«

Keine Antwort, aber auch nicht das geringste Geräusch.

Ich setzte mich im Bett auf und schob sogar ein Bein heraus. Doch dann fielen mir die Wachen vor der Tür wieder ein, fiel mir Dara wieder ein, fiel mir meine Leibgarde wieder ein ... Ich sagte mir, daß ich nur aus einem Alptraum erwacht sei. Aber ich lag noch eine ganze Weile mit offenen Augen im Bett, lauschte und hielt das Schwert griffbereit. Die Stille ließ die Lider so schwer werden, daß ich bald wieder eingeschlafen war ...

Es klopfte an der Tür, und ich kämpfte mich aus dem Schlaf. Der Morgen war schon lange angebrochen. Ich trat leise zur Tür, um Evalie nicht aufzuwecken. Als ich sie öffnete, stand Sri im Korridor. Der Kleine hatte sich mit Speer und Schwert bewaffnet, und auf seinem Rücken hing eine der kleinen, aber erstaunlich resonanten Sprechtrommeln. Sri sah mich mit unverfälschter Freundschaft an. Ich schüttelte seine Hand und zeigte auf die Vorhänge.

»Dahinter liegt Evalie, Sri. Geh du sie wecken.«
Er lief an mir vorbei. Ich begrüßte die Wachen und machte kehrt, um Sri zu folgen. Aber er stand an den Vorhängen und bedachte mich mit einem Blick, aus dem alle Freundschaft gewichen war.
»Evalie ist nicht hier«, sagte er.
Ich starrte ihn an wie einen Narren, eilte an ihm vorbei und entdeckte mit schreckgeweiteten Augen, daß das Zimmer leer war. Ich durchwühlte die Kissen und Seidentücher. Keine Evalie. Auch waren sie nicht warm. Ich lief in den nächsten Raum. Sri wich nicht von meiner Seite. Dort lagen Dara und ein halbes dutzend Kriegerinnen. Sie schliefen noch. Auch hier keine Evalie. Ich berührte Dara an der Schulter. Sie setzte sich gähnend auf.
»Dara, das Mädchen ist verschwunden!«
»Verschwunden?« Sie starrte mich genauso an, wie ich eben den Zwerg. Dann sprang sie auf die Füße und rannte in Evalies Zimmer. Schließlich suchten wir die anderen Räume ab. Überall lagen Kriegerinnen und schliefen. Aber nirgendwo war Evalie.
Ich eilte in mein Zimmer zurück und riß die Tür auf. Bittere Wut machte sich in mir breit. Hastig und barsch befragte ich die Wachen. Aber sie hatten niemanden gesehen. Niemand war gekommen, und niemand war gegangen. Der goldhäutige Zwerg hörte zu. Er ließ mich keine Sekunde aus den Augen.
Ich wollte noch einmal in Evalies Zimmer zurück. Als ich am Tisch vorbeikam, fiel mein Blick auf das Medaillon. Automatisch griff meine Hand danach und hob es hoch. Es fühlte sich sonderbar leicht an ... Ich öffnete das Stück ...
Khalk'rus Ring war nicht mehr da!
Ich starrte auf das leere Medaillon ... und wie quälende, glühendheiße Flammen kam mir die Erkenntnis, was der fehlende Ring und Evalies Verschwinden bedeuten mußten. Ich stöhnte und mußte mich auf den Tisch aufstützen, weil mir die Knie wegzusakken drohten.
»Schlag die Trommel, Sri! Ruf dein Volk! Sie sollen rasch kommen! Vielleicht haben wir noch eine Chance.«
Der Kleine zischte. Seine gelben Augen wurden zu Feuerbecken.

Er ahnte wohl noch nicht, welche Schrecken ich mir in diesem Augenblick ausmalte, aber er las sie bald in meinem Gesicht. Sri hüpfte ans offene Fenster, schwang die Trommel von seinem Rükken und fing an auf ihr zu rufen; hartnäckig, wütend und dringlich. Schon kurz darauf erhielt er Antwort. Zuerst von der Nansurbrücke, dann überall vom Fluß und schließlich aus der Festung des Kleinen Volks.

Würde Lur das wütende Getrommel der Rrrllya hören? Sie mußte es vernehmen ... Würde sie das zu größerer Eile antreiben ... würde es ihr Angst machen und sie dazu bewegen, von ihrem Vorhaben zu lassen ... Lur würde auf jeden Fall daraus schließen, daß ich wach war und die Kleinen von ihrem Betrug erfahren hatten ...

Großer Gott! Wenn sie die Trommeln hörte, würde dann noch genug Zeit bleiben, um Evalie zu retten?

»Rasch, Herr!« rief Dara. Sie stand am Vorhang. Sri und ich rannten zu ihr. Sie zeigte auf eine Wand. Dort, wo behauene Steine sich ineinanderfügten, hing jetzt ein Seidenfetzen.

»Eine geheime Tür, Dwayanu! So hat man sie entführt! Die Schurken haben sich wohl in großer Eile befunden. Das Stück Stoff wurde abgerissen, als die Steine sich wieder schlossen.«

Ich suchte nach etwas Schwerem, um damit gegen die Wand zu schlagen. Aber Dara war schon dabei, auf die eine oder andere Ritze zu drücken. Plötzlich schwang die Steintür auf. Sri eilte an mir vorbei in den schwarzen Gang, der sich dahinter verbarg. Ich stolperte ihm nach. Dara und die Leibgarde folgten dichtauf. Der Gang war eng und nicht sehr lang. Er endete vor einer festen Steinwand. Hier drückte Dara wieder auf alle möglichen Stellen, bis sich eine weitere Tür öffnete.

Wir liefen los und fanden uns im Raum des Hohepriesters wieder. Die Augen des Kraken starrten mich an und mit erbarmungsloser Boshaftigkeit durch mich hindurch. In diesem Moment kam es mir so vor, als sei sein Blick auch voller Angriffslust.

All meine sinnlose Wut, all mein unbeherrschter Zorn fiel von mir ab und machte kalter Entschlossenheit Platz. Ich wurde nur noch von dem Ziel beherrscht, planvoll und nicht überhastet vorzugehen ... *Ist es schon zu spät, Evalie zu retten? ... Es ist noch nicht zu spät, dich zu vernichten, mein Feind! ...*

»Dara, besorge uns Pferde. Und sammle alle um dich, denen du vertrauen kannst. Aber nimm nur die besten Kämpfer darunter. Sie sollen sich auf der Straße am Tor zum Tempel bereithalten ... Wir bereiten Khalk'ru das Ende. Erzähle ihnen das.«

Ich wandte mich an den Zwerg.

»Ich weiß nicht, ob ich Evalie noch helfen kann. Aber ich machte auf jeden Fall mit Khalk'ru Schluß. Willst du auf deine Stammesbrüder warten oder mit mir kommen?«

»Ich gehe mit dir.«

Ich wußte natürlich, wo die Hexe in der Schwarzen Zitadelle ihre Gemächer hatte; es war nicht weit von hier. Ich wußte auch, daß ich sie dort nicht antreffen würde, aber ich wollte sichergehen. Vielleicht hatte sie Evalie auch zum Geistersee mitgenommen, überlegte ich mir, während ich an Gruppen von schweigenden, unruhigen, verwirrten und salutierenden Soldaten vorbeikam. Aber tief in meinem Innern wußte ich, daß die beiden Frauen nicht am Geistersee waren. Und es wurde mir auch immer klarer, daß es Lur gewesen sein mußte, die mich mitten in der Nacht geweckt hatte. Die Hexe hatte sich durch den Vorhang geschlichen und Khalk'rus Ring gestohlen. Und es gab nur einen Grund, warum sie das getan hatte. Nein, zum Geistersee war sie ganz bestimmt nicht aufgebrochen.

Aber wenn sie sich schon in mein Zimmer geschlichen hatte, warum hatte sie mich dann nicht erschlagen? Oder hatte sie das vielleicht auch vorgehabt und war durch mein Erwachen und meinen Ruf nach Evalie daran gehindert worden. Hatte sie es einfach mit der Angst zu tun bekommen? Oder hatte sie mich bewußt am Leben gelassen?

Ich stürmte in die Gemächer der Hexe. Sie war nicht da. Auch von ihren Bediensteten oder loyalen Kriegerinnen hielt sich hier niemand auf. Die ganze Suite war leer, nicht einmal Wachen waren postiert.

Ich fing an zu rennen. Der goldhäutige Zwerg folgte mir auf dem Fuße. Er trillerte schrill und hielt den Speer in der Linken und das Krummschwert in der Rechten. Wir erreichten das Tor zur Tempelstraße.
Drei- bis vierhundert Kriegerinnen erwarteten mich dort. Alle waren beritten; kein einziger Mann war darunter. Ich warf mich auf das Pferd, das Dara für mich bereitgehalten hatte, und hob Sri in den Sattel. Wir galoppierten zum Tempel.
Wir hatten kaum die Hälfte der Strecke zurückgelegt, als sich aus den Bäumen am Straßenrand die weißen Wölfe ergossen. Wie ein Wasserfall waren sie plötzlich über uns, verbissen sich in die Kehlen der Pferde und sprangen die Reiter an. Sie brachten unseren Sturmritt ins Stocken und sorgten für einige Verwirrung in unseren Reihen. Unsere Pferde strauchelten und fielen über die Reittiere, denen die Wölfe bereits den Garaus gemacht hatten. Kriegerinnen flogen durch die Luft und wurden von den Bestien zerrissen und zerfetzt, bevor sie die Möglichkeit hatten, wieder auf die Füße zu kommen. Ein einziges Wirrwarr entstand: Pferde, Menschen und Wölfe waren ein wirbelndes, rot gefärbtes Knäuel.
Mir fuhr der Anführer der Wölfe, ein riesiges Tier, direkt an die Kehle. Seine grünen Augen leuchteten furchterregend, und ich hatte keine Zeit mehr, zu meinem Schwert zu greifen. Mit der Linken bekam ich seinen Hals zu fassen, riß ihn hoch und warf ihn über meinen Rücken nach hinten. Aber es gelang ihm noch, mich mit seinen scharfen Zähnen zu verletzen.
Dann waren wir durch die Meute hindurch. Die übriggebliebenen Tiere setzten uns nach. Sie hatten meine Truppe bereits arg dezimiert.
Ich hörte das Klingen eines Ambosses ... drei Schläge ... der Amboß von Tubalka!
Großer Gott! Meine schlimmste Befürchtung bewahrheitete sich ... Lur war im Tempel ... mit Evalie ... und Khalk'ru!
Wir rasten auf das Tempeltor zu. Jetzt waren auch Stimmen zu hören, die den alten Gesang intonierten. Am Eingang Bewaffnete

... Überall die Schwerter der Adligen, und auch die von Lurs Kriegerinnen!
»Reitet sie nieder, Dara! Nur durch!«
Wir fuhren wie ein Rammbock durch den Verteidigungsring. Schwert hieb auf Schwert, Streitäxte und Schlachthämmer sausten unerbittlich wie eine große Maschine hernieder. Pferdehufe zertrampelten Leiber.
Sris schrilles Kriegsgeschrei verstummte in keinem Augenblick. Sein kleiner Speer stieß hierhin und dorthin, und sein Schwert bahnte eine Gasse wie ein Buschmesser im Dschungel.
Wir brachen in Khalk'rus Tempel ein. Der Gesang verstummte abrupt. Die Männer und Frauen der Gemeinde wandten sich augenblicklich gegen uns. Schwerter, Äxte und Hämmer rollten wie eine Lawine auf uns zu. Sie stachen und hackten nach unseren Pferden. Sie rissen uns von den Tieren. Das Amphitheater wurde zu einem brodelnden Hexenkessel des Todes ...
Die Plattform lag vor mir. Ich trieb mein Pferd unerbittlich darauf zu, stellte mich auf seinen Rücken und sprang hinauf. Direkt zu meiner Rechten stand Tubalkas Amboß. Daneben stand Ouarda und hatte den schweren Hammer zum nächsten Schlag erhoben. Trommeln wurden geschlagen ... Khalk'rus Beschwörung. Ich sah nur die Rücken der Priester, die sich über die Trommeln beugten.
Und vor den Priestern, den Ring des Verschlingers hoch erhoben, stand Lur.
Und zwischen ihr und dem gelben Steinozean, der das Tor von Khalk'ru war, hingen gefesselte Rrrllya an goldenen Ketten ...
Und im Ring des Kriegers stand Evalie!
Die Hexe achtete nicht auf mich. Sie drehte sich nicht einmal zu dem tosenden Kampfgetümmel um, wo Soldaten und Adlige in tödlicher Bruderschlacht miteinander rangen.
Lur ließ sich durch nichts in der Beschwörung stören!
Brüllend rannte ich auf Ouarda zu. Ich entwand ihr den großen Hammer und schleuderte ihn direkt auf die gelbe Scheibe ... mitten auf den Schädel Khalk'rus. Warf ihn mit aller Kraft, die ich aufbieten konnte.

Sprünge bildeten sich in der Scheibe! Der Hammer prallte zurück, fiel zu Boden.
Die Hexe leierte die Beschwörungsformeln herunter ... ließ sich durch nichts aufhalten ... geriet nie ins Stocken.
Eine Bewegung in der gesprungenen Scheibe. Der Krake im Ozean schien zurückzufahren ... und vorzuschnellen ...
Ich rannte darauf zu ... auf den Hammer zu.
Kurz hielt ich neben Evalie. Ich schob meine Hände durch den goldenen Ring und zerbrach ihn, als bestünde er aus dünnem Holz.
»Schütze dich damit!« rief ich Evalie zu und ließ mein Schwert vor ihr auf den Boden fallen.
Der Hammer. Ich schwang ihn hoch. Khalk'ru bewegte die Augen ... starrte mich an, war sich meiner bewußt ... Die Tentakel regten sich! Und dann umhüllte mich die lähmende Kälte ... Ich bot meine ganze Willenskraft dagegen auf.
Wieder und wieder, immer wieder schlug ich Tubalkas Hammer gegen den gelben Stein ...
Die Tentakel strecken sich nach mir aus!
Ein kristallhelles Krachen wie von einem Blitz, der ganz in der Nähe einschlägt. Der gelbe Stein zerbarst. Unzählige Splitter und Fragmente regneten wie ein Graupelregen herab, den ein eisiger Hurrikan durch die Luft peitscht. Der Boden erzitterte wie bei einem Erdbeben. Der ganze Tempel schwankte. Meine Arme fielen wie erstarrt herab. Der Hammer Tubalkas fiel aus den steifen Händen, die ihn nicht mehr halten konnten. Eiswind wirbelte mich herum ... höher und höher ... Ein schrilles und grauenhaftes Kreischen ...
Einen Augenblick lang hing der Krake in seiner ganzen Größe dort, wo vorher die Scheibe gewesen war. Dann wurde er kleiner, unfaßbar rasch kleiner, so als würde er von einem gewaltigen Sog in unvorstellbare Weiten gerissen. Kurz darauf war der Krake verschwunden.
Und das Leben kehrte in mich zurück.
Brocken und Fragmente des gelben Steins lagen auf dem Boden ...

geschwärzt von der Haut des Kraken, den sie so lange in sich gehabt hatten ... Ich zerschlug sie zu Staub ...
»Leif!«
Evalies Stimme klang schrill, erregt und voller Furcht. Ich fuhr herum. Lur lief mit erhobenem Schwert auf mich zu. Bevor ich einen Finger rühren konnte, hatte sich Evalie bereits zwischen uns geworfen. Sie stürmte auf die Hexe zu und schlug mit meinem Schwert nach ihr.
Lurs Klinge parierte den Schlag und stieß zu ... stieß tief hinein ... und Evalie sank zu Boden ...
Lur lief weiter auf mich zu ... Ich sah zu, wie sie näherkam, war aber unfähig, mich zu rühren ... alles hatte für mich an Bedeutung verloren ... Blut war an Lurs Schwert ... Evalies Blut ...
Etwas berührte die Brust der Hexe, etwas wie ein Lichtblitz. Sie blieb im Lauf stehen, so als sei sie gegen ein Hindernis geprallt. Langsam wie in Zeitlupe fiel sie auf die Knie. Sank zu Boden.
Auf die Plattform sprang der Rudelführer der Wölfe. Schnellte auf mich zu und heulte unentwegt. Er sprang mich an. Ein weiterer Lichtblitz. Der Wolf überschlug sich mitten im Sprung und krachte schwer zu Boden.
Dann sah ich Sri. Er kauerte am Boden. Einer seiner Speere steckte in Lurs Brust, der andere ragte aus der Kehle des großen Wolfs ... Der Zwerg sprang auf und rannte zu Evalie ... Sie erhob sich langsam und hielt eine Hand an die Schulter, aus der Blut strömte.
Steif wie ein Roboter ging ich zu Lur. Der Wolf bemühte sich, wieder auf die Beine zu kommen, und als ihm das nicht gelang, kroch er zu seiner Herrin und schob sich auf ihren Bauch. Er war vor mir bei ihr. Ich legte seinen Kopf auf ihre Brust. Der Wolf lag da, starb, starrte mich aber immer noch wütend an.
Die Hexe sah zu mir hoch. Ihre Augen waren weich, und ihre Lippen hatten alle Grausamkeit verloren. Im Sterben war aus ihr eine weiche, warme Frau geworden. Sie lächelte mich an.
»Ich wünschte, du wärst nie in dieses Land gekommen, Gelbhaar.«

Sie stockte, dann:
»*Ai* ... *Ai* ... mein Geistersee!«
Ihre Hand kroch langsam hoch und fiel zärtlich auf den Kopf des weißen Wolfs. Sie streichelte ihn ... Sie seufzte ...
Lur, die Hexe, war tot.

Ich sah in Evalies und Daras bewegte Gesichter.
»Evalie, deine Wunde ...«
»Sie ist nicht tief, Leif. Bald ist sie ausgeheilt. Sie macht mir wirklich nichts aus.«
»Heil, Dwayanu«, sagte Dara. »Am heutigen Tag habt Ihr wirklich Großes vollbracht!«
Sie fiel vor mir auf die Knie und küßte meine Hand. Jetzt sah ich, daß meine Getreuen, die die Schlacht überlebt hatten, alle auf die Plattform gekommen waren und vor mir knieten. Ouarda lag neben dem Amboß ... und auch Sri war auf die Knie gefallen und blickte mich voller Ehrfurcht und Verehrung an.
Trommeln dröhnten ... die Trommeln des Kleinen Volks ... und nicht länger ertönten sie vom jenseitigen Ufer des Nanbu, sondern aus Karak ... und kamen immer näher.
»Herr, laßt uns nach Karak zurückkehren«, sagte Dara. »Die Stadt gehört nun Euch allein und erwartet Eure Herrschaft.«
»Schlage deine Trommel, Sri«, erklärte ich dem Zwerg. »Erzähle deinen Stammesbrüdern, daß Evalie lebt, daß Lur tot ist und daß Khalk'rus Tor für immer geschlossen wurde. Und daß es kein gegenseitiges Abschlachten mehr geben soll.«
»Was du getan hast«, sagte der Kleine, »hat ein für allemal den Krieg zwischen meinem Volk und Karak beendet. Evalie und dir wollen wir von nun an treue Untertanen sein. Ich werde den Rrrllya berichten, was du vollbracht hast.«
Er nahm die kleine Trommel von der Schulter und hob die Hände, um sie zu schlagen. Aber ich hielt ihn auf.
»Warte, Sri. Ich bleibe nicht, um die Herrschaft anzutreten.«
»Ihr wollt uns doch nicht verlassen, Dwayanu!« rief Dara.
»Doch, liebe Freundin ... Ich kehre zu dem Ort zurück, von dem

ich gekommen bin ... Ich gehe nicht nach Karak ... Und ich besuche auch nicht noch einmal das Kleine Volk, Sri.«
»Und was wird aus mir?« fragte Evalie atemlos.
Ich legte ihr meine Hände auf die Schultern und sah ihr tief in die Augen:
»Letzte Nacht hast du mir leise und sanft erklärt, daß du mit mir gehen willst, Evalie. Ich entbinde dich hiermit von diesem Versprechen ... Denn ich glaube, du bist bei deinem Kleinen Volk glücklicher ...«
»Ich weiß sehr gut, wo ich mein Glück finde«, sagte sie ruhig, aber entschieden. »Ich stehe zu meinem Versprechen ... außer du willst mich nicht mehr mitnehmen ...«
»Und ob ich dich mitnehmen will, meine Schöne!«
Sie wandte sich an Sri: »Übersende meinem Volk meine Liebe. Ich werde es nie wiedersehen.«
Der Kleine klammerte sich an ihr Bein, warf sich vor ihr auf den Boden und jammerte und weinte, während sie zu ihm sprach. Schließlich hockte er sich hin und starrte lange auf das zerstörte Tor Khalk'rus. Ich entdeckte, daß er in diesem Augenblick alles verstand. Sri kam zu mir und hielt die Arme hoch, damit ich ihn heben konnte. Er zog meine Lider sanft hoch und sah mir tief in die Augen. Dann preßte er die Hände auf meine Brust und hielt ein Ohr an mein Herz, um seinem Schlag zu lauschen. Er sprang hinunter, rannte zu Evalie und bedeutete ihr, den Kopf zu ihm herab zu senken. Dann flüsterte er ihr etwas zu.
»Dwayanus Wille ist unser Wille«, sagte Dara. »Aber wir können dennoch nicht verstehen, warum Ihr uns verlassen wollt.«
»Sri weiß es ... weiß es sogar besser als ich. Ich kann nicht bleiben, Dara.«
Evalie kam zu mir. Ihre Augen glänzten von Tränen, die noch nicht vergossen waren.
»Sri sagt, wir müssen jetzt gehen, Leif ... und zwar rasch. Mein Volk darf mich nicht mehr sehen. Er wird ihnen auf der Trommel eine andere Geschichte erzählen ... Und von nun an soll es keinen Krieg mehr geben, sondern nur noch Frieden.«

Der Kleine schlug die Trommel. Schon nach den ersten Tönen schwiegen die anderen Trommeln draußen. Als er geendet hatte, setzten sie wieder ein ... jubilierend und triumphal ... Dann mischte sich ein fragender Unterton in den Rhythmus. Wieder sandte Sri eine Nachricht ... Die Antwort klang ärgerlich und hartnäckig; und in gewisser Weise auch ungläubig.
»Beeilt euch! So beeilt euch doch!« rief Sri.
»Wir bleiben bei Euch, Dwayanu«, sagte Dara. »Bis zum letzten Augenblick.«
Ich nickte und sah auf Lur. Der Ring Khalk'rus an ihrer Hand glänzte. Ich ging zu ihr und nahm den Ring von der toten Hand. Dann zerschmetterte ich ihn auf Tubalkas Amboß, wie ich es schon mit dem Stück von Yodin getan hatte.
»Sri kennt den Weg, der uns in unsere Welt führt«, sagte Evalie. »Er liegt an der Quelle des Nanbu. Der Kleine will uns führen.«
»Führt der Weg am Geistersee vorbei, Evalie?«
»Ich frage ihn ...« – »Ja, er führt dort vorbei.«
»Gut. Wir gelangen nämlich in eine Welt, in der die Kleidung, die ich jetzt trage, äußerst unpassend wirkt. Und für dich müssen wir auch etwas anderes finden.«
Wir ritten vom Tempel fort. Sri saß vor mir auf dem Sattel, und Evalie und Dara ritten zu meiner Seite. Die Trommeln klangen sehr nahe. Als wir den Wald verließen und auf die Straße gelangten, war der Trommelschlag nur noch gedämpft zu hören. Dennoch beeilten wir uns noch mehr. Am Nachmittag erreichten wir den Geistersee. Die Zugbrücke war hinuntergelassen. Keine Soldaten waren zu sehen. Die Burg der Hexe stand leer. Ich suchte und fand mein Kleiderbündel. Ich befreite mich von Dwayanus Tracht. Dann nahm ich eine Streitaxt, schob mir ein Schwert in den Gürtel und holte ein paar Speere für mich und Evalie. Sie würden uns sicher weiterhelfen und waren eigentlich schon alles, womit wir uns unterwegs Nahrung beschaffen konnten. Wir deckten uns mit Vorräten aus Lurs Burg ein und packten Felle zusammen, die Evalie anziehen sollte sobald wir das Land unter der Fata Morgana verlassen hatten.

Ich trat nicht in die Gemächer der Hexe. Zwar hörte ich das Wispern des Wasserfalls, aber ich wagte es nicht, aus dem Fenster zu schauen.
Den restlichen Nachmittag galoppierten wir am Ufer des weißen Flusses entlang. Die Trommeln des Kleinen Volks folgten uns ... suchten ... fragten ... riefen ... »Evaahliih!«
Bei Einbruch der Nacht erreichten wir die Felswand am anderen Ende des Tals. Hier ergoß sich der Nanbu in einem gewaltigen Wasserfall aus einer unterirdischen Quelle. Wir suchten uns unseren Weg hinüber. Sri führte uns weit in eine Schlucht hinein, die steil nach oben verlief. Hier schlugen wir unser Lager auf.
In dieser Nacht dachte ich lange über das nach, was Evalie in der neuen Welt erwartete, die jenseits der Luftspiegelung begann. Eine Welt voller Sonne und Sterne, voller Winde und Kälte. Ich überlegte mir auch, was getan werden mußte, um sie abzuschirmen, bis sie sich an diese Welt gewöhnt hatte. Und die ganze Nacht hindurch hörte ich die Trommeln der Rrrllya, die sie riefen. Ich beobachtete Evalie im Schlaf. Mal lag sie ganz ruhig da, dann weinte sie und endlich lächelte sie im Traum.
Ich mußte ihr eine neue Atemtechnik beibringen. Wenn sie aus der Atmosphäre des Tals kam, in dem sie seit frühester Jugend gelebt hatte, würde sie zunächst automatisch zu atmen aufhören, wofür der abrupte Entzug des Kohlenstoffdioxyds verantwortlich war. Ich mußte sie dann zum Atmen zwingen, bis sie wieder automatisch Luft holen konnte, ohne darüber nachzudenken. Besonders schwierig würde das in der Nacht werden, wenn sie schlief. Ich würde an ihrer Seite wach bleiben müssen.
Und sie durfte die neue Welt nur blind und mit verbundenen Augen betreten, bis die Sehnerven sich vom grünen Dämmerschein im Tal an das stärkere und grellere Sonnenlicht gewöhnt hatten. Warme Kleider ließen sich mit den Fellen aus der Burg relativ leicht herstellen. Aber die Nahrung ... Wie hatte es Jim vor so undenklich langer Zeit erklärt: Wer die Nahrung des Kleinen Volks zu sich nimmt, stirbt, sobald er wieder normale Kost ißt. Nun, da war etwas dran. Aber wir würden es schaffen.

Im Morgengrauen fiel mir etwas ein. Ich hatte den Rucksack am Ufer des Nanbu verborgen, als wir vor den Wölfen fliehen mußten. Wenn ich den wiederfand, würde das das Problem von Evalies Kleidung noch zufriedenstellender lösen. Ich erzählte Dara davon. Sie und Sri brachen auf, um den Rucksack zu finden. Die anderen Kriegerinnen suchten bis dahin Nahrung, und ich instruierte Evalie, was sie tun mußte, um sicher die Brücke zu überqueren, die gefahrvoll zwischen ihrer bisherigen Welt und der neuen lag.

Zwei Tage vergingen, aber dann hatten sie den Rucksack gefunden. Sie wußten auch vom Friedensschluß zwischen den Ayjir und den Rrrllya zu berichten. Und was mich anging . . . .

Dwayanu, der Befreier, war gekommen, wie es die Prophezeiung vorhergesagt hatte ... war gekommen und hatte sein Volk von uraltem Unheil befreit ... und er war zurückgekehrt in das Land aus dem er, gemäß der Prophezeiung, gekommen war ... und er hatte Evalie mitgenommen, wie es sein Recht war. Diese Geschichte hatte Sri seinem Volk erzählt.

Als es am nächsten Morgen hell wurde und die Sonne über den Gipfeln der Berge stand, die das Tal unter der Fata Morgana umschlossen, brachen wir auf. Evalie war gekleidet wie ein Junge ...

Wir stiegen hoch, bis wir uns mitten im grünen Nebel befanden. Hier sagten wir Lebwohl. Sri umklammerte Evalie, weinte und küßte ihr Hände und Füße. Dara schlug mir auf die Schultern.

»Kehrt Ihr zu uns zurück, Dwayanu? Wir wollen stets auf Euch warten!«

Ihre Worte klangen wir das Echo des uigurischen Hauptmanns, der mir vor so langer Zeit ähnliches zum Abschied gesagt hatte ...

Ich wandte mich ab und setzte den Aufstieg fort. Evalie folgte mir. Ob Eurydike ihrem Orpheus auch so aus dem Schattenreich gefolgt war?

Die Gestalten von Sri und den Kriegerinnen verblaßten, waren bald ganz unter den grünen Nebeln verborgen ...

Bittere Kälte biß mir ins Gesicht. Ich griff Evalie unter die Arme und stieg höher und höher. Endlich stolperte ich hinaus in die sonnige Wärme auf den Hängen jenseits des tiefen Tals.

Der Morgen dämmerte, als wir den harten und langen Kampf um Evalies Leben gewonnen hatten. Der Griff der Luftspiegelungswelt war stählern und unerbittlich gewesen. Aber wir hatten ihn überwunden. Evalie und ich richteten unseren Blick nach Süden und machten uns auf den Weg.

Aber ...

Ai! Lur ... Hexe! Ich sehe dich vor mir liegen, wie du mit zärtlichen Lippen lächelst ... und der Kopf des großen weißen Wolfs ruht auf deiner Brust. Und Dwayanu lebt immer noch in mir!

CUM GRANO SALIS